Rose Sanchez verlässt ihren gewalttätigen Ehemann und taucht in Philadelphia unter. Sie schlägt sich mit Gelegenheitsjobs durch, bis ihr eines Tages die Möglichkeit eröffnet wird, Kurierfahrerin zu werden. Als sie versteht, dass sie damit zum Muli eines der größten mexikanischen Kartelle geworden ist, ist es bereits zu spät, um auszusteigen. Einzig Julio, die rechte Hand des mächtigen Bosses, kümmert es, was in Rose vorgeht. Doch als das Kartell auf einen Krieg mit seinem größten Feind zusteuert, gerät Rose zwischen die Fronten und Julio muss sich entscheiden. Verrät er sein Herz oder das Kartell?

Bonnie Sharp ist das Pseudonym der Autorin Alexandra Fischer, unter dem sie Dark Romance Romane veröffentlicht. Weitere Romane von ihr in diesem Genre sind: Black Shamrock - du gehörst uns (BOD, 2018), Black Shamrock - du gehörst mir (Rebel Stories, 2019), Heart of War (Rebel Stories, 2019).

BONNIE SHARP

ROSE IN THE
Darkness

Bibliografische Information der Deutschen Nationalbibliothek:

Die Deutsche Nationalbibliothek verzeichnet diese Publikation in der Deutschen Nationalbibliografie; detaillierte bibliografische Daten sind im Internet über dnb.de abrufbar.

1. Auflage, 2020

Herstellung und Verlag: BoD – Books on Demand, Norderstedt

ISBN: 9783750482258

A ROSE SPEAKS OF LOVE SILENTLY,
IN A LANGUAGE KNOWN
ONLY TO THE HEART

UNBEKANNT

JULIO

D ie Party erreichte ihren Höhepunkt. Der pulsierende
Bass brachte die Gäste auf Hochtouren. Die Tanz-
fläche war voll und überall auf den Tischen lag das weiße
Pulver verstreut, das auf jeder Feier von Pedro Zarpata wie
Puderzucker konsumiert wurde.

Julio stand abseits und behielt alle Anwesenden im Blick.
Er hatte schon hunderte solcher Partys erlebt. Gegen Ende
ließen die Frauen ihre Hüllen fallen und sprangen in den
Pool. Die Männer folgten ihnen und alles endete in einer
Orgie. Er fing Adrianas Blick auf und schüttelte kaum merklich den Kopf. An diesem Abend hatte er keine Zeit für
Vergnügungen, denn seit gestern brannte die Luft. Die DEA,
die amerikanische Drogenbehörde, hatte einen ihrer Mulis
hochgenommen. Und mit ihm eine Wagenladung Kokain,
Marihuana und Crystal Meth. Sein Boss war darüber
verdammt wütend.

Julio sah zu ihm hinüber. Pedro Zarpata trug an diesem
Abend einen maßgeschneiderten, dunkelblauen Anzug mit
goldenen Knöpfen und stand mit einigen seiner Geschäfts-

partner zusammen. Dabei schien er sich zu amüsieren, aber Julio wusste, dass der Schein trog. Wenn Pedro wütend war, mussten Leichen entsorgt werden. Ab dem Moment, in dem die DEA sie wieder einmal auf dem Radar hatte, wurde alles kompliziert. Jedes ihrer Geschäfte, jeder Transport und jeder Mitarbeiter stellten ab sofort eine potentielle Gefahr dar. Blut würde fließen. Viel Blut.

»Denkst du etwa, das war meine Schuld?« Die Stimmung wurde hitziger. Einer der Geschäftspartner erhob seine Stimme und Julio pirschte sich an die Gruppe heran. Unbemerkt öffnete er den Knopf seines Jacketts, um jederzeit an die Beretta zu kommen, die im Schulterholster saß.

»Das habe ich nie gesagt!« Pedro hob dramatisch die Hände. Sein Gesichtsausdruck verhärtete sich. Julio spannte die Muskeln an. Er war für ihren *Patrón* verantwortlich. Wenn Pedro ›*El Negro*‹ Zarpata etwas zustieß, dann würde auch sein Kopf rollen. Und das auf sehr unerfreuliche Weise.

»Wir haben in New Jersey alles im Griff. Keine Ahnung, welche Stümper ihr hier in Pennsylvania beschäftigt. Einem meiner Männer wäre das nicht passiert!«

»Du nennst mich also einen Versager?« Pedro baute sich vor seinem Gegenüber auf und Julio dehnte die Finger seiner rechten Hand. Er war angespannt wie vor einem Orgasmus, nur dass ihm dieser jetzt lieber gewesen wäre.

»Nur die Ruhe«, bemühte sich der Geschäftspartner zu besänftigen. »Wir kennen uns. Ich würde niemals deine Macht infrage stellen. Aber beschuldige mich nicht, gesungen zu haben! Es war einzig der Fehler deines Mulis.«

Julio bemerkte, wie die anderen Männer von ihm zurücktraten, als wollten sie sich von seinen Worten distanzieren. Es war keine gute Idee, Pedros Unmut zu erregen. Das wusste jeder, der schon länger mit dem Kartell zu tun hatte.

»Um den Muli werden sich unsere Leute kümmern, keine

Sorge. Aber die DEA kannte sein Auto. Woher?« Pedro schob sich nach vorne, straffte die Schultern. Julios Anspannung wuchs. Seine Hand wanderte verstohlen in Richtung Schulterholster.

»*Mierda*!«, fluchte Pedros Gegenüber. »Was zum Teufel soll das? Du verhältst dich unfair, *El Negro*! Ich war all die Jahre loyal.«

Ehe sich Julio versah, zückte der *Patrón* auch schon seine Waffe. Die vergoldete Beretta mit dem Ebenholzgriff leuchtete in den Diskostrahlern auf, welche über der Tanzfläche kreisten. Julio zögerte nicht lange und zog ebenfalls seine Pistole, aber sein Boss war schneller. Der Schuss krachte und Pedros Geschäftspartner fiel um wie ein gefällter Baum. Er hinterließ einen enormen Blutfleck an der Wand. Die Gäste schrien auf, die Musik setzte aus und es entstand kurzzeitiges Durcheinander, in dem Julio versuchte, den Überblick zu behalten. Mit gezückter Waffe stellte er sich an Pedros Seite.

»Alles okay.« Dieser tätschelte ihm den Arm. »Das sollte geklärt sein.« Pedro steckte die Beretta weg und zog das Einstecktuch aus Julios Jackett, um sich damit das Blut aus dem Gesicht zu wischen.

»Macht weiter!« Er gab dem DJ ein Zeichen und die Bässe kehrten zurück. Die erstarrten Gäste fuhren mit der Party fort, als sei nichts geschehen. Wer bei Pedro Zarpata eingeladen war, stammte aus demselben Milieu und kannte solche Zwischenfälle. Alle waren froh, dass sie nicht im Visier des *Patrón* standen. Julio ließ einen letzten prüfenden Blick über den Raum schweifen, bevor er seine Waffe ebenfalls wieder einsteckte.

»Was für eine Sauerei«, sagte Pedro neben ihm. »Ich bin mir nicht sicher, ob er geplappert hat, aber ich musste ein Zeichen setzen. In Zeiten wie diesen dürfen wir die Zügel nicht lockern. Unsere Geschäftspartner sollen nicht einmal darüber nachdenken, sich von den DEA-Wichsern kaufen zu lassen. Diese Aktion wird sie wieder den Respekt lehren, den sie mir schulden.«

»Er war's«, kommentierte Julio die Situation. Die Leiche mit dem weggeschossenen Schädel verursachte bei ihm nicht einmal ein Wimpernzucken. »Wenn sie auf ihre jahrelange Loyalität hinweisen, heißt das immer, dass sie Dreck am Stecken haben.«

Pedro lachte und hieb Julio auf den Rücken. »Du bist der Einzige, dem ich bedingungslos vertraue, *mi amigo*! Hol Gael und Raúl, sie sollen den Kerl wegschaffen. Und dann die übliche Prozedur.«

»Wird gemacht.« Julio nickte den beiden Männern neben der Eingangstür zu. Sie verstanden sofort. Nur wenige Minuten später war die Leiche in Plastik gewickelt und lag im Kofferraum eines Autos. Jetzt hieß es warten. Julio lehnte sich gegen die Motorhaube des Mercedes und zündete sich eine Zigarette an. Erst, wenn die Party vorüber war und die Gäste sich nach Hause bringen ließen, würde auch er losfahren. Sollte die DEA sie beschatten, würden sie es unmöglich schaffen, sich an die Fersen von dreißig bis vierzig Fahrzeugen zu heften.

Er inhalierte tief und entließ den Rauch in die klare Luft. Obwohl es bereits April war, hatte es in Philadelphia noch Temperaturen um die zehn Grad. Das war ihm definitiv zu kalt und er wünschte sich zurück in seine Heimatstadt Culiacán im Nordwesten Mexikos. Dort war es warm und jede Ecke der Stadt war ihm vertraut. Er dachte an seine Eltern und das Haus, das er ihnen gekauft hatte. Dafür betete seine Mutter sonntags am Altar ihres Schutzpatrons Jesús Malverde für Julios Gesundheit. Er war der Held der Familie. Culiacán war die Hauptstadt des mexikanischen Bundesstaates Sinaloa und gleichzeitig Hauptsitz des gleichnamigen

Kartells. Dort aufzuwachsen bedeutete, dass man sich bewusst war, dass die zwei berühmtesten Söhne der Stadt zu den zwanzig berüchtigtsten Drogenbossen der Welt gehörten. Doch niemand störte sich daran. Die Mafiosos, wie die Einwohner ihre Bosse liebevoll nannten, hatten für Frieden in der Stadt gesorgt. *El Señor*, der oberste Boss des Kartells und Pedros Vater, wurde in jedes Gebet miteingeschlossen. Wenn man auf den Friedhof von Culiacán ging, glaubte man, einen Villenort zu betreten. Die hausgroßen Grabstätten der Drogenhändler waren bunt und reich verziert. Die Devotionalien, welche die Angehörigen davor niederlegten, nicht weniger beeindruckend. Zigarren, Whiskeyflaschen, Bündel mit Dollarnoten und Goldschmuck hätten jeden Amerikaner dazu verleitet, etwas mitgehen zu lassen, aber für die Bewohner von Culiacán waren diese Dinge völlig normal. *Muerte contra mis enemigos*, Tod meinen Feinden, prangte auf dem Altar, vor dem Julios Mutter für ihren Sohn betete, der den geliebten *Patrón* ins gefährliche Amerika begleitet hatte.

Julio lächelte bei dem Gedanken an seine Eltern. Sie hätten Philadelphia gehasst. Das Essen, die Menschen und das Grau der Stadt. Hier schien es keine Farben zu geben. Alles war kalt und deprimierend. Julio hoffte, dass Pedro sein Geschäft im Osten der USA bald stabilisiert hatte, damit sie wieder zurück nach Mexiko fahren konnten. Er war es leid, in Philadelphia festzusitzen, auch wenn das Haus im Stadtteil Chestnut Hill ganz angenehm war.

»Julio!« Pedro winkte ihn zu sich heran und er schnippte die Zigarette weg, bevor er zu seinem Boss ging.

»Die Jungs von dieser Gang sind da«, flüsterte ihm der *Patrón* zu. »Es sind noch halbe Kinder und ich weiß nicht, ob man ihnen trauen kann. Sieh sie dir an, okay? Du kannst selbst entscheiden, ob du ihnen Stoff anvertraust.«

»Du willst das Zeug an unseren Unterhändlern vorbei in Philly verticken? Das könnte Ärger auf der Straße geben.«

Pedro grinste und winkte ab. »Finde heraus, ob diese Jungs tatsächlich sind, wer sie vorgeben zu sein. Irgendwie mag ich sie. Du weißt, dass ich Straßenkindern gerne ein gutes Geschäft vermittle.«

Jetzt war es Julio, der grinste. »Du hast ein Herz für Jungs von der Straße, was?«

»Das solltest du am besten wissen.« Pedro zwinkerte ihm zu. »Sie warten am Hintereingang.«

»Alles klar.« Julio setzte sich in Bewegung. Wie die meisten Kinder in Culiacán waren auch Julios drei Brüder und er auf der Straße aufgewachsen. Sie spielten dort Fußball, prügelten sich mit den Jugendlichen aus den Nachbarbezirken und hielten immer Ausschau nach einer Möglichkeit, Geld zu verdienen. Ihre Eltern waren arm. Der Vater arbeitete als Straßenkehrer, die Mutter als Näherin in einer Fabrik. Aber eines Tages begegnete Julio Pedro Zarpata und sein Leben änderte sich schlagartig.

Er stieß die Hintertür auf und blickte in sechs erwartungsvolle Gesichter. »Wer seid ihr?«, fragte er in scharfem Tonfall, um den Jugendlichen Angst einzujagen. In seinem Geschäft war es wichtig, die Rangordnung von vornherein zu klären.

»Mein Name ist Cruzito«, stellte sich der Größte von ihnen vor. »Und das ist meine Gang. Ich bin der Anführer.«

»Nicht, wenn du dieses Haus betrittst.«

»Okay«, murmelte Cruzito verunsichert. »Es hieß, wir könnten hier etwas Geld verdienen.«

»Hieß es das?« Julio stützte die Hände in die Hüften und entblößte die Beretta in seinem Holster.

Cruzitos Augen weiteten sich. »Vielleicht habe ich mich geirrt. Luis sagte …«

»Wer ist Luis?«

Die Verunsicherung der Jungen wuchs, Julio sah es ihnen an. Unruhig traten sie von einem Bein aufs andere und wechselten kurze Blicke miteinander.

»Luis Jerval.«

»Kenne ich nicht.« Julio wusste sehr wohl, wer Luis war. Er war einer ihrer Mittelsmänner und ein großes Plappermaul. Wenn er nicht aufpasste, würde ihn eines Tages dasselbe Schicksal ereilen wie den Mann im Kofferraum.

»Dann habe ich mich geirrt.« Cruzito zuckte entschuldigend die Achseln. »Tut mir leid.«

Julio wartete, bis sich die Jugendlichen zum Gehen wandten. Das war ein Test. Die DEA versuchte ständig, Undercover-Agenten bei ihnen einzuschleusen. Doch die meisten waren hartnäckiger, nicht so leicht einzuschüchtern wie diese Jungs. Julio räusperte sich. »Was hat Luis euch gesagt?«

Cruzito blieb stehen, die Hände tief in den Hosentaschen vergraben. »Na ja, er hat Drogen erwähnt.«

»Was für Drogen?«

Der Anführer der Gang schluckte so hart, dass man es hören konnte. »Kokain«, sagte er leise.

»Und was meinte Luis, was ihr damit tun sollt?«

»Verkaufen.« Es klang eher wie eine Frage, als eine Antwort.

»Ihr wollt Dealer werden?« Julio hob eine Augenbraue. »Habt ihr Waffen?«

»Noch nicht.«

»Hm.« Er musterte die Jugendlichen. Sie erinnerten ihn an ihn selbst vor zehn Jahren. »Seid ihr illegal im Land?«

Sie nickten.

»Aber ihr kennt euch in Philadelphia aus?«

»Wir kennen nur den Norden. Doch den kennen wir ziemlich gut.«

»Wisst ihr, wer dort die Drogen vertickt?«

»Natürlich, *ese*!«

»Nenn mich nicht *ese*, verflucht! Ich werde niemals euer Homie sein, verstanden?«

»Alles klar«, murmelte Cruzito.

Julio beobachtete die Umgebung, bevor er die Tür weiter öffnete. »Kommt rein.«

»Tatsächlich?« Cruzitos Gesicht hellte sich auf und Julio musste augenblicklich an seine eigene Euphorie denken, als Pedro ihm den ersten Job angeboten hatte.

»Schnell, sonst überleg ich's mir noch anders.«

Die Jungs huschten an ihm vorbei ins Innere und blieben staunend im Eingangsbereich stehen. Jetzt wusste Julio mit Sicherheit, dass sie keine DEA-Agenten waren. Keiner von denen wäre von einem Designerhaus im Georgia-Stil beeindruckt gewesen.

»Kommt mit!« Er ging voraus, gab den Weg in den hinteren Teil des Hauses vor, wo einige Treppen in den weitläufigen Poolbereich mit der Bar und der Tanzfläche führten. Die Musik war inzwischen nicht mehr so laut und, wie Julio erwartet hatte, befanden sich die meisten Gäste mittlerweile im Pool.

Beim Anblick des Geschehens fielen den Jugendlichen die Augen aus dem Kopf. Direkt vor ihnen wippten die prallen Brüste eines der Mädchen auf und ab, die von einem von Pedros Geschäftspartnern gefickt wurde. Er stieß sie so heftig von hinten, dass der Pool Wellen warf. Daneben saß Adriana mit weit gespreizten Beinen am Beckenrand und ließ sich von einem stark beharrten Kerl lecken. Sie war so in Ekstase, dass sie gar nicht bemerkte, dass Julio an ihr vorbeiging. Überall im Pool ging es lautstark zur Sache, aber das war nichts, was seine Aufmerksamkeit erregte. Aus den Augenwinkeln suchte er nach Pedro. Erst als er seinen Boss etwas abseits in einem

Ledersessel sitzen sah, wo ihm gerade einer geblasen wurde, entspannte er sich. An der Bar blieb er stehen und bestellte eine Runde Drinks.

»Gefällt euch, was ihr seht?«, fragte er.

Die Jungen bejahten, doch ihre Stimmung kippte schlagartig, als sie den Blutfleck an der Wand neben der Bar bemerkten.

»Ein Zwischenfall«, kommentierte Julio den Anblick. »So klären wir Probleme.« Er schob die Drinks zu Cruzito, der sie an seine Kumpels verteilte. »Ich denke, ihr kennt sowas.«

»Ja, Sir.«

Die Ansprache *Sir* gefiel Julio gleich besser. »In Ordnung.« Er nippte an seinem Whiskey und kam zur Sache. »Wir fangen mit kleinen Mengen an. Neunzig Prozent für uns, zehn für euch. Einverstanden?«

Cruzito blinzelte.

»Zu wenig?«, hakte Julio nach. Sein Blick verweilte absichtlich länger auf dem Blutfleck zu seiner Linken.

»Nein, Sir!«

»Abgemacht!« Er hielt Cruzito die Hand hin und der schlug ein. »Wir haben kolumbianisches Kokain, mexikanisches Marihuana und Heroin sowie amerikanisches Crystal Meth. Was braucht ihr?«

Cruzito sah ihn verständnislos an und Julio traf die Entscheidung: »Kokain, Meth und Marihuana für den Anfang, okay?« Er verengte die Augen. »Wenn ich herausfinde, dass ihr das Zeug selbst konsumiert, seid ihr raus. Wenn ich herausfinde, dass ihr uns bescheißen wollt, seid ihr so gut wie tot. Und wenn ich herausfinde, dass ihr mit den Bullen gemeinsame Sache macht, seid ihr es endgültig. Keine Spielchen, verstanden?«

»Nein, Sir, keine Spielchen.« Cruzito kippte den Whiskey runter und seine Kumpels taten es ihm gleich.

»Jeden Montag ist Zahltag. Wir erwarten euch hier.«

»Verstanden, Sir.« Cruzito zögerte. »Was ist, wenn wir Probleme bekommen?«

»Von welchen Problemen sprichst du?«

»Nun ja, es gibt viele Dealer im Norden Philadelphias. Wenn wir denen in die Quere kommen …«

Julio winkte ungeduldig ab. »Euer Geschäft, euer Risiko. Wir geben euch eine Chance, wir sind nicht eure Bodyguards.« Er beugte sich vor und Cruzito wich instinktiv vor ihm zurück. »Und wenn einer von euch je die Verbindung zu uns ausplaudert, dann bleibt von euch nur ein Blutfleck übrig. Ist das angekommen?«

Die Jungs nickten derart synchron, dass Julio sich ein Grinsen verkneifen musste. Vermutlich bereuten sie bereits, Luis' Tipp gefolgt zu sein. Er klatschte in die Hände und Cruzito zuckte merklich zusammen. »Holen wir euren Stoff!«

Sie folgten ihm aus dem Partyraum, nicht ohne dem Treiben im Wasser weitere verstohlene Blicke zuzuwerfen. Julio nahm sich vor, Cruzito und seine Gang irgendwann mit einigen der Mädchen bekannt zu machen. Vorausgesetzt, die Jungen machten ihre Sache gut. Sex mit gutgebauten, willigen Frauen war immer noch die beste Belohnung für jeden Mann. Nicht umsonst folgten Pedros Geschäftspartner seinen Einladungen, selbst wenn sie die Party am Ende in einem Plastiksack verließen.

»Raúl!« Mit dem Kinn gab er seinem bulligen Kollegen zu verstehen, die Tür zum Arbeitszimmer freizugeben. Er passierte den Schreibtisch und drückte einen unauffälligen Knopf an der Wand, der eine Bodenplatte aufspringen ließ. Hier lagerten sie ausschließlich Drogen für den Eigenbedarf, aber für die angehenden Drogenhändler, die vor der Tür warteten, war mehr als genug da. Jungen wie Cruzito und seine Kumpels hatten keine Perspektive in einem Land wie den USA, dessen Politik es war, Mexikaner und andere Lateinamerikaner gezielt zu diskriminieren. Hielten sie sich illegal hier auf, mussten sie unter dem Radar der Einwanderungsbehörde bleiben, um nicht ausgewiesen zu werden. Sie wurden alle früher oder später kriminell, das war so sicher wie das Amen in der Kirche. Durch den Verkauf der Drogen hatten sie immerhin eine Einnahmequelle, denn Rauschmittel boomten in diesem Land. Jeder nahm sie. Studenten, Geschäftsleute, Arbeitslose. Die Behörden mochten dem Kartell den Krieg erklärt haben, aber Fakt war, dass der Drogenkonsum seit Jahren anstieg. Nur deshalb konnten sie hier überhaupt so ein gutes Geschäft machen.

Julio zog ein ledergebundenes Buch aus dem im Boden eingelassenen Safe und notierte dort die Menge an Kokain, Marihuana und Meth, die er entnahm. Anschließend verschloss er alles sorgfältig, ließ die Marmorfliese, die den Safe bedeckte, wieder einrasten, und verließ den Raum.

»Das ist für euch. Hat zusammen einen Marktwert von zehntausend Dollar. Ich denke, das solltet ihr in einer Woche verkaufen können.« Er warf Cruzito die Päckchen zu.

Die Jungen holten hörbar Luft. Selbst wenn ihnen davon nur zehn Prozent blieben, war das sicher mehr, als sie in den letzten Monaten verdient hatten.

»Kommt ihr klar?«, fragte Julio und nahm sie ins Visier. Cruzito nickte, zögerlich erst, dann euphorischer.

»Wir werden Sie nicht enttäuschen, Sir«, versprach er und Julio scheuchte ihn mit einer Handbewegung in Richtung Hinterausgang davon. Er wusste es besser. Pedro zu enttäuschen war leicht. Sein Boss hatte schon Menschen erschossen, die sich nicht für dieselbe Musik begeistern konnten. In den Straßen von Culiacán mochten Pedro und sein Vater für Götter gehalten werden, weil sie die Stadt von Bandenkriegen und Armut befreit hatten, aber Julio wusste, dass die beiden mit Göttern nur wenig gemeinsam hatten.

»Wir sehen uns nächste Woche!« Er schlug die Tür hinter Cruzito und seinen Kumpels zu. Nun waren sie auf sich allein gestellt. Julio war bewusst, dass die Straßendealer von North Philadelphia die Jungs vielleicht umlegten, um sich die neue Konkurrenz vom Hals zu schaffen, aber das berührte ihn nicht. Er hatte schon viele Männer sterben sehen. Ob Jugendlicher oder Greis, dem Sinaloa-Kartell war es gleichgültig, welches Alter man hatte. Hier zählten nur zwei Dinge: bedingungslose Treue und kaltblütiger Gehorsam. Beides waren Eigenschaften, die Julio bis ganz nach oben gebracht hatten. Aus dem kleinen Jungen, der am Anfang Botengänge für Pedro übernommen hatte, war seine rechte Hand geworden. Sein Wohl hing von dem Erfolg seines Bosses ab. Und dessen Wohl von dem seines Vaters, *El Señor* Arturo Zarpata, Oberhaupt des Sinaloa-Kartells und Herrscher über ein Milliardengeschäft.

Er fing Raúls fragenden Blick auf. »Der *Patrón* hielt es für eine gute Idee, diesen Jungs Drogen zu geben«, erwiderte er schulterzuckend.

Raúl hob eine Augenbraue. »Um die Aufmerksamkeit der Polizeibehörden zu erregen?«

»Sag das nicht zu laut.« Julio senkte die Stimme. »Du weißt, wie er ist.«

Raúl verstummte und nahm seine Position vor dem Arbeitszimmer wieder ein.

Julio schlenderte zurück zur Party. Die ersten Gäste hatten damit begonnen, sich anzukleiden. Er sah auf die Uhr. Es war kurz nach Mitternacht. Sie beendeten ihre Partys immer um diese Zeit, um nicht aufzufallen. Keine Privatfeier in den USA dauerte länger. Spätestens um halb eins gingen die Gäste. In seiner Heimat Mexiko fingen die Partys um

Mitternacht erst an. Er bedeutete dem DJ, die Musik auszudrehen. Eine Anzeige wegen Lärmbelästigung war jetzt das Letzte, was sie brauchen konnten.

Pedro stellte sich neben ihn. »Bist du bereit?«

Julio nickte. »Ich mische mich unter die Gäste. Weiß *El Pozolero* Bescheid?«

»Es ist alles geregelt.« Pedro schob ihm einen Umschlag zu. »Er soll vorsichtig sein mit der Entsorgung.«

»Ich sag's ihm.« Julio ahnte, dass Pedro dieses Mal besonders großzügig war. *El Pozolero*, der Suppenkoch, war spezialisiert darauf, die Leichen des Kartells verschwinden zu lassen. Soweit Julio wusste, löste er sie in Natronlauge auf. Wo er die Überreste entsorgte, blieb sein Geheimnis. Bisher war keine der Leichen je entdeckt worden. Doch da die DEA momentan nach den kleinsten Hinweisen suchte, wäre ein derartiger Fund ein gefundenes Fressen für die Behörde.

»Komm zu mir, wenn du zurück bist.« Pedro sah ihn an. »Wir müssen über das weitere Vorgehen sprechen.«

Julio nickte. Er ahnte, was sein Boss vorhatte. Ignacio Moreno, die Leiche im Kofferraum, hinterließ ein ihm treu ergebenes Gefolge. Er war ein *Teniente* gewesen, ein Leutnant des Kartells, und zuständig für den gesamten Drogenverkehr in New Jersey. Seine Leute mochten für das Kartell arbeiten, aber in erster Linie folgten sie Ignacio Moreno. Sein Tod konnte zu Unruhen führen, die Pedro unter allen Umständen verhindern musste. Der Fortbestand des Geschäfts und der Ruf des Kartells hingen davon ab.

»Ich fahre los.« Julio mischte sich unauffällig unter die abfahrenden Gäste. Als er vom Grundstück abbog, behielt er die Straße im Rückspiegel im Auge. Niemand folgte ihm. Gael, der ihn begleitete, rauchte entspannt eine Zigarette nach der anderen und die Fahrt verlief schweigend. Erst kurz vor dem Stadtteil Somerton drehte Gael den Kopf.

»Ich habe überlegt, hierzubleiben«, sagte er und strich sich über den gestutzten Oberlippenbart.

»*Dios mio*!« Julio grunzte amüsiert. »Hast du zu viel Koks geschnupft?«

»Ich mag die Stadt. Vielleicht gibt mir der *Patrón* einen Posten vor Ort.«

»Und was willst du hier weit weg von deiner Familie?«

»Ich steh auf die amerikanischen Frauen.« Gael positionierte seine Hände vor der Brust, um die Ausmaße der Oberweite zu demonstrieren, von der er sprach. »Manche von denen haben Riesentitten. Und sie sind da unten rasiert. Außerdem liebe ich die Haare dieser blonden Göttinnen.« Gael geriet ins Schwärmen und Julio unterbrach ihn: »Halt die Klappe und check die Umgebung!«

»Niemand folgt uns, Mann, das weißt du selbst.« Verärgert ließ Gael das Fenster ein Stück hinunter und schnippte den Zigarettenstummel hinaus. »Denkst du nie darüber nach zu heiraten?«

»*Me estás tocando los cojones*!«, grollte Julio. »Was redest du für eine Scheiße, Alter?«

»Wenn ich eine Amerikanerin heirate, könnte ich ganz legal hier leben.«

»Um was zu tun? Kinder in die Welt zu setzen und dir den Arsch auf einem Sofa plattzusitzen, während deine blonde Göttin fett, faul und unattraktiv wird?«

»Scheiße, Mann, ja! Vielleicht will ich genau das.«

»*Qué mierda*! Was ist mit dir? Du hast dir tatsächlich das Gehirn weggekokst, habe ich recht?« Julio hielt ihm den Zeigefinger gegen die Schläfe. »Erinnerst du dich nicht an all die Familien, die du ausgelöscht hast? Willst du etwa selbst eine zeugen, damit jemand wie du ihnen den Kopf mit einer Kettensäge abtrennen kann?«

Gael verzog den Mund. »Das waren Verräter. Und ihre Familien ebenfalls.«

Julio bog in die ruhige Seitenstraße ab, in der *El Pozolero* wohnte. Er konnte nicht glauben, was Gael da faselte. »Eine Frau und Kinder machen dich schwach, Alter. Und verwundbar. Eine Frau muss man nicht lieben, um sie zu ficken, aber deine Kinder liebst du immer. Sie sind deine Achillesferse. Mit ihnen wirst du erpressbar und am Ende landest du beim Suppenkoch. Genauso wie deine Brut und deine Göttin. Du weißt es selbst am besten, *Carnicero*!« Er benutzte bewusst Gaels Spitznamen, den Pedro ihm gegeben hatte. Schlachter. Genau das war Gael. Er hatte so viele Männer, Frauen und Kinder im Namen des Kartells getötet, dass Julio aufgehört hatte zu zählen.

»Ich werde hierbleiben.« Stur verschränkte Gael die Arme vor der Brust.

»Das wird ein Problem, das weißt du genau.« Julio bog in die Einfahrt vor einem unscheinbaren Haus ein, dessen Garagentor bereits geöffnet war. Im Inneren brannte kein Licht. Er fuhr hinein und stellte den Motor ab. Hinter ihnen schloss sich das Tor und über ihren Köpfen sprangen Neonröhren an. Er stieg aus und begrüßte *El Pozolero* mit einem wortlosen Kopfnicken. Der Suppenkoch sah wie ein Professor aus. Brille, Bundfaltenhose, Strickpullunder und streng gescheitelte Haare. Julio konnte sich nicht daran erinnern, bei einem ihrer Treffen je mehr als fünf Sätze mit ihm gewechselt zu haben. Auch jetzt nahm er stumm den Umschlag entgegen, den Julio ihm reichte und warf einen prüfenden Blick in den Kofferraum.

»Wie schwer ist er?«

»Etwa 90 Kilo. Pedro sagt, du sollst vorsichtig sein.«

»Bin ich immer.« Mit einem auffordernden Kopfnicken gab der Suppenkoch Gael zu verstehen, die Leiche auszuladen. Gemeinsam trugen sie sie in einen Nebenraum, wo *El Pozolero* die Plastikplane mit einem Teppichmesser durchtrennte.

»Was ist mit dem Schmuck?« Er hielt die Hand des Toten in die Höhe. Eine goldene Uhr und zwei Ringe kamen zum Vorschein.

»Ist dein Bonus. Wie immer.« Julios Blick schweifte über die Badewanne und die gelben Kanister, die davorstanden.

»In Ordnung.« Der Suppenkoch stand auf und sah sie auffordernd an. »Ich habe viel zu tun.«

Julio und Gael verstanden den Wink und gingen zurück in die Garage. Ohne weitere Worte mit dem Suppenkoch zu wechseln, stiegen sie ins Auto und waren wenige Minuten später wieder auf der Straße.

»Manchmal glaube ich, der Typ löst die Leichen nicht auf, sondern zerlegt sie und macht sich aus den besten Stücken ein Barbecue. Hast du seine Augen gesehen? Die sind so unheimlich wie die eines Vampirs.«

»Du redest heute so viel Müll wie einer unserer *Halcones*, Alter.«

»Was sagst du da?«, fragte Gael gereizt. »Ich war selbst ein *Halcones*!«

Julio nahm ihn kurz ins Visier. »Da haben wir's ja«, murrte er. Die *Halcones*, Falken, waren ihre Leute auf der Straße. Das Auge und das Ohr des Kartells. Die meisten von ihnen waren nicht besonders intelligent, dafür umso brutaler.

Sie fixierten sich für Sekunden, bevor Gael zur Seite sah, sich eine weitere Zigarette anzündete und den Rest der Autofahrt schwieg. Als sie wieder in Pedros Haus eintrafen, war es halb zwei in der Nacht. Gael verzog sich und Julio überprüfte, ob seine Leute damit begonnen hatten, den Blutfleck zu entfernen. Beim Eintreten in den Partyraum roch er bereits den scharfen Chlorgeruch und überwachte für kurze Zeit die

Reinigungsarbeiten. Dann ging er in Pedros Arbeitszimmer, wo er seinen Boss vor dem Kamin sitzend vorfand. Er rauchte eine Zigarre und auf der Armlehne des Sessels stand ein halbvolles Glas Whiskey.

»Bedien dich«, sagte er, ohne Julio anzusehen.

Dieser beäugte die Flaschen auf dem silbernen Tablett und goss sich schließlich ein Glas *Michter's* Bourbon Whiskey ein. Entspannt legte er sein Jackett ab, löste die Krawatte und krempelte die Ärmel des blütenweißen Hemdes hoch. Anschließend sank er in den Ledersessel gegenüber von Pedro.

»Wie lief's?« Endlich fand ihn dessen Blick.

»Alles wie immer. Es wird keine Probleme geben.«

»Hast du ihm gesagt, dass wir womöglich in nächster Zeit größere Mengen entsorgen müssen?«

Julio schüttelte den Kopf. »Er sagte, er habe viel zu tun, aber ich weiß, er wird bereit sein. *El Pozolero* trägt seinen Namen nicht umsonst.«

»Ich glaube dir alles, was du sagst, Bruder.« Pedro hob sein Glas und Julio stieß mit ihm an. »Blutstreue.«

»Blutstreue«, wiederholte Julio und trank. Die Flasche Whiskey kostete fünftausend Dollar und das schmeckte man auch. Der Alkohol rollte ihm butterweich über die Zunge.

»Ich möchte, dass du dir die New Jersey-Leute mit Raúl vornimmst.«

»Was ist mit Gael?«

Pedros Augen wurden zu zwei Schlitzen und er stierte ins Feuer. »Sag du es mir.«

Julio atmete aus. Manchmal vergaß er, dass Pedro einen siebten Sinn zu haben schien. Er ahnte Dinge, bevor sie überhaupt passierten.

»Er möchte in den USA bleiben.«

»Um was zu tun?«

»Zu heiraten.«

»Eine *gringa*? Sind ihm unsere Frauen nicht gut genug?«

»Er will eine blonde, rasierte Göttin.«

Pedro lachte auf. »Ich habe blonde *gringas* gefickt. Die sind nicht besser als Mexikanerinnen. Ihre Hüften sind schmal und ihre Ärsche so platt, dass man glaubt, man nehme sich einen Mann vor. Ich brauche was zum Anfassen.« Er schlug mit der flachen Hand auf die Armlehne, dass es klatschte. »So muss das klingen, wenn du eine Frau fickst.«

Julio nickte bestätigend. Er hielt ebenfalls nichts von Amerikanerinnen. Zu blass, zu wenig temperamentvoll, zu reizlos. Andererseits hielt er auch von anderen Frauen nicht viel. »Was hast du mit Gael vor?«, erkundigte er sich.

»Hm.« Pedro wiegte den Kopf hin und her. »Ich schicke ihn zurück zu meinem Vater nach Mexiko. Er ist einer unserer besten Schlachter, keiner foltert so hingebungsvoll wie er. Wäre schade, wenn wir ihn verlieren.« Sein Blick bohrte sich in den von Julio. »Wenn er allerdings untertaucht …«

»Schon klar.« Dieser tätschelte die Beretta in seinem Holster. »Dann kümmere ich mich darum.«

Pedro hob sein Glas und sie stießen erneut miteinander an. »Ohne dich wäre ich verloren, Bruder.«

Julio fühlte sich geschmeichelt. »Ich wäre es ohne dich gewesen, *Patrón*.«

»Wir hatten gute Zeiten, nicht wahr?« Pedro sah wieder ins Feuer. »Wir haben das Geschäft hier an der Ostküste aufgezogen. Vater hat mir das nicht zugetraut, aber sieh uns an! Jetzt sind wir die Könige hier.«

»Du bist der König.«

»*Pero no!*« Es klang unerwartet scharf. »Du bist mein einziger Vertrauter, Julio! Der Bruder, den ich nie hatte. Du wirst hierbleiben, wenn ich zurück nach Mexiko gehe. Du wirst der König hier sein!«

Die Nachricht traf Julio wie ein Peitschenhieb. »Du lässt mich zurück?«

»Du steigst auf.« Pedro wirkte amüsiert über Julios augenscheinliches Entsetzen. »Ist es nicht das, was du wolltest, mein Freund? Du wirst der *Teniente* von Pennsylvania. Der Herrscher über unsere *Halcones.*«

Julio suchte nach einer Antwort, die nicht Pedros Unmut erregen würde. Sein Boss war so empfindlich wie Flüssigsprengstoff. Wenn man ihn falsch behandelte, explodierte er und hinterließ überall schwelende Löcher.

»Ich fühle mich geehrt.« Julio zwang sich zu einem Lächeln. »Aber ich bin noch nicht so weit.« Und er wollte es auch nie sein. Er hasste die USA. Er hasste die Politik des Landes und die ständige Verfolgung durch die Behörden. Er hasste die Sprache, die Bewohner und diese Stadt.

»Bescheiden wie immer.« Pedro schlug ihm aufmunternd auf den Oberschenkel. »Du hast Zeit, um dich einzuarbeiten. Zuerst müssen wir das mit New Jersey klären und dann brauchen wir einen neuen Muli. Einen unauffälligen. Einen, der anders ist als alle, die wir bisher hatten. Noch eine Panne können wir uns nicht erlauben, sonst kommt unser Nachschub aus Mexiko endgültig zum Erliegen.«

»Was passiert mit dem Muli, den die Behörden hochgenommen haben? Hast du dafür gesorgt, dass er nicht plappert?«

»Natürlich!«, fuhr Pedro ihn an. »Was denkst du denn? Ich habe unsere Leute schon auf ihn angesetzt. Entweder kriegen ihn die Polizisten oder unsere Verbündeten im Gefängnis.«

Julio wusste, was Pedro meinte. Es gab etliche Cops des Philadelphia Police Departements, die auf der Gehaltsliste des

Kartells standen. Sie verdienten sich ein nettes Zusatzgehalt, indem sie über bestimmte Vergehen hinwegsahen oder zuließen, dass gewissen Personen etwas zustieß. Dasselbe galt für einige Wärter des Lancaster County Gefängnisses, die nichts unternahmen, wenn mit dem Kartell verbündete Häftlinge Selbstjustiz verübten. Der Muli würde nicht mehr lange atmen. Die Frage war nur, was er vorher der DEA und der Staatsanwaltschaft erzählte.

»Denkst du, die Behörden werden demnächst mit einem Durchsuchungsbefehl vor unserer Tür stehen?«

»Und wenn schon?« Pedro schnaubte. »Das hatten wir bereits zweimal und sie haben nichts gefunden. Lass deine Leute morgen aufräumen. Die Papiere und der Stoff müssen vorübergehend verschwinden.« Er lehnte sich zurück und schloss die Augen. »Hast du den Jungs von dieser Gang etwas mitgegeben?«

»Ja, sie wirkten in Ordnung.«

»Wenn sie intelligent sind, ziehen sie ihr Ding durch und steigen auf. Die Straßen sind wie die Wildnis, nicht wahr, Bruder? Nur die Stärksten überleben.«

»Amen.« Julio trank aus und erhob sich. »Ich mache jetzt meinen letzten Rundgang.«

Pedro behielt die Augen geschlossen und Julio schlich aus dem Zimmer. Sein Boss schlief niemals tief. Er war immer auf der Hut. Das brachte seine Stellung mit sich. Leise schloss Julio die Tür hinter sich und vergewisserte sich, dass die Bodyguards ihre Positionen bezogen hatten. In diesem Haus hielt fortwährend jemand Wache. Und nur die Männer, denen Julio bedingungslos vertraute, setzte er ein, wenn er selbst eine Runde Schlaf brauchte. Er nickte ihnen zu und ging noch einmal durch alle Räume, bevor er die Treppen nach oben stieg. Sein Zimmer lag zentral am Anfang des Flurs. So konnte er sofort reagieren, sollte Alarm geschlagen werden.

Er öffnete die Tür und knipste das Licht an. Adriana lag in seinem Bett und schlief. Sie schien geduscht zu haben, trug aber noch immer ihre schwarze Reizwäsche. Die transparenten Dessous schmiegten sich mit den Strapsen und Netzstrümpfen an ihren kurvigen Körper und sie hatte eine pinkfarbene Schlafmaske aufgesetzt. Auf dem Nachtkästchen stand ein Fläschchen mit Kokain, daneben lag ein goldener Kokslöffel. Julio ging ins Bad, schlüpfte aus seinem Brioni-Anzug und legte das Waffenholster ab. Als er gerade dabei war, sein Hemd aufzuknöpfen, erschien Adriana. Er beobachtete sie im Spiegel, wie sie sich an ihn heranpirschte, ihn von hinten umarmte und ihre langen kirschfarbenen Krallen in seine Brust schlug. Ihre grünbraunen Katzenaugen fixierten ihn wie eine besonders interessante Beute. Das war er auch. Als rechte Hand des Bosses konnte er sich die Frauen aussuchen, die seinen Schwanz lutschen sollten. Er bevorzugte im Moment Adriana. Sie war eine waschechte Mexikanerin mit exotischem Äußeren und lackschwarzen Locken, die ihr über den gesamten Rücken fielen.

»Wo warst du?«, gurrte sie und biss ihn in die Schulter. Ihre Finger fuhren über seine glatte Brust.

»Was geht es dich an?«, erwiderte er barsch und nahm ihre Hände fort. Sie verstand und half ihm beim Ausziehen. Nachdem sie sein Hemd aufgehängt hatte, machte sie eine graziöse Bewegung um seinen Körper herum, als sei er eine Stange, an der sie tanzen wollte. Nun stand sie vor ihm und verdeckte sein Spiegelbild. Das machte ihn ärgerlich und er schob sie zur Seite, um sich weiter anzusehen. Der Mann, der er inzwischen war, hatte nichts mehr mit dem kleinen, dreckigen Straßenjungen gemeinsam, der er einmal gewesen war. Sein Körper war nicht länger dürr und ausgezehrt, sondern durchtrainiert und hart. Kein Gramm Fett verhüllte die Muskeln, die durch tägliches Training geformt worden waren. Die Tattoos, die sich über Brust, Oberarme und Rücken erstreckten, verdeckten die Narben, die ihm das Leben zugefügt hatte. Sie machten einen anderen aus ihm. Einen Kämpfer. Sein Gesicht war markant, die mandelförmigen Augen unter den dichten Brauen so dunkel, dass man Iris und Pupillen kaum voneinander unterscheiden konnte, der Backenbart ordentlich kurz gestutzt und um die Kinn- und Mundregion etwas länger. Unter seinem rechten Augenwinkel prangten drei tätowierte Tränen. Das Zeichen für seine ersten Opfer, drei Männer des Los Zetas Kartells. Er hatte sie in Pedros Auftrag erschossen, da war er gerade einmal einundzwanzig Jahre alt gewesen. Dieser Auftrag hätte ihn beinahe selbst das Leben gekostet und ihm ein paar graue Haare beschert, die bis heute an den ansonsten tiefschwarzen Schläfen aufblitzen. Julio hob das Kinn und starrte sich ins Gesicht. Sein gesamtes Äußeres mutete gefährlich an und das Wissen, dass er es war, erregte ihn. Er war Julio Camarena, ein Junge aus Culiacán, der für das mächtigste Kartell Mexikos arbeitete. Stolz durchflutete ihn und er spürte, wie sein Schwanz steif wurde. Sein Blick richtete sich auf Adrianas Gesicht. Ihre Pupillen waren stark geweitet, ihre vollen Lippen geöffnet. Seine Hände umschlossen ihre Schultern und drückten sie nach unten. Sie gehorchte sofort. Er spürte ihre Fingernägel, die über seinen Hintern kratzten, als sie ihm die Hipsterpants abstreifte. Schon hüpfte ihre Zunge über seine Eichel, bevor sein Schwanz völlig von ihrem Mund aufgesaugt wurde. Julio spannte die Bauchmuskeln an und betrachtete sich erneut im Spiegel. Adrianas Kopf hob und senkte sich, hob und senkte sich. Er legte seine Hand auf ihre Haare, bestimmte den Rhythmus. So machten es die *Capos*, die Bosse. Pedro und sein Vater ließen sich von den Mädchen im Haus nur einen blasen. Sex hatten sie ausschließlich mit ihren Ehefrauen, wobei Pedro dieses Zugeständnis an den heiligen Bund der Ehe und den katholischen Glauben nicht so ernst nahm wie sein Vater. Doch eine Frau würde Julio nie haben, das war eine Tatsache. Nicht wegen dem, was er Gael gesagt hatte. Das stimmte nur zum Teil, denn im Grunde wusste er nicht einmal, ob er seine eigenen Kinder lieben könnte. Vielmehr waren Gefühle etwas, das er in seiner Vergangenheit zurückgelassen hatte. Er verspürte Liebe zu seiner Mutter, Zuneigung zu seinem Vater und Verbundenheit zu seinen Brüdern, doch diese Emotionen waren mehr eine Erinnerung als eine Regung, die tatsächlich in ihm existierte. Er lebte für seinen Job, er lebte für Pedro und er kannte die Konsequenzen, die dieses Leben mit sich brachte. Er hatte seine Lektion langsam gelernt, aber inzwischen hatte er sie verinnerlicht. Freunde gab es nicht für ihn, denn alle Kollegen, die ihm zu Anfang etwas bedeutet hatten, waren tot. Ihr Gehirn an Wänden, auf einsamen Parkplätzen oder in unwegsamen Wüstenregionen verstreut. Pedro war der einzige Mensch, der zählte. Er war Julios Sonne, sein Mond und das Universum, in dem er sich bewegte.

»Ah!« Julio stöhnte auf. Adriana tat ihre Arbeit vorzüglich. »Dreh dich um!«

Sie gehorchte und Julio schlug ihr mehrmals auf den Po. Er mochte es, wenn ihre voluminösen Backen vibrierten. Ungeduldig schob er Adrianas Slip zur Seite. Er wollte es ihr an diesem Abend anal besorgen. Das war zur Zeit das Einzige, was ihn antörnte.

»Komm her!« Rücksichtslos zog er Adriana zu sich heran, beugte ihren Oberkörper nach vorne und schob ihre Pobacken auseinander. Die Enge ihres Anus machte ihn an. Er stieß zu und lächelte, als ihre Stirn dabei gegen den Spiegel prallte. Es gab nichts, was er nicht schon getan hatte. Das war auch etwas, das sein Job mit sich brachte. Er tötete ebenso exzessiv, wie er fickte. Als Pedro ihn als Junge zum ersten

Mal mit den Mädchen des Kartells bekanntgemacht hatte, war sein Schwanz monatelang wund gewesen. Er konnte nicht aufhören, sich mit ihnen zu vergnügen. Als er älter wurde, wurde ihm manches langweilig. Er probierte alles aus. Gangbang, Bondage, Spielzeuge, Jungfrauen und einmal nahm er sogar an einem Glory Hole mit entführten Frauen des Los Zetas Kartells teil. Das war eine von Pedros Bewährungsproben gewesen. Eine von vielen, die Julio absolvierte, um seinem Boss zu beweisen, dass er alles für ihn tat.

In geschmeidigem Rhythmus ließ er seinen Schwanz zwischen Adrianas Pobacken hinein und wieder hinaus gleiten. Sie stöhnte dabei, ganz so, wie sie es gelernt hatte. Auch sie war kein Mensch, von dem man Gefühle erwarten durfte. Das war einer der Gründe, warum Julio gerne mit ihr zusammen war. Sie erledigte ihren Job ebenso skrupellos wie er den seinen. Am Ende ging es ums Geld. Und darum, am Leben zu bleiben. Adriana kam von der Straße, zumindest hatte sie das erzählt, als sie sich bei ihnen beworben hatte. Pedro suchte regelmäßig Mädchen zu gesellschaftlichen Zwecken. Er ließ sie vom Arzt durchchecken, bevor er sie seinen Geschäftspartnern servierte, und sorgte dafür, dass sie drogenabhängig waren. Dadurch waren sie leichter zu kontrollieren. Den meisten Mädchen wurde irgendwann bewusst, für wen sie arbeiteten, aber sie schwiegen und versuchten, so viel Geld zu verdienen wie es ging, bevor sie wieder gehen mussten. So war das Spiel. Nach einigen Monaten wurde Pedro ihrer überdrüssig und entließ sie. Diejenigen, denen er misstraute, ließ er nicht gehen, sondern jagte ihnen eine Kugel durch den Kopf.

Julio vermied es, Adriana im Spiegel zu beobachten. Ihr Schicksal war ebenso ungewiss wie sein eigenes. Aber in diesem Moment war es ihm ohnehin egal. Er spürte den Orgasmus heranrollen, jenen Augenblick, in dem es ihm die

Eier beinahe schmerzhaft zusammenzog. Genussvoll rammte er seinen Schwanz tief in Adrianas Anus und umklammerte dabei ihre Hüften. Dann hielt er inne und genoss das Kribbeln, das seine Arschbacken erzittern ließ.

»Hm«, entfuhr es ihm. Er legte den Kopf in den Nacken und versuchte, das herrliche Zucken hinauszuzögern, das ihm jedes Mal zeigte, dass er noch etwas fühlte. Dass er noch lebte.

ROSE

»Beeil dich!« Billy, der übergewichtige Vorarbeiter, trat gegen den Wischmopp und lachte, als Rose stolperte. »Tu was für dein Geld, Sanchez, oder lass dich bei *Sabel's* anstellen und tanz an der Stange.« Er griff nach dem Stiel des Mopps und machte eine obszöne Geste. Rose tat so, als bemerkte sie es nicht.

Billy war ein Arschloch und die Bezahlung in der Coca Cola-Fabrik vermutlich mieser als in der Bar, von der er gesprochen hatte. Dennoch widerstrebte es ihr, den letzten Rest an Selbstachtung aufzugeben, der ihr geblieben war. Sie lebte erst ein Jahr in Philadelphia. Ein Jahr, das sich bereits jetzt wie das einsamste ihres ganzen Lebens anfühlte. Sie hätte in New York bleiben sollen. Zum wiederholten Mal verfluchte sie sich für die blöde Idee, einfach abgehauen zu sein. Doch dann dachte sie an ihren Ehemann Diego und daran, dass er sie vermutlich inzwischen zu Tode geprügelt hätte, wenn sie geblieben wäre.

Mit zackigen Bewegungen putzte sie die klebrige Flüssigkeit vom Boden und hörte, wie die Mitarbeiter der Nachtschicht allmählich ihre Plätze an den Abfüllanlagen einnahmen. Es war vor allem die Abhängigkeit von ihrem Arbeitgeber, die ihr zusetzte. Sie brauchte Geld. Geld, um zu essen. Geld, um zu überleben. Doch sie war ganz allein. Niemand stand ihr bei, niemanden kümmerte es, wie es ihr ging. Sie hatte keine Freunde in der Stadt, denn sie war ein Nuyorican, eine Puerto Ricanerin aus Brooklyn, New York. Das war alles, was sie kannte. Sie war dort geboren und aufgewachsen und hatte auch vorgehabt, dort zu sterben. Niemand aus ihrem Familien- und Freundeskreis hatte New York jemals verlassen, seit ihre Großeltern Puerto Rico den Rücken gekehrt hatten. Rose war die Erste, die ausbrach, und sie hatte sich geschworen, keiner Menschenseele zu verraten, wo sie war. Doch dieser Vorsatz fiel ihr zunehmend schwerer.

Billy kam zu ihr zurück und versperrte ihr den Weg zum Rest der Putzkolonne. »Wenn du nicht ordentlich arbeitest, muss ich dich zu Überstunden verdonnern«, sagte er und grinste anzüglich.

»Lass mich in Ruhe.« Sie verfluchte sich innerlich wegen ihrer leisen Stimme. Mit der hatte sie auch Diego keinen Respekt einflößen können.

Billy beugte sich zu ihr und flüsterte: »Du weißt, dass ich dich zu gerne einmal ficken würde.«

Rose umklammerte den Wischmopp. In New York hätte es niemand gewagt, so mit ihr zu reden. Die puerto-ricanischen Familien kannten sich untereinander und standen sich bei. Diego hätte Billy das Maul so dermaßen gestopft, dass er sie vermutlich nie wieder angesehen, geschweige denn mit ihr geredet hätte. Doch Diego war nun einmal derselbe Wichser wie der Fettsack, der ihr gegenüberstand, und nun steckte sie allein in der Klemme.

»Ich will das nicht!« Hilfesuchend sah sie sich um, aber niemand bemerkte Billys Spiel. Es war kurz vor Mitternacht und die Mitarbeiter waren zu abgestumpft, um sich um etwas anderes als sich selbst zu kümmern.

»Komm schon, *chica*! Du hast das Gesicht von Gina Rodriguez und den Körper von Jennifer Lopez. Das ist ein Jackpot, das solltest du nutzen!«

Rose ignorierte sein Gerede, was Billy nur noch mehr anstachelte.

»Ich bemühe mich seit Monaten um dich. Ein kleiner Quickie und ich teile dich der Sonderschicht zu, wie wär's?«

»Nein, danke!« Sie wollte sich an ihm vorbeidrängen, doch er hielt sie am Arm fest.

»Ich bin so hart wie eine dieser Flaschen.« Er deutete auf die Abfüllanlage, vor der sich die leeren Glasflaschen mit dem typischen Schriftzug aneinanderreihten. »Wenn du mich ranlässt, dann darfst du zur Putzkolonne für die Büros. Ist einfacher dort.«

»Ich habe kein Interesse.« Rose versuchte, sich zu befreien und Billy verstärkte seinen Griff.

»Ich leck dich auch, bevor ich dich ficke. Das magst du sicher.« Sein schmieriges Lächeln widerte sie an.

»Hör auf!«

»Zier dich nicht so, kleine Rose.« Er zog sie zu sich heran und sie roch seinen Atem, eine Mischung aus Zwiebeln, Bier und mangelnder Mundhygiene. Ihr wurde übel.

»Nicht!« Ihre Stimme war kaum mehr als ein Flüstern. Warum war sie nur so feige?

»Bist du schon feucht?« Billys Hand wanderte direkt zwischen ihre Beine.

»Aufhören!« Rose wehrte sich. Noch immer beachtete sie niemand. »Hilfe!«

»Dein Geschrei bringt gar nichts. Und weißt du warum? Du bist hier allen egal. Die brauchen ihre Jobs. Ganz genau wie du, *chica*.« Er entblößte seine verfärbten Zähne. »Komm mit mir ins Büro. Ich bin auch sanft.«

Rose schüttelte den Kopf, doch Billy zerrte sie mit sich. Hektisch sah sie sich um, aber die Angestellten senkten die Blicke. Niemand würde ihr helfen. Rose bekam Panik. Die Vorstellung, dass Billy sie zwang, mit ihm zu schlafen, setzte unangenehme Erinnerungen in ihr frei.

Spontan riss sie den Wischmopp nach oben und rammte den Stiel mit voller Wucht gegen Billys Gurgel. Dieser röchelte und lockerte den Griff, während Rose überrascht von ihrer eigenen Reaktion war.

»Tut mir leid«, murmelte sie und sah doch mit Erleichterung, dass Billy außer Gefecht gesetzt war. Aber dann hob er die Hand und Rose zuckte zusammen. Nie wieder, schoss es ihr durch den Kopf. Nie wieder! Sie hob ihr Knie und stieß es zwischen seine Beine. Billy rang pfeifend nach Luft und Rose trat einen Schritt zurück. So etwas hatte sie noch nie getan! Sie schämte sich augenblicklich für ihr unüberlegtes Verhalten.

»Du miese Hure!«, entfuhr es Billy, beide Hände auf seine Eier gepresst. Sein Gesicht lief feuerrot an und die gesamte Fertigungshalle sah endlich zu ihnen hinüber. »Du bist gefeuert, Sanchez!«

»Bitte nicht!«, flehte sie. »Es war ein Unfall!« Was hatte sie nur getan? In Philadelphia gab es nicht viele Jobs für jemanden wie sie. »Ich wollte das nicht!«

»Hau ab!«, schrie Billy. »Geh anschaffen. Vielleicht lernst du dann endlich, wo dein Platz ist, du arrogante puerto-ricanische Schlampe!«

»Aber ich ...«

»Raus!«

Rose ließ den Mopp zu Boden fallen und ging. In ihren Ohren rauschte es und ihre Existenzangst wurde übermächtig. Sie war zu weit gegangen. Womit sollte sie jetzt ihre Miete bezahlen? Sie passierte die Putzkolonne, die stehengeblieben war und sie anstarrte, als würden sie sie zum ersten Mal richtig wahrnehmen. Nachdem Rose an den Leuten vorübergegangen war, lösten sich einige aus der Gruppe, um dem schnaufenden und fluchenden Billy zu Hilfe zu eilen.

In der Umkleide angekommen, schlüpfte Rose aus den hellblauen Arbeitsklamotten, warf sie achtlos auf eine der Bänke und zog sich um. Dann schlug sie den Spind zu. Ohne sich noch einmal umzudrehen, verließ sie das Gebäude. Kalter Wind wehte ihr entgegen und sie schlang die Arme um sich. Was war nur in sie gefahren? Warum war sie ausgerechnet an diesem Tag mutig gewesen? Der fette Billy hätte ihr eine bessere Stelle verschaffen können, aber sie musste sich ja wie eine prüde Katholikin benehmen. Verärgert kickte Rose einen Stein davon.

Sex ist dein Weg ins Paradies, hatte ihre beste Freundin Isabel immer gesagt. Sie hatte es doppeldeutig gemeint und wäre sich nicht zu schade dafür gewesen, Billy einen zu blasen, um als Gegenleistung in den Büros putzen zu dürfen. Am Ende hatte sie diese Einstellung aber nicht ins Paradies, sondern ins Leichenschauhaus von Williamsburg gebracht. Rose verdrängte die Erinnerung. New York war Vergangenheit, Williamsburg in Brooklyn unter dem Nebelschleier ihrer Gedanken begraben. Nur manchmal, wenn sie sentimental wurde, lüftete er sich und schickte sie zurück auf die Straßen, auf denen sie in den Sommern ihrer Kindheit die Wasserhydranten angezapft hatten, um ausgelassen durch die austretenden Fontänen zu springen.

Rose erreichte ihr Auto, einen weißen 2000er Daihatsu. Die Straßenlaternen des Parkplatzes leuchteten jede seiner Dellen aus. Er wirkte wie eine in die Jahre gekommene Frau mit massiver Cellulite. Rose tätschelte dem Auto liebevoll die verrostete Stoßstange. Der verdammte Daihatsu hatte ihr das Leben gerettet. In jener Nacht, als Diego mal wieder betrunken nach Hause gekommen und über sie hergefallen war. Er war ohnehin ein übler Kerl, doch an diesem Abend war es komplett mit ihm durchgegangen. Rose hatte geglaubt, er würde sie umbringen. Nur durch Zufall war sie ihm entkommen, weil er im Suff gestürzt war und sich verletzt hatte. Während er auf dem Boden lag und schrie, hatte sich Rose durchs Haus geschleppt, sämtliches Bargeld zusammengerafft und war abgehauen. Sie war einfach losgefahren. Raus aus New York in Richtung Süden, bis die Tankanzeige des Daihatsu aufleuchtete. Das war kurz vor Philadelphia gewesen. Rose erinnerte sich daran, als wäre es gestern gewesen. Im Morgengrauen hatte sie am Delaware River geparkt und auf die Skyline der Stadt gestarrt. Hier wollte sie neu anfangen. Es war Schicksal, es musste so sein. Das Auto hatte sie bis hierher gebracht, jetzt lag es an ihr, ihr Leben neu zu ordnen. Und das hatte sie getan, so gut es eben ging. Doch die Scheiße schien ihr an den Schuhen zu kleben und sie immer wieder zu Fall zu bringen.

Rose entriegelte den Daihatsu und schob die sperrige Tür soweit auf, bis sie sich ins Innere zwängen konnte. Dann rieb sie sich angespannt die kalten Hände. Es war jedes Mal ein Abenteuer, ob das Auto anspringen würde. Aber an diesem Abend ließ er sie nicht im Stich. Nach einem kurzen Zögern des Anlassers ratterte der Motor los. Rose seufzte erleichtert und fuhr vom Parkplatz. Im Rückspiegel sah sie die Lichter der Fabrik ein letztes Mal aufleuchten, bevor sie auf die Hauptstraße abbog. Sie würde nicht zurückkommen. Vermutlich hatte sie bereits die endgültige Kündigungsnachricht von Billys Boss auf ihrem Anrufbeantworter, wenn sie zuhause ankam. Rose fuhr langsam durch die nächtlichen Straßen. Ihre Wohnung in der Amber Street lag nur zehn Minuten von der Coca Cola-Produktionsstätte entfernt. So einfach würde sie es in Zukunft nicht mehr haben. Nur Gott allein wusste, was ihr als Nächstes bevorstand. Sie berührte den Rosenkranz, der um den Rückspiegel geschlungen war, und bekreuzigte sich. Es war eine alte Angewohnheit, ein Überbleibsel aus Williamsburg und jenen Tagen, an denen sie vor dem Zubettgehen gebetet und die Gottesdienste am Sonntag besucht hatte. Doch wie so vieles andere war auch das inzwischen Vergangenheit. Obwohl sie inmitten von North Central Philadelphia lebte, wo die Bevölkerung überwiegend lateinamerikanischer Abstammung war und es an jeder Ecke eine katholische Kirche gab, hatte sie ihren Draht zu Gott verloren. Er hatte ihr niemals geholfen.

Rose bog von der Allegheny Avenue ab und fand sofort einen Parkplatz gegenüber des Hauses, in dem sich ihre Wohnung befand. Nachdem der Motor verstummt war, stützte sie die Arme auf dem Lenkrad ab und bettete den Kopf darauf. Ein Kloß bildete sich in ihrem Hals. Sie war am Ende. Mal wieder. Nach ihrer Ankunft vor einem Jahr hatte sie Wochen gebraucht, um Fuß zu fassen. Ohne Ausbildung war es schwierig, eine Anstellung zu finden. Zu Beginn hatte sie tagsüber in einer Wäscherei gearbeitet und nachts in einem Fast Food-Restaurant. Dazwischen hatte sie in ihrem Auto geschlafen, weil sie sich noch keine Wohnung leisten konnte. Der Schlafmangel brachte sie beinahe um, aber am Ende zahlten sich die beiden Jobs aus. Sie fand ein Zimmer und später, als sie sich ein wenig eingelebt hatte, nahm sie den Job in der Putzkolonne der Coca Cola-Fabrik an. Durch die Schichtarbeit verdiente sie ein bisschen mehr und hatte endlich so etwas wie Freizeit. Da ihr jedoch in der Einsamkeit ihrer winzigen Wohnung die Decke auf den Kopf fiel, half sie umsonst in einem benachbarten Seniorenzentrum aus, wo sie den älteren Herrschaften die Haare machte. Dafür dass sie es nie gelernt hatte, ging es ihr erstaunlich gut von der Hand. Als Jugendliche hatte sie immer Friseuse werden wollen wie ihre beste Freundin Isabel, doch ihre Eltern verwehrten ihr diesen Wunsch und bestanden darauf, dass sie im Restaurant half. So war das in nuyoricanischen Familien. Die Söhne gingen aus dem Haus, heirateten und suchten sich Jobs. Die Töchter blieben bei den Eltern, um ihnen zur Hand zu gehen. Deshalb gab es in Rose' Leben jahrelang nichts anderes außer dem Zubereiten von Empanadas, Tostones und Mofongo. Es war nicht so, dass sie es vermisste, aber in diesem Moment sehnte sie sich nach der Einfachheit zurück. Alles war geordnet gewesen, ihre Zukunft hatte vor ihr gelegen wie ein schnurgerader Highway, den sie nur hinunterfahren musste. Sie und Diego hätten eines Tages das Restaurant ihrer Eltern übernommen, das ihnen ein passables Einkommen sicherte, wenn sie fleißig gearbeitet hätten. Und irgendwann hätte ihre Tochter das Restaurant weitergeführt. Rose schluchzte auf. Ihre Tochter. Erneut berührte sie den Rosenkranz. Obwohl sie nicht wusste, welches Geschlecht das Baby gehabt hätte, das sie im vorletzten Jahr heimlich hatte abtreiben lassen, verging kein Tag, an dem sie nicht darüber nachgrübelte. Diese eine Sünde würde ihr niemals vergeben werden. Sie lastete auf ihr und rieb ihr die Seele wund, selbst wenn sie wusste, dass es die richtige Entscheidung gewesen war.

Rose löste ihre Finger, die noch immer das Lenkrad umklammerten, und schniefte. Ab heute musste sie wieder von vorne anfangen. Tapfer wischte sie die Tränen fort und strich sich die Haare aus dem Gesicht, bevor sie aus dem Auto stieg. Die Straße war kaum beleuchtet und um die Mülltonnen auf den Gehsteigen huschten Ratten. In der Ferne heulte eine Polizeisirene auf, was die Hunde in den Hinterhöfen zum Bellen brachte. Rose sah sich um. Eine Gruppe junger Burschen kam aus einer der Gassen.

»*Hola* Rose!«, rief einer von ihnen und die Jugendlichen schlenderten auf sie zu. Es war Cruzito mit seiner Gang. Rose kannte sie. Als sie hier eingezogen war, hatten die Jungen ihr Angst gemacht, aber mit der Zeit war ihr bewusst geworden, dass es nur einsame Seelen waren, die sich härter gaben, als sie eigentlich waren. Sie hatten sich angefreundet. Rose brachte Cruzito und seinen Kumpels bisweilen Ausschussware aus der Fabrik mit und die revanchierten sich mit Dingen, die sie irgendwo ›gefunden‹ hatten.

»*Te crees muy valiente porque andas con un corillo, pero en algún momento estarás solo*«, sagte sie und grinste. Sie neckte Cruzito ständig, weil er immer auf dicke Hose machte. Er und seine Gang trugen schwarze Bandanas um die Stirn geschlungen und kennzeichneten ihre Zugehörigkeit zu der Gruppe mit einem schwarz-roten Tuch, das ihnen aus der Hosentasche hing. Sie waren Kleinkriminelle, keine schweren Jungs, auch wenn man ihnen das auf den ersten Blick nicht ansah. Rose wusste jedoch zu genau, wie schnell Grenzen überschritten werden konnten. Deshalb war sie froh, ihn und seine Kumpels gesund und munter vor sich zu sehen.

»Ah, *gata*, deine Sprüche werden langweilig.« Cruzito lehnte sich gegen die Motorhaube. »Ist deine Schicht heute früher vorbei?«

»Ich wurde gefeuert.« Rose bemühte sich um einen gefassten Gesichtsausdruck.

»Warum?« Er wirkte ehrlich entsetzt. Cruzito war sechzehn Jahre alt und stammte aus Kolumbien. Der Rest seiner Gang war etwa im selben Alter und eine bunte Mischung aus Haitianern, Mexikanern und Kubanern.

»Billy«, antwortete Rose.

»Der schon wieder!« Cruzito schnalzte mit der Zunge. »Sollen wir ihn in die Mangel nehmen?«

»Nein, das ist nicht nötig.«

»Wir tun's gerne für dich, *gata*.« Cruzito ließ seine Augenbrauen hüpfen und entlockte Rose damit ein Lächeln. Er war ihr einziger Freund in dieser grauen und hässlichen Welt von Philadelphia.

»Besorg mir lieber einen Job«, seufzte sie und ignorierte, dass er sie *gata*, Katze, nannte, ein Slang-Wort mit dem Südamerikaner heiße Frauen bedachten.

»Ich hör mich um«, versprach Cruzito, doch Rose wusste, dass nichts dabei rauskommen würde. Die Jungs hatten genug damit zu tun, ihren eigenen Lebensunterhalt zu verdienen.

»Danke«, sagte Rose und hob die Hand zum Abschied. »Gute Nacht!«

»*Ya empezó el día, hay que salir a bregar para ganarse los chavos*«, scherzte Cruzito und Rose fragte sich, was er damit andeuten wollte. Womit würde seine Gang an diesem Tag Geld verdienen?

Sie hielt ihn am Ärmel seines Hoodies fest. »Du machst keine Dummheiten, oder?«, fragte sie.

»Natürlich nicht.« Cruzito und seine Kumpels grinsten breit. »Aber vielleicht haben wir endlich mal Glück.«

Sie runzelte die Stirn und sah den Jungen nach, die fröhlich über den Bürgersteig tanzten. Irgendetwas war da im Busch, doch sie war zu sehr mit ihren eigenen Problemen beschäftigt, um darüber nachzudenken.

Rasch lief sie über die Straße, stieß die mit Graffiti besprühte Haustür auf und zog einen Stapel Werbung aus einem der verrosteten Briefkästen im Hauseingang. Dann stieg sie die Treppen in den ersten Stock hinauf und achtete darauf, nicht auf die oberste Stufe zu treten, die immer knarzte. Sie hatte keine Lust, dass Adolfo, ihr Vermieter, sie hörte. Er wusste ganz genau, wann ihre Schicht in der Fabrik endete und sie wollte nicht seine Aufmerksamkeit erregen. Er war knallhart zu seinen Mietern, obwohl die Zimmer, die er vermietete, die reinsten Dreckslöcher waren. Trotzdem gab es genug Interessenten und das wusste Adolfo ganz genau. Wer nicht pünktlich zum Monatsende zahlte, der flog. Zur Not schickte er seinen Cousin mit dessen Bullterrier, um die Wohnung zu räumen.

Rose schlich den Flur hinunter, blieb vor ihrer Wohnungstür stehen und schob den Schlüssel leise ins Schloss. Kaum war sie im Inneren angekommen, zog sie ihre Sneaker aus und legte die Türkette vor. Sie verzichtete darauf, Licht zu machen. Das Zimmer war so winzig, dass man sich nicht verlaufen konnte. Sie steuerte auf die Küchenzeile auf der anderen Seite des Raumes zu und fischte eine Dose Bohnen und eine Gabel aus dem Schrank. Dann setzte sie sich auf ihr Bett und schaufelte die Bohnen in sich hinein. Das war ein weiterer Unterschied zu ihrem alten Leben, wo sie immer reichlich zu essen gehabt hatte. Zwar ermöglichte ihr die unfreiwillige Diät, eine Kleidergröße kleiner zu tragen, aber wenn sie an das gebackene Hühnchen ihrer Mutter dachte, schmeckten die Bohnen gleich noch grauenvoller. Angesichts ihrer aussichtslosen Lage begann sie erneut zu weinen. Sie wollte nach Hause. Sie wollte zurück nach Williamsburg und zu all den bekannten Menschen, die zu ihrem Leben gehörten. Sie wollte in ihrem eigenen Bett schlafen und mit ihrer Mutter über neue Rezepte für das Restaurant sprechen. Sie wollte mit ihren Verwandten lachen und sich mit ihren Brüdern streiten. Rose schluchzte und wie immer, wenn ihr Heimweh übermächtig wurde, zwang sie sich, an Diego zu denken.

Diego war ein *Boricua*, ein Puerto Ricaner, dessen Familie nicht bereits seit Generationen in New York lebte, sondern der tatsächlich in Puerto Rico geboren worden war. Rose' Eltern waren begeistert, das zu erfahren, nachdem er zum vierten Mal in ihrem Restaurant gegessen und die Küche in den höchsten Tönen gelobt hatte. Rose erinnerte sich an ihre erste Begegnung.

»Das ist Diego Galarza. Er stammt aus San Juan«, hatte ihr Vater in einem Tonfall gesagt, als hätte er gerade einen lupenreinen Diamanten entdeckt. »Und das ist Rose, meine Tochter.«

Sie und Diego hatten sich die Hand gegeben und Rose war sofort fasziniert von ihm gewesen. In ihrem Viertel kannte jeder jeden. Alle jungen Männer waren mit ihr aufgewachsen und zum Großteil sogar mit ihr verwandt. Ein neues Gesicht in Williamsburg war eine Sensation. Und dieses war noch dazu besonders gutaussehend. Diego war größer als ihr Vater und damit auch größer als die meisten Männer, die sie kannte. Er hatte schwarze, lockige Haare, die er nach hinten gegelt trug, und die sich im Nacken ringelten, war glattrasiert und überaus gut trainiert. Rose starrte länger als nötig auf seine üppigen Oberarmmuskeln, die sich unter seinem mattschwarzen Hemd spannten. Obwohl sie ihrer Freundin Isabel immer gesagt hatte, sie suchte nach einem Mann mit Grips, war sie in diesem Moment bereit, dahingehend Abstriche zu machen.

»Rose.« Diego ließ sich ihren Namen auf der Zunge zergehen und weil Rose über eine ausgeprägte Fantasie verfügte, stellte sie sich augenblicklich vor, wie er ihren Namen murmelte, während er sie zärtlich küsste.

»Werden Sie uns wieder besuchen?«, fragte ihr Vater Diego in diesem Moment und Rose vergaß beinahe zu atmen, bis sie die Antwort erhielt.

»Jeder Tag, an dem ich nicht herkomme, wird ab jetzt ein vergeudeter Tag sein«, erwiderte Diego ohne den Blick von ihr abzuwenden. Es war unhöflich, sowohl seine direkten Worte, als auch sein Starren, aber Rose' Eltern verziehen es ihm. Ein *Boricua* war etwas Gottähnliches in der Nuyorican-Gemeinschaft. Obwohl sie alle freiwillig hier lebten, träumte doch jeder von ihrer Heimat, dabei besuchten die meisten sie nur selten. Rose vermutete, dass die Leute ihr geliebtes Puerto Rico gerne verherrlichen, ebenso wie sie jedem die Füße küssten, der dort geboren worden war. Es war seltsam.

Die darauffolgenden Wochen trafen sich Rose und Diego immer wieder. Zufällig erst, dann mit voller Absicht. Diego machte keinen Hehl daraus, dass er Rose anziehend fand. Sie tat es ebenso wenig, auch wenn sie ihr Interesse unter ihrer anerzogenen Zurückhaltung versteckte. Ziemlich schnell wusste ihre gesamte Familie, dass es zwischen Rose und Diego knisterte.

»Es steht bald eine Hochzeit an!«, verkündete Rose' Mutter an einem der Sonntage, an dem alle fünfundvierzig Sanchez-Mitglieder zum Mittagessen nach der Kirche anwesend waren. *Familismo* nannte man jene engen Familienbande bei ihnen, die selbst entfernte Cousins und Cousinen mit einschloss. So saßen an diesem Tag nicht nur die zwei Brüder von Rose mit ihren Frauen und Kindern am Tisch, sondern auch sämtliche Tanten und Onkel mitsamt Kindern und Enkelkindern und Rose' beste Freundin Isabel.

»Es ist so weit«, flötete diese und stieß Rose mit dem Ellbogen an. »Die planen deine Hochzeit!«

Rose schüttelte peinlich berührt den Kopf. Diego und sie hatten sich noch nicht einmal geküsst. Eine Schande, wie Isabel meinte. Doch Rose war katholisch erzogen worden. Auch wenn sie bereits Freunde gehabt hatte, waren diese Beziehungen, die sie vor ihren Eltern geheimhalten musste, niemals über Knutschereien und Fingerspielchen hinausgegangen. Manchmal wünschte sich Rose, so abenteuerlustig wie Isabel zu sein, die mit ihren einundzwanzig Jahren schon etliche Male Sex gehabt hatte. Sie genoss es, Rose jedes intime Detail darüber zu erzählen und lachte, wenn Rose dabei knallrote Wangen bekam.

»Du solltest Diego zum Essen einladen«, schlug Valeria, Rose' Tante, vor.

»Du solltest ihn deine Muschi lecken lassen«, flüsterte Isabel von der anderen Seite und Rose spürte, wie ihr das Blut ins Gesicht schoss.

Valeria, die Isabels Bemerkung nicht mitbekommen hatte, klatschte fröhlich in die Hände. »Seht nur, wie verlegen Rose ist. Wie schön Liebe ist!«

Doch Liebe war nicht schön, wie Rose sehr bald erfahren musste. Sie ging als Jungfrau in die Ehe, ganz so wie es sich für ein katholisches Nuyorican-Mädchen gehörte. Auch ihre Hochzeit war genau das, was man sich in Williamsburg darunter vorstellte: bunt, laut und teuer. Die Menschen sparten ihr gesamtes Leben, um ihren Kindern eine derartige Hochzeit bieten zu können. Traditionell richteten Rose' Eltern die pompöse Feier mit über dreihundert Gästen im *Weylin* aus. Die Schwiegereltern kamen für die Flitterwochen auf, ganz so, wie es Brauch war. Nachdem der Brautstrauß geworfen worden war, brachte ein Chauffeur Rose und Diego ins *Ocean Casino Resort* in Atlantic City. Rose konnte ihr Glück kaum fassen. Diego trug sie über die Schwelle des Hotelzimmers und köpfte sofort den Champagner, der dort auf das frisch vermählte Paar wartete. Obwohl er bereits auf der Feier ordentlich getankt hatte, leerte er die Flasche derart rasch, dass Rose nur staunen konnte.

»Trinkst du dir Mut an?«, neckte sie ihn. Ein Satz, den sie bitter bereute. Sie wusste nicht mehr, wie es geschah, aber auf einmal flog ihr Kopf herum und sie spürte jähen Schmerz. Rose keuchte erschrocken auf.

»Denkst du, das hätte ich nötig?« Diego trank nicht länger aus der Champagnerflöte, sondern setzte die Flasche an seine

Lippen. Rose hielt sich die brennende Wange und starrte ihn an. Sie wusste nicht, was sie sagen sollte. Gerade noch war sie verzückt über ihre romantische Hochzeit und ihren wundervollen Ehemann gewesen und mit einem Mal war alles anders. Die Farben um sie herum schienen zu verblassen.

»Was?« Er rülpste laut. »Hab ich dir wehgetan, Schätzchen?«

Rose verstand die Welt nicht mehr. Der Diego mit den charmanten Sprüchen und dem einnehmenden Lachen war verschwunden. An seine Stelle war ein unheimlicher, grober Kerl getreten, der den Blick lüstern über sie schweifen ließ.

»Zieh dich aus!«

»Nein!« Rose protestierte und sofort traf sie die nächste Ohrfeige. Verstört begann sie zu weinen und Diego schrie sie an: »Halt dein Maul!«

Rose konnte aber nicht aufhören und Diego schlug sie wieder. Dieses Mal so hart, dass ihr die Ohren klingelten.

»Zieh dich aus!«, wiederholte er herrisch.

Sie gehorchte ihm und zitterte dabei. Diego ließ sie nicht aus den Augen.

»Ich habe noch nie eine Jungfrau gehabt.«

Er stand auf und sie wich instinktiv vor ihm zurück. Doch er war schneller. Der Horror ihrer Hochzeitsnacht begann. Diegos Muskeln, die sie in ihren Träumen voller Ekstase halten sollten, machten sie gefügig. Zuerst riss er ihr das weiße Spitzenmieder so brutal herunter, dass Rose aufschrie. Diego lachte nur darüber und griff fordernd nach ihren Brüsten, sodass Rose sich vorkam, als sei sie eine Kuh, deren Verkaufswert anhand ihres Euters bestimmt wurde.

»Wie fühlt sich das an?« Er verdrehte eine ihrer Brustwarzen derart, dass der Schmerz den in ihrem Gesicht überlagerte.

»Das tut weh!« Rose machte einen Schritt zurück. Panik

überkam sie, denn er hob erneut die Hand. Sie wappnete sich gegen eine weitere Ohrfeige, aber dieses Mal boxte er sie in den Magen. Rose gab einen erstickten Laut von sich und sackte auf die Knie. Übelkeit nahm ihr den Atem.

»Jetzt bist du in der richtigen Position.« Diego starrte auf sie herab. »Blas mir einen!« Er knöpfte sich die Hose auf und ließ sich aufs Bett fallen. Sein Penis ragte zwischen seinen Beinen hervor wie eine Palme, der es an Wasser fehlte. Rose rang nach Luft.

»Jetzt mach schon«, forderte Diego ungeduldig und ballte seine Hand zur Faust. Rose riss sich zusammen und krabbelte zu ihm. Isabel hatte ihr erklärt, wie man einen Mann oral befriedigte. Sie hatten mit einer Banane geübt und dabei so heftig gelacht, dass Rose anschließend der Bauch wehtat. Aber nun lachte sie nicht mehr und ihr Bauch schmerzte von Diegos Schlag. Sachte legte sie ihre Lippen um das Ding, dem Isabel so viele Namen gegeben hatte, um Rose zu erheitern. Schwanz, Bolzen, Rohr, Schwengel. Ihn in ihrem Mund zu fühlen, war seltsam. Die Übelkeit wurde übermächtig.

»*Chingada madre*!« Diego packte sie an den Haaren und riss ihren Kopf zurück. Rose starrte in die glasigen Augen des Mannes, den sie das letzte halbe Jahr angehimmelt hatte. Wenn sie nur geahnt hätte, was hinter seiner attraktiven Fassade steckte. »So geht das!«

Diego zwang ihren Kopf wieder nach unten und stieß seinen Schwanz in ihren Mund. Rose würgte, doch er stieß noch tiefer. Tränen schossen in ihre Augen, sie glaubte zu ersticken. Röchelnd versuchte sie, sich zu befreien, aber Diego war stark. Es gab kein Entkommen. Wieder und wieder tauchte seine Eichel in ihren Schlund ab, dann schleuderte er sie von sich. Rose fiel auf den Rücken, krümmte sich vor Scham, Ekel und Schmerz, bis Diego sie emporriss und bäuchlings aufs Bett warf.

»Nein!« Sie wimmerte, weil sie ahnte, was nun folgen würde.

Er schlug ihr auf den Hinterkopf. Einmal, zweimal, dreimal, bis sich Rose ganz benommen fühlte.

»Halt endlich dein verdammtes Maul, ich sag's dir zum letzten Mal! Du bist meine Ehefrau.« Er grunzte und schob einen Finger in sie. »*Tu eres mi rosa!*« Du bist jetzt meine Rose.

Sie wehrte sich halbherzig und er packte ihre Arme, um sie ihr auf den Rücken zu drehen. Dann zwang er ihre Beine auseinander und drang heftig in sie ein. Rose ertrug es leise weinend, obwohl sie inzwischen überall Schmerzen hatte.

»So macht das eine gute Ehefrau«, grunzte Diego an ihrem Ohr und mühte sich schnaufend auf ihr ab. »Brave Rose.« Er langte nach der Champagnerflasche und nahm einen großen Schluck, bevor er den Rest auf ihren Rücken kippte. Sie spürte seine Zunge, die ihr den Alkohol von der Haut leckte, während er weiter und weiter in sie stieß.

»Gute Rose.« Es klang, als spräche er zu einem Hund. »Schön stillhalten.«

Es dauerte eine Ewigkeit, bis er sich endlich anspannte. »Brave Rose!« Zischend zog er die Luft zwischen den Zähnen ein. »Aaah!« Er erzitterte und rollte von ihr herunter.

Rose blieb liegen. Sie fühlte sich benutzt und erniedrigt und wagte nicht, sich zu bewegen. Erst, als sie kein Geräusch mehr neben sich hörte, drehte sie sich um. Schon packte Diego sie. Seine Faust schwebte vor ihrem Gesicht.

»Wenn du jemandem davon erzählst ...«, lallte er und seine Faust öffnete sich. Eisern legten sich seine Finger um ihren Hals. »Wenn du auch nur ein Wort darüber verlierst, was wir gerade getan haben ...« Sein Griff nahm ihr allmählich die Luft zum Atmen.

»Ich sage nichts«, wisperte sie.

»Brave Rose.« Er drückte zu, sein Gesicht näherte sich dem ihren.

Sie röchelte. »Kein ... Wort ...«

Er lachte neben ihrem Ohr. »Ich weiß, du wolltest es genauso. Du bist eine kleine Hure, Rose.« Seine Finger lockerten sich und glitten von ihrem Hals ab. Sein Kopf sackte schwer auf das Bett. Rose starrte an die Decke. Sie wollte sterben. Heiße Tränen liefen über ihr Gesicht, sie konnte sie nicht länger zurückhalten.

Als sie endlich Diegos Schnarchen hörte, stand sie schwerfällig auf, wankte ins Badezimmer und schloss sich dort ein. Sie weinte die ganze Nacht, bis keine Tränen mehr kamen.

Am nächsten Morgen tat Diego so, als wäre das alles nicht passiert. Der Mann, der über sie hergefallen war, schien verschwunden. Übrig blieb der charmante Diego, in den sich Rose verliebt hatte. Sie gingen ins Kasino, um zu spielen. Anschließend schlenderten sie am Strand entlang und relaxten am Hotelpool. Abends aßen sie im hoteleigenen Restaurant. In all der Zeit traute Rose sich nicht, Diego auf die vergangene Nacht anzusprechen.

»Was ist mir dir«, fragte er schließlich mitten während des Hauptgangs. »Geht's dir nicht gut? Du bist so schweigsam.«

Rose hätte ihm in diesem Moment am liebsten ihren Wein ins Gesicht gekippt, doch sie schüttelte nur den Kopf. »Es ist nichts«, erwiderte sie und ärgerte sich über ihre zittrige Stimme. Sie wünschte sich, Isabels Temperament zu besitzen. Ihre beste Freundin hatte den Eltern so vehement die Stirn geboten, dass sie der Tochter erlaubten, Friseuse zu werden, anstatt sie in ihrem Lebensmittelgeschäft arbeiten zu lassen.

»Es ist wegen der Hochzeitsnacht, habe ich recht? Du bist enttäuscht.«

Rose schob sich ein Stück Hummer in den Mund und

kaute darauf herum. Enttäuscht war nicht das richtige Wort. Sie wagte es, Diego anzusehen. In diesem Moment wirkte sein Gesicht so sanft und vertraut wie all die Monate in Williamsburg, als sie miteinander geflirtet hatten.

»Es war der Alkohol«, sagte Diego und zuckte die Schultern, als sei damit alles geklärt. »So ist das. Männer trinken eben manchmal. Du wirst dich daran gewöhnen müssen.«

Musste sie das? Man gewöhnte sich an das Wetter, die aktuellen Modetrends oder an eine neue Haarfarbe, aber an Gewalt ...?

»Ich will nicht, dass das wieder geschieht«, entgegnete sie und bemerkte, dass Diego sich veränderte. Er kippte den Wein hinunter und schenkte sich sofort nach.

»Sonst was?«, knurrte er.

»Ich erzähle es meinen Eltern.«

Er lachte auf. »Und du denkst, sie werden dir glauben?«

Rose nickte, wenn auch halbherzig. Ihre Eltern liebten Diego. Manchmal hatte sie sogar das Gefühl, er stand ihnen näher als sie selbst.

»Nimm dich nicht so wichtig, Rose.« Er griff nach ihrer Hand und drückte so fest zu, dass sie beinahe aufschrie. »Die Ehe geht nur die beiden Menschen an, die sie geschlossen haben. Du wolltest mich, nun hast du mich. Deine Unerfahrenheit steht dir im Weg, aber es wird besser, glaub mir.« Er senkte die Stimme. »Du willst doch nicht als geschiedenes Nuyorican-Mädchen enden, oder? Was werden deine Eltern von dir denken? Deine Verwandten? Die Nachbarn?«

Rose wollte ihm sagen, dass ihr das egal war, aber ihr fielen all die Beispiele von Frauen ein, die von ihren Männern verlassen worden waren. Zwei von ihnen hatten sich wegen dieser Schmach sogar umgebracht. Rose starrte auf Diegos Hand, die die ihre umklammerte.

»Isabel wird mir helfen«, spielte sie ihren letzten Trumpf aus.

Die Faust ihres Ehemannes krachte auf den Tisch. »Du wagst es, mir mit diesem Flittchen zu drohen?«, herrschte er sie an.

Rose sah sich peinlich berührt um. Die Gäste im Restaurant drehten ihre Köpfe.

»Ich meinte ja nur ...«

»Du meinst ab heute gar nichts mehr!«, zischte Diego und lächelte entschuldigend in die Runde, bevor er Rose erneut ins Visier nahm. »Bist du stolz darauf, uns vor all diesen Menschen zu blamieren? Wenn ich es nicht besser wüsste, würde ich sagen, deine Eltern haben dich nicht richtig erzogen!«

»Es tut mir leid.«

»Das sollte es auch!« Diego trank sein Weinglas leer. »Und nur damit du es weißt, deine Freundschaft mit Isabel ist ab sofort beendet. Ich erlaube nicht, dass man über meine Frau dasselbe sagt, wie über diese kleine Schlampe. Jeder Schwanz von Williamsburg hat schon in ihr gesteckt. Wenn ich dich noch einmal mit ihr erwische ...« Mehr musste er nicht sagen, denn Rose erkannte die Drohung in seinen Augen. Sie nickte, obwohl es ihr das Herz zerriss.

»Du wirst arbeiten, um nicht auf dumme Gedanken zu kommen. Eines Tages wird das Restaurant deiner Eltern unser Restaurant sein, also streng dich an«, befahl er und fuhr mit dem Essen fort.

Die Erinnerung an den Beginn ihrer Beziehung mit Diego ließ Rose erschaudern, denn ihre Flitterwochen in Atlantic City waren erst der Anfang jener vier Jahre, in denen sie durch die Hölle gegangen war. Die Ehe, von der sie geträumt hatte, wurde schnell zu ihrem Gefängnis und Diego zu ihrem Wärter, der nicht aufhörte, sie zu quälen.

Sie würgte die Bohnen hinunter und warf die leere Dose auf ihr Bett. »Ich gehe nicht zurück! Und wenn ich hier verhungere«, flüsterte sie in die Dunkelheit und berührte jene Stelle an ihrem Ringfinger, an dem ihr Ehering gesessen hatte. Sie hatte ihn verkauft, um zu überleben.

Ihr Herzschlag, der sich bei den Gedanken an Diego merklich beschleunigt hatte, fand langsam wieder in seinen Takt zurück. Sie war gefeuert worden, aber sie würde nicht aufgeben. Nie wieder würde sie zu ihrem Ehemann zurückkehren, selbst wenn das bedeutete, dass sie bis zu ihrem Lebensende Bohnen aus der Dose essen musste. Nie wieder würde sie sich von ihm misshandeln lassen, auch wenn sie irgendwann unter einer von Philadelphias Brücken schlafen musste. Nie wieder würde er Hand an sie legen. Nie wieder!

JULIO

»Sind wir fertig?« Julio schraubte den Schalldämpfer von der Beretta und sah sich um. Auf den Stühlen vor ihm saßen sechs Männer. Sie waren alle tot. Schwer hingen sie in den Fesseln, die ihre Hände im Rücken zusammenhielten. Das Blut aus den Kopfschusswunden und der vorangegangenen Folter tropfte auf die ausgelegten Planen darunter.

Raúl nickte und räumte die Utensilien zusammen, die er für das Verhör gebraucht hatte. Bohrer, Zange, Nägel und Stromkabel wanderten in den schwarzen Aktenkoffer. Julio steckte die Waffe ein und strich sein Jackett glatt. Keiner der Hurensöhne hatte geplaudert. Entweder weil sie tatsächlich unschuldig waren oder weil es da draußen jemanden gab, vor dem sie noch mehr Angst hatten. Er gab seinen Männern ein Zeichen, die Leichen zu verpacken, und schnaubte. Es war ärgerlich, dass er keinen Erfolg vorweisen konnte. Das würde Pedro nicht gefallen. Seit einer Woche schon verfolgten sie Ignacio Morenos Gefolgsleute, um sie in seinem Haus zu foltern und hinzurichten. In dieser Zeit hatte Julio festgestellt, dass er New Jersey mehr hasste als Pennsylvania. Die

Kleinstädte, in denen sich Morenos Leute versteckten, sahen allesamt aus, als seien sie einer Fernsehserie entsprungen. Gepflegte Vorgärten, weiße Hausfassaden und breite Straßen. Hier fielen sie in ihrem hochmotorisierten Range Rover mit den schwarzen Scheiben auf wie eine überschminkte Hure, die provokant durch das Viertel flanierte. Deshalb waren sie an diesem Tag in einem unauffälligen Van mit dem Schriftzug eines Umzugsunternehmens unterwegs.

»Fahren wir sie gleich zum Suppenkoch?« Raúl stellte sich neben Julio und beobachtete das Verpacken der Leichen. Alles ging zügig vonstatten. Nirgendwo im Haus würden die Behörden später Spuren finden. Die Bewohner verschwanden so lautlos, als wären sie nie da gewesen. Die Bettwäsche, das Geschirr, die Kleidung, alles wurde von Julios Leuten entsorgt.

»Es ist riskant.« Er schob die Vorhänge zur Seite und blickte auf die Straße. An diesem Montagvormittag war in Willingboro nicht viel los. Die meisten Anwohner waren in der Arbeit. »Aber uns bleibt nichts anderes übrig.«

Raúl zückte Zettel und Stift und strich die letzten Namen durch. »Das waren alle *Halcones*. Und ihre Familien, wenn sie welche hatten. New Jersey ist sauber.«

Julio schnalzte mit der Zunge. »Ich habe kein gutes Gefühl«, sagte er. »Es ging zu einfach.«

»Zu einfach?« Raúl grinste. »Meine Ohren sind taub von dem Gebrüll und der Geruch von ihrem versengten Fleisch verdirbt mir für die nächsten Wochen den Appetit auf Barbecue, verdammt.«

Julio verzog den Mund. »Du wirst noch an meine Worte denken, Mann.«

Raúl sah ihn an. »Was meinst du? Ist es die DEA, vor der du dich einscheißt?«

Julio schüttelte den Kopf. »Irgendwas ist hier im Busch. Ich fühle es. Es zieht bis in meine Eier.«

»Die sind nur angeschwollen, weil du seit einer Woche nicht mehr gefickt hast. Adriana wird sich darum kümmern, wenn wir zurück sind.« Raúl schlug ihm auf die Schulter. »Lass uns abhauen.«

»Hm.« Julio verharrte im Wohnzimmer und rauchte eine Zigarette, während seine Leute das Haus aufräumten. Sie hatten sechzehn Menschen in Morenos Umfeld getötet und kein einziger hatte auch nur ein Wort darüber verloren, was sie über das Auffliegen des Mulis dachten. Dabei erschütterte dieses Ereignis den Absatzmarkt. Alles, was die *Tenientes* in den einzelnen Staaten taten, war, den Drogenverkauf zu organisieren. Erhielten sie eine Lieferung Heroin, ging diese Ladung spätestens am nächsten Tag raus. Mittelsmänner holten die Heroinblöcke ab und brachten sie in ihre ›Mühlen‹, geheime Verstecke, wo man die Blöcke mithilfe von Mixern zerkleinerte, mit Diphenhydramin und Lactose streckte und in Pergamintüten abfüllte, um diese auf der Straße zu verticken. Flog ein Muli auf, musste sich das Kartell neue Routen von Texas bis an die Ostküste überlegen, um zu verhindern, dass die DEA sie erneut hochnahm. Das brachte den Drogennachschub ins Stocken und erregte den Unmut ihrer Geschäftspartner. In den letzten vier Jahren waren insgesamt sechs Mulis aufgeflogen und jedes Mal war die Stimmung der *Tenientes* angespannt gewesen. Doch dieses Mal war es anders. Es war, als ob sie warteten. Aber worauf?

Julio rieb sich die Stirn. Es war an der Zeit, dass er zurück nach Philadelphia kam, um mit Pedro zu sprechen. Der *Patrón* musste entscheiden, wer Ignacio Morenos Nachfolger werden sollte. Es war nicht gut, wenn ein Staat zu lange sich selbst überlassen blieb. Die Mittelsmänner nutzten das oft aus und suchten sich andere Quellen, um an ihren Stoff zu kommen.

»*Vamos, vamos*!«, feuerte Julio seine Leute an. Je eher sie die Pakete beim Suppenkoch ablieferten, desto eher war er wieder bei seinem Boss. Es behagte ihm nicht, Pedro so lange allein zu lassen. Wenn ihm in seiner Abwesenheit etwas zustieß, würde er das büßen müssen. Arturo Zarpata, Pedros Vater, war gnadenlos, wenn es um das Wohl seines Sohnes ging.

Raúl kam zurück. »Das Haus ist sauber«, sagte er.

Julio nickte ihm zu. »Schließ nicht ab und lass das Licht brennen. Es soll so aussehen, als ob jemand zuhause ist. Das verschafft uns Zeit.«

»In Ordnung.« Raúl folgte den Männern, die die letzte verpackte Leiche zum Hinterausgang schleppten, wo der Van parkte. Julio sah ein weiteres Mal aus dem Fenster, um die Lage zu checken. Nach wie vor war alles ruhig, doch sein Instinkt schlug Alarm. Es war wie damals, als er noch auf der Straße gelebt hatte. Plötzliche Stille verhieß nie etwas Gutes. Hinter ihr lauerten Augen, die einen beobachteten. Eine ruhige Gasse konnte von einem Moment auf den anderen zum Kampfgebiet der Kartelle werden und wer nicht schnell genug rannte, wurde erschossen. Julio fixierte die Fenster der Nachbarhäuser, aber es rührte sich nichts. Keine Bewegung, keine Spiegelung, nichts.

Er folgte Raúl und kontrollierte, wie seine Leute den Hohlraum des Vans, in dem sich die Leichen befanden, sorgfältig versiegelten, bevor sie auf die Vordersitze sprangen. Raúl und er selbst nahmen hinten Platz. Sie waren nicht wie Möbelpacker gekleidet und würden nur auffallen. Im Falle einer Kontrolle konnten sie schießen, wenn die Ladetüren geöffnet wurden. Eine Verhaftung riskierten die Schlüsselleute des Kartells niemals. Lieber starben sie im Kugelhagel mit der Polizei.

»Bereit?« Julio zog die Tür zu.

»Bereit.« Raúl setzte sich auf den Boden und Julio folgte seinem Beispiel. Der Van fuhr an und sie lauschten angespannt. Jeder Halt, jedes Abbiegen konnte eine Bedeutung haben. Der Van rumpelte über einige Bodenschwellen zur Temporegulierung, bevor er die Hauptstraße erreichte. Mit gleichmäßiger Geschwindigkeit rollte er dahin. Julio atmete tief durch. Noch immer war er in Alarmbereitschaft.

»Was ist mit dir?« Raúl warf ihm einen Seitenblick zu. »Du bist so nervös wie 'ne Jungfrau vor ihrem ersten Mal.«

Julio zückte sein Handy und rief einen seiner Männer im Fahrerhaus an. »Wir fahren nicht zum Suppenkoch«, befahl er. »Wir fahren ins Lager.«

»Ins Lager?«, fragte Raúl, nachdem er aufgelegt hatte. »Was ist los, Mann?«

»Es ist nicht sicher.« Julio fühlte sich wie ein Tier in der Falle. Nicht zu sehen, wohin sie fuhren und wer vor, hinter und neben ihnen herfuhr, machte ihn nervös.

»Werden wir überwacht?«

»Womöglich. Ich weiß es nicht, aber wir gehen auf Nummer sicher. Die Leichen bleiben im Lager. Wir liefern sie übermorgen aus.«

Raúl zuckte mit den Schultern. »Was immer du sagst. Aber das wird dem Boss nicht gefallen.«

»Ich rede mit ihm.« Julio spannte sich an. Lieber zog er Pedros Unmut auf sich, bevor er riskierte, *El Pozolero* auffliegen zu lassen.

VIER STUNDEN SPÄTER BETRAT ER DAS HAUS IN CHESTNUT Hill. Alles war ruhig, wie immer am späten Nachmittag. Julio ging zuerst auf sein Zimmer, um sich zu duschen und umzuziehen. Anschließend begab er sich in Pedros Arbeitszimmer. Sein Boss saß am Schreibtisch, aber er war nicht allein. Ein stämmiger Kerl mit Halbglatze saß ihm gegenüber und schaukelte Adriana auf seinem Schoß. Sie trug ein enganliegendes Kleid im Leopardenprint. Ihre Lippen waren knallrot geschminkt, ihre Augen schwarz umrandet. Sie vermied es, Julio anzusehen.

»Habe ich etwas verpasst?« Er blieb stehen und musterte den Fremden.

»Julio, mein Bruder!« Pedro sprang auf, um ihn in Empfang zu nehmen. »Wir haben dich vermisst.«

Der Fremde blieb sitzen, eine Hand besitzergreifend auf Adrianas Knie.

»Das ist Carlos Mendez Arellano«, stellte Pedro ihn vor. »Er koordiniert unsere Lieferungen aus Mexiko.«

»Und?« Julio konnte den Kerl auf Anhieb nicht leiden und das nicht nur, weil er sich sein Mädchen geschnappt hatte. Er hatte einen starren Blick und keinerlei Gestik.

»Er ist hier, weil er sich für den Posten des *Teniente* von New Jersey interessiert.«

»Hat sich ja schnell rumgesprochen, dass Morenos Posten frei ist«, erwiderte Julio und sah seinen Boss an. »Wir müssen reden.«

»Natürlich.« Pedro bot ihm den Platz neben Carlos an.

»Allein.« Julio blieb stehen, was Pedro zum Lachen brachte.

»Misstrauisch wie immer, *mi amigo*. Carlos genießt die Gunst meines Vaters. Du kannst frei sprechen.«

Widerwillig setzte sich Julio. »Keiner von Morenos Leuten hat geredet. Das war eine Sackgasse.«

»Verdammt!« Pedros Faust brachte den Schreibtisch aus

Mahagoniholz zum Erzittern. »Keine Hinweise auf einen Maulwurf?«

»Keine.« Julio räusperte sich. »Die Leichen sind im Lager. Wir entsorgen sie an einem anderen Tag.« Er warf Carlos einen prüfenden Blick zu, doch der stierte in Adrianas Ausschnitt.

»Warum?« Pedros Gesicht versteinerte sich.

»Es war nicht sicher.«

»DEA?«

»Vermutlich.«

»Was hast du gesehen?«

»Nichts, es war ein Gefühl.«

»Hm.« Pedro legte die Fingerspitzen aneinander. »Das ist alles? Du gehst ein Risiko ein wegen eines Gefühls?«

»Mein Gefühl trügt mich nicht.«

Pedro sah ihn lange an. »Ich bin mir nicht sicher, ob mir das gefällt. Wenn die DEA das Lager hochnimmt …«

»… findet sie ein paar Leichen. Sollte sie die Müllkippe hochnehmen, findet sie womöglich mehr. Und wir haben unsere Entsorgungsmöglichkeit verloren.« Julio nahm wegen Carlos' Anwesenheit absichtlich nicht den Namen *El Pozolero* in den Mund, doch sein Boss verstand auch so.

»Nun gut.« Pedro wirkte verärgert, aber noch hatte er sich unter Kontrolle. »Was ist mit dem neuen Muli?«

»Darum werde ich mich sofort kümmern. Wissen wir schon, ob die DEA dem vorherigen Informationen entlocken konnte?«

»Unglücklicherweise starb er in Untersuchungshaft. Er wurde in eine Prügelei verwickelt. Ein dummer Zufall.« Pedro fuhr mit dem Zeigefinger quer über seinen Hals und entlockte Carlos damit ein einfältiges Lächeln.

Es war Julio ein Rätsel, wie sein Boss auch nur in Betracht ziehen konnte, diesem Schwachkopf die Position eines *Teniente* anzuvertrauen. Mit einem Kerl wie dem würden sie in einem halben Jahr wieder ausrücken müssen, um New Jersey zu säubern.

»Ich mache mich an die Arbeit.« Er stand auf. Carlos beachtete ihn gar nicht. Seine Hand glitt ungeniert in Adrianas Ausschnitt. Am liebsten hätte Julio ihm dafür die Nase zu Brei geschlagen.

Pedro bemerkte seine Wut und schüttelte kaum merklich den Kopf, das Zeichen für Julio, sich zu verziehen. Er knirschte mit den Zähnen, als er die Tür hinter sich schloss. Gerade mal eine Woche war er fort gewesen und schon hatte sich ein Fremder hier eingenistet. Dieser Carlos Mendez Arellano war ein Arschloch. Was fand Pedro nur an ihm?

Gael kam um die Ecke und Julio stellte sich ihm in den Weg. »Was war los, während ich fort war?«, fuhr er ihn an.

»Ruhig Blut, Mann.« Gael blieb stehen. »Bist du sauer, weil Adriana die Beine für einen anderen breitmacht?«

»Scheiß auf Adriana!« Julio machte drohend einen Schritt auf Gael zu. »Wer ist dieser Kerl?«

»Woher soll ich das wissen?«

»Du warst hier. Wann ist er angekommen?«

»Vor drei Tagen.«

»Ohne Ankündigung? Wurde er gecheckt?«

»Ey, Mann, ich bin hier nicht der Geheimdienst. Woher soll ich das wissen?«

»Fuck!« Julio stützte die Hände in die Hüften. »Wer hat ihn reingelassen?«

»Ich weiß es nicht!«, entgegnete Gael zornig. »Während ihr da draußen Spaß hattet, musste ich Wache stehen. Ich hab die Schnauze voll!«

»Jaja, du hast mein Mitleid.«

Gael starrte ihn so kaltblütig an, wie er es sonst mit seinen

Opfern tat. »Die Jungs von dieser Gang sind da«, bemerkte er und ließ Julio stehen.

Der schnaubte aufgebracht, hielt seinen Kollegen jedoch nicht weiter auf. Genervt ging er zum Hintereingang und riss die Tür auf.

»Was soll das?«, schrie er.

»Es ist Montag«, stotterte Cruzito. »Zahltag.«

»Am helllichten Tag?«

»Wir wussten nicht …«

»Dann wisst ihr es jetzt!« Julio tat es gut, seine Wut an jemandem auszulassen. Die Jungen wichen vor ihm zurück.

»Das hier ist die verdammt nochmal sicherste Wohngegend von Philly. Habt ihr Amöbenhirne mal darüber nachgedacht, was die Leute denken, wenn ihr in diesem Aufzug hier auftaucht?«

»Nein.« Cruzito sah an sich herunter. »Wir sind mit dem Auto gekommen.«

»Auto?« Julio streckte den Kopf aus der Tür. In der Einfahrt stand ein weißer Daihatsu. »Das ist die mieseste Karre, die ich je gesehen habe.«

»Gehört 'ner Freundin«, murmelte Cruzito.

»Kommt rein.« Julio trat zur Seite. Dieser Tag versprach der beschissenste seit langem zu werden. Fehlte nur noch eine Razzia bei einem ihrer Mittelsmänner oder eine Hausdurchsuchung von Pedros Villa. Er klopfte auf eine Kommode im Eingangsbereich. »Geld her!«

Cruzito leerte umständlich seine Taschen und beförderte zerknitterte Dollarnoten zutage. »Das müssten neuntausend Dollar sein«, sagte er und deutete auf den Haufen.

Julio war selbst darüber verwundert, wie schnell er seine Beretta zückte. Normalerweise war er nicht so impulsiv wie Pedro, aber in diesem Moment ging es mit ihm durch. Er hielt

Cruzito den Lauf der Waffe an die Schläfe und sah, wie dem Jungen der Schweiß ausbrach.

»Jetzt hör mir mal zu«, zischte er. »Ich bin nicht hier, um das zu überprüfen. Es mag in eurem stinkenden Viertel in Ordnung sein, wenn man Geld auf diese Art übergibt, aber bei uns läuft das anders.« Er fegte die Scheine von der Kommode. »Ich verlange, dass ihr uns die Dollarnoten ordentlich abgezählt und geordnet in einem Umschlag übergebt. Kommt das bei dir da oben an?«

»Ja, Sir!«, stammelte Cruzito. Ihm war anzusehen, dass es das erste Mal war, dass ihm eine Waffe an den Kopf gehalten wurde. Julio zögerte die Situation absichtlich heraus. Auf diese Art testete er die Jungen. Keiner von ihnen bewegte sich.

»Was ist?«, herrschte Julio sie an. »Hebt gefälligst das Geld auf!«

Alle sanken auf die Knie, nur Cruzito blieb wie erstarrt stehen. »Es ist vollzählig«, flüsterte er.

»Das will ich für dich hoffen.« Julio wartete ab, bis die Jungs die Scheine zu einem Stapel zusammengetragen hatten. Erst dann steckte er die Waffe ein.

»Was hast du dir von deinem Anteil gekauft?«, fragte er beiläufig, um Cruzito wieder zu beruhigen.

Der wirkte benommen. »Nichts«, gestand er.

Julio lachte auf. »Legst du deinen Gewinn an? Bist du einer dieser konservativen Typen? So siehst du gar nicht aus.«

»Nein.« Der Junge senkte den Kopf. »Ich hab's einer Freundin gegeben.«

»Du hast eine Freundin?«

»Sie ist nicht wirklich meine Freundin …«

»In deinen Träumen schon«, bemerkte einer seiner Kumpels und alle grinsten.

Julios Blick ließ sie augenblicklich wieder ernst werden. »Ist sie das Mädchen, dem das Auto gehört?«

Cruzito nickte. »Sie ist allein und hat ihren Job verloren.«

»Und du hilfst ihr?«

»Nun ja, ich hab ihr was geliehen, damit sie ihre Miete bezahlen kann.«

»Leihe einer Frau niemals Geld, Kleiner, das siehst du nie wieder.« Julio steckte den Stapel Dollarnoten ein. »Sie investiert die Kohle entweder in Drogen oder in Schuhe.«

»Sie ist kein Junkie. Sie ist schwer in Ordnung.«

Julio kam ein Gedanke. »Sucht deine Freundin einen Job?«, wollte er wissen.

»Oh!« Cruzito wirkte entsetzt. »Sie ist nicht *so* ein Mädchen.«

Julio brauchte einige Sekunden, bis er verstand. »Ich brauche sie nicht zum Ficken«, erklärte er. »Sondern zum Fahren.«

Cruzito schien ihm nicht zu glauben. Der Junge war zu gutmütig für ein Straßenkind. Keine Frau war es wert, dass man sein Herz an sie verschenkte. Julio verengte die Augen, holte wieder ein paar Dollarnoten aus der Tasche und wedelte damit vor dem Gesicht des Jungen. »Sag mir, wo ich sie finde.«

»Hören Sie, Sir …«

»Nein, du hörst mir jetzt zu«, knurrte Julio wütend. »Deine Freundin braucht einen Job, ich habe einen Job.« Innerlich lobte er sich selbst für diese Idee. Bisher waren ihre Mulis immer Männer gewesen. Lateinamerikanische Männer in neuwertigen Pick-ups oder SUVs. Eine Frau am Steuer eines abgewrackten Autos erregte wenig Aufsehen bei den Cops. Außerdem war sie eine einsame Frau in Not und durch ihren kleinen Gönner Cruzito leicht erpressbar.

»Ist sie eine Latina?«, fragte er.

Der Junge wurde immer misstrauischer. »Warum wollen Sie das wissen?«

Julio verlor allmählich die Geduld. »Willst du die Kohle oder nicht?«

»Sie ist Puerto Ricanerin und wohnt in der Amber Street«, sagte einer von Cruzitos Kumpels in diesem Moment. »Sie heißt Rose Sanchez.«

Julio warf ihm das Geld zu und registrierte Cruzitos entsetzten Blick. »Ihr fahrt voraus und ich folge euch«, erwiderte er und fixierte den Anführer der Gang. »Ist das für dich in Ordnung, Kleiner?«

Cruzito nickte kaum merklich und verließ vor Julio das Haus. Auf dem Weg zum Auto entbrannte ein Streitgespräch zwischen den Jungen und Julio beobachtete es mit Genugtuung. Das würde Cruzito eine Lehre sein. Man durfte niemandem vertrauen, wenn man in diesem Geschäft tätig war.

Er holte sich den Autoschlüssel für den Range Rover und folgte dem weißen Daihatsu in Richtung des Stadtteils Kensington. Im frühen Feierabendverkehr brauchten sie eine Dreiviertelstunde. Als der Daihatsu stehenblieb, suchte sich Julio einen Parkplatz, stieg aus und sah sich um. Die Gegend um die Amber Street war abgefuckt. Schmale, heruntergekommene Häuser reihten sich aneinander, über denen ausgeleierte Stromkabel baumelten. Neben den Abfalltonnen häuften sich schwarze Müllsäcke, was darauf schließen ließ, dass die Müllabfuhr nur unregelmäßig hier vorbeikam. In unsicheren Vierteln war das keine Seltenheit. Graffiti zierte die Mauern verlassener Hinterhöfe, in denen sich Hunde und streunende Katzen herumtrieben, und aus einem der Häuser dröhnte spanischer Hip Hop. Julio querte die Straße.

»Was ist?« Er baute sich vor Cruzito auf, der als Einziger

neben dem Daihatsu auf ihn wartete. »Haben deine Jungs die Hosen voll?«

»Sie meinen, die ganze Sache ginge sie nichts an.«

»Also haben sie dich im Stich gelassen.« Julio hob eine Augenbraue und sah den abziehenden Jugendlichen hinterher. »Eine feine Gang hast du da.«

»Sie sind meine Familie. Mehr habe ich nicht.« Eine derart ehrliche Aussage hatte Julio nicht erwartet. Grob packte er Cruzito im Genick und schob ihn voran. »Zeig mir, wo deine Freundin wohnt!«

Der Junge stolperte vorwärts und blieb nach einigen Metern stehen. Mit dem Kinn deutete er nach rechts in einen Hauseingang. »Hier ist es.« Er drehte den Kopf. »Sie werden ihr doch nichts tun, nicht wahr?«

Julio antwortete nicht. »Geh voraus«, forderte er und stieg hinter Cruzito die schmale Holztreppe in den ersten Stock hinauf. Vor einer blauen Tür, von der die Farbe abblätterte, blieben sie stehen.

»Na los«, murrte Julio ungeduldig. »Klopf an und stell uns vor.«

Cruzito holte tief Luft und trommelte mit den Fingern gegen das Holz. »Rose! Ich bin's.«

Kurze Zeit später öffnete sich die Tür. Eine junge Frau sah ihnen entgegen. Sie lächelte Cruzito an und zuckte merklich zurück, als ihr bewusst wurde, dass er in Begleitung war.

»Hast du was angestellt?«, fragte sie nervös. Ihr Blick traf Julio und er verstand sofort, warum der Junge diesem Mädchen erlegen war. Sie hatte das Gesicht eines Engels, auch wenn ihre Augen gerötet waren. Entweder hatte sie geweint oder nächtelang nicht geschlafen. Ihre Haut war makellos und viel heller als die der meisten Latinas, ihre Figur unter der verbeulten Jogginghose und dem rosa Sweater eine Offenbarung. Nur ihre Haare waren eine Katastrophe. Allem

Anschein nach hatte sie sie vor Wochen honigblond gefärbt, doch nun wuchs die Farbe allmählich heraus. Der dunkle Ansatz zog sich wie ein Kohlebrikett über ihren Scheitel.

»Können wir reinkommen?«, fragte Julio kühl und stieß Cruzito und das Mädchen ins Innere. Bestimmt schloss er die Tür hinter sich und nahm die beiden ins Visier. Instinktiv drängten sie sich aneinander.

»Also«, sagte er und sah sich im Zimmer um. Er registrierte jedes Detail. Die durch eindringende Feuchtigkeit gewellte Tapete, das durchgesessene Sofa, das Tastentelefon aus den 80er Jahren, den versifften Teppich und die Küchenzeile, auf der sich *Baked Beans* Dosen stapelten. Keine Zigaretten, kein Alkohol, keine Drogen. Rose war perfekt für den Job, den er ihr anbieten wollte.

»Was für ein Loch«, kommentierte er die Wohnsituation und ging auf sie zu. »Möchtest du etwas daran ändern?«

Sie sah ihn wie eine verschreckte Maus an und wich vor ihm zurück, bis die Wand ihren Rückzug abbremste. Cruzito stellte sich schützend vor sie, doch Julio gab ihm mit nur einem Blick zu verstehen, dass das keine gute Idee war. Der Junge ließ sich aufs Bett fallen und die Angst in den Augen des Mädchens nahm zu.

»Wer sind Sie?« Ihre Stimme war kaum hörbar.

»Dein neuer Arbeitgeber.« Julio ergriff eine Strähne von Rose' Haar und rollte sie zwischen seinen Fingern. »Du musst zum Friseur.«

Er sah sie schlucken und genoss die Macht, die er über sie hatte. »Für alle von uns gibt es Wendepunkte im Leben. Die meiste Zeit sehen wir sie nicht, bis sie plötzlich auftauchen. Ich bin einer dieser Wendepunkte in deinem Leben, Rose«, flüsterte er.

»Das denke ich nicht«, hauchte sie und drehte angewidert den Kopf weg.

»Sieh mich an!« Er umklammerte ihr Kinn und forderte so ihre ungeteilte Aufmerksamkeit zurück. »Du bist nichts und du hast nichts. Denkst du, Cruzito wird ab jetzt jeden Monat deine Miete bezahlen?«

Sie schüttelte den Kopf und sein Griff verhärtete sich. Er wusste, dass er ihr wehtat und genau das wollte er. Sie sollte Angst vor ihm haben, damit sie in Zukunft keinen Fehler beging.

»Dann denk nach, Rose. Niemand gibt dir einfach Geld. Was tust du für den Jungen? Lässt du ihn ran? Darf er dich befummeln und ein bisschen ficken?«

»Nein!« Sie wirkte entsetzt und ihm wurde klar, dass sie genau deshalb in dieser miesen Wohnung lebte. Wegen eines Kerls. Und dem, was er ihr angetan hatte. Ihren Körper zu verkaufen kam für sie nicht in Frage. Dafür waren die Schrecken der Vergangenheit zu präsent. Und sie zu stolz. Noch.

Julio fuhr mit gefährlich leiser Stimme fort: »Was willst du tun, wenn Cruzito merkt, dass er bei dir nicht weiterkommt und deshalb die Kohle nicht mehr fließen lässt? Die Arbeitslosenquote in Philly ist hoch, die Bezahlung in Fast Food-Restaurants und Supermärkten richtig mies.« Er tippte mit dem Zeigefinger gegen ihre Stirn. »Als Frau bleibt dir dann nur eine Möglichkeit.« Er machte eine obszöne Geste.

»Nein …« Sie schloss die Augen.

Er lächelte siegessicher. »Jede Kreuzung bietet verschiedene Wege. Man muss nur den richtigen wählen und manchmal muss diese Wahl schnell getroffen werden, Rose. Ich biete dir einen Job an, bei dem du die Beine nicht breitmachen musst.«

Ungläubig öffnete sie ihre Augen wieder.

»Ganz recht«, bestätigte er. »Alles, was du tun musst, ist, Auto zu fahren.«

»Ich glaube Ihnen nicht.« Es war mutig, das zu sagen.

Julio runzelte die Stirn. Vielleicht war die Kleine doch nicht so fügsam, wie er angenommen hatte.

Er knöpfte sein Jackett auf und zeigte ihr die Beretta. »Wenn ich dir sage, ich erschieße gleich deinen kleinen Freund, glaubst du mir dann?«

Sie linste zu Cruzito hinüber, der sich ans Kopfende des Bettes zurückzog.

»Merk dir eins, Rose: Ich lüge nicht. Niemals. Wenn ich sage, ich töte, dann tue ich es.« Er entsicherte die Waffe und ein entsetzter Laut entrang sich ihrer Kehle.

»Ich nehme den Job an! Ich nehme ihn an, okay?«, rief sie. Zum ersten Mal, seit er in ihre Wohnung gekommen war, hatte ihre Stimme Volumen. »Nur bitte tun Sie Cruz nichts!«

Er strich ihr mit dem Lauf der Waffe über die Wange. »Eine gute Entscheidung.« Ganz langsam sicherte er die Beretta wieder und steckte sie zurück ins Holster. »Und jetzt entspann dich.« Er rückte von ihr ab.

Rose' Atem ging schnell, ihr Blick flog zwischen ihm und Cruzito hin und her. »Ich wusste, du machst Dummheiten«, sagte sie in Richtung ihres Freundes. Julio grinste.

»Geld stinkt nicht, Rose«, bemerkte er.

»Aber dessen Herkunft schon«, murmelte sie und der Blick ihrer dunklen Augen traf ihn. Irgendwann in ihrer Vergangenheit hatte sie gelernt, mit Angst umzugehen. Es gelang ihr nicht so perfekt wie ihm, doch sie hatte sich erstaunlich rasch wieder gefangen. »Wohin bringt mich Ihr Job?«, fragte sie. »In den Knast oder unter die Erde?«

Julio hob den Mundwinkel. »Vor fünf Minuten hattest du nicht mal eine Zukunft und jetzt willst du wissen, was sie dir bringt?«

»Ich will wissen, welches Risiko ich eingehe.« Sie musterte ihn. »Sind Sie ein Waffenhändler? Ein Drogendealer? Ein Menschenhändler? Was fahre ich für Sie durch die Gegend?«

»Das geht dich nichts an.« Er griff in seine Innentasche und warf eine Einhundert-Dollar-Note neben die leeren Dosen auf der Küchenanrichte. »Geh zum Friseur, kauf dir was zu essen und tank dein Auto voll. Wir sehen uns am Freitag. Cruzito bringt dich zu mir.«

»Und wenn ich es mir in der Zwischenzeit anders überlege?«

Julio verengte die Augen. Sie begann ihm auf die Nerven zu gehen. »Dann verliert dein Freund hier nicht nur seinen Job.« Drohend blickte er zu Cruzito und forderte ihn auf, mit ihm zu kommen. Schweigend verließen sie Rose' Wohnung. Zurück auf der Straße knöpfte Julio sein Jackett zu und wandte sich an den Jungen: »Du weißt, was passiert, wenn sie nicht auftaucht.«

Cruzito nickte. Er wirkte längst nicht mehr so selbstsicher wie bei ihrer ersten Begegnung.

»Wenn du sie zu uns bringst, gebe ich dir die nächste Ladung Stoff mit. Hattet ihr Probleme beim Verkauf?«

»Nein, Sir.«

»Willst du mit deiner Gang weiter im Geschäft bleiben?«

»Ja, Sir.«

»Dann lass mich dir einen Rat geben: Vergiss Rose! Nimm dein Geld und gib es für etwas Sinnvolles aus. Autos, Uhren, Videospiele, ganz egal. Wenn du ficken willst, komm zu mir. Du kannst jedes Mädchen haben, das du bei der Poolparty gesehen hast. Deal?« Er streckte die Faust aus und nach kurzem Zögern schlug Cruzito die seine dagegen.

»Bis übermorgen«, sagte der Junge und schlenderte davon.

Julio sah ihm hinterher, bis er um die nächste Hausecke verschwand, dann ging er zu seinem Auto und fuhr wieder nach Chestnut Hill.

Kaum betrat er das Haus, baute sich Pedro vor ihm auf.

»Wo warst du?«, fragte er in genervtem Tonfall.

»Ich habe einen neuen Muli rekrutiert.«

»Wer ist es diesmal? Wieder so ein Arschloch aus den Familien unserer *Halcones*?«

»Nein, ganz im Gegenteil. Es ist eine Frau.«

Pedro lachte, doch Julio erkannte, dass sein Lachen nicht echt war. Es endete abrupt und die Gesichtszüge des *Patrón* froren ein. »Willst du mich verarschen?«, zischte er. »Wo hast du sie gefunden?«

Julio gab sich ungerührt, auch wenn ihn die Reaktion verunsicherte. »Sie ist die Freundin von dieser Straßengang, denen wir Stoff überlassen. Sie lebt völlig allein in Philadelphia, kokst nicht, trinkt nicht und ist keine Professionelle.«

»Soll mich irgendwas davon überzeugen?« Pedros Laune sank merklich. »Denkst du im Ernst, ich lasse meinen wertvollen Stoff von einer Muschi transportieren?«

Julio hob beruhigend die Hände. »Genau das denkt die DEA auch und deshalb wird diese Frau unser Goldmuli werden.«

»Ha!« Pedro schnaubte verächtlich. »Du verspielst allmählich deine Gunst, mein Bruder. Zuerst entlockst du den Männern von Moreno kein einziges Wort, dann disponierst du eigenmächtig um und bunkerst ihre stinkenden Leichen in unserem Lager und jetzt kommst du mit der nächsten beschissenen Idee um die Ecke. *Que te passa, mi amigo?*«

Julio bemerkte ein aggressives Aufflackern in Pedros Augen. Das verhieß nichts Gutes.

»In den letzten Jahren mussten wir ständig unsere Fahrer austauschen und unsere Routen ändern, weil es zu brenzlig wurde«, versuchte er zu erklären. »Am Ende haben uns die Behörden doch bekommen. Und warum? Weil sie nach südamerikanischen Männern in Autos suchen, die groß genug sind, um mehrere Pfund Heroin, Kokain und Marihuana in ihnen unterzubringen. Aber diese Frau entgeht jeder Verkehrskontrolle. Sie fährt ein uraltes Auto und bei ihrem unschuldigen Gesicht glaubt man ihr alles, was sie sagt. Sie fliegt unter dem Radar, *Patrón*.«

»Hast du sie gefickt?« Pedros Blick war undurchdringlich.

»Nein.«

»Das solltest du tun. Du solltest sie zu Tode ficken, damit du nicht mehr so einen verfluchten Schwachsinn redest!«, brüllte er los. »Hast du wegen ihres unschuldigen Gesichts vielleicht vergessen, dass die DEA neuerdings versucht, Frauen bei uns einzuschmuggeln? Was ist los?« Er schlug Julio so heftig gegen die Stirn, dass dieser wütend wurde. Nur mühsam bekam er sich unter Kontrolle.

»Lisa Martinez, Maria Guadalupe, Silvia Desantos. Willst du noch mehr Namen hören?«

Julio straffte die Schultern. »Wir konnten nie beweisen, dass diese Frauen undercover gearbeitet haben. Keiner der Cops, die wir bezahlen, wusste von ihnen.«

»Willst du sagen, ich hätte ihnen umsonst ihr hübsches Gesicht weggeschossen?« Pedro knurrte wie ein tollwütiger Hund und Julio realisierte, dass er nachgeben musste, wenn ihm sein Leben lieb war.

»Du hast das Richtige getan«, beruhigte er seinen Boss. »Du tust immer das Richtige, *Patrón*.«

Pedro schnaufte wie ein Besessener. »Es ist mein Job zu entscheiden«, stieß er hervor. »Mein Instinkt hält uns am Leben! Diese Weiber hatten alle fantastische Körper, perfekte Mösen und sie konnten dir den Schwanz leersaugen, aber sie haben geredet, *mi amigo*. Deshalb mussten sie verschwinden.«

Julio teilte diese Meinung nicht. Die besagten Frauen waren alle kokainsüchtig gewesen. Er konnte sich nicht vorstellen, dass die DEA ihre Agentinnen absichtlich drogenabhängig machte, um sie irgendwo einzuschleusen. Das barg ein zu großes Risiko. Trotzdem stimmte er Pedro zu.

»Wenn dir meine Idee nicht gefällt, lassen wir es sein«, fügte er hinzu. »Wir suchen wieder unter unseren eigenen Leuten nach einem Muli.«

»Hm.« Pedros Raserei ließ nach. Er sah Julio ins Gesicht. »Nein«, sagte er dann. »Du sollst der *Teniente* werden. Du entscheidest. Und du trägst die Verantwortung.«

Es war klar, was das hieß. Sollte Rose Mist bauen, blies der *Patrón* ihnen beiden höchstpersönlich das Gehirn weg.

»Ich weiß dein Vertrauen zu schätzen«, erwiderte Julio ruhig. Es war zu spät, um zurückzurudern. Pedro würde ihn für diese Schwäche verachten. Jetzt musste er das Beste aus der Situation machen.

»Wer mein Vertrauen einmal verliert, erlangt es nie wieder.« Pedro blickte über seine Schulter. Hinter ihnen trat Carlos aus einem der Zimmer und zog mit genießerischem Grinsen den Reißverschluss seiner Hose hoch. Kurz darauf huschte Adriana hinaus und verschwand.

Julio biss die Zähne aufeinander und sah Carlos entgegen, der auf sie zukam. Er schlug Pedro auf die Schulter, eine Geste, die Julio aus Respekt vor seinem Boss niemals wagen würde. Doch Pedro wirkte amüsiert.

»Du bist unersättlich«, kommentierte er.

»Das ist eine gut eingerittene Schlampe.« Carlos fuhr sich über den Kinnbart. »Mein Kompliment.« Sein Blick fand den von Julio. Er starrte ihn an. Provokativ. Feindselig. Julio starrte zurück.

»Wie läuft das Logistikgeschäft?«, erkundigte er sich, ohne den Blick abzuwenden.

»Hervorragend.«

»Und warum sind Sie dann hier?«

»Neue Möglichkeiten.«

»Sie wollen *Teniente* in New Jersey werden?«

»Ich habe darüber nachgedacht.«

»Weshalb? Sie sind ein *Logística* und ein *Teniente* steht unter einem *Logística*. Haben Sie keinen Ehrgeiz?«

Carlos zog seine Waffe, doch damit hatte Julio gerechnet. Das Augenzucken hatte sein Gegenüber verraten und ihn sofort reagieren lassen. Jetzt hielten sie sich gegenseitig ihre Berettas ins Gesicht. Pedro brummte.

»*Calmarse*«, sagte er an Julio gewandt. »Was soll das, *mi amigo*? Behandeln wir so unsere Gäste?«

Langsam senkte Julio die Waffe. Er war sich nun sicher, dass Carlos Spielchen spielte. Pedro mochte das nicht begreifen, aber die Drohgebärden dienten nur dazu, ihn zu beeindrucken. Carlos wollte Stärke beweisen und damit in Pedros inneren Kreis aufgenommen werden. Doch das würde Julio nicht zulassen. Mit einem letzten herablassenden Blick ließ er seinen Konkurrenten stehen.

ROSE

Es war ein milder Frühlingsabend, an dem Rose vor der Villa in Chestnut Hill aus ihrem Daihatsu stieg. So schön hatte sie sich das Haus nicht vorgestellt. Die Auffahrt von der Straße wurde von mächtigen Roteichen flankiert und das Grundstück wirkte parkähnlich. Auf dem gepflegten Rasen verteilten sich Buchsbäume und Sträucher, die in zarten Pastelltönen blühten. Überall befanden sich in den Boden eingelassene Strahler, die alles um das Anwesen herum beleuchteten. Zwei weiße Säulen umrahmten den Eingang des Hauses, der sich damit farblich vom restlichen Backsteinrot abhob. Die Fensterrahmen leuchteten ebenfalls weiß. Das Gebäude war verwinkelt, besaß einen Erker sowie eine umlaufende Veranda und war hübscher als jedes Haus, das Rose bisher in Philadelphia gesehen hatte. Vor der breiten Garage parkten zwei Range Rover, ein Cadillac und ein Mercedes GLS.

»Sind wir hier richtig?«, fragte sie Cruzito ungläubig.

Der nickte. »Wir müssen zum Hintereingang.«

Rose folgte ihm und konnte nicht aufhören, sich umzusehen. Niemals hätte sie geglaubt, dass Drogenbarone derart gediegen lebten. Das Haus wirkte, als würde in ihm eine wohlhabende Familie mitsamt Kindern und zwei Golden Retrievern wohnen. Nicht jedoch dieser fiese Kerl, der sie zusammen mit Cruzito in ihrer Wohnung aufgesucht hatte. Ihr lief immer noch ein Schauer über den Rücken, wenn sie daran zurückdachte. Zuerst war sie sauer auf ihren Freund gewesen, der sie in eine derartige Lage gebracht hatte, aber dann hatte ihr Cruzito die ganze Geschichte erzählt. Sie erfuhr von der Poolparty und all den Frauen, dem Blutfleck an der Wand und dem Zimmer mit dem Schreibtisch und den Drogen in einem Bodenversteck.

»Diese Typen machen das ganz große Geschäft«, hatte Cruzito mit leiser Stimme gesagt, obwohl sie völlig allein gewesen waren. »Die legen jeden eiskalt um, der ihnen im Weg steht. Ich weiß nicht, wer sie sind, aber ich weiß, dass keiner auf der Straße seine Vermutungen darüber laut ausspricht. Dieser Mann, mit dem ich bei dir war …« Er stockte. »Ich kenne nicht einmal seinen Namen. Er ist ein Geist, ein Geist mit einer Waffe.«

Seitdem wusste Rose nicht, was sie tun sollte. Ihr Instinkt sagte ihr, möglichst schnell das Weite zu suchen. Ihr Gewissen flüsterte ihr zu, dass sie damit Cruzitos Todesurteil unterzeichnete, und ihre Vernunft schrie, dass sie gerade dabei war, die größte Dummheit ihres Lebens zu begehen. Doch dann nahm sie den Einhundert-Dollar-Schein in die Hand und spürte die Macht, die von ihm ausging. In all der Zeit hatte sie nie eigenes Geld besessen. Bis zu ihrer Hochzeit hatte sie bei ihren Eltern gelebt und von ihnen eine Art Taschengeld für ihre Arbeit im Restaurant erhalten. Ihr Vater war ein sparsamer Mann. Er war der Meinung, dass eine Frau mit zu viel Geld nur Dummheiten anstellte. Nach ihrer Hochzeit hatte Diego ihr gemeinsames Vermögen verwaltet. Für jeden

Einkauf und jedes Paar Schuhe hatte sie ihn um Erlaubnis fragen müssen. Seit sie in Philadelphia lebte, ging jeder Dollar für ihre Miete oder das Essen drauf. Ihr blieb nichts. Gar nichts. Das Gefühl, mit einem Einhundert-Dollar-Schein in der Tasche herumzulaufen, hatte sich dagegen großartig angefühlt.

Von da an versuchte Rose, sich einzureden, dass ihr neuer Job nicht schlimmer werden würde als der in der Coca Cola-Fabrik. Doch als sie vor der weißen Hintertür mit den geeisten Glasscheiben und dem Türklopfer aus Messing stand, begann ihr Herz heftig zu schlagen.

Cruzito schien zu spüren, wie es ihr ging. Er nahm ihre Hand und drückte sie. »Zeig ihm nicht, dass du Angst hast«, raunte er ihr zu. »Und widersprich ihm nicht.«

Sie kam nicht dazu, eine Antwort zu geben, denn in diesem Moment öffnete sich die Tür. Der Anblick des Mannes, der sich in ihr Gedächtnis eingegraben hatte, ließ all die Gefühle hochkochen, die sie in seiner Nähe empfunden hatte. Angst, Wehrlosigkeit und Hass auf seine Überlegenheit. Es waren dieselben Gefühle, die sie auch für Diego hegte.

»Kommt rein«, sagte er mit unbewegtem Gesicht und Rose fixierte die drei tätowierten Tränen unter seinem rechten Augenwinkel. Sie fragte sich, ob sie seine Gangzugehörigkeit kennzeichnen sollten, denn ansonsten sah er aus wie aus dem Ei gepellt. Er trug einen perfekt sitzenden Anzug, ein weißes Hemd und eine dunkle Krawatte. Nicht jedem Mann standen Anzüge, doch bei ihm wirkten sie wie eine zweite Haut.

»Du warst beim Friseur«, stellte er mit einem Blick auf ihre Haare fest. Er sagte nicht, ob ihm das Ergebnis gefiel.

Rose sah sich neugierig um. Im Inneren war das Haus noch schöner als von außen. Marmorfußböden, antike Möbel, schwere Vorhänge, so hatte sie sich immer die Wohnräume des Weißen Hauses vorgestellt, aber vermutlich war es dort um einiges luxuriöser. Sie konnte sich kaum ausmalen, wie es sein musste, in einer Villa wie dieser zu leben. Einzig der bewaffnete Kerl, der vor einer der Türen Wache stand, passte nicht in das Gesamtbild.

»Geld wird bald nicht mehr dein Problem sein«, kommentierte der Mann Rose' Blicke. Sie fühlte sich ertappt und folgte ihm in den hinteren Teil des Anwesens, wo sich ein Pool befand. Das Dach darüber war komplett verglast, sodass man das Gefühl bekam, unter freiem Himmel zu schwimmen. In dem blauen Wasser tummelten sich vier Frauen. Ihre Bikinis waren so knapp, dass Rose zweimal hinsehen musste, um sicherzustellen, dass sie nicht vollkommen nackt waren. Cruzitos Blick heftete sich ebenfalls auf die Mädchen und Rose konnte nicht verhindern, dass sie dabei Eifersucht empfand. Selbst wenn sie für den Jungen nur freundschaftliche Gefühle hegte, so war er inzwischen ihr Verbündeter. Das Geheimnis, das sie miteinander teilten, machte aus ihnen mehr als nur Freunde.

»Hier ist dein Stoff.« Der Mann im Anzug schob Cruzito ein Päckchen zu, das der in seiner Jackentasche verschwinden ließ. Rose senkte die Lider. Obwohl sie inzwischen wusste, womit Cruzito und seine Gang seit kurzem ihr Geld verdienten, wollte sie nicht Zeugin einer Drogenübergabe sein.

»Möchtest du ins Wasser gehen?«

Rose schüttelte heftig den Kopf, bis ihr klar wurde, dass die Frage nicht ihr gegolten hatte, sondern Cruzito. Sie wurde rot und der Mann zeigte den Hauch eines Lächelns. Das milderte seine harten Gesichtszüge und ließ ihn beinahe menschlich wirken. Rose schaute weg. Sie wollte nicht die Antwort in Cruzitos Augen sehen und fürchtete sich vor dem, was folgen würde.

»Deine Freundin hat sicher nichts dagegen.« Der Mann

stellte sich hinter die Bar, die sich gegenüber des Pools befand. »Cocktail?«

Rose schüttelte den Kopf und fügte hinzu: »Ich trinke nicht, wenn ich fahre.«

»Sehr lobenswert.« Es klang amüsiert, auch wenn das kurze Lächeln schon wieder verschwunden war.

Mit einem knappen Kopfnicken gab er den Frauen im Pool ein Zeichen. Zwei von ihnen schwammen an den Rand und kamen mit wiegenden Hüften auf sie zu.

Rose konnte den Blick nicht von ihren perfekten Körpern abwenden. Früher hatten sie und Isabel immer Frauenkörper aus Zeitschriften ausgeschnitten und dann Fotos ihrer eigenen Gesichter darüber geklebt. Anschließend hatten sie sich passende Männermodels dazu ausgesucht und Geschichten zu ihren Collagen erfunden. All ihre Fantasien hatten mit Liebe, Glück und Reichtum zu tun gehabt und waren auch genau das geblieben. Fantasien zweier Freundinnen, die keine Ahnung von der Realität hatten.

»Na, Süßer, kommst du mit uns?« Die größere der beiden Frauen schmiegte sich an Cruzito. Beim Anblick ihrer prallen Brüste quollen ihm die Augen über, doch dann sah er Rose an. Sie wünschte, er würde nicht darauf warten, dass sie ihm ihr Okay gab, denn tief in ihrem Inneren wollte sie das nicht tun. Sie wollte sich nicht eingestehen, dass Cruzito auch nur einer dieser Männer war, der zu sabbern begann, wenn er eine halbnackte Frau sah.

»Geh schon«, ertönte es hinter der Bar. »Ich habe etwas mit deiner Freundin zu besprechen.«

Rose wandte sich ab, um nicht mitzubekommen, wie Cruzito mit den Mädchen abzog, und fixierte die Wand gegenüber. Die Wand, an der vor kurzem angeblich ein riesiger Blutfleck zu sehen gewesen war. Nichts deutete mehr darauf hin.

»Dein kleiner Freund hat geplaudert, nicht wahr?« Der Mann stellte sich in ihr Blickfeld und reichte ihr ein Martiniglas. Er schien genau zu wissen, woran sie dachte.

Rose nahm es und nippte daran. Ihre Aufregung war zu groß und in diesem Moment war Trunkenheit am Steuer ihr geringstes Problem. »Schmeckt sehr gut«, bemerkte sie, um nicht unhöflich zu wirken.

»Das ist ein Cosmopolitan«, erwiderte der Mann. »Allerdings machen wir ihn mit Tequila.«

Rose nahm einen weiteren Schluck und stellte das Glas ab. »Was wollen Sie mit mir besprechen?« Sie bemühte sich, selbstbewusst zu wirken, auch wenn sie es nicht war.

Er setzte sich auf einen der Barhocker und forderte sie auf, ebenfalls Platz zu nehmen. Rose gehorchte und fühlte sich absurderweise, als hätte sie ein Date. Der Cocktail, ein Kerl im Anzug, ein Pool … Alles wirkte so normal und war es nicht.

»Hast du Vorstrafen?«

Vor Nervosität lachte sie hysterisch auf. »Nein, das habe ich nicht.«

»Was ist daran lustig?«

Rose senkte beschämt den Kopf. »Ich weiß nicht, was Sie für ein Bild von mir haben, Sir, aber ich komme aus einer ganz normalen Familie. Kriminell war in meinem Viertel nur der Briefträger, der vor Weihnachten immer die großen Pakete verschwinden ließ.«

»Julio«, sagte der Mann.

»Wie bitte?«

»Ich heiße Julio.«

Rose blinzelte. Nun kannte sie nicht nur sein Gesicht und seine Adresse, sondern auch seinen Namen. Hektisch knetete sie ihre Finger.

»Weshalb bist du in Philadelphia?«

Rose griff nach dem Cocktail und nahm einen weiteren Schluck. »Was hat das mit dem Job zu tun, den ich für Sie erledigen soll?«

»Reines Interesse.«

Sie glaubte ihm kein Wort und er musterte sie. Nicht so gleichgültig wie bei seinem ersten Besuch, sondern interessiert.

»Rose Sanchez Galarza, Ehefrau von Diego Galarza, Tochter von Camila und Francisco Sanchez, Schwester von Benito und Alejandro. Du hast eine große Familie in Brooklyn. Und ich frage dich noch einmal: Warum bist du in Philadelphia?«

Rose schluckte. Er hatte Nachforschungen über sie angestellt.

»Ich habe mich von meinem Mann getrennt.«

»Rose«, ermahnte er sie.

»Ich bin abgehauen, okay?«, entfuhr es ihr. »Diego ist ein Arschloch.«

»Deine Familie hat eine Vermisstenanzeige aufgegeben.«

»Tatsächlich?« Die Nachricht machte Rose zu schaffen, auch wenn sie es geahnt hatte. Immerhin hatte sie sich seit über einem Jahr nicht mehr bei ihnen gemeldet.

»Dein Ehemann sucht nach dir.«

»Oh.« In ihrem Magen begann es vor Sorge zu kribbeln.

»Hm.« Julio sah zum Pool hinüber und Rose folgte seinem Blick. Cruzito hatte sich inzwischen ausgezogen und war ins Wasser gestiegen. Sämtliche Mädchen umringten ihn. Sie kicherten und es war offensichtlich, dass sich ihre Hände unter der Wasseroberfläche bereits an ihm zu schaffen machten. Rose schoss das Blut in die Wangen.

»Dein kleiner Freund arbeitet gerne für mich«, kommentierte Julio die Situation. »Und dir wird es ebenfalls Vorteile verschaffen.«

»Wenn ich überlebe, meinen Sie.«

»Das wirst du schon, immerhin hast du dem Vorarbeiter in der Coca Cola-Fabrik die Eier in seine Eingeweide getreten.«

Es wunderte sie nicht, dass er auch darüber Bescheid wusste. »Wenn ich Ihr Muli werde, nützt mir mein Knie herzlich wenig.«

Jetzt war er es, der verwundert war. Sie merkte es an der Art, wie er sein Gewicht auf dem Barhocker verlagerte.

»Du hast recherchiert«, stellte er fest.

Das hatte sie. Und es hatte nicht dazu beigetragen, dass sie sich besser fühlte.

»Gib mir dein Handy.«

»Wie bitte?«

»Gib mir dein verdammtes Handy!« Seine Stimme wurde lauter und Rose verkrampfte sich. Hastig zog sie es aus der Innentasche ihrer Jacke und reichte es ihm. Mit geübten Bewegungen entfernte Julio die Batterie, holte die SIM-Karte heraus und brach sie entzwei. Dann warf er das Handy auf den Boden und zermalmte es unter seinem Schuh.

»Was?«, fragte er und sah sie provozierend an. »Weinst du jetzt, kleine Rose, weil deine letzte Verbindung nach Brooklyn erloschen ist?«

Sie wollte tatsächlich weinen, aber nicht wegen der Telefonnummern, die sie gespeichert hatte, sondern wegen der Fotos. All die Erinnerungen an Isabel und ihre Eltern waren nun unwiederbringlich zerstört. Aufgelöst starrte sie auf die Bruchstücke unter Julios Absatz.

»Ich hatte es nie an«, wisperte sie. »Ich wollte nicht ...«

»... dass dein Ehemann dich anruft?« Achtlos kickte er das zerstörte Handy zur Seite. »In Zukunft bestimmen wir, mit wem du telefonierst. Und wenn ich dich dabei erwische, dass du dir wieder ein eigenes Handy zulegst, zertrete ich dich ebenfalls. Verstanden?«

Sie nickte und kämpfte gegen die Tränen an. Diego war jedes Mal noch brutaler geworden, wenn sie weinte.

»Was hast du über unseren letzten Muli herausgefunden?«

»Er lebt nicht mehr.« Sie zögerte. »In den Zeitungen hieß es, er sei ums Leben gekommen, bevor die Behörden Ermittlungen einleiten konnten. Es wird spekuliert, dass …«

Julio hob eine Augenbraue. »Dass?«

Rose sah erneut zu Cruzito hinüber. Das Spiel der Mädchen wurde intensiver. Eine von ihnen hatte sich umgedreht und hielt ihr Bikinihöschen in die Höhe. Eine andere küsste ihn, bevor sie mit aufreizendem Lächeln untertauchte und Cruzito genießerisch die Augen schloss. Rose konnte den Anblick nicht ertragen. Das, was ihr Freund wegen der Annehmlichkeiten verdrängte, war ihr nur zu deutlich bewusst.

»… dass das Sinaloa-Kartell dahintersteckt«, vollendete sie den Satz und ihr Blick verhakte sich für Sekunden mit dem von Julio.

»Was ist deine Meinung dazu?«, fragte er gefährlich leise.

»Ich … ich habe keine Meinung.«

»Das ist gut.« Er trommelte mit den Fingern auf den Bartresen. »Ich sage dir jetzt, wie es läuft. Hör mir genau zu.«

»In Ordnung.« Rose zwang sich, ihn anzusehen, auch wenn er sie anwiderte. Julio war noch schlimmer als Diego. Während ihr Ehemann ein unberechenbarer, alkoholsüchtiger Kontrollfreak gewesen war, war Julio einfach nur eiskalt. Diego hatte ohne nachzudenken gehandelt, Julio tat alles ganz bewusst. Nach dem, was sie über das Kartell gelesen hatte, wusste sie, welche Machtstrukturen dort galten und wie das Kartell mit seinen Feinden und denjenigen, die aus der Reihe tanzten, umging. Rose vermutete, dass Julio weiter oben in der Hierarchie stand, und sie wollte sich nicht vorstellen, wie viele Menschen er getötet hatte, um dorthin zu gelangen.

»Du fährst jetzt nach Hause und lässt dein Auto stehen, ohne es abzusperren. Morgen früh um sechs Uhr gehst du runter. Im Handschuhfach findest du ein Handy. Schalte es ein und fahre los. Dein Ziel ist El Campo in Texas.«

»Texas?«

»Ist das ein Problem?«

Rose schüttelte zaghaft den Kopf. Bisher war Atlantic City der am weitesten entfernte Ort gewesen, den sie je besucht hatte.

»Du fährst auf direktem Weg dorthin und machst dabei so wenige Zwischenstopps wie möglich. Wenn du El Campo erreichst, fährst du zur Lutheranerkirche, stellst dein Auto auf dem Parkplatz ab und lässt den Schlüssel stecken. Dann rufst du die einzige Nummer an, die im Handy gespeichert ist, lässt es dreimal klingeln und verschwindest. Klar soweit?«

»Wohin verschwinde ich?«

»Such dir ein Motel, schlaf ein paar Stunden, was weiß ich. Es ist mir scheißegal.«

»Okay«, flüsterte Rose. »Wie geht es weiter?«

»Wir rufen dich an, wenn wir fertig sind. Dein Handy wird dreimal klingeln, du gehst nicht dran. Spätestens zehn Minuten später musst du wieder bei deinem Auto sein. In deinem Handschuhfach findest du einen Umschlag. Darin ist die Route aufgezeichnet, die du auf der Heimfahrt nimmst. Du lernst sie auswendig und verbrennst den Zettel. Dann fährst du los. Keine Umwege, keine unnötigen Zwischenstopps. Wenn du kurz vor Philadelphia bist, rufst du wieder die Nummer auf dem Handy an. Jemand wird dir eine Adresse nennen, zu der du fährst. Das war's.«

»Das war's«, wiederholte Rose und räusperte sich.

»Hast du Fragen?« Julio betrachtete sie eingehend.

»Was ist, wenn mich die Polizei anhält?«

»Sie haben keinen Grund, dich anzuhalten. Solltest du in eine Verkehrskontrolle geraten, erzähl ihnen, du hast Verwandte in Texas. Niemand wird das überprüfen. Dein Führerschein und dein Auto sind okay, du hast keine Vorstrafen. Es gibt nichts, was dich verdächtig macht.«

»Hm.« Rose hatte noch eine weitere Frage, doch sie wusste nicht, wie sie sie formulieren sollte. Deshalb entschied sie sich, ihr wichtigstes Anliegen ganz direkt vorzubringen: »Kriege ich ein Navi?«

Julio stutzte, bevor sich seine Mundwinkel hoben. Sein Lachen klang ehrlich und kam unerwartet. »Nein«, antwortete er belustigt.

»Aber ich war noch nie so weit weg! Ich habe keine Ahnung, wovon Sie da reden. Wie komme ich überhaupt in dieses El Campo?«

»Indem du zuerst in Richtung Washington fährst und dann in Richtung Houston.«

»Liegt El Campo denn in Houston?«

»Verdammt, Rose, du wirst doch wohl eine Straßenkarte lesen können!«

»Wer nutzt denn heutzutage noch Straßenkarten?«

Er sah sie so lange an, bis sie den Blick senkte. »Es tut mir leid«, murmelte sie. »Sie wollten wissen, ob ich Fragen habe.«

Er erhob sich und Rose brach der Schweiß aus. War sie zu weit gegangen? Sie spürte seine Nähe überdeutlich und wagte nicht, ihn anzusehen.

»Verarscht du mich?«, hörte sie seine Stimme an ihrem Ohr und sank auf ihrem Stuhl zusammen.

»Nein«, hauchte sie und zog instinktiv den Kopf ein, so wie sie es all die Jahre bei Diego gelernt hatte.

Seine Hand packte ihr Kinn, ebenso fest wie er es bereits in ihrer Wohnung getan hatte. Wieder einmal spürte Rose jene Hilflosigkeit, die sie kaum noch ertragen konnte. Julios Augen waren tiefschwarz und sie vermutete, dass seine Seele dieselbe Farbe hatte. Die Erheiterung war aus seinem Blick verschwunden. »Mach dich niemals über mich lustig«, warnte er sie.

Sie versuchte zu nicken, doch sein Griff war unbarmherzig. »Ich war immer nur in Brooklyn«, bemühte sie sich um eine Erklärung. »Philadelphia ist die erste Stadt außerhalb von New York, die ich allein erreicht habe. Und das auch nur, weil ich einfach nur geradeaus gefahren bin, bis mir der Sprit ausging.«

Er sah sie so intensiv an, dass Rose fürchtete, er werde sie gleich würgen. So wie Diego es des Öfteren getan hatte. Nur dass Julio darin sicher geübter war. Ihr gesamter Körper verspannte sich.

Nach einer gefühlten Ewigkeit ließ er sie los. »Ich werde sehen, ob ich eine Straßenkarte finde«, sagte er und ging davon.

Rose bemühte sich, ihr rasendes Herz unter Kontrolle zu bekommen. Rasch trank sie ihren Cosmopolitan leer und wagte es, in Cruzitos Richtung zu blicken. Ihr Freund war gerade dabei, eins der Mädchen im Pool zu ficken. Sie klebte an ihm wie eine Klette, umschlang ihn mit ihren langen Beinen, während er sich an einer ihrer Brustwarzen festgesaugt hatte. Obwohl Rose alles, was sich unter der Wasseroberfläche befand, nur verschwommen wahrnehmen konnte, ahnte sie, dass Cruzito rammelte, als ginge es um sein Leben. Doch schon drängte ein weiteres Mädchen heran. Sie ergriff Cruzitos Hand und führte sie zwischen ihre Beine. Für kurze Zeit war er abgelenkt und ließ zu, dass die Konkurrentin Cruzitos Gespielin wegdrängte. Gickelnd nahm sie deren Platz ein und der Junge legte von neuem los, während ihn die anderen drei Mädchen anfeuerten. Der Anblick stieß Rose gleichermaßen ab, wie er sie erstaunlicherweise erregte, dabei hatte sie sich nie viel aus Sex gemacht.

»Bist du neu hier, *mamacita*?« Sie war so abgelenkt gewesen, dass sie den Besucher nicht bemerkt hatte. Ein schmieriger Kerl mit Kinnbart löste sich von einer der Säulen, die den Pool umrahmten, und schlenderte auf sie zu. Sein Hemd stand offen und entblößte eine haarige Brust sowie mehrere Goldketten. Sie erkannte sofort, dass er einen Ständer in der Hose hatte. Vermutlich verfolgte er die Spielchen im Pool schon seit einer Weile. Der Bauch quoll ihm über den Hosenbund und er trug seine spärlichen Haare nach hinten gekämmt, um die zunehmende Glatze zu überdecken. Als er vor ihr stehenblieb, erkannte Rose Schweißperlen auf seiner Stirn.

Ungeniert berührte er ihr Knie. »Dich hatte ich noch nicht«, stellte er fest. »Du bist niedlich. Zeig mir deine Muschi!«

»Ich arbeite hier nicht.«

»Wer hier sitzt, steht zur Verfügung.«

Hilfesuchend hielt Rose Ausschau nach Julio, aber er war nirgends zu sehen.

»Schaust du gerne zu?« Der Kerl rückte näher an sie heran, schob ihr die Haare zurück und biss ihr in den Hals. »Du kannst zusehen. Ich steh auch drauf. Wir machen es gleich hier auf der Bar.« Seine Hand wanderte zu ihren Brüsten. »Warum hast du so viel an? Zieh dich aus!«

Rose stieß seine Hände zurück. »Ich arbeite hier nicht«, wiederholte sie und verfluchte sich, weil ihre Stimme wieder einmal wie das Piepsen eines kleinen Vogels klang. Das machte ihre abwehrende Haltung zunichte.

Ehe sie sich versah, zerrte der Kerl ihren Kopf an den Haaren zurück. »Ist das deine Masche, du Schlampe?« Er grunzte und fummelte am Reißverschluss seiner Hose herum. »Sie funktioniert! Und jetzt mach deinen verdammten Job!«

Rose stöhnte schmerzvoll auf und warf Cruzito einen hilfesuchenden Blick zu. Doch der nahm sich im Pool gerade das dritte Mädchen vor. Er bemerkte gar nicht, was um ihn herum geschah.

»Okay.« Sie gab nach und ließ zu, dass der Kerl ihre Hand zu seinem Schwanz führte. Er rieb sich an ihr, während er weiter ihren Hals küsste. Rose spielte mit. Sie massierte ihn und verzog angewidert den Mund, als seine Zunge über ihre Wange fuhr. Mit ihrer freien Hand löste sie seinen Gürtel und ließ ihm die Hose bis zu den Knien hinunterrutschen. Dann küsste sie ihn, auch wenn sie glaubte, sich gleich übergeben zu müssen. Als er ausreichend abgelenkt war, duckte sie sich unter ihm weg und lief davon.

»*Qué demonios*!«, hörte sie den Kerl in ihrem Rücken fluchen. »Du verdammte Hure!«

Rose eilte um den Pool herum und die Treppen zum Haupthaus hinauf. Sie warf einen Blick über ihre Schulter, um festzustellen, ob der Kerl ihr folgte, und prallte mit jemandem zusammen. Julio! Rose hätte nicht geglaubt, dass sie einmal froh sein würde, ihn zu sehen. Hilfesuchend verschanzte sie sich hinter seinem Rücken.

»Was ist hier los?«, knurrte er und packte sie am Arm. »Willst du abhauen?«

»Nein«, keuchte Rose, obwohl sie genau das wollte. Sie wollte weg aus diesem feinen Haus, in dem sich alles nur um Sex und Gewalt drehte. Ihr Blick bohrte sich in den von Julio. Hilf mir, rief sie ihm innerlich zu. Er verstand und drehte den Kopf. Endlich bemerkte er den Kerl, der sie verfolgte. Im Laufschritt zerrte der an seiner Hose, die sie ihm hatte über die Knie rutschen lassen. Julio erfasste die Situation. Sein Griff um ihren Arm lockerte sich und er baute sich wie ein Schutzschild vor ihr auf.

»Carlos«, sagte er mit schneidender Stimme und der Angesprochene blieb stehen. »Ist Vögeln tatsächlich das Einzige, was du draufhast?«

Ein selbstgefälliges Grinsen huschte über Carlos' Gesicht. »Neidisch?«, erwiderte er gelassen und schloss seine Gürtelschnalle. »Die Kleine hinter dir ist ein wenig widerspenstig. Wenn du also erlaubst, dass ich mich weiter ihrer Erziehung widme …«

»Sie ist keins der Mädchen«, stellte Julio klar.

»Wer ist sie dann? Deine verdammte Schwester oder was?« Carlos schien wenig beeindruckt. »Jetzt will ich ihr erst recht die Muschi lecken.«

Julio spannte sich an. »Du solltest vorsichtig sein, was du sagst.«

»Sonst was? Rennst du zu Pedro und verpetzt mich?«

»Ich werde dich töten.«

Nun verschwand das Lächeln und die beiden Männer fixierten sich. Rose wagte nicht, sich zu bewegen. Die aufkeimende Spannung im Raum konnte man förmlich spüren. Ihr stellten sich die Härchen an den Armen auf.

»Pass auf, dass du keinen Fehler machst«, erwiderte Carlos gefährlich leise. »Noch stehst du bei Pedro weit oben, aber das muss ja nicht so bleiben.«

Geschmeidig wie ein Tiger auf der Jagd stieg Julio die Treppen hinab und ging auf Carlos zu. Rose hielt die Luft an.

»Was hast du tatsächlich vor?«, knurrte er. »Du bist nicht nur wegen des Jobs des *Teniente* hier, habe ich recht?«

Carlos bewegte sich nicht. Er wich keinen Zentimeter vor Julio zurück und sein Blick war kühl. »Mache ich dir Angst?«

»Du fetter Sack machst mir keine Angst!« Julio blieb stehen. »Ich arbeite für einen Mann, der über seine Feinde triumphiert. Und ich sage dir eins, Carlos, es wird der Tag kommen, an dem der *Patrón* erkennt, dass du etwas im Schilde führst.«

»Ist das so?« Rose fuhr herum. Hinter ihr stand ein untersetzter Mann in einem Anzug aus blauschimmerndem Stoff. Sie hatte ihn nicht kommen hören, so angespannt hatte sie die Auseinandersetzung von Carlos und Julio verfolgt. Der Blick des Mannes streifte sie. Er hatte volles schwarzes Haar, einen breiten Schnauzbart und ein ausladendes Kinn, das seinem Gesicht einen trotzigen Ausdruck verlieh. Unter den buschigen Brauen blitzten Rose dunkle Augen an, die so brutal und unnahbar wirkten, dass sie unwillkürlich einen Schritt zurücktrat. Sie ahnte, dass dieser Mann Julios Boss war.

»Wer bist du?« Die Stimme des Mannes klang sanft, aber Rose spürte die Gefühllosigkeit, die sich dahinter verbarg. Es war ihm egal, wer sie war, denn wenn ihm ihre Antwort auf die Nerven ging, dann würde er sie töten.

»Rose«, flüsterte sie. »Rose Sanchez.«

Der Mann stierte sie an, als hätte er ihre Worte gar nicht gehört. Er ließ sie kommentarlos stehen und schlenderte betont langsam auf Carlos und Julio zu.

»Was ist das mit euch?«, fragte er und stellte sich zwischen die beiden. »Ist das so ein Schwanzvergleich?«

Die Art, wie Julio und Carlos unterwürfig den Blick senkten, als er zu ihnen trat, machte Rose bewusst, dass sie mit ihrer Vermutung richtig gelegen hatte. Das war der *Patrón*!

»Ich habe es satt, wisst ihr«, sagte der mit gefasster Stimme. »Ihr bringt Unruhe in mein Haus und das brauche ich nicht.« Er umrundete die beiden Übeltäter, die Hände im Rücken verschränkt. »Frauen sollen einen amüsieren und befriedigen, aber ihr zwei führt euch auf wie Alphawölfe.« Er blieb stehen und starrte Julio ins Gesicht. »Doch das seid ihr nicht!« Er drehte sich um und nahm Carlos ins Visier. »Und wisst ihr warum?« Stille senkte sich über den Raum, man hörte nur das Plätschern des Wassers und Rose erkannte, dass Cruzito und die Mädchen mittlerweile mitbekommen hatten, dass es Ärger gab. Zu Salzsäulen erstarrt standen sie im Pool und beobachteten das Geschehen.

»Weil ich der verdammte Alphawolf bin!«, schrie der *Patrón* in diesem Moment und Rose zuckte zusammen. »Habt ihr das verstanden, ihr bescheuerten Flachwichser?«

Julio nickte und Carlos grunzte zustimmend, aber das schien ihren Boss nicht zu beruhigen.

»Ich bestimme hier, wo es langgeht und wer getötet wird. Geht das in eure dämlichen Schädel rein?« Jetzt nickten beide. »Gut!« Der *Patrón* schnaubte und sah zu Rose.

»Gael!«, brüllte er. Nur wenige Sekunden später hörte Rose Schritte hinter sich. »Bring mir die verdammte Schlampe!«

Rose spürte, wie sie grob gepackt wurde, doch der *Patrón* winkte ab. »Nicht die! Bring mir Adriana!«

Rose wurde losgelassen und ihr Herz überschlug sich. Sie fing Julios Blick auf und zwang sich stehenzubleiben, obwohl sie am liebsten davongerannt wäre. Was hatte sie sich nur dabei gedacht herzukommen? Kein Geld der Welt war das alles wert. Doch jetzt saß sie bereits so tief in der Scheiße, dass sie nicht wusste, wie sie da je wieder rauskommen sollte. Sie hatte Gesichter gesehen, sie hatte Gespräche gehört und wenn ihr in diesem Job je gekündigt werden würde, dann durch eine Kugel in den Kopf. Ihr Magen zog sich zusammen.

Die Schritte in ihrem Rücken kehrten zurück und Rose wagte es nicht, sich umzudrehen. Erst, als sie eine Bewegung im Augenwinkel wahrnahm, drehte sie den Kopf. Eine auffallend schöne Frau ging an ihr vorbei und schwebte die Treppen hinunter wie ein Model. Sie trug ein hautenges, rotes

Minikleid, High Heels und die lockigen, schwarzen Haare reichten ihr fast bis zum Po. Sie stellte sich neben den *Patrón* und ihr hübsches Gesicht wirkte dabei wie versteinert. Rose konnte nicht aufhören, sie anzustarren. Sie wusste genau, was in der jungen Frau vorging.

»Das ist also euer Problem, nicht wahr?« Der *Patrón* ließ seine Hände über Adrianas Taille wandern. »Ich verstehe das. Sie ist die Beste hier. Die Schönste. Die Anmutigste. Ihre Zunge ist wie ein Zauberstab und ihr Mund heißer als ein Vulkan. Habe ich recht?«

Julio und Carlos nickten wieder, ohne Adriana auch nur anzusehen.

»Aber sie ist es nicht wert, dass sich meine Freunde deswegen streiten.« Der *Patrón* trat einen Schritt zurück. »Jeder darf sie ficken. Sie arbeitet für mich. Ich bestimme über ihr Leben.«

Ein Kloß bildete sich in Rose' Hals. Sie wollte die Augen schließen, aber sie konnte es nicht. Es war, als wenn sie plötzlich erstarrt war und ihre Füße auf dem Boden festklebten. Das Herz hämmerte in ihrer Brust, in ihren Ohren rauschte es.

»Hast du das verstanden?«, spie der *Patrón* aus und baute sich vor Julio auf.

»Das habe ich«, erwiderte der, ohne mit der Wimper zu zucken.

»Und was ist mit dir?« Die Aufmerksamkeit des *Patrón* wechselte zu Carlos.

»Alles, was du sagst, *El Negro*. Du bist der Boss.«

»Ja, das bin ich.« Der *Patrón* knöpfte sein Jackett auf. »Und ich werde jetzt dafür sorgen, dass euer Streit ein Ende hat.«

So schnell, dass Rose es kaum wahrnahm, zückte er eine Waffe und schoss Adriana in den Kopf. Der Knall hallte von den gekachelten Wänden wider. Für einen Atemzug verharrte Adrianas Körper in seiner Position, dann gaben die Knie nach und sie fiel rückwärts in den Pool. Rose schrie auf und presste sich unwillkürlich die Faust auf den Mund. Das Echo ihres Schreis vermischte sich mit dem der Mädchen, die sich an Cruzito drängten. Adrianas Körper trieb davon, das austretende Blut verteilte sich in dunklen Schlieren im Wasser. Cruzito und die Mädchen hasteten an den Rand des Beckens, während der *Patrón* seine Waffe wieder einsteckte. Gleichgültig blickte er in die Runde.

»Reicht euch die Hände«, forderte er.

Julio und Carlos gehorchten, ihre Gesichter wirkten so emotionslos, als ob nichts geschehen wäre.

Rose kämpfte gegen aufsteigende Übelkeit an. Sie zitterte und kalter Schweiß bildete sich auf ihrer Haut. Nur mit Mühe gelang es ihr stehenzubleiben. Ihr Atem kam stoßweise und ihre Fingernägel krallten sich so fest in ihre Oberarme, dass es wehtat. Immer wieder sah sie zu Adriana hinüber, deren Leiche im Pool trieb, ohne dass es jemanden kümmerte. Eine solche Brutalität war Rose fremd. Es entsetzte sie in gleichem Maß, wie es sie anwiderte.

Die Männer wandten sich zum Gehen. Der *Patrón* hielt kurz inne, als er an ihr vorbeiging.

»Willkommen in meinem Haus«, sagte er, bevor er seinen Weg fortsetzte.

Ihm folgte Carlos, der so tat, als bemerke er sie gar nicht. Seine Schritte verhallten in ihrem Rücken. Rose bekam sich nur mühsam wieder unter Kontrolle. Niemals zuvor hatte sie einen Menschen sterben sehen. In ihren Gedanken sah sie das Blut spritzen und Adrianas Kopf nach hinten fliegen. Sie würgte trocken.

Julio blieb am Treppenabsatz stehen. »Hast du noch in Erinnerung, was du morgen tun musst?«, fragte er.

Rose zwang sich zu einem Nicken und wischte sich über den Mund.

»Dann fahr jetzt nach Hause und schlaf dich aus.«

Sie nickte wieder, konnte sich jedoch nicht vorstellen, in dieser Nacht überhaupt ein Auge zuzutun.

Julio öffnete sein Jackett und Rose geriet in Panik. Wimmernd ging sie rückwärts, bis er beruhigend die Hände hob. Erst als sie stehenblieb, zog er eine zusammengefaltete Straßenkarte aus der Innentasche und hielt sie ihr hin.

Rose schluchzte auf. Die Straßenkarte! Hätte sie nicht danach gefragt, wäre es vielleicht gar nicht zu der Tat gekommen. Adriana könnte noch leben. Heiße Tränen rollten über ihre Wangen. Hastig wischte sie sie fort.

»Jetzt nimm schon!«, grollte Julio.

»Ich nehme sie!« Cruzito kam angelaufen. Er trug wieder seine Klamotten, die Haare waren noch feucht. Hastig nahm er Julio die Karte aus der Hand und sprang die Stufen hinauf.

»Alles okay?« Besorgt blieb er vor Rose stehen.

»Nein, nichts ist okay«, stammelte sie. »Ich will hier weg.«

»Wir gehen!« Cruzito nahm ihre Hand. »*Adios*!« Er warf Julio einen Blick zu.

»Sorg dafür, dass sie ihren Job erledigt«, rief dieser ihm zu.

Cruzito eilte hinaus und Rose stolperte hintendrein. Blind vor Tränen hastete sie zu ihrem Auto.

»Ich fahre.« Cruzito sah sie auffordernd an und Rose suchte mit zitternden Fingern nach dem Schlüssel. Als sie ihn endlich fand, war sie kaum in der Lage, ihn Cruzito zu reichen. Er sperrte auf und Rose glitt auf den Beifahrersitz. Cruzito fuhr los. Es dauerte einige Minuten, bis Rose aus ihrer Trance erwachte. Das Zittern ging in hemmungsloses Schluchzen über. Sie weinte um Adriana und um sich selbst. Darum, dass sie so dumm gewesen war, Diego zu heiraten und dann auch noch bei ihm zu bleiben. Darum, dass sie zu feige gewesen war, sich ihren Eltern und der Polizei anzuvertrauen und dass sie so bescheuert gewesen war, sich in eine derart ausweglose Lage zu bringen, die sie nun dazu zwang, sich an das größte Kartell Mexikos zu verkaufen.

Welche Geschichte hatte Adriana? Hatte sie auch eine Familie, die nicht wusste, wo sie sich aufhielt? Die vermutlich niemals erfahren würde, dass sie tot war? Kannte Adrianas Geschichte überhaupt irgendjemand?

»Weine doch nicht«, flehte Cruzito. »Es tut mir alles so leid.«

Rose schüttelte den Kopf. »Ich kann nicht aufhören«, wisperte sie. »Hast du ihre Augen gesehen? Sie hatte Angst. Sie hatte solche Angst!«

»Du musst nicht so enden«, sagte er bestimmt. »Fahr morgen nicht nach Texas, sondern in den Norden. Dieses Land ist riesig, sie werden dich nicht finden und du bist nicht wichtig genug, dass sie dich suchen.«

»Dann stirbst du. Und meine Familie ebenfalls.«

Cruzito schluckte. »Sie kennen deine Familie?«

»Das haben sie mich wissen lassen. Ich sollte in dieses Haus kommen und in ihre Gesichter sehen, damit ich weiß, woran ich bin. Sie haben mich in der Hand und sie werden mich jagen. Und töten. Und dich ebenfalls.«

»Für dich würde ich sterben, Rose.«

Sie schniefte und wandte den Kopf. »Was redest du da, Cruz?«

»Ich meine es genauso wie ich es sage.«

Unter der Trauer drängte Wut heran. »Weil du dämlich bist«, fuhr sie ihn an. »Deshalb hast du auch die Mädchen gebumst! Hast du in der ganzen Zeit nur einmal dein Hirn eingeschaltet? All diese Mädchen im Pool sind wie Adriana. Sie tun, was dieser *Patrón* verlangt und wenn ihm danach ist, dann pustet er ihnen ebenfalls den Kopf weg. Ebenso wie dir. Oder mir. Herrgott, Cruz, werd erwachsen!«

Cruzito zog die Augenbrauen zusammen. »Ich bin erwachsen! Und ich sorge für mich. Ebenso wie für dich!«

»Ja«, murmelte sie resigniert. »Du hast zumindest dafür gesorgt, dass wir ein Ticket in die Hölle bekommen.«

»Ich habe gesagt, dass es mir leidtut!« Aufgebracht schlug er aufs Lenkrad. »Wenn ich einen anständigen Job finden könnte, würd ich's tun. Ich schwör's dir!«

»Ich weiß.« Rose schloss ihre brennenden Lider. »Wir sind dazu verdammt, der Abschaum dieses Landes zu sein, Cruz. Ohne Ausbildung und Geld ist man hier ein Niemand.«

»Du wirst es schaffen!« Er griff nach ihrer Hand und drückte sie aufmunternd. »Du wirst ein guter Muli sein.«

Sie erwiderte den Druck seiner Hand und bemühte sich, die Angst in ihrem Inneren zu unterdrücken. Ab morgen war sie ein offizielles Mitglied des Kartells. Von dem, was sie tat, hing nicht nur Cruzitos Leben ab, sondern auch das ihrer Eltern. Es war absurd. Sie hatte doch eigentlich nur ihren Ehemann verlassen wollen.

JULIO

Die Tür fiel hinter ihm ins Schloss und Julio verharrte für einige Sekunden, bevor er tief durchatmete und in Richtung Pedros Arbeitszimmer ging. Die Fahrt zu *El Pozolero* hatte ihn dieses Mal nicht so kalt gelassen wie all die vielen Male zuvor und das lag nicht nur an Adrianas Leiche im Kofferraum. Es war das erste Mal, dass Pedro sich offen gegen ihn gewandt hatte. Bisher war der *Patrón* immer loyal gewesen. Julio genoss einen Sonderstatus gegenüber allen anderen Angestellten. Das lag daran, dass sie sich schon so lange kannten und Dinge miteinander erlebt hatten, die sie zusammengeschweißt hatten. Julio ballte die Hände zu Fäusten. Sein ganzes Leben hatte er diesem Menschen gewidmet! Jeden verdammten Tag tat er nichts anderes, als seine Haut für Pedro zu riskieren und sich für ihn einzusetzen. Und was war der Dank? Dass er Adriana erschoss und das, ohne auch nur nach dem Problem gefragt zu haben. Denn das Problem war nicht Adriana gewesen, das Problem war Carlos! Dieses durchtriebene Arschloch hatte etwas vor und Julio konnte nicht begreifen, dass Pedros Instinkt ihm das nicht schon längst verraten hatte.

Er nickte Raúl zu, der Wache hielt, und trat, ohne anzuklopfen, ein. Pedro saß wie üblich um diese Zeit mit einem Glas Whiskey vor dem Kamin.

»*Mi amigo*«, begrüßte ihn sein Boss schläfrig. »Hast du alles erledigt?«

»Natürlich.« Julio musste sich zusammenreißen, um einen neutralen Tonfall zu finden.

»Tut mir leid mit dem Mädchen.« Pedro deutete auf den Ledersessel neben sich. »Setz dich und erzähl mir, was los war.«

»Das hättest du eher fragen sollen.«

»Wie bitte?« Der *Patrón* richtete sich auf.

Julio nahm Platz und erwiderte den prüfenden Blick seines Bosses. »Wieso vertraust du mir nicht mehr?«

»Aber das tue ich.«

»Verzeih mir, doch das denke ich nicht.«

Pedros Haltung veränderte sich, der entspannte Ausdruck verschwand aus seinem Gesicht und machte dem Jähzorn Platz, den Julio nur zu gut kannte. »Wirfst du mir vor, dich zu hintergehen?«

»Nein, aber ich denke, du machst einen Fehler, wenn du Carlos bereits jetzt Einblicke in dein Geschäft gewährst.«

»Ich dachte, wir hätten den Grund eures Streits gerade erst beseitigt.«

»Adriana war nie das Problem.«

»Mein Freund, ich habe mit eigenen Augen gesehen, wie du Carlos angestarrt hast, wenn er in ihrer Nähe war.«

»Du solltest mich gut genug kennen, um zu wissen, dass Frauen für mich noch nie ein Grund für Streit waren.«

»Ist das so?«, fragte Pedro mit gefährlichem Unterton.

»Und was ist mit der anderen Fotze, dieser Rose? Du hast sie beschützt, habe ich recht? Vielleicht hätte ich *sie* töten sollen.«

»Sie ist unser Muli. Wir brauchen sie.«

»Sie ist gar nichts«, brüllte Pedro. »Wir wissen nicht einmal, ob sie unser Vertrauen verdient. Vielleicht lässt sie uns alle hochgehen. Weißt du, was mein Vater dann sagen wird? Dass wir Muschis sind, weil uns eine Frau gelinkt hat.« Er schnaubte aufgebracht. »Und was passiert mit Muschis, eh?«

»Sie sterben.«

»Ganz recht, sie sterben! Und willst du das, *mi amigo*?«

Julio schüttelte den Kopf. Er verstand nicht, warum Pedro auf einmal alles in Frage stellte, was er tat. »Was erwartest du von mir?«, fragte er.

»Disziplin und Hingabe für deinen Job.« Pedro musterte ihn abfällig. »Warum muss ich dich überhaupt daran erinnern?«

»Ich weiß es nicht, *Patrón*, verzeih mir.« Julio richtete seine Krawatte. »Ich verstehe nur nicht …«

»Wenn du jetzt den Namen Carlos aussprichst, dann reiße ich dir die Zunge heraus, *comprende*?«

Julio zwang sich zur Ruhe und wechselte das Thema. »Der Muli hat seine Anweisungen bekommen. Er wird heute früh um sechs losfahren.«

»Du meinst, *sie* wird heute losfahren.« Pedro schnalzte mit der Zunge. »Ich will, dass du ihr folgst.«

»Was?«

»Ganz recht, du folgst ihr. Ich will kein Risiko eingehen. Wenn sie von der vorgegebenen Strecke abweicht oder dir sonst etwas merkwürdig vorkommt, dann legst du sie um.«

»Aber wir haben unsere Mulis noch nie …«

Pedro warf sein Whiskeyglas gegen die Wand, wo es klirrend in tausend Stücke zersprang. »Hör auf, mir zu widersprechen«, schrie er.

Julio biss sich so hart auf die Innenseite seiner Unterlippe, dass er Blut schmeckte. Er nickte beherrscht. »Was immer du sagst.« Es behagte ihm nicht, Pedro allein zu lassen. Nicht nur, weil er ihn dann nicht beschützen konnte, sondern weil Carlos' Einfluss auf ihn mit jedem Tag zunahm, den sie zusammen verbrachten.

»Was immer du sagst«, wiederholte Pedro süffisant. »Kann es sein, dass dich mein Angebot, der *Teniente* von Pennsylvania zu werden, arrogant macht? Ich denke, ich muss nochmal darüber nachdenken. Warten wir ab, wie die erste Fahrt deines Mulis verläuft.«

Julio ließ sich seine Ernüchterung nicht anmerken. Obwohl er den Job nicht wollte, kränkte ihn Pedros Misstrauen. Er nickte und stand auf. »Ich habe dich noch nie enttäuscht und ich werde es auch jetzt nicht tun, *Patrón*.«

»Wieder diese Arroganz.« Pedro wedelte mit der Hand. »Mach dich an die Arbeit, *mi amigo*! Wir reden, wenn du zurück bist.«

Julio biss die Zähne aufeinander und verließ das Zimmer. Draußen blieb er stehen und winkte Raúl zu sich heran.

»Ich vertraue dir, Mann«, flüsterte er und Raúl hob die Augenbrauen.

»Was ist los?«, fragte er misstrauisch.

»Ich will, dass du Carlos für mich im Auge behältst.«

»Weißt du, was du da von mir verlangst? Wenn der *Patrón* herausfindet, dass ich seinen Gast beschatte ...«

»Es geht um die Sicherheit des *Patrón*«, unterbrach Julio ihn energisch. »Ich bin für drei Tage nicht da. Ich überwache den Muli.«

»Diese Frau?« Raúl grinste breit. »Keine schlechte Idee.«

»War nur nicht meine.«

»Oh.« Raúl schien zu verstehen und sah sich unauffällig um. »Ich kann Carlos auch nicht ausstehen. Er ist ein *cabrón*!

Und man muss Angst haben, dass er uns irgendwann fickt, wenn er die Mädchen durch hat.«

»Er fickt uns bereits, wir merken es nur noch nicht.« Julio schlug Raúl auf die Schulter. »Halt die Augen für mich offen, tust du das?«

»Mach ich, Mann.« Raúl zögerte. »Tut mir leid wegen Adriana.«

Julio winkte ab. »Sie war ohnehin über das Verfallsdatum.« Er drehte sich um und ging in die Küche. Nach diesem durch und durch unbefriedigenden Tag hatte er Hunger. Es war kurz nach zwei Uhr nachts und er hatte gehofft, allein zu sein, aber eins der Mädchen war ebenfalls dort. Belita. Eine blutjunge Kubanerin, die so zugekokst war, dass sie ihn fast nicht erkannte. Hingebungsvoll leckte sie Erdnussbutter von ihren Fingern, die sie zuvor in das offene Glas getunkt hatte, das vor ihr auf dem Tisch stand. Julio beobachtete sie angewidert.

»Muss das sein?«, fragte er.

»Ich kann nicht schlafen«, murmelte sie und rieb sich die Augen. »Das mit Adriana …«

»Halt die Fresse«, fuhr er sie gereizt an und riss den Kühlschrank auf. Die Küche war blitzeblank. Niemand hatte hier je gekocht, seit sie eingezogen waren. Einer von Julios Männern holte jeden Tag etwas zu essen. Für Pedro waren es nur feinste Menüs aus ausgewählten Feinschmeckertempeln, für alle anderen Take-away aus den verschiedensten Restaurants der Umgebung. Außerdem hing neben dem Kühlschrank ein Zettel, auf dem jeder notieren durfte, was er essen wollte. Julio erkannte Adrianas Handschrift. *Conchas* stand da und war mit einem winzigen Herz verziert worden. Er fluchte innerlich. *Conchas* hatte seine Mutter früher oft gemacht. Es waren kleine Brote aus einem süßen Teig, den man wie eine

Muschel formte, bevor man ihn buk. Daher der Name *Conchas*, Muscheln. Julio hatte diesen Nachtisch als Kind geliebt und konnte es nicht ertragen, dass Adriana sie offenbar ebenfalls gemocht hatte.

»Sie hat oft von dir gesprochen«, sagte Belita in diesem Moment. »Ich denke, sie …«

»Halt endlich dein verdammtes Maul!« Er warf die Kühlschranktür wieder zu. »Du hast nicht zu denken! Deine einzige Aufgabe in diesem Haus ist es zu lutschen, zu schlucken und deine Beine für uns breitzumachen. Hast du das kapiert?«

»Hm.« Belita schien wenig betroffen von seiner Aussage zu sein. Ihre Pupillen waren geweitet und obwohl die Küche nicht geheizt wurde und deshalb ziemlich kühl war, trug sie nur ein kurzes, weißes Babydoll Kleid. Julio betrachtete ihre Brüste, die sich groß und schwer darunter abzeichneten.

»Hat Carlos dich gefickt?«, wollte er wissen.

»Ne.« Sie schüttelte apathisch den Kopf. »Nur Adriana. Immer nur sie. Es ist so traurig.« Sie schluchzte auf und tauchte ihre Hand zum wiederholten Mal in das Erdnussbutterglas.

»Hör auf damit«, befahl Julio.

Belita verstummte und leckte ihre Finger sauber. »Soll ich's dir besorgen oder was?«, erkundigte sie sich nach einer Weile.

Er lehnte sich mit dem Rücken gegen den Kühlschrank und hatte keine Ahnung, ob er das wollte. Wäre Adriana nicht tot, hätte sie in seinem Zimmer auf ihn gewartet, doch im Moment konnte er nicht hinaufgehen. Bestimmt lagen dort noch einige Sachen von ihr herum.

»Setz dich auf den Tisch«, forderte er Belita auf. »Heb dein Kleid!«

Sie gehorchte und wie zu erwarten war, trug sie nichts darunter. Feine schwarze Schamhaare umrahmten ihre Muschi. Sie war reizvoll, das musste er zugeben, doch sein Schwanz reagierte nicht auf ihren Anblick. Belita schob sich zwei Finger in den Mund und lutschte lasziv an ihnen herum, bevor sie sich zu streicheln begann. Er beobachtete sie dabei, während er sich vorstellte, sie so hart auf dem Küchentisch zu ficken, dass sie vor schmerzvollem Genuss schrie. Aber an diesem Tag erregte ihn die Vorstellung nicht.

Belita spreizte ihre Beine weiter, damit er sehen konnte, wie sie ihre Klitoris bearbeitete. Sie stöhnte und fuhr mit der anderen Hand über ihre Brüste. Dafür dass sie so jung war, wirkte sie wie ein alter Hase. Alles, was sie tat, tat sie mit Inbrunst. Ihre Finger rieben sich immer schneller und ihrem verzückten Gesichtsausdruck nach, genoss sie es sogar. Julio drehte sich um und verließ kommentarlos die Küche. Er hasste sich für seine Schwäche und verfluchte seinen Schwanz, der wie tot in der Hose lag. All das machte ihn nicht mehr an. Belita war nur eine weitere schöne Frau, die irgendwann ging oder umgebracht wurde. Gereizt schlug er mit der Faust gegen die Wand und genoss den Schmerz. Er schlug ein weiteres Mal zu. Dieses Mal so heftig, dass seine Fingerknöchel bluteten.

»*Mierda*«, fluchte er, holte sich einen der Autoschlüssel und verließ das Haus. Er fuhr zu einer Tankstelle, tankte den Cadillac auf, den er gewählt hatte, und musste anschließend nicht weiter darüber nachdenken, wohin ihn sein Weg führte. In der Amber Street angekommen, parkte er in der Nähe von Rose' Wohnung, schaltete den Motor aus und schloss die Augen.

JULIO ERWACHTE, ALS JEMAND AN SEINE SCHEIBE KLOPFTE. Mühsam öffnete er die Augen und ärgerte sich augenblicklich, dass er tatsächlich eingeschlafen war.

»Gael?« Er blinzelte, drehte den Zündschlüssel und ließ die Scheibe des Cadillac hinunter. »Was gibt's?«

Gael musterte ihn im Licht der Morgendämmerung. »Was tust du hier?« Er sah sich um. »Überwachst du mich?«

Julio kam langsam wieder zu sich. »Ich muss den Muli überwachen. Anweisung vom Boss.«

»Der *Patrón* schickt dich durchs halbe Land? Weshalb? Was hast du angestellt, Mann?«

»Verpiss dich«, knurrte Julio. »Hast du das Handy ins Auto gelegt?«

»*Ich* befolge immer meine Anweisungen.« Gael grinste herablassend. »Gute Fahrt!«

Julio ließ die Scheibe wieder hoch und spürte die wiederkehrende Wut in seinem Bauch. Pedros Befehl führte dazu, dass ihn seine Kollegen nicht mehr ernst nahmen. Aufgebracht fuhr er sich durch die Haare. Er sehnte sich nach einer Dusche, seinem täglichen Training, einem guten Frühstück und den gewohnten Aufgaben an der Seite des *Patrón*. Das Letzte, was er jetzt wollte, war stundenlang über den Highway zu zuckeln, auch wenn der Cadillac CT6 ganz sicher ein bequemeres Auto war als der abgehalfterte Daihatsu, dem er folgen musste. Er gähnte und sah auf die Uhr. Es war kurz nach halb sechs und er war gespannt, ob Rose pünktlich war.

Kaum dachte er an sie, kehrten auch die unangenehmen Erinnerungen des gestrigen Tages zu ihm zurück. Ihre Flucht vor dem widerlichen Carlos, die Art, wie sie sich für einen kurzen Moment vertrauensvoll an ihn geklammert hatte … Er war es nicht gewohnt, dass man ihm Vertrauen schenkte. Die meisten Menschen sahen ihn mit Respekt, Angst, Hass oder voller Qual an, aber Vertrauen war etwas, das ihm niemals entgegengebracht wurde. Nicht einmal von Pedro, selbst wenn er es behauptete.

In Gedanken hörte er Rose' Schrei, als Adriana erschossen wurde, und sah ihre verzweifelte Geste, mit der sie sich die Faust vor den Mund gepresst hatte, als wüsste sie, dass Pedro hysterische Weiber verachtete. Sie hatte keine Ahnung, wie nahe sie dran gewesen war, selbst das Gehirn weggepustet zu bekommen. Julio rieb sich den Bart. Pedros Instinkt mochte ihn täuschen, was Carlos betraf, aber er hatte sich nicht geirrt, als er vermutete, Julio hätte Rose beschützt. Das hatte er tatsächlich getan, so hart es auch war, sich das selbst einzugestehen. Für ein paar Sekunden hatte ihn ein Gefühl überwältigt, welches ihm bis zu diesem Moment fremd gewesen war. Er wollte unbedingt verhindern, dass Rose Carlos in die Hände fiel. Sie hatte es nicht verdient, von ihm missbraucht zu werden.

Julio verdrängte die Erinnerungen und tastete nach seinem Schulterholster, um zu überprüfen, ob er noch ein geladenes Magazin bei sich hatte. Sein überhasteter Aufbruch mitten in der Nacht war untypisch für ihn. Ebenso wie seine Zurückweisung von Belita. Doch am meisten ärgerte er sich über Pedro. Es war vollkommen idiotisch von ihm, Rose überwachen zu lassen. Mulis arbeiteten auf eigenes Risiko. Sie waren kleine Lichter im großen Kartellgefüge. Entweder sie erledigten ihren Job oder eben nicht. Letzteres hatte immer Konsequenzen. Ein weiteres Auto sorgte nur für zusätzliche Aufmerksamkeit. Besonders jetzt, wo die DEA vermutlich sämtliche Highways überwachen ließ. Außerdem wusste Rose ganz genau, was ihrer Familie und Cruzito mitsamt seiner Gang blühte, sollte sie zur Polizei gehen. Sie war verschüchtert, manchmal etwas zu vorlaut und nach dem zu urteilen, was er über ihren Ehemann herausgefunden hatte, war ihre Menschenkenntnis auch nicht die beste. Aber bestimmt war sie nicht dumm. Julio hatte Diego Galarza unter die Lupe genommen. Er war ein typischer Aufreißer. In Puerto Rico war er viermal wegen schwerer Körperverletzung unter Alkoholeinfluss festgenommen worden. Es waren diverse Strafverfahren gegen ihn anhängig. Deshalb hatte er der Insel wohl den Rücken gekehrt. Ihn zu heiraten war nicht Rose' klügste Idee gewesen, ihn zu verlassen hingegen recht mutig. Vermutlich hatte sie ihre Einfältigkeit in der Ehe schnell verloren. Es blieb Julio dennoch ein Rätsel, warum sie abgehauen war und sich nicht ihren Eltern anvertraut hatte. Sie besaß eine riesige Familie, da musste es doch jemanden geben, der ihr zur Seite stand.

Er wurde aufmerksam, als er eine Bewegung in ihrem Hauseingang bemerkte. Rose trat auf die Straße. Sie war zehn Minuten zu früh. Zögerlich blickte sie sich um, sah auf ihre Uhr, dann auf ihr Auto. Sie trug enge Jeans und einen weiten Hoodie, ihre Haare hatte sie zu einem unordentlichen Dutt geschlungen und sie war ungeschminkt. In diesem Aufzug wirkte sie nicht sehr weiblich, dafür aber umso unauffälliger. Sollte sie angehalten werden, würde man ihr die Geschichte mit ihren Verwandten in Texas glauben, dessen war sich Julio sicher. Kein Kartell würde eine Frau wie sie haben wollen. Sie war unfickbar, zumindest in diesem Aufzug. Für einen kurzen Moment stellte er sich vor, wie sie ohne Klamotten aussah und sein Schwanz zuckte. Verflucht! Was war nur los mit ihm?

Rose entschied sich, in ihr Auto zu steigen, und Julio beobachtete ihren Hinterkopf. Er bewegte sich hin und her, als sei sie sich unsicher, ob sie gerade das Richtige tat. Vermutlich hatte sie dabei das Handy in der Hand, das Gael ihr ins Handschuhfach gelegt hatte. Es war ein Prepaid-

Handy, das jedes Mal entsorgt wurde, wenn der Muli wieder sicher in Philadelphia angekommen war. Das System des Kartells war simpel und die meiste Zeit hatten sie damit auch Erfolg. Sollte Rose es nicht bereits beim ersten Mal versauen, stand ihr eine glänzende Karriere bevor. Es gab Mulis, die durch diesen Job ausgesorgt hatten. Sie lebten glücklich und zufrieden bei ihren Familien in Mexiko und das würde auch so bleiben, vorausgesetzt, sie erregten nicht Pedros Unmut.

In diesem Moment fuhr Rose los und Julio startete ebenfalls den Motor. Er folgte ihr in einigem Abstand, selbst wenn er nicht glaubte, dass sie überhaupt bemerken würde, dass sie jemand verfolgte. Die Straßen Philadelphias begannen sich um kurz vor sechs allmählich zu füllen, aber noch hatten sie freie Fahrt. Rose fuhr auf die I-95 und folgte der Beschilderung in Richtung Flughafen. Das Wetter war grau, die Wolken hingen tief und Julios Magen fing an zu knurren. Er ignorierte es. In all der Zeit hatte er gelernt, mit vielem klarzukommen. Wenig Schlaf, unregelmäßiges Essen, rohe Gewalt und exzessiver Sex. Sein Leben war extrem, eine Autofahrt nach Texas erschien ihm dagegen wie ein Sonntagsspaziergang. Er lockerte seine Krawatte und machte es sich bequem. Die reine Fahrzeit nach El Campo betrug vierundzwanzig Stunden. Er war sich sicher, dass Rose eher schlappmachte als er.

Hinter Lexington in Virginia wuchs jedoch langsam sein Respekt für sie. Es war kurz vor Mittag, sie fuhren seit beinahe sechs Stunden und mittlerweile musste er so dringend pissen, dass er es kaum noch aushielt. Doch der Daihatsu schien über unbegrenzte Reserven zu verfügen, ebenso wie seine Fahrerin. Julio sah sich im Innenraum des Cadillac um. Gab es denn hier keine verdammte Flasche, die er umfunktionieren konnte? Das Auto war so klinisch rein wie jeder von Pedros Wagen. Nicht einmal Kaugummis waren hier zu finden. Julio schimpfte mit sich selbst. Es war eine Ewigkeit her, dass er jemanden hatte beschatten müssen. Warum hatte er nicht mitgedacht, verflucht? Und warum zum Teufel musste Rose nicht ebenfalls aufs Klo? Sie war eine beschissene Frau! Die rannten doch ständig zur Toilette.

Als sie kurz vor Red Mills endlich den Blinker bei einer Tankstelle setzte, seufzte Julio auf. Er wartete, bis sie im Inneren des Ladens verschwunden war, bevor er ausstieg und sich in die Büsche schlug, um sich zu erleichtern. Er wünschte sich, er hätte auch noch Zeit, sich etwas zu trinken und zu essen zu kaufen, doch als er zum Cadillac zurückkam, waren Rose und ihr Daihatsu verschwunden.

»Scheiße«, fluchte Julio und sprang zurück ins Auto. Wo war sie nur hin? Er war nur ein paar Minuten nicht da gewesen!

Unbeherrscht trat er das Gaspedal durch und jagte mit dem Cadillac zurück auf den Highway. Nach nur einer Meile sah er den Daihatsu wieder vor sich und verlangsamte erleichtert das Tempo. Doch kurz darauf fuhr Rose erneut vom Highway ab und hielt an einer anderen Tankstelle.

»Was hast du vor, du kleines Miststück?« Julio blieb in einiger Entfernung stehen, verengte die Augen und beobachtete, wie Rose ein weiteres Mal im Inneren des angeschlossenen Shops verschwand. Sein Misstrauen wuchs. Traf sie sich dort mit jemandem? Hatte Pedro womöglich recht gehabt?

Einige Minuten später kam sie mit einer Tüte heraus und blieb unschlüssig stehen. Ihr Blick wanderte umher, bis er an seinem Auto hängenblieb. Julio erstarrte. Das war völlig unmöglich!

»Komm nicht her, sonst bring ich dich um«, knurrte er, aber Rose setzte sich bereits in Bewegung. Gezielt hielt sie auf ihn zu. »Fuck!«

Er überlegte, den Motor zu starten und einfach loszufahren, doch das hätte ihn noch verdächtiger gemacht. Also blieb er, wo er war. Rose wurde langsamer, legte den Kopf schief und hielt sich die Hand über die Augen, um besser sehen zu können. Auf Höhe der Motorhaube blieb sie stehen. Julio starrte sie wütend an.

»Hey!« Sie kam näher und klopfte an die Seitenscheibe.

Er sah sich um, grübelte kurz darüber nach, ihr die Beretta ins Gesicht zu halten, bevor er sich anders entschied und die Seitenscheibe ein Stück herunterließ.

»Haben Sie Hunger?«, fragte Rose und hielt die Tüte in die Höhe.

»*Caramba*!« Julio funkelte sie an. »Was genau hast du an meinen Anweisungen gestern nicht verstanden?«

»Sie sagten nicht, dass Sie mir folgen würden. Und dass es verboten ist, Sie anzusprechen.«

»Dann sage ich es dir jetzt! Hau ab! Weißt du nicht, wie gefährlich das ist? Wenn man uns zusammen sieht …«

»Da ist niemand.« Rose zuckte die Schultern. »Seit Philadelphia ist dieser Cadillac das einzige Auto, das ich kontinuierlich in meinem Rückspiegel sehe.« Ungeniert ging sie um den Wagen herum, öffnete die Beifahrertür und setzte sich neben ihn.

»Burrito?« Sie hielt ihm eine in Alufolie verpackte Tortilla hin.

Er starrte sie an. »Ich sollte dich dafür erschießen.«

»Wer holt dann Ihre Drogen?«

Warum war sie plötzlich derart aufsässig? Zornig presste er die Lippen aufeinander, aber der Geruch des Essens ließ ihn schwach werden.

»Seit wann weißt du, dass ich dich verfolge?«, fragte er und nahm ihr den Burrito ab.

»Zuerst wusste ich nicht, dass Sie es sind. Ich dachte, es sei die Drogenfahndung. FBI, CIA, was weiß ich.«

Er musste wider Willen grinsen, fing sich jedoch sofort wieder. »DEA«, stellte er klar. »Und wenn sie uns erwischen, werde ich dafür sorgen, dass wir beide sterben.«

»Hm.« Sie holte eine weitere Tortilla aus der Tüte und biss hinein. »Irgendwann habe ich Ihren Anzug erkannt. Aber ich wollte testen, ob Sie mir tatsächlich folgen, deshalb bin ich vorhin weitergefahren.«

Das war clever und er war darauf reingefallen. »Ich hätte nicht gedacht, dass Frauen überhaupt wissen, dass der Rückspiegel eines Autos zu was anderem gut ist, als sich darin zu schminken«, sagte er.

»Wenn sie wie ich in Williamsburg aufgewachsen wären, wo Parkplätze so rar sind wie eine Parkbank ohne Taubenscheiße, dann hätten sie beim Einparken schnell gelernt, einen Rückspiegel schätzen zu lernen.« Sie klopfte auf das Armaturenbrett des Cadillac. »Außerdem stand dieser Wagen vor der Garage, als ich zu Ihnen kam.«

Julio war erstaunt. So viel Beobachtungsgabe hatte er ihr nicht zugetraut. Aus den Augenwinkeln sah er, wie sie gierig aß, und fragte sich, warum sie ihm trotz allem, was gestern vorgefallen war, noch immer vertraute.

»Sie haben gesagt …« Rose brach ab, als sie seinen Blick bemerkte. »Was ist?«

»Nichts.« Er schluckte den letzten Bissen hinunter und fühlte sich gleich besser. Obwohl es der schlechteste Burrito war, den er seit Ewigkeiten gegessen hatte, war er froh, nicht länger mit knurrendem Magen weiterfahren zu müssen. Das drückte ihm auf die Stimmung. »Was habe ich gesagt?«, hakte er nach und bemühte sich, nicht allzu freundlich zu klingen.

»Dass Diego nach mir sucht.«

Das war es also, was sie hergetrieben hatte. Sie hatte

Schiss, dass ihr prügelnder Ehemann sie fand. Aus irgendeinem Grund schien sie den mehr zu fürchten als ihn und das gesamte Kartell. Das war einfach lächerlich. Julio musterte sie. Einige Strähnen hatten sich aus dem Dutt gelöst und umspielten ihr Gesicht. Ihre großen braunen Augen sahen ihn besorgt an. Herrgott, diese Frau war wie die Kaninchen, die er und seine Brüder früher immer in der Wüste gejagt hatten. Sie hatten sie in Fallen gefangen und der Blick, mit dem ihn die Tiere angesehen hatten, bevor er ihnen das Genick brach, war dem von Rose nicht unähnlich gewesen.

»Das tut er«, bestätigte Julio. »Aber er wird dich nicht finden. Er scheint nicht der Intelligenteste zu sein.«

Seine Bemerkung entlockte ihr ein Lachen und Julio stellte fest, dass ihm das gefiel. Er sah zur Seite, damit sie es nicht mitbekam.

»Wenn er mir im Weg steht, beseitige ich ihn«, erklärte er barsch. Ein Teil in ihm wollte das sogar tun. Die Vorstellung, dass dieser Diego Rose wehgetan hatte …

»Steig aus!«, forderte er sie auf. »Wir müssen weiter.«

»In Ordnung.« Sie reichte ihm eine Wasserflasche. »Damit Sie nicht verdursten.«

»Wer bist du?«, fuhr er sie an. »Meine verdammte Mutter?«

Rose zuckte zurück, dann stellte sie die Wasserflasche in die Ablage zwischen den Vordersitzen und stieg aus.

Julio rieb sich das Gesicht, während er dabei zusah, wie sie sich von ihm entfernte. Erst, als sie wieder in ihrem eigenen Auto saß, öffnete er den Schraubverschluss der Flasche und trank in großen Zügen. Gottverdammt, er war kurz vor dem Verdursten gewesen! Aber diese Schwäche hätte er vor ihr niemals zugegeben.

Rose fuhr vom Parkplatz und Julio folgte ihr. Die nächsten Stunden hypnotisierte er die Stoßstange des

Daihatsu. Die Fahrerei war öde, die Radiosender stupide und seine eigenen Gedanken begannen ihm auf die Nerven zu gehen, denn sie drehten sich zunehmend um Rose. Julio zwang sich, nicht darüber nachzugrübeln, wie er ihr den Dutt löste und die Finger durch ihre honigblonden Haare gleiten ließ. Immer wieder griff er sich in den Schritt, um die Spannung zu lockern, die dort bei seinen Überlegungen entstand. Dabei versuchte er sich einzureden, dass Rose eine Hexe war, die seinen Schwanz verflucht hatte, der immer öfter anfing, sich zu regen, je länger er auf dem Highway unterwegs war.

Erst als die Dämmerung einsetzte, fuhr Rose hinter Tuscaloosa in Alabama wieder von der Straße ab. Sie holte sich in einem kleinen Supermarkt einen Kaffee, fuhr ein Stück weiter landeinwärts und parkte den Daihatsu schließlich unweit eines Flusses inmitten der Einsamkeit. Dort stieg sie aus. Julio hielt in einiger Entfernung und fragte sich, was sie vorhatte. Der *Patrón* hatte ihm ausdrücklich klargemacht, darauf zu achten, dass der Muli die vorgegebene Strecke nicht verließ. Dennoch stand Julio nun hier und sah Rose zu. Eine Zeitlang lief sie umher, dehnte Arme und Beine, sprang auf und ab und setzte sich schließlich mit ihrem Kaffeebecher ans Ufer.

Er rang mit sich selbst. Sollte er zu ihr gehen oder im Auto sitzenbleiben? Es war gefährlich, den Kontakt zu ihr zu suchen, und er hatte tausend Gründe parat, es nicht zu tun. Am Ende stieg er trotzdem aus.

Die Luft war angenehm klar, ganz anders als im smogverseuchten Philadelphia. Überall im Gras zirpten die Grillen und Julio war erstaunt, wie warm es war. Dank des klimatisierten Autos bekam er während der Fahrt nicht viel von seiner Außenwelt mit. Wachsam ging er zu Rose, immer darauf bedacht, seine Umgebung im Blick zu behalten. Doch sie hatte recht gehabt, es war nirgends ein auffälliges Fahrzeug zu erkennen, das ihnen folgte.

»Auch auf die Gefahr hin, dass ich wieder wie Ihre Mutter klinge, aber wollen Sie einen Kaffee?«, hörte er ihre Stimme, kaum dass er in ihrer Nähe war.

Als er nichts darauf erwiderte, fügte sie hinzu: »In meinem Auto ist noch ein Becher. Schwarz, ohne Milch und Zucker.«

Er schaffte es, ihrer Bemerkung nicht allzu viel Bedeutung beizumessen, obwohl sie erraten hatte, wie er seinen Kaffee trank. Er öffnete die knarzende Tür des Daihatsu und angelte nach dem Pappbecher.

»Seit Stunden schaue ich mir die Natur an, die an mir vorüberzieht. Ich wollte nur für ein paar Minuten erleben, wie es neben dem Highway aussieht«, sagte sie, als er bei ihr ankam. »Ich war noch nie so weit weg von daheim. Es ist viel schöner, als ich erwartet hatte.«

Julio schüttelte den Kopf, um ihr klarzumachen, dass er ihre Meinung nicht teilte. Es war absurd. Sie hatte einen gefährlichen Job zu erledigen und erfreute sich nebenbei an der Schönheit der Natur. Angespannt trank er seinen Kaffee. Die Weite um ihn herum behagte ihm nicht. Er fühlte sich nicht sicher. Das tat er nie, wenn er nicht alles im Auge behalten konnte.

»Wo kommen Sie her?«, erkundigte sich Rose.

»Denkst du tatsächlich, ich würde darauf antworten?«

»Tut mir leid.« Ihre Stimme ging im Zirpen der Grillen unter. »Ich habe mein ganzes Leben im Restaurant meiner Eltern gearbeitet. Ich beherrsche nur den typischen Smalltalk. Woher kommen Sie? Wie lange bleiben Sie in New York? Gefällt Ihnen Brooklyn?« Sie stützte ihre Ellbogen auf den angezogenen Knien ab und blickte auf das dunkle Wasser des Flusses. Die Nacht drängte heran, verdunkelte die Umgebung immer mehr.

»Warum hast du dann nicht in einem Restaurant in Philadelphia gearbeitet?«, wollte Julio wissen und bemerkte, dass sie zu ihm aufsah.

»Ich habe daran gedacht«, gab sie zu. »Aber ich habe kein Zeugnis, ich bin keine ausgebildete Köchin. Außerdem kennen sich die Puerto Ricaner untereinander. Ich hatte Angst, dass mich irgendwer erkennt.«

»Mit dem Geld von diesem Job kannst du eine Ausbildung machen.«

»Meinen Sie?«

Er spürte die Hoffnung, die der Satz in ihr freisetzte, und räusperte sich. »Was willst du werden?«

»Friseuse.«

Damit hatte er nicht gerechnet. »Das ist nichts, womit du reich wirst«, gab er zu bedenken.

»Aber ich tue es gern. Seit ich in Philadelphia lebe, helfe ich ab und an im Seniorenzentrum aus. Ich liebe es, Leuten die Haare zu machen.«

Julio verzog den Mund. »Die heilige Rose«, spottete er.

»Es tut mir leid, dass mir nicht Ihr Killerinstinkt in die Wiege gelegt wurde.«

Er machte eine Faust und zerknüllte dabei den leeren Pappbecher. »Es wundert mich nicht, dass dein Ehemann dich verprügelt hat«, grollte er.

»Woher wissen Sie das?« Ihre Stimme war noch leiser geworden und sein Satz tat ihm unwillkürlich leid. Moment! Wieso zum Teufel tat es ihm leid?

»Vielleicht wurde mir auch Menschenkenntnis in die Wiege gelegt«, erwiderte er genervt. »Oder vielleicht habe ich erfahren, dass Diego in Puerto Rico viermal wegen schwerer Körperverletzung unter Alkoholeinfluss festgenommen wurde.« Das hatte er ihr eigentlich nicht erzählen wollen, aber aus irgendeinem Grund wollte er, dass sie die Wahrheit erfuhr.

Rose schwieg und starrte in die Dunkelheit. Nach einer Weile stand sie auf. »Waren es ebenfalls Frauen?«, fragte sie.

Er nickte und hörte sie im selben Moment fluchen. »Der blöde Mistkerl!« Aufgebracht warf sie den Pappbecher ins Gras und trat darauf herum. »Ich war so eine dumme Pute!«

Ihr Ausbruch war niedlich. Julio verschränkte amüsiert die Arme vor der Brust.

»Finden Sie das lustig?«, fuhr sie ihn an. »Lachen Sie über meine Dummheit, weil ich die Einzige war, die ihn nicht hingehängt hat?«

»Nein, ich …«

»Diese Frauen in Puerto Rico hatten Mut«, unterbrach sie ihn. »Sie haben nicht jahrelang stillgehalten so wie ich!«

Weinte sie etwa? Oh Gott, nein, das konnte er jetzt gar nicht gebrauchen.

»Wir müssen fahren«, setzte er dem Ganzen ein Ende. »Es liegen noch viele Meilen vor uns.«

»Zuerst muss ich tanken«, schniefte Rose. »Und Sie brauchen mich nicht ständig daran erinnern, wie weit es noch ist. Ich habe die Straßenkarte gelesen.«

Er schmunzelte und war froh, dass die Dunkelheit sein Gesicht verbarg. Energisch stapfte Rose zum Daihatsu und stieg ein. Er folgte ihr und hielt die Tür fest, bevor sie sie zuschlagen konnte.

»Du bist mutig, Rose«, sagte er. »Diesen Job würde nicht jeder machen.«

»Ich vermute, weil nicht jeder erpresst wird, um ihn zu tun.« Sie zerrte an der Tür und er ließ los. Mit einem dumpfen Knall fiel die Tür ins Schloss und schon röhrte der Motor auf. Julio trat zurück. Der Punkt ging an Rose. Er musste aufhören, Gespräche mit ihr zu führen, die sie ihm näherbrachten.

Das war unprofessionell. Eines Tages konnte es dazu kommen, dass er sie umlegen musste, und dann waren Gefühle nur hinderlich.

Sie gab Gas und fuhr ihn beinahe um, als sie zurück auf die Straße brauste. Er blickte ihren Rücklichtern hinterher und ging zu seinem Auto. Diese Fahrt verlief so ganz und gar nicht nach Plan.

ROSE

Die Uhr am Armaturenbrett bewegte sich auf fünf Uhr früh zu und Rose hatte Mühe, die Augen offen zu halten. Im Rückspiegel blitzte ihr die aufgehende Sonne entgegen. Der Highway zog sich schnurgerade dahin und die Lichter der Trucks, die sie passierte, verschwammen allmählich. Rose blinzelte. Sie brauchte einen Kaffee und etwas zu essen, doch sie befand sich bereits kurz vor Houston und war hin und her gerissen, ob sie noch einmal anhalten sollte, bevor sie El Campo erreichte. Die Fahrt war anstrengender gewesen als gedacht, zumal sie die letzten Nächte wegen wiederkehrender Albträume nicht geschlafen hatte. Sie hatte von Blut geträumt, das überall auf ihr verteilt war, und von Adriana, die sie auslachte. Es war verstörend gewesen und Rose hatte jedes Mal geschrien und anschließend geweint. Umso erleichterter war sie, endlich etwas tun zu können. Sie wusste, das war völlig verrückt, denn immerhin war sie gerade dabei, eine Karriere als Drogenkurierin zu starten. Aber die abwechslungsreiche Landschaft vermittelte ihr ungeahnte Freiheit. Hier war es nicht grau wie in Philadelphia oder beengt wie in

Brooklyn, hier konnte sie weiter sehen als jemals zuvor und das grenzenlose Grün, das den Highway flankierte, tat ihr beinahe in den Augen weh. Der Himmel wölbte sich bis zum Horizont, selbst während der Nacht hatte sie ihn stets im Blick gehabt. Rose gähnte. Bisher hatte sie all die einzelnen Staaten nur aus dem Geographieunterricht in der Schule gekannt. Weiter als über den Hudson River in New York war sie jahrelang nie hinausgekommen. Ihre Eltern machten keine Urlaube, hielten Ausflüge für Unsinn. Ihre gesamte Verwandtschaft lebte in Williamsburg, warum also irgendwo hinfahren, wo man niemanden kannte? Außerdem besaßen sie das Restaurant, das sieben Tage die Woche geöffnet hatte. Doch inzwischen hatte Rose acht Staaten durchquert und befand sich in Texas. Links von ihr lag das Meer, genauer gesagt der Golf von Mexiko. Die Straßenkarte zeigte ihn als riesige blaue Fläche an und obwohl Rose ihn nicht sehen konnte, verspürte sie Lust, einen Abstecher zu machen. Sie wollte etwas Schönes entdecken, um den grausamen Erinnerungen an Adrianas Hinrichtung zu entkommen, die durch ihren Kopf geisterten. Isabels Tod und die Abtreibung ihres Babys waren für sie die Erlebnisse gewesen, die sie in ihrem Leben am heftigsten aufgewühlt hatten. Bis vorgestern.

Vorsichtig spähte sie in den Rückspiegel, um zu überprüfen, ob ihr Verfolger noch da war. Julio. Es hatte etwas Beängstigendes an sich, dass er ihr hinterherfuhr. Das warf Fragen auf. Zum Beispiel, warum er das tat. Welche Anweisungen hatte sein Boss ihm gegeben? Das bedrohliche Gefühl, dass sie in der Nähe des *Patrón* gehabt hatte, kehrte zurück. Er war der unheimlichste Mensch, dem sie je begegnet war. Gegen ihn wirkte Julio geradezu charmant. Rose schüttelte den Kopf. Was dachte sie da nur? Sie wollte ihn nicht mögen! Ganz im Gegenteil, sie hasste ihn. Zumindest hatte sie das getan, als er in ihrer Wohnung gewesen war. Rose trommelte mit den Fingern aufs Lenkrad. Seit ihrem Besuch in der Villa war sie verunsichert, was sie von ihm halten sollte. Julio hatte ihr geholfen, hatte sie vor diesem widerlichen Carlos beschützt. Doch als Adriana erschossen wurde, war er dabeigestanden, als würde es ihn nicht im Mindesten berühren. Er hatte wie ein Unbeteiligter gewirkt. Und während der langen Stunden im Auto keimte immer wieder eine Frage in Rose auf: Hätte Julio Adriana umgelegt, wenn der *Patrón* es befohlen hätte? Sie hatte darüber nachgegrübelt, als sie neben ihm im Auto gesessen hatte. Und als sie am Fluss gestanden waren. Und eigentlich die ganze Nacht. Jetzt in den frühen Morgenstunden keimte die einzig richtige Antwort in ihr auf, die es auf diese Frage geben konnte. Ja, das hätte er getan, denn er war ein Killer, ein Mitglied des Kartells. Und er würde sie ebenso eiskalt umlegen, wenn er es musste. Rose bekam eine Gänsehaut.

Spontan setzte sie den Blinker bei der nächsten Ausfahrt und verließ den Highway in Richtung Baytown. Sie wollte ans Meer! Und wenn es das Letzte war, was sie tat. Zielstrebig hielt sie sich südwärts, passierte Ölförderanlagen und Rinderfarmen, bis sie den glitzernden Streifen am Horizont erblickte. Es war gewiss nicht die schönste Gegend, um sich den Strand anzuschauen, aber Rose war es egal. Sie fand einen Shop, der Anglerzubehör und Snacks verkaufte, und hielt an, um auf die Toilette zu gehen und sich Frühstück zu besorgen. Als sie aus dem Laden kam, parkte der Cadillac direkt hinter ihrem Auto.

»Was hast du vor, zum Teufel?« Julio warf ihr einen gereizten Blick zu. Er sah müde aus, ebenso wie sie selbst.

»Frühstück am Meer«, erwiderte sie und stieg ein, ohne seine Antwort abzuwarten.

Einige Minuten später hielt sie vor einer Häuserreihe, hinter der bereits das Wasser in der aufgehenden Sonne funkelte. Die Häuser standen allesamt auf Stelzen und zwischen ihnen führte ein Weg zum Strand hinunter. Rose stieg aus und lief los, ohne nachzusehen, ob Julio ihr folgte. Als sie den Küstenstreifen erreichte, war sie enttäuscht. Der Strand war schmal und voll von angespültem Tang und Plastikmüll. Es gab keine Palmen und keine Dünen und das Wasser der heranrollenden Wellen war trüb. Weit draußen auf dem Meer erkannte sie eine Ölbohrplattform.

»Verdammt!« Rose ließ sich in den Sand plumpsen.

»Nettes Plätzchen«, kommentierte Julio ihre Wahl. Wie vorherzusehen war, war er ihr gefolgt. In seinem Anzug und den feinen Lederschuhen wirkte er völlig fehl am Platz. Sein Blick schweifte umher, wie er es immer tat. Er war ein angespannter Typ.

»Ich war erst einmal in meinem Leben am Meer. Ich dachte, hier wäre es hübscher als in Atlantic City«, sagte Rose und packte ihr Sandwich aus. Dieses Mal hatte sie absichtlich nichts für Julio gekauft.

»Texas ist überall hässlich«, erwiderte er. »Die Texaner sind da zwar anderer Ansicht, aber ich kann diesen Staat nicht leiden.«

»Wo gefällt es Ihnen am besten?«

Er antwortete nicht und Rose aß schweigend weiter.

»Versprechen Sie mir was?«, fragte sie nach einer Weile.

»Ich verspreche nie etwas.«

»Wenn Sie mich erschießen müssen …« Sie stockte. Die Aussage schockierte sie mehr, als sie gedacht hatte. »Tun Sie's … ich meine … machen Sie's …« Sie überlegte. »Wie ist es am schmerzlosesten?«

Er sah sie derart erstaunt an, dass sie beinahe gelacht hätte. »Ein Schuss in den Hinterkopf«, sagte er dann. »Du siehst ihn nicht kommen und hast keine Zeit, Angst zu haben.

Es geht schnell. Kopfschüsse gehen immer schnell, wenn man zielen kann.«

»Beruhigend zu wissen«, murmelte Rose. Ihr Frühstück schmeckte ihr nicht mehr und sie legte das Sandwich zur Seite.

»Warum denkst du, dass ich dich erschieße?«

»Passiert das nicht zwangsläufig mit Menschen, die zu viel über das Kartell wissen?«

»Steh auf!« Seine Stimmung änderte sich schlagartig.

»Warum?« Rose sah sich um. Außer ihnen war zu dieser Tageszeit niemand am Strand.

»Steh auf, verdammt!« Er riss sie in die Höhe. Es tat weh.

»Was ist los?«, wollte Rose verängstigt wissen.

Julio begann, sie abzutasten. »Bist du verkabelt?«, raunzte er sie an.

»Verkabelt?« Entsetzt beobachtete sie, wie seine Hände ihre Taille nach oben fuhren. Ungeniert wanderten sie unter ihren Hoodie, verharrten unter der Wölbung ihrer Brüste, bevor sie sich seitlich zu ihrem Rücken vorarbeiteten. Rose hielt den Atem an.

»Warum denken Sie, dass ich verkabelt bin?«, flüsterte sie. Seine Nähe verunsicherte sie, seine Hände brachten sie aus dem Konzept. Er überprüfte ihren Hosenbund, fuhr konzentriert mit den Fingern von hinten nach vorne. Rose sah auf und ihre Blicke trafen sich. Für Sekunden erstarrte Julio in der Bewegung. Sie spürte seine Finger am Rand ihrer Unterhose. Hitze breitete sich auf ihrer Haut aus.

»Deine beschissenen Fragen«, knurrte er. »Es ist, als würdest du mich aushorchen.«

»Das tue ich nicht.« Noch immer berührte er sie und Rose hielt ihre Hände erhoben, weil sie nicht wagte, ihn ebenfalls zu berühren. »Ich hintergehe Sie nicht«, beteuerte sie.

Endlich wandte er sich ab und Rose atmete aus. Erst jetzt

wurde ihr bewusst, dass sie die Luft angehalten hatte. Ihre Haut brannte, als hätte sie eine Kontaktallergie gegen ihn.

»Ich will nicht sterben wie Adriana«, brach es aus ihr heraus und Julio sah sie an, als überlege er gerade, sie an Ort und Stelle hinzurichten. »In meiner Ehe mit Diego habe ich mir oft gewünscht, dass er es endlich zu Ende bringt, damit ich keine Sekunde mehr an seiner Seite verbringen muss, aber seit ich ihn verlassen habe …«

»Okay«, Julio packte sie am Arm, »genug mit dem Geheule! Wir fahren jetzt weiter!«

Rose wehrte sich nicht. Alles, was geschah, seit sie diesem Mann begegnet war, war aufwühlend und manchmal nur schwer zu ertragen. Es war ein Spiel mit der Angst. Anders als Diego es mit ihr gespielt hatte, aber nicht minder bösartig.

»Sie tun mir weh«, keuchte sie und blieb stehen, um seinem harten Griff zu entkommen. Er ließ sie tatsächlich los und gab ihr mit dem Kinn zu verstehen, dass sie vorausgehen sollte. Rose gehorchte und spürte seine Anwesenheit überdeutlich. Er war wie ein wildes Tier, das ihrer Fährte folgte. Ihr Nacken kribbelte, wenn sie daran dachte, was er ihr gesagt hatte. Ein Schuss in den Hinterkopf … Rose fuhr herum und Julio blieb augenblicklich stehen. Aufmerksam sah er sie an, während ihr Herz nervös pochte. Er hielt keine Waffe in der Hand. Keine Waffe. Nur mühsam bekam Rose ihre Panikattacke wieder unter Kontrolle. Sie drehte sich um und setzte ihren Weg fort, dieses Mal im Laufschritt. Heftig atmend erreichte sie den Daihatsu.

Julio baute sich vor ihr auf. »Keine Spielchen mehr«, warnte er sie. »Kein Abweichen von der Route.«

»Okay.« Rose nickte. »Jetzt habe ich den Golf von Mexiko ja gesehen. Er ist hässlich.«

Sie stieg ein, startete den Daihatsu und legte den Rückwärtsgang ein, da schlug Julio plötzlich mit der flachen Hand auf die Windschutzscheibe. Rose würgte vor Schreck den Motor ab. Für einige Sekunden blickten sie einander unverwandt ins Gesicht, dann gab er ihr zu verstehen, dass er mit ihr reden wollte.

Sie öffnete die Tür. »Das Fenster klemmt«, erklärte sie angespannt. »Was ist los?«

»Fahr mir hinterher.«

»Wie bitte?«

»Fahr mir hinterher!« Sein Tonfall war unmissverständlich.

»In Ordnung.« Rose zog die Tür wieder zu und beobachtete, wie Julio in den Cadillac stieg. Sie verstand nicht, was sie getan hatte.

Misstrauisch heftete sie sich an seine Fersen. Julio fuhr nicht zurück zum Highway, stattdessen blieb er an der Küste. La Porte, Seabrook, Bacliff, La Marque. Die Orte reihten sich aneinander. Es waren Industriestädte, geprägt durch Ölraffinerien und Chemiewerke. Weitläufige Stromspannungsleitungen, welche die Unternehmen versorgten, flankierten die Straße. Rose behielt die Uhr im Auto im Blick. Viertel vor sechs, sechs, Viertel nach sechs. Zu gerne hätte sie kurz angehalten, um sich auf der Straßenkarte zu orientieren, aber das kam natürlich nicht infrage. Dennoch glaubte sie, sich immer weiter von ihrem Ziel zu entfernen.

»Wohin fahren wir nur?«, flüsterte sie. Allmählich bekam sie es mit der Angst zu tun. War sie zu weit gegangen mit ihrem Geplapper? Dachte Julio womöglich, dass sie für die Polizei arbeitete und wollte sie testen?

Sie ließen die Städte hinter sich und die Straße wurde breiter. Sie führte aufs Meer hinaus, aber dort war keine Brücke. Vielmehr ging es einfach weiter geradeaus. Rose staunte. Rechts und links wurden die Stromspannungsleitungen von Palmen abgelöst. Palmen! Sie wagte ein

Lächeln, bis auch die Palmen verschwanden und um den dreispurigen Freeway herum bald nur noch Wasser war. Rose glaubte, ihren Augen nicht zu trauen. Sie fuhr übers Meer!

Als die Straße wieder auf Land traf, wies ein markanter Obelisk darauf hin, dass sie sich nun auf Galveston Island befand. Noch immer hielt Julio nicht an und Rose studierte die Schilder, die sie passierten: Moody Gardens, Schlitterbahn Wasserpark, Galveston Beach. Zu dieser frühen Morgenstunde wirkte alles wie ausgestorben. Die Strahlen der höhersteigenden Sonne blendeten sie. Rose berührte den Rosenkranz, um zu bitten, dass Julio sie nicht in eine Falle lockte. Meile um Meile entfernten sie sich vom besiedelten Gebiet. Bald gab es nur noch kahles, flaches Land um sie herum. Und Sand, den der Wind über die Fahrbahn wehte. Mitten in der Einsamkeit leuchteten die Bremslichter des Cadillac auf.

Rose stockte der Atem. Sie stoppte direkt hinter Julio und wartete ab, was er tat. Die Rücklichter erloschen, er stieg aus. Hektisch beobachtete sie jede seiner Bewegungen. Er knöpfte sich das Jackett zu und nahm die Umgebung in Augenschein. Dann forderte er sie durch eine Handbewegung auf auszusteigen. Rose löste den Anschnallgurt und öffnete die Tür. Warmer Wind schlug ihr entgegen, Möwen kreischten über ihren Köpfen, Wellen rauschten.

»Dort entlang.« Julio kam zu ihr und deutete in Richtung Meer. Als Rose zögerte, schubste er sie ungeduldig. »Wird's bald!«

»Bitte«, flehte Rose. »Ich kann es besser. Versprochen! Ich werde Sie nicht mehr verärgern.«

»Daran zweifle ich.« Sie querten die Straße und stapften kurz darauf durch den Sand. Julio warf ihr einen Blick zu. »Jetzt hast du Schiss?«, fragte er spöttisch. »Du hängst mich ab, verlässt ständig die Route und setzt dich unaufgefordert zu mir ins Auto, aber jetzt bekommst du auf einmal Schiss?«

Sie ließ seine Hände nicht aus den Augen und fürchtete, er würde jeden Moment die Waffe ziehen. »Ich wollte nur nett sein. Sie haben mich vor Carlos gerettet.«

»Einen Scheiß habe ich getan.« Er hatte Mühe, mit den glatten Ledersohlen die Dünen zu erklimmen, die sich vor ihnen auftaten. Am höchsten Punkt angekommen, blieb er stehen. Um sie herum wogte das Schilfgras, das die Sandhügel bedeckte.

»Okay«, sagte er. »Hier hast du deinen Golf. Keine Ölbohrplattform, kein Plastik.«

Rose wagte es, sich umzusehen. Vor ihr breitete sich ein endlos langer Sandstrand aus, an dem die Wellen sanft ausrollten. Das Rosa der Wolken war verblasst und sie zogen nun in unschuldigem Weiß über den hellblauen Morgenhimmel. Wasservögel suchten eifrig im Schlick nach Nahrung, in der Ferne zeichnete sich ein Segelboot am Horizont ab. »Sie haben mich hierhergebracht, damit ich das sehe?«, fragte sie verständnislos. Noch immer schielte sie auf sein Jackett, unter dem er seine Waffe verbarg, aber er behielt es geschlossen.

»Du hast gesagt, der Golf von Mexiko sei hässlich. Das ist er nicht.« Julio deutete in Richtung Südwesten. »Dort hinten liegt die mexikanische Küste.« In seinem Blick erkannte sie einen Anflug von Sehnsucht. Hatte dieser Mann tatsächlich sowas wie Gefühle?

»Sie haben Heimweh«, stellte sie fest und biss sich auf die Zunge. Seine Reaktion fiel entsprechend aus.

»*Chingado*«, fluchte er. »Es war ein Fehler, dich herzubringen.«

»Nein.« Rose schüttelte den Kopf. »Es ist wunderschön hier. Danke!« Es war in ihrem Leben bisher nicht oft vorgekommen, dass jemand etwas Nettes für sie getan hatte. Dass es ausgerechnet Julio war, der das tat, erstaunte sie. Zögerlich sah sie ihn an. »Lebt Ihre Familie dort?«, wagte sie zu fragen.

Er drehte den Kopf und durchbohrte sie mit seinem Blick.

Rose senkte die Wimpern. »Ich mache alles falsch«, entschuldigte sie sich. »Ich weiß einfach nicht, wie ich mich verhalten soll. Es tut mir leid.«

Der Wind riss ihr die Worte aus dem Mund und löste ihren Dutt. Sie griff instinktiv nach dem Haargummi, der davonzufliegen drohte, und berührte Julios Finger. Offenbar hatte er den Haargummi ebenfalls auffangen wollen. Rose spürte, wie er sich zurückzog und ihr dabei versehentlich durch die Haare strich. Ein Schauer lief ihr über den Rücken.

»Meine Familie lebt auf der anderen Seite von Mexiko«, hörte sie seine heisere Stimme. »Am Pazifik.«

»Ist es schön dort?«

»Es ist Mexiko.«

»Das hat meine beste Freundin auch immer gesagt, wenn man sie gefragt hat, ob Williamsburg ein schönes Viertel in Brooklyn sei. Es ist Williamsburg, hat sie dann geantwortet.«

»Wo ist deine Freundin? Warum hat sie dir nicht geholfen?«

Die Frage überraschte Rose. »Sie ist tot«, murmelte sie und bemühte sich, all die aufsteigenden Gefühle zu unterdrücken, die sie stets überkamen, wenn sie an Isabel dachte. »Sie wurde ermordet. Jemand hat ihr den Schädel eingeschlagen.«

»Wer?«

»Das hat die Polizei nie herausgefunden.« Rose schluckte. »Isabel war ein sehr lebenslustiger Mensch. Sie hatte viele Freunde. Männliche Freunde. Vielleicht war einer von denen eifersüchtig. Es gab ein paar Festnahmen, aber alle wurden wieder freigelassen.«

»Was ist deine Vermutung?«

»Es macht keinen Unterschied, was ich denke«, flüsterte sie. »Isabel ist nicht mehr da und die Art, wie sie sterben musste, ist einfach schrecklich.« Sie sah Julio an, dachte an seine Waffe und an Adriana und drehte sich um. Es war absurd, einem Killer all diese Dinge zu erzählen. »Sollten wir nicht weiterfahren?«, wollte sie wissen und ging zum Auto zurück, ohne seine Antwort abzuwarten. Dort angekommen, setzte sie sich auf den Beifahrersitz und studierte die Straßenkarte. Hinter ihren Augen brannten Tränen, aber es gelang ihr, sie zurückzudrängen. Julio beugte sich zu ihr hinunter.

»Lass das«, sagte er. »Ich fahre voraus. Du folgst mir einfach.«

»Aber ich bin der Muli.«

»Und ich bin dein Boss. In El Campo hat das Kartell alles unter Kontrolle. Bis dahin habe ich es.«

»Soll mich das beruhigen?«

»Ich will dich nur warnen. El Campo hat Augen und Ohren. In dem Moment, in dem du die Stadtgrenze überquerst bis zu dem Moment, in dem du sie wieder verlässt, wird man dich beobachten.«

»Und was heißt das?« Verunsichert sah sie ihn an. Seine Augen waren noch immer schwarz wie die Nacht, aber inzwischen blickten sie nicht mehr so kalt und abweisend.

»Das heißt, dass du dir keinen Fehler erlauben darfst. Erinnerst du dich, was ich dir alles gesagt habe?«

»Ich soll zum Parkplatz der Lutheranerkirche fahren, mein Auto abstellen und die einzige Nummer anrufen, die im Handy gespeichert ist.«

»Du lässt es dreimal klingeln, ziehst den Schlüssel nicht ab und verschwindest.«

»Ja genau.« Rose überlegte. »Dann gehe ich in ein Motel.«

»Nimm dir ein Zimmer im Travel Inn, das ist ganz in der Nähe.«

»Wie lange wird es dauern, bis mein Handy wieder klingelt?«

»Vermutlich bis zum Abend.«

»Was passiert in der Zeit mit dem Daihatsu?«

»Er wird präpariert. Aber schau nicht in den Kofferraum! Denke am besten nicht einmal über die Fracht nach, die du transportierst.«

»Sie wissen, was so ein Satz in einer Frau auslöst, oder? Wir sind von Haus aus neugierig.«

Julio hob eine Augenbraue.

»War nicht ernstgemeint«, murmelte Rose.

Er überging ihre Bemerkung. »Was tust du, wenn dein Handy klingelt?«

»Ich gehe nicht dran und bin zehn Minuten später wieder bei meinem Auto. Im Handschuhfach liegt ein Umschlag mit der Route. Ich lerne sie auswendig und verbrenne den Zettel. Keine Umwege, keine unnötigen Zwischenstopps.«

Julio griff nach ihrem Arm und drückte ihn. »Halte dich an die Anweisungen! Kurz vor El Campo werde ich langsamer fahren. Überhol mich, aber sieh mich nicht an. Wir sehen uns erst wieder, wenn du auf dem Rückweg bist.«

»Okay.«

Julio ging in die Hocke. Er wirkte verschlossen wie immer und doch hörte sie einen Hauch von Besorgnis in seiner Stimme. »Verhalte dich normal.«

»Tue ich das nicht?«

Ein winziges Lächeln entblößte ein Grübchen auf seiner Wange. Rose starrte es an. »Du bist anders«, bemerkte er. »Das ist gut für deine Tarnung, aber schlecht für das Kartell.«

Sie verstand nicht, was er meinte. »Ich bemühe mich. Wirklich!«

»Ich weiß.« Er drückte erneut ihren Arm, dieses Mal sanfter. »Pass auf dich auf, Rose.«

»Mach ich.«

Julio stand auf und ging zu seinem Cadillac, während Rose registrierte, dass ihr Herz heftig in ihrer Brust schlug. Dieses Mal jedoch nicht vor Angst, sondern wegen Julios Berührung und seinen Worten.

»Verflucht«, schimpfte sie, schloss die Fahrertür und legte den Sicherheitsgurt an. Wie konnte sie nur so dumm sein? Dieser Mann war ein Ungeheuer! Ein Monster! Schlimmer als es Diego je sein würde. Warum um alles in der Welt fühlte sie sich zu ihm hingezogen? Hatte sie einen Hang zu Arschlöchern?

Mit Schwung fuhr sie zurück auf die Straße und folgte Julio. Es tat gut, wieder unterwegs zu sein. Das half ihr, sich auf andere Dinge zu konzentrieren, als auf diesen großen, breitschultrigen Mann in seinem perfekt sitzenden Anzug, der eine Wirkung in ihr entfachte, die sie nicht erklären konnte.

Kurz vor dem Highway, hielt Julio an einer Tankstelle und auch Rose tankte den Daihatsu noch einmal auf, bevor sie den letzten Teil der Strecke zurücklegten. Es dauerte nur eine Stunde, bis sie El Campo erreichten. Die Stadt lag inmitten einer endlosen Ebene. Hier gab es kaum Bäume, nur landwirtschaftliche Flächen und Wiesen so weit das Auge reichte. Um kurz nach acht passierte Rose das ›Willkommen in El Campo‹-Schild und zwang sich, den Cadillac nicht zu beachten, den sie hinter sich zurückließ. Ab jetzt war sie auf sich allein gestellt. Julio hatte ihr die Lage in der Stadt so eindringlich geschildert, dass sie sich wunderte, wieso niemand auf den Straßen sie anstarrte. El Campo wirkte wie eine verschlafene Kleinstadt, die sich entlang der Hauptstraße erstreckte. Niedrige Häuser im Bungalow-Stil, Kfz-Werkstätten, Autowaschanlagen, Fast Food-Restaurants und Lagerhallen reihten sich aneinander. Die Lutheranerkirche war nicht zu übersehen. Vor ihr gab es einen Parkplatz, der um diese Uhrzeit wie leergefegt war. Rose bog ab und stellte den Motor aus. Dann griff sie nach dem Handy, wählte das Telefonbuch aus und drückte die einzige Nummer, die darin angezeigt wurde. Die Verbindung wurde aufgebaut. Es klingelte einmal. Zweimal. Dreimal. Rose legte auf, steckte das Handy ein und stieg aus. Sie fühlte sich unwohl. Auf dem menschenleeren Parkplatz war sie weithin sichtbar. Sie hörte das Zwitschern der Vögel und das Signal eines Zuges, der durch den Ort ratterte. Rose sah sich um, bevor sie sich entschied, an der Hauptstraße entlang zu gehen. Julio hatte gesagt, das Travel Inn Motel läge ganz in der Nähe. Da sie es nicht passiert hatte, musste es in Richtung Stadtmitte liegen. Sie beschleunigte ihre Schritte. Autos fuhren an ihr vorbei, niemand beachtete sie. Rose versuchte, sich zu entspannen, bis sie einen weiteren Fußgänger auf der anderen Straßenseite bemerkte. Er trug sein Baseballcap tief in die Stirn gezogen und seine Gesichtszüge muteten mexikanisch an. Obwohl er sie nicht ansah, beschlich sie ein merkwürdiges Gefühl. Am liebsten wäre sie losgerannt, doch sie zwang sich, ihre Geschwindigkeit beizubehalten. *Verhalt dich normal*, hörte sie Julios Stimme in ihrem Inneren. War er ebenfalls in der Nähe, um sie zu beobachten? Rose wagte nicht, sich umzusehen, und ging stur geradeaus. Endlich erkannte sie das Schild des Motels, nach dem sie Ausschau gehalten hatte. Es lag etwa hundert Meter weiter auf der rechten Seite der Hauptstraße. Rose schielte zu dem Fußgänger hinüber. Sie musste die Straße queren und wusste nicht, wie sie ihm dabei aus dem Weg gehen sollte. Einer Eingebung folgend blieb sie stehen und bückte sich, um die Schnürsenkel ihrer Sneakers neu zu binden. Der Mann auf der anderen Seite ging weiter, als würde ihn das nicht interessieren. Rose atmete tief durch. Vielleicht bildete sie sich nur ein, dass der Kerl sie verfolgte. Die ganze Situation brachte sie völlig um den Verstand! Sie erhob sich wieder, wartete ab, bis kein Auto zu sehen war, und lief über die Straße. Nun hatte sie den Mann vor sich im Blick. Er trug ein schmutziges, weißes T-Shirt, unter dem sich Tattoos abzeichneten. Sie zogen sich über seine Arme, seinen Rücken und seinen Hals. Rose ungutes Gefühl verstärkte sich, doch er passierte das Motel, ohne sich auch nur einmal nach ihr umzudrehen. Rasch bog sie ab und querte die Parkfläche. Es standen nur vier Autos vor den einzelnen Zimmern. Rose betrat die Rezeption und begrüßte eine ältere Dame hinter dem Tresen.

»Ein Zimmer bitte«, sagte sie.

»Stundenweise oder für die Nacht?«, fragte die Dame, ohne ihr weiter Beachtung zu schenken.

»Stundenweise.« Rose wusste, dass es so klang, als würde sie sich hier mit einem Mann treffen, doch die ältere Dame schien unbeeindruckt.

»Bar oder Kreditkarte?«

Rose zog einige Dollarnoten aus der Gesäßtasche und schob sie über den Tresen.

»Sie zahlen erst beim Check-out«, wurde ihr erklärt. Rose unterschrieb das Anmeldeformular und steckte ihr Geld wieder ein.

»Zimmernummer 12.« Die Dame reichte ihr eine elektronische Zimmerkarte. »Wenn Sie die verlieren, berechnen wir Ihnen zusätzlich zwanzig Dollar.«

»Okay.«

»Haben Sie ein Auto?«

»Nein.«

Zum ersten Mal runzelte die Dame die Stirn. »Ich wünsche Ihnen einen angenehmen Aufenthalt.«

»Danke.« Rose huschte hinaus und lief zu ihrem Zimmer. Es lag nur wenige Schritte entfernt. Sie sperrte auf, ließ die Tür hinter sich ins Schloss fallen und lehnte sich dagegen.

Aus alter Gewohnheit bekreuzigte sie sich. Die Straßengeräusche drangen nur gedämpft herein und Rose sah sich um. Es war ein typisches Motelzimmer mit gelb gestrichenen Wänden, blaugeblümter Tagesdecke auf dem Bett und einem Fernseher auf dem Tisch gegenüber. Rose ging ins Bad, um zu duschen. Sie hatte das Gefühl, seit Ewigkeiten wach zu sein, und war müde und ausgelaugt. Alles, was sie tun wollte, war einige Stunden zu schlafen.

Mehrere Minuten stand sie unter dem Duschstrahl und genoss das Wasser, das über ihren Körper floss. Sie wickelte das Seifenstück, das dort lag, aus dem Papier und seifte sich ein. Dabei glaubte sie, auf der Stelle einzuschlafen. Die Wärme und der angenehme Duft beruhigten sie. Als sie fertig war, stieg sie aus der Dusche, trocknete sich ab und zog sich wieder an. Während sie sich noch die Haare trocken rubbelte, ging sie zurück ins Zimmer. Sie zog die Vorhänge zu und ließ sich aufs Bett fallen. Das Handy legte die direkt neben sich. Dann schloss sie die Augen.

ROSE ERWACHTE UND WUSSTE IM ERSTEN MOMENT NICHT, wo sie war, so tief hatte sie geschlafen. Die Sonne schien durch die Ritzen der Vorhänge und sie sah einen Schatten. Erschrocken setzte sie sich auf.

»Wer …« Weiter kam sie nicht, denn jemand legte ihr eine Hand über den Mund.

»*Callate!*«, hörte sie eine fremde Stimme. Das machte sie schlagartig hellwach. All ihre Sinne begannen zu arbeiten. Sie roch ein herbes Aftershave und registrierte ein weißes T-Shirt und ein Baseballcap – vor ihr saß der Typ, den sie auf der Straße gesehen hatte! Er grinste bösartig und entblößte eine Reihe platinfarbener *Grillz* auf seinen Vorderzähnen. Sein

Kopf näherte sich dem ihren. Sie wusste sofort, dass er nichts Gutes im Schilde führte. Ihre Hände versuchten, ihn abzuwehren, und sie trat mit den Füßen um sich.

»Scht!« Er packte sie härter an, bezwang sie mit seinem muskulösen Körper. Rose gab nicht auf. Sie schrie, kratzte und biss ihn, bis er sie ins Gesicht schlug. Der altbekannte Schmerz wallte auf, machte Rose benommen und panisch zugleich, denn nun setzte er sich auf sie und drückte ihr mit den Knien die Oberarme aufs Bett. Seine Hände schoben ihren Hoodie nach oben. Dabei entblößte er seine Zunge wie ein sabbernder Hund. Rose wand sich, aber es war, als hätte er sie auf die Matratze zementiert. Sie hob ihr Becken, versuchte, ihn abzuwerfen, doch das war ein aussichtsloses Unterfangen. Er war viel schwerer als sie. Rose schrie erneut, hörte jedoch sofort damit auf, als ihr Peiniger ein Klappmesser zückte und es aufspringen ließ.

»Schön stillhalten!« Mit tückischer Langsamkeit glitt die Klinge über ihr Gesicht und ihren Hals. »Wir werden Spaß haben, Kleine.«

Rose atmete schwer und versuchte, vor dem Messer zurückzuweichen, aber es gelang ihr nicht.

»Ein hübscher Auftrag bist du«, grunzte der tätowierte Kerl und zerschnitt ihren Hoodie. Das Geräusch, mit dem der Stoff nachgab, erfüllte Rose' Ohren. Sie fühlte sich ausgeliefert und versuchte zu sehen, was als Nächstes geschah.

Die Spitze der Klinge hüpfte über ihre Brüste, die sich unter dem T-Shirt hoben und senkten. Ihre Augen begegneten dem ihres Peinigers und sie erkannte mit plötzlicher Klarheit, dass er vorhatte, sie zu quälen. Rose keuchte auf. Sie hatte Diego nicht verlassen, um jetzt so zu enden! Erneut begehrte sie auf, spannte ihre Muskeln an, um sich gegen den Mann zur Wehr zu setzen, doch sie erkannte rasch, dass sie keinerlei Chance hatte. Er lachte ihr ins Gesicht und zerschnitt auch ihr T-Shirt. Nun lag sie vor ihm, halbnackt und wehrlos, und spürte Tränen auf ihren Wangen, obwohl sie gar nicht wusste, dass sie weinte.

Der Mann lachte über sie, seine Hand fuhr unter ihren BH, wo er ihre Brust zu kneten begann. Dabei machte er schmatzende Geräusche und untermalte damit Rose' verzweifeltes Wimmern. Sie krümmte sich unter ihm, noch immer nicht bereit, ihr Schicksal zu akzeptieren.

»Arbeitest du für die Bullen?«, fragte er.

Rose schüttelte den Kopf und mit einem Knurren durchtrennte ihr Peiniger die Spitze zwischen den BH-Cups und ritze ihr dabei die empfindliche Haut. Sie sah ihr eigenes Blut und hörte das Klopfen ihres Herzens. Ihre Kehle war wie zugeschnürt, durch ihren Kopf schossen Gedankenblitze. Sie spürte Luftbewegungen an einer ihrer Brustwarzen und bemerkte, dass die Klinge über ihr kreiste.

»Wenn du mir nicht sagst, was ich hören will, muss ich die abschneiden«, murmelte der Mann.

»Nein!« Ihr Verzweiflungsschrei war schrill und verhallte im Zimmer. Sofort spürte sie die Spitze des Messers an der weichen Stelle unterhalb ihres Kinns und erstarrte.

»Rede«, grollte er. »Sonst wird es wehtun.« Er wartete, während sich sein Blick an ihren Brüsten weidete. Langsam senkte er das Messer und ließ es über ihre Rippen gleiten. »Milz, Magen, Herz, Lunge«, kommentierte er die Lage ihrer Organe. »Bald kannst du das alles bestaunen, Süße.«

»Ich arbeite nicht für die Polizei!« Rose hörte ihr eigenes gepeinigtes Stöhnen und spürte, wie sie innerlich aufgab. Egal, was sie sagte, es würde passieren. Dieser Typ war völlig irre und hatte anscheinend vor, sie auszuweiden wie ein totes Tier. Ihr Puls erreichte sein Limit, die Tränen strömten über ihr Gesicht. Sie sah ihre Eltern vor sich, wie sie ihre Todesnachricht erhielten, und sich fragten, was ihre Tochter in einem heruntergekommenen Motel in Texas zu suchen gehabt hatte. Rose schniefte und fixierte das Messer. Es näherte sich wieder ihrem Gesicht.

»Schade«, sagte der Mann. »Dann fangen wir mal an …«

In diesem Moment flog die Tür hinter ihm auf und es war, als ob sich ab dem Augenblick alles in Zeitlupe abspielte. Ihr Peiniger fuhr herum, doch der Angreifer war schneller. Rose erkannte ihn sofort. Julio! Er hatte seine Krawatte ausgezogen und warf sie dem Tätowierten von hinten um den Hals. Dann zog er an. Rose hörte die Würgelaute und sah, wie der Mann versuchte, Julio mit dem Messer zu erwischen. Es gelang ihm nicht. Irgendwann fiel es ihm aus der Hand und er bemühte sich mit eisernem Willen, dem Würgegriff zu entkommen. Julio zerrte den Tätowierten von Rose herunter, sein Gesichtsausdruck war derart kaltblütig, dass sie sofort begriff: Er tötete nicht zum ersten Mal auf diese Weise.

»Wer schickt dich?«, zischte er. Die Krawatte fest umklammert, behielt er die Kontrolle.

»*Vete al infierno*«, japste der. »Fahr zur Hölle!«

Rose rutschte ans Kopfende des Bettes, setzte sich auf und bedeckte instinktiv ihre Blöße. Ein Teil von ihr wollte nicht sehen, wie ihr Peiniger starb, ein anderer sehnte sich danach. Sein Blick bohrte sich in den ihren, sein Kopf lief dunkelrot an. Er röchelte, seine Beine und Arme zuckten unkontrolliert. Noch immer ließ Julio nicht locker, sondern riss den Mann zu sich heran. Selbst als sein Körper erschlafft war, hielt er den Würgegriff aufrecht. Rose spürte Erleichterung, sie strich sich fahrig die Haare aus dem Gesicht und sah an sich herunter. Keine weitere Verletzung, außer dem Schnitt zwischen ihren Brüsten. Sie schluchzte hysterisch.

Julio ließ den Körper des Mannes zu Boden sinken und streckte ein Bein aus, um der Zimmertür einen Schubs zu geben. Sie fiel mit einem dumpfen Schlag ins Schloss. Dann beugte er sich zu dem Toten hinunter, hob das T-Shirt an und inspizierte dessen Tattoos. Rose beobachtete ihn dabei. Sein Gesicht blieb ausdruckslos. Er stand auf, ging zum Fenster und blickte durch die Vorhänge. Erst als er sich vergewissert hatte, dass alles ruhig war, drehte er sich um und setzte sich an den Rand des Bettes.

»Geht es dir gut?« Er streckte die Hand nach ihr aus.

Rose schüttelte den Kopf und die Anspannung löste sich. Die Tränen, die sie noch vor wenigen Minuten in Todesangst vergossen hatte, flossen jetzt in der Erkenntnis, dass sie am Leben war. Sie ergriff seine Hand und kroch zu ihm. Wie ein kleines Kind schmiegte sie sich an ihn und zog ihre Knie an. Nach kurzem Zögern umschlang er sie mit seinen Armen, hielt ihren Kopf gegen seine Brust gepresst.

Rose schloss die Augen. Sie spürte Julios ruhigen Atem, der dazu führte, dass sich auch ihr eigener beruhigte.

»Bist du verletzt?«, fragte er.

»Nicht schlimm.« Sie hob den Kopf, ihre Nase streifte seine raue Wange. »Wer war das?«

»Ich weiß es nicht.« Es klang verärgert und sie sah ihn an, um festzustellen, ob es an ihr lag. Seine Finger berührten sanft ihre Stirn, als wenn er ihr zu verstehen geben wollte, dass es nicht so war.

»Passiert das mit allen euren Mulis? Sucht ihr deshalb ständig neue?«

»So etwas ist noch nie passiert!« Julio schnaubte. »Was hat er zu dir gesagt?«

»Er wollte wissen, ob ich für die Polizei arbeite.«

»*Mierda*!«

Rose schwieg und spürte, wie seine Finger über ihre Wange fuhren. »Hat er dich geschlagen?«

Sie nickte und starrte auf die Beine der Leiche, die hinter dem Bett hervorlugten. Julios Finger wanderten weiter, öffneten ihren zerschnittenen Hoodie und das T-Shirt. Sie hielt den Atem an. Gerade eben hatten diese Hände einen Menschen getötet und nun berührten sie sie so vorsichtig, dass Rose erschauerte.

»Was hast du geantwortet?«

»Die Wahrheit. Ich bin keine Spionin! Aber das hat ihn nicht interessiert.«

Julios Daumen fuhr über ihr Schlüsselbein und erkundete ihre Verletzung, die bereits zu bluten aufgehört hatte. Er tat all das mit demselben unbewegten Ausdruck im Gesicht, den sie von ihm gewohnt war.

»Du brauchst was zum Anziehen.« Er zog sein Jackett aus und legte das Schulterholster mitsamt seiner Waffe ab. Dann knöpfte er sich das Hemd auf und streifte es ab. Rose' Blick heftete sich auf die Tattoos, die sein Anzug bisher immer verborgen hatte. Ein Totenkopf lachte ihr direkt unterhalb seines Halses entgegen. Der Unterkiefer ging in zwei Schwingen über, die sich über die ausgeprägten Brustmuskeln bis hinunter zum Bauchnabel erstreckten. Sie umarmten einen Schriftzug, der sich kunstvoll mit den Federn verwob. Reflexartig streckte Rose ihren Finger aus, um die Linien nachzufahren. Julio bewegte sich nicht.

»Was steht dort?«, fragte sie.

»Hay una solución para todo en esta vida, excepto la muerte.«

»Es gibt eine Lösung für alles in diesem Leben, außer für den Tod«, übersetzte sie. Ihr Finger fuhr weiter bis zu seinem Oberarm. Dort war ein Vogel zu sehen, der einem Mann den Kopf abbiss. Der Körper des Mannes schien sich in jenen Federn aufzulösen, die von den Schwingen abgefallen waren. Sie verteilten sich auf Julios Haut wie Schuppen. Auf dem anderen Oberarm prangte der verschnörkelte Schriftzug ›Sinaloa‹.

Julios Blick fand den ihren. »Das ist mein Leben«, sagte er.

»Das weiß ich inzwischen.« Sie stand vom Bett auf, ließ eine Hand auf seiner Schulter liegen und ging um ihn herum. Sein Rücken war ein einziges, buntes Kunstwerk. Man erkannte den Kopf eines schnauzbärtigen Mannes, der von Rosen und Maschinengewehren umgeben war. Darunter stand: *Malverde en ti confío.*

»Malverde, ich vertraue auf dich«, murmelte Rose und ließ ihre Hände über das Tattoo gleiten. »Wer ist Malverde?«

Julio stand ebenfalls auf und stellte sich vor sie. Ihre Hände berührten jetzt seine Brust. »Jesús Malverde ist ein Heiliger aus der Region Sinaloa. Er ist der Schutzpatron des Kartells.«

»Ihr habt einen eigenen Schutzpatron?« Rose beobachtete, wie er mit seinen Händen die ihren umschloss.

»Heute war er auch deiner.« Er stockte. »Es tut mir leid, was passiert ist. Dieser Angriff galt mir.«

»Dir?«

»Irgendwer testet mich.« Er ließ ihr den zerschnittenen Hoodie, das T-Shirt und den BH über die Schultern rutschen. Rose verharrte. Sie war aufgeregt wie vor ihrem ersten Kuss und legte den Kopf in den Nacken, um zu Julio aufzuschauen. Doch er küsste sie nicht. Er nahm sein Hemd vom Bett und zog es ihr an. Anschließend knöpfte er es zu. Knopf für Knopf. Dabei berührte er ihren Unterbauch, ihren Nabel, ihre Brüste. Rose spürte die Hitze, die augenblicklich ihr Gesicht überzog. Als Julio fertig war, trat er von ihr zurück.

»Das wird nicht wieder passieren«, sagte er. »Ich finde heraus, wer das getan hat.« Er legte sich das Schulterholster an, zog das Jackett darüber und ging zur Tür.

»Was soll das?« Rose folgte ihm, um ihn aufzuhalten. »Willst du jetzt etwa gehen?«

»Das will ich und das werde ich.«

»Aber du kannst mich doch nicht mit dem Toten allein lassen!« Sie wagte nicht, die Leiche anzusehen.

»Rose.« Er nahm ihr Gesicht in seine Hände. »Ab jetzt läuft alles so weiter wie geplant. Keine Abweichung, verstanden? Damit machen wir uns nur verdächtig.«

»Wenn jemand anderes kommt, um mich …«

»Niemand wird kommen. Du wartest hier auf den Telefonanruf.«

»Was passiert mit der Leiche?«

»Gegen eine kleine Bezahlung kümmert sich das Motel darum, keine Sorge. In dieser Stadt werden die Dinge auf ungewöhnliche Art und Weise geregelt.«

»Aber ich kann unmöglich …«

Er küsste sie und Rose verstummte. Es war ein anderer Kuss als alle, die sie bisher bekommen hatte. Er war nicht unschuldig oder schüchtern, nicht grob oder fordernd, sondern hart und wild wie der Mann, der ihn ihr gab. Und der wusste genau, was er tat. Seine Zunge forderte die ihre heraus, bevor aus dem ungestümen Spiel etwas Leidenschaftlicheres wurde, das Rose entzündete. Sie spürte ein Prickeln in ihrem Inneren, das sie noch nie zuvor gespürt hatte. Ihre Hände krallten sich in sein Jackett.

»Wir sehen uns!« Er ließ sie los und war zur Tür hinaus, ehe sie reagieren konnte.

Rose blieb schweratmend zurück und legte sich eine Hand auf die Brust. Ihr Herz hämmerte, als wollte es sich dagegen wehren, was sie gerade getan hatte. Sie drehte sich um und zwang sich, die Leiche ihres Peinigers anzusehen. Mit ihrem Kuss hatte sie dem Teufel die Hand gereicht und nur er allein würde ab sofort über ihr Leben bestimmen.

JULIO

Aus einiger Entfernung beobachtete Julio, wie der weiße Daihatsu in die Werkstatthalle fuhr. Die Männer wiesen ihm einen Parkplatz zu und Rose stellte den Motor ab. Durch die Scheibe erkannte er ihr Gesicht. Sie sah sich um, wusste nicht, was sie tun sollte. Instinktiv blieb sie sitzen und das war gut so.

Es war kurz vor acht Uhr abends und sie hatten die Strecke zurück in fünfundzwanzig Stunden geschafft. Das war perfekt, wenn man bedachte, dass Rose nur selten auf dem Highway unterwegs gewesen war. Im Gegensatz zur Hinfahrt hatte sie auf der Rückfahrt kaum angehalten. Er war dankbar dafür, denn ihre Nähe machte ihn wahnsinnig. Der Gedanke, dass dieses kranke Arschloch sie beinahe umgebracht hatte, quälte ihn jede einzelne Meile, die er zurücklegte. Und er fragte sich, wer verflucht nochmal versuchte, ihn zu linken. Er konnte sich nicht erklären, wer von Rose' Tod profitieren sollte. Sie war ein unbeschriebenes Blatt, vollkommen unbekannt in der Szene. Den Einzigen, den man damit treffen konnte, war er. Und erst in dem Moment, in dem er diesen widerlichen Kerl mit dem Messer auf Rose hatte sitzen sehen, war ihm bewusst geworden, wie sehr. Doch es schien jemanden zu geben, der ahnte, was er fühlte. Und das, obwohl er sich selbst dagegen wehrte.

Julio beobachtete, wie die Männer den Kofferraum öffneten und mit dem Ausladen begannen. Rose hatte bei ihrer ersten Fahrt über fünfzig Kilogram reinstes Kokain transportiert ohne es zu wissen. Bei einer Bezahlung von tausend Dollar pro Kilogramm, würde sie in dem Umschlag, der ihr gleich überreicht wurde, ein hübsches Sümmchen vorfinden. Julio atmete tief durch und fragte sich, was sie mit dem Geld wohl anstellte. Wichtiger war jedoch, dass er herausfand, was schiefgelaufen war, damit sie in Zukunft noch viele solcher Fahrten machen konnte.

Über die Entfernung fing er ihren Blick auf. Es schien, als ob sie ihn orten konnte wie ein Radar, obwohl er hinter all den Autos und Hebebühnen stand. Er dachte an den Kuss zurück und daran, was er dabei empfunden hatte. Denn er hatte etwas empfunden. Adriana und all die Mädchen in Pedros Villa hatte er nie geküsst. Sie waren für den schnellen Sex da und für ihn drehte sich dabei alles nur um seinen Schwanz. Küssen war nichts, was ihn antörnte. Lecken war nichts, was ihn antörnte. Er wollte empfangen, nicht geben. So hatte er es gelernt. Denke zuerst an deinen Boss und an dich. Dann an deine Familie. Doch Rose war nicht seine Familie. Sie hatte ihn nicht zu interessieren und tat es dennoch. Ihr argloses Geplapper, ihr kindlicher Leichtsinn und die Art, wie sie ihn manchmal neckte und sich anschließend dafür entschuldigte, machten ihn an. Zuerst hatte er geglaubt, er müsse ihr vielleicht nur ihre Unschuld, die trotz ihrer Vergangenheit noch in ihr schlummerte, herausficken. Aber als der Moment kam, konnte er es nicht. Er wollte ihr nicht wehtun und aus irgendeinem Grund wollte er sie auch nicht so ficken, wie er es sonst tat. Deshalb war er gegangen. Und um sie nicht weiter in Gefahr zu bringen. Ihr Blick, als er den ekelhaften Kerl erwürgt hatte, verfolgte ihn. Es war Abscheu gewesen. Zuerst. Dann Befreiung. Daran war er schuld und dafür verachtete er sich. Hätte er sie nicht in die Situation gebracht, hätte sie sich ihre Abscheu vor dem Tod bewahren können. Doch jetzt wusste sie, dass der Tod eines Menschen auch Befriedigung sein konnte.

»Es ist alles da.« Einer seiner Männer trat zu ihm und Julio nickte.

»Gebt ihr das Geld und lasst sie fahren.«

»In Ordnung.«

Er beobachtete, wie Rose den Umschlag entgegennahm und im Gegenzug das Handy zurückgab, das sofort von einem seiner Männer in einer Tonne verbrannt wurde. Mit einem letzten Blick in seine Richtung fuhr sie rückwärts aus der Werkstatthalle. Der Auftrag war beendet. Jetzt musste er zu Pedro. Zum ersten Mal schlug ihm ein Besuch bei seinem Boss auf den Magen, denn das Misstrauen, das der Vorfall in El Campo in ihm ausgelöst hatte, ließ ihn nicht los. Er straffte die Schultern und gab einem seiner Männer den Befehl, ihn im Cadillac zur Villa zu fahren. Er war lange genug am Steuer gesessen.

Um Viertel vor neun traf er dort ein und sah sofort, dass Pedro mal wieder zu einer seiner Partys geladen hatte. Julio verzog das Gesicht. Das war der denkbar schlechteste Umstand, um ein Gespräch mit dem *Patrón* zu führen. Er betrat die Villa und ging auf sein Zimmer. Dort sammelte er zuerst Adrianas Schlafmaske, ihre Dessous und die gefütterten Handschellen ein und warf sie in den Mülleimer. Das Fläschchen mit Kokain und den goldenen Kokslöffel ließ er im Nachtkästchen verschwinden. Danach duschte er und holte sich einen neuen Anzug und ein frisches Hemd aus dem

Schrank. Während er sich anzog, dachte er wieder an Rose. Ihre Augen, die ihn erstaunt angesehen hatten, als er sie nicht gepackt und gefickt, sondern einfach nur angezogen hatte. Sie war überrascht gewesen. Wie er selbst.

»Fuck!« Wütend wischte er den Dunstschleier vom Spiegel und fuhr sich durch die feuchten Haare. Da stand er. Wieder einmal. Als er sich zum letzten Mal bewusst in diesem Spiegel betrachtet hatte, hatte er seinen Platz innerhalb des Kartells noch gekannt. Er hatte ein hübsches Mädchen gehabt, das er ficken konnte, wann immer er wollte, und eine Karriere, die gefährlich, aber erfolgversprechend war. Das war alles, was er je gewollt hatte. Doch in diesem Moment war seine Zukunft so verschwommen wie sein Spiegelbild. Dieser Abend konnte seinen Tod bedeuten, seine Degradierung oder seine Versöhnung mit Pedro. Er drehte den Kopf und ließ seine Halswirbel knacken. Er war für alles bereit.

Als er nach unten kam, war die Party in vollem Gange. Er stellte sich unauffällig neben Raúl. »Wie geht es dir, Mann?«, begrüßte er ihn. Die Bässe der Lautsprecherboxen vibrierten in seinem Magen.

Raúl nickte ihm zu. »*Todo bien*. Wie lief es mit dem Muli?«

»Die Ladung ist eingetroffen. Fünfzig Kilogramm feinstes Koks. Es gab keine Probleme auf dem Weg.«

»Das wird den Boss freuen.«

»Warten wir's ab.«

»Was ist los?«

Julio schüttelte abwehrend den Kopf, um Raúl zu verstehen zu geben, dass er nicht darüber reden wollte. »Was macht Carlos?«, fragte er stattdessen.

»Er fickt. Und redet mit dem *Patrón*. Ich denke, du hast recht, Mann, der ist nicht hier, um der *Tentiente* von New Jersey zu werden.«

»Hast du was Konkretes gehört?«

»Nichts. Sie schließen sich ein. Ich weiß nicht, was hier im Busch ist.«

»Verdammt.« Julio sah sich um. »Wer ist heute Abend hier?«

»Die üblichen Leute. Niemand Außergewöhnliches. Pedro hat ein neues Mädchen für dich. Sie steht dort hinten.«

»Hm.« Er betrachtete die junge Frau, auf die Raúl mit dem Kinn deutete. Sie trug ein hautenges Paillettenkleid, Plateau High Heels und hatte dieselben schwarzen Locken wie Adriana. Einzig ihr Gesicht war anders. Ihre molligen Wangen ließen sie kindlicher wirken und ihre Augen waren nicht katzenhaft, sondern so groß und rund wie die einer Mangapuppe. Julio wandte den Blick ab.

»Kein Interesse?« Raúl stieß ihn in die Seite. »Darf ich sie dann haben?«

»Mach, was dir gefällt.« Julio zuckte die Schultern. »Aber vergiss nicht, was dein Job ist.«

Raúl grinste und Julio setzte seinen Weg fort. Er fand Pedro unter den Gästen, wo er Champagner schlürfte und sich angeregt unterhielt. Carlos war nirgends zu sehen. Unauffällig schob sich Julio an seinen Boss heran. Es dauerte ein Weilchen, bis dieser ihn bemerkte.

»*Mi amigo*!« Er breitete die Arme aus. »Ich habe schon gehört, dass die Fracht sicher gelandet ist. Gratuliere! Das hast du gut gemacht.«

Julio lächelte sein gestelltes Lächeln, so wie er es immer tat, wenn er nicht sagen konnte, ob Pedro ein Kompliment tatsächlich ernst meinte.

»Lass uns anstoßen!« Der *Patrón* winkte einem der drei Mädchen zu, die in knappen Kellnerinnenkostümen bedienten. Sie brachte Julio ein Glas Champagner auf dem Tablett. Er nahm es entgegen und der Blick seines Bosses traf ihn über den Rand hinweg.

»Gab es Zwischenfälle?«, erkundigte er sich.

»Nicht auf der Straße.«

Pedro krauste die Stirn. »Erzähl mir davon.« Er entschuldigte sich bei seinen Gesprächspartnern und zog Julio mit sich an den Rand der Gesellschaft, wo sie ungestörter waren.

»Also?«

»Ich musste jemanden aus dem Weg räumen.« Julio trank und stellte das Glas zur Seite.

»Wen?«

»Das weiß ich nicht. Er hatte es auf den Muli abgesehen.«

»Warum?«

Julio spannte die Muskeln an. »Ich dachte, das könntest du mir sagen.«

Pedro hob herausfordernd das Kinn. »Was hatte ich dir über Arroganz gesagt, bevor du gefahren bist, mein Freund?«

»Ich arbeite seit zehn Jahren für dich.« Julio senkte eindringlich die Stimme. »In dieser Zeit gab es kaum einen Tag, an dem wir voneinander getrennt waren. Ich kenne dich, *Patrón*, und es soll keine Arroganz sein, wenn ich dir sage, dass ich nicht mehr weiß, wo deine Prioritäten liegen. Ist das Kartell im Umbruch? Will dir jemand deine Macht streitig machen? Hast du Informationen über die DEA, die ich noch nicht kenne? Ich spüre, dass etwas vor sich geht, aber ich verstehe nicht, was es ist. Hilf mir, wieder meinen Weg zu finden, *Patrón*.«

Pedro sah ihn unverwandt an. Sein Blick war derart intensiv, dass Julio Mühe hatte, ihn zu erwidern. Nach einer gefühlten Ewigkeit lachte sein Boss auf. »Du bist noch mein Bruder, verdammt! Komm mit!« Er ging voraus und sie verließen die Party, um in Pedros Arbeitszimmer zu verschwinden. Dort angekommen lief sein Boss in Richtung Fenster und fuhr mit den Fingern über den Schreibtisch.

»Es gibt Veränderungen«, sagte er. »Große Veränderungen.«

Julio fragte nicht nach. Er wollte abwarten und seinem Boss damit die Achtung entgegenbringen, die er von ihm erwartete.

»Carlos.« Der *Patrón* drehte sich um und beobachtete die Wirkung des Namens auf Julio. Dieser zuckte nicht mit der Wimper. »Ich weiß, du kannst ihn nicht leiden. Ich kann es ebenso wenig.«

Das Geständnis verwunderte Julio, doch er verharrte in seiner Position. Schweigend und aufmerksam.

»Aber er hat einige interessante Informationen für mich. Mein Vater …«, Pedro verzog zornig den Mund, »hält mich anscheinend nicht für würdig, sein Imperium eines Tages zu übernehmen. Er schließt Geschäfte ab, von denen ich nichts weiß.«

Julio neigte den Kopf. *El Señor* Arturo Zarpata war ein cholerischer, aber durch und durch geschäftstüchtiger Mann. Es erschien Julio merkwürdig, dass er seinen Sohn ausbooten wollte. Das Sinaloa-Kartell des Zarpata-Clans war nur deshalb so erfolgreich, weil die Familie seit Jahren eng zusammenarbeitete.

»Ich lasse mir das nicht bieten!« Pedro fegte einige Unterlagen vom Tisch. »Ich werde ihm zeigen, was in mir steckt!«

Julio hob beruhigend die Hände. »Gibt es konkrete Beweise für die Geschäfte deines Vaters?«, erkundigte er sich.

Pedro nickte. »Carlos hat mir Papiere gezeigt. Seit einigen Monaten befördern die Schleuser zwar noch die gleiche Menge Heroin und Marihuana aus Mexiko in die USA, aber etwa ein Drittel davon verschwindet. Es wird nicht an unsere *Tenientes* ausgeliefert.«

»Wohin geht es?«

Pedro zuckte die Achseln. »Das wusste Carlos nicht.

Doch mein Vater überwacht alle unsere Geschäfte. Unter seinen Augen verschwindet nicht einfach eine derart große Menge an Drogen.« Er stützte die Hände in die Hüften und sah Julio an. »Der Wichser hintergeht mich! Er hintergeht seinen eigenen Sohn! Vermutlich hat er etwas mit meinem Cousin aufgezogen, von dem ich nichts weiß.«

»Du solltest nach Hause fahren und mit ihm reden«, schlug Julio vor. Er sehnte sich danach, zurück nach Culiacán zu kommen. Weg aus Philadelphia. Weg von Rose.

»Den Teufel werde ich tun!« Pedro hieb mit der Faust auf den Tisch. »Mein Vater hat nie daran geglaubt, dass ich es schaffe, den Osten der USA unter meine Kontrolle zu bringen. Zu viel Konkurrenz hat er gesagt. Zu viel Polizei. Aber ich wusste, dass ich es schaffe. Und das habe ich getan!« Pedro klopfte sich selbst auf die Schulter. »Wir sind jetzt die Könige hier und ich habe nicht vor, mir das von ihm versauen zu lassen. Wenn er mich um meinen Anteil der Drogen bescheißt, um mir das Geschäft hier zunichtezumachen, dann suche ich mir einen anderen Weg, um mir ausreichende Mengen zu verschaffen. Ich hole mir das Geld, das ich verdiene!«

Julio beschlich ein ungutes Gefühl. »Was hast du vor, *Patrón*?«

»Die Los Zetas«, flüsterte Pedro, als wollte er den Namen in diesem Haus nicht laut aussprechen.

»*Ay, dios!*« Julio verengte die Augen. »Ist das dein Ernst?«

»Mein voller Ernst.« Pedro kam auf ihn zu. »Was sagst du dazu, *mi amigo*?«

Julio bemühte sich um Ruhe. »Die Los Zetas sind in zwei Fraktionen gespalten. Seit Jahren führen sie untereinander Krieg. Außerdem sind Drogen nicht ihr einziges Geschäft. Sie betreiben vor allem Menschenhandel und stellen Auftragsmörder. Wenn du mit denen zusammenarbeitest, gehst du das Risiko ein, in ihre Machenschaften hineingezogen zu werden. Reicht dir die DEA nicht, willst du uns auch noch das FBI und die Homeland Security auf den Hals hetzen?«

»Ich hetze uns überhaupt niemanden auf den Hals!« Pedros Wut richtete sich jetzt gegen Julio. »Du bist mein Bruder«, fuhr er ihn an. »Benimm dich gefälligst auch so!«

»Wir haben nicht ausreichend Leute für einen Krieg«, sagte Julio eindringlich. »Wenn du die Zetas ins Boot holst, dann eröffnest du aber an zwei Fronten Krieg. Einen gegen deinen Vater, der es nicht dulden wird, dass du dich mit den Feinden verbündest, und einen mit der Fraktion der Zetas, die du nicht beauftragt hast. Das bringt dich am Ende nicht voran, *Patrón*!«

Pedro grinste hinterhältig. »Höre ich da die Angst aus dir sprechen, Bruder? Seit wann ziehst du den Schwanz ein, wenn es darum geht, unseren Feinden den Kopf wegzupusten?«

»Ich habe keine Angst«, erwiderte Julio kühl. Die hatte er tatsächlich nicht, aber er hatte auch keine Lust, alles, was er sich aufgebaut hatte, von seinem Boss kaputtmachen zu lassen. Eine Verbrüderung mit den Zetas auf dieser Ebene kam einem Hochverrat gleich. Jahrelang hatte Arturo Zarpata darum gekämpft, aus seinem Unternehmen das mächtigste Drogenkartell Mexikos zu machen. Und jetzt, wo ihm das gelungen war, wurde er von seinem Sohn unterwandert. Das würde Konsequenzen haben, dessen war sich Julio sicher. Es konnte seine gesamte Familie das Leben kosten. Seine Nachbarn, alle, die ihn kannten. Der Frieden in Culiacán wurde durch Pedros aberwitzige Idee gefährdet. Und der Krieg mit den Zetas würde in neuen Dimensionen aufflammen. Die Gier seines Bosses überlagerte seinen gesunden Menschenverstand. Er sah die Konsequenzen nicht, die ihm drohten. Zum ersten Mal zweifelte Julio an der Über-legenheit seines *Patrón*.

Pedro kam auf ihn zu und streckte ihm die Hand hin. »Bist du dabei?«, wollte er wissen und sah Julio dabei fest in die Augen.

»Das bin ich«, erwiderte er und ergriff ohne zu zögern Pedros Hand. In diesem Moment war es nicht angebracht, seinem Boss zu widersprechen, aber er wusste, dass er einen Weg finden musste, um ihn von seinem Vorhaben abzu-bringen.

»Sehr gut.« Pedros Laune besserte sich schlagartig. »Es wird dich freuen zu hören, dass wir nächste Woche die erste Lieferung bekommen.«

»Was?« Julio gelang es kaum, sein Erstaunen zu über-spielen.

»Ganz recht, wenn ich etwas tue, dann tue ich es schnell.« Pedro hob siegessicher die Faust. »Während du unterwegs warst, habe ich über unsere Mittelsmänner Kontakt zu Osiel Moralez aufgenommen.«

»Der Kopf der Del Noreste-Fraktion.«

»Ganz recht. Und er ist interessiert. Wir nehmen ihm eine erste Ladung Heroin ab und testen die Qualität. Ich will, dass dein Muli es transportiert.«

»Mein Muli?«

»Dieses Mädchen.«

»Ich dachte, du traust ihr nicht.«

»Sie hat es hinbekommen, nicht wahr?« Pedro hob eine Augenbraue. »Und du wirst sie wieder begleiten. Nicht, dass ihr jemand ein Härchen krümmt.«

Julio verstand. »Du hast diesen Typen in ihr Motel geschickt.«

»Natürlich habe ich das.« Pedro schien sich prächtig darüber zu amüsieren. »Ein kleiner Test, mein Bruder. Du warst etwas ungehalten über Adrianas Tod und ich wollte sehen, ob ich dir noch vertrauen kann. Und ob ich dieser Muschi vertrauen kann.«

Julio hatte Mühe, die Kontrolle zu behalten. »Ich verstehe nicht«, erwiderte er.

»Der kleine *Halcones* sollte herausfinden, ob sie undercover arbeitet. Ein bisschen Folter reicht bei den meisten Frauen aus. Sie lassen sich nicht gerne ihre schönen Körper verstümmeln.« Pedro schmunzelte boshaft. »Aber er kam gar nicht dazu, denn du warst schneller, nicht wahr? Schade, doch zumindest habe ich so gesehen, dass du meinen Auftrag befolgt und sie nicht aus den Augen gelassen hast. Und du hast mir von dem Vorfall berichtet. Jetzt weiß ich, dass du noch immer mein Bruder bist.«

Die Wut kochte in Julio hoch. Er bezwang sie. »Wie konntest du daran zweifeln?«, presste er hervor. Die Vorstellung, dass sein Boss in Kauf genommen hatte, dass Rose verstümmelt und am Ende getötet wurde, weil sie nicht zugab, was ihr Peiniger hören wollte, machte ihn aggressiv.

»Ich bin ein mächtiger Mann, ich zweifle immer an allen. Das hält mich am Leben.« Pedro wandte sich ab. »Und ich brauche dich, *mi amigo*. Blutstreue, erinnerst du dich?«

Julio bejahte und ballte seine Hände zu Fäusten.

»Du wirst dafür sorgen, dass unser Geschäft mit den Zetas zu einem Erfolg wird. Ihr holt die Ladung in Brownsville, Texas ab. Nächsten Donnerstag.«

»Da kannst du uns ja direkt über die Grenze nach Mexiko schicken«, murrte Julio.

»Das tue ich aber nicht.« Pedro warf ihm einen Blick über die Schulter zu. »Ihr fahrt gemeinsam in diesem kleinen Auto dorthin und du wirst keinen Anzug tragen, um nicht aufzufallen, *comprende*?«

Damit nahm er ihm sein Ansehen und seine Würde. Nur

die *Halcones* trugen Straßenkleidung. Julios Wut wurde übermächtig. »Wie soll ich den Zetas entgegentreten? In verdammten Jogginghosen?«

»Mit dem Mut eines Mannes, der mein Abgesandter ist«, zischte Pedro. »Mach dich nicht lächerlich, mein Freund. Du bist meine rechte Hand, du bist der Einzige, dem ich die ganze Sache zutraue. Und dieses Mädchen ist unsere beste Tarnung, das hast du selbst gesagt.«

Julios Nasenflügel bebten. »In Ordnung«, zwang er sich zu antworten. »Ich weiß Bescheid.«

»Dann lass uns wieder auf die Party gehen!« Pedro schlenderte voraus und Julio folgte ihm. Draußen vor der Tür blieb er stehen.

»Was ist?« Sein Boss sah ihn an.

»Ich muss nochmal ins Lager«, erwiderte er. »Einer meiner Leute meinte, es gebe ein Problem mit einem Mittelsmann.«

»Nimm Gael mit.«

»Nein, so ein Problem ist das nicht. Ich kläre es und komme so schnell wie möglich zurück.«

»Beeil dich.« Pedro zwinkerte ihm zu. »Ich habe dir Ersatz für Adriana besorgt. Deine Nacht ist noch nicht zu Ende, mein Freund.«

Julio hob einen Mundwinkel und verabschiedete sich. Dann holte er sich die Autoschlüssel und fuhr davon. Zum ersten Mal hatte er seinen Boss angelogen.

In der Amber Street angekommen, parkte er das Auto und stellte den Motor ab. Aber er stieg nicht aus. Er starrte auf den gegenüberliegenden Hauseingang und fragte sich, was zum Teufel er hier eigentlich tat. Vor nicht allzu langer

Zeit hatte er Gael eine Predigt darüber gehalten, wie erpressbar man durch Menschen wurde, die einem zu nahe standen. Und nun wartete er hier und legte es genau darauf an. Wenn er zu Rose ging, dann verdammte er sie dazu, sämtliche Konsequenzen seines Lebens zu ertragen. War er tatsächlich so egoistisch? Fühlte er überhaupt genug oder war sie nur eine Ablenkung, ein besonderes Häppchen, das ihn nur solange faszinierte, wie sein Schwanz zuckte? Er hatte keine Antwort darauf, aber er wusste, dass sie nach all den Neuigkeiten, die er gerade erfahren hatte, der einzige Mensch war, bei dem er sein wollte. Denn nächste Woche würde sie mit ihm bis zur Hölle und zurückfahren müssen. Die Los Zetas waren noch gewalttätiger als das Sinaloa-Kartell. Sie rekrutierten ihre Leute vorwiegend bei den *Kaibiles*, einer Spezialeinheit der Streitkräfte von Guatemala. Diese Männer waren bekannt für ihre Brutalität und ihre Rücksichtslosigkeit. Sie folterten, enthaupteten, massakrierten und töteten mehr Menschen, als sie Gräber schaufeln konnten. Gegen die Los Zetas war das Sinaloa-Kartell eine Klostergemeinschaft. Bis zum heutigen Tag hatten beide Fraktionen der Zetas sich geweigert, einen Waffenstillstand mit dem Zarpata-Clan zu schließen. Julio schnaubte. Es gab zwei Möglichkeiten. Entweder die Del Noreste-Fraktion witterte ein großes Geschäft und war erfreut darüber, das Sinaloa-Kartell zu unterwandern. Oder er und Rose liefen in eine Falle. Er wusste, was dann passieren würde, wenn sie sich mit den Männern der Zetas trafen. Man enthauptete sie und schickte ihre Köpfe hübsch verpackt an Pedro. Das war die Art der Zetas zu sagen: Fick dich ins Knie, du dummes Sinaloa-Arschloch!

Julio wusste nicht, was er tun sollte. Adrianas Hinrichtung war ein Vertrauensbruch gewesen, aber mit seinem Angriff gegen Rose war der *Patrón* zu weit gegangen. Julio hatte keine Lust auf Spielchen. Doch nun war er mittendrin und das Schlimmste war, dass es dieses Mal nicht nur um ihn alleine ging. Entschlossen stieg er aus, querte die Straße und betrat das Haus, in dem Rose wohnte. Im Eingangsbereich roch es nach Essen, ein Kind schrie und ein Mann rief es zur Ruhe. Zwei Stufen auf einmal nehmend hastete Julio in den ersten Stock hinauf und klopfte an Rose' Haustür. Sie wurde geöffnet und Julio blickte in die Mündung einer Waffe. Geistesgegenwärtig schlug er sie zur Seite und zog die Tür zu, um seinem Angreifer den Arm zu quetschen. Er hörte einen Schmerzenslaut, riss die Pistole an sich und trat mit voller Wucht gegen die Tür. Der Angreifer fiel nach hinten um und Julio stürzte in die Wohnung, die Waffe nun gegen den am Boden Liegenden gerichtet.

»Was zum Teufel …?« Er erkannte das Wimmern. Vor ihm lag Cruzito, die Arme schützend vor dem Gesicht. »Du kleines, dummes Arschloch!« Er riss den Jungen nach oben und hielt ihm die Waffe vor die Nase. »Du solltest lernen, das Ding zu gebrauchen, bevor du jemanden damit bedrohst.« Er drückte den Abzug und ein leeres Klicken ertönte.

Julio hörte Rose aufschreien und sah, dass Cruzito leichenblass wurde. Aufgebracht ließ er das Magazin der Waffe herausfallen und warf es mitsamt der Pistole zu Boden. »Du hättest sie entsichern sollen«, knurrte er und stieß Cruzito von sich. »Verzieh dich!«

Jetzt erst sah er sich um. Neben Rose' Bett brannte eine Nachttischlampe und enthüllte einen Haufen Geldscheine, der auf der Tagesdecke lag.

»Hab ich eure kleine Feier gestört?«, fragte er und ärgerte sich, dass sie nicht allein war.

Rose schob sich zwischen ihn und ihren Freund und Julio registrierte, dass sie noch immer sein Hemd trug. »Ich habe meine Schulden zurückbezahlt«, murmelte sie.

»Und du zeigst ihm gleich alles, was du verdient hast? Einem Jungen mit einer Waffe?«

»Aber er …« Rose warf Cruzito einen entschuldigenden Blick zu. »Er wollte mich nur beschützen.«

»Ist ihm hervorragend gelungen.« Julio fixierte den Jungen, der seine Pistole aufsammelte und sie in seinem Hosenbund verschwinden ließ.

»Ich sollte gehen«, sagte er und Julio hielt ihm demonstrativ die Tür auf. Der Junge huschte hinaus und Julio warf sie ins Schloss. Stille breitete sich aus. Und eine spürbare Spannung. Rose ging zum Bett und stopfte das Geld zurück in den Umschlag.

»War das echt nötig?«, fragte sie.

»Das ist ein Möchtegern-Gangster. Eines Tages erschießt er sich womöglich selbst.« *Und dich.* Er sprach es nicht aus.

Rose drehte sich um. »Ich habe nichts, was ich dir anbieten könnte.«

»Keine Bohnen?«

Sie lächelte peinlich berührt. »Ich war noch nicht einkaufen. Ich meine …« Sie drehte den Umschlag in ihren Händen. »Das ist sehr viel Geld.«

»Wir bezahlen außerhalb des marktüblichen Tarifs.«

Jetzt lachte sie befreiter. »Das habe ich mir gedacht. Trotzdem … ich weiß gar nicht …«

Er ging auf sie zu. »Es gehört dir, Rose. Du hast es anständig verdient.«

»Anständig ist nicht das richtige Wort dafür, oder?« Sie hob den Kopf, um ihn anzusehen. »War dein Boss zufrieden?«

»Wie man's nimmt.« Er nahm ihr den Umschlag aus der Hand und legte ihn zur Seite. »Wir haben schon wieder einen neuen Auftrag.«

»Tatsächlich?«

»Hm. Nächste Woche geht es los. Wir fahren beide in deinem Auto.«

»Du beschattest mich nicht?«

Er schüttelte den Kopf. »Das wird ein Himmelfahrtskommando.«

Ihre Augen wurden groß. »Ist das ein Codewort?«

»Nein, es ist genau das. Mein Boss schickt uns in die Hölle und ich weiß noch nicht, ob mir das gefällt.«

Er sah ihr an, dass sie nicht verstand, was er da redete. Aber in diesem Moment wollte er es ihr nicht erklären. Er wollte sie küssen.

»Warum bist du hier?« Ihre Stimme war kaum hörbar.

»Das weißt du doch.« Er knöpfte sein Jackett auf und sie zuckte nicht zurück. Ihr Vertrauen machte ihn fertig. Langsam legte er es ab und entledigte sich des Schulterholsters.

»Besser?«, fragte er.

»Nein.« Rose streckte vorsichtig ihre Finger aus und berührte das Hemd, das sich über den Brustmuskeln spannte. »Ich will dich sehen. So wie du wirklich bist.«

Er nahm ihre Hand und gemeinsam begannen sie, es aufzuknöpfen. Anschließend taten sie dasselbe bei ihr. Julio spürte, wie er hart wurde. Sein Schwanz pulsierte in seiner Hose, wie es ihm schon seit einer Ewigkeit nicht mehr passiert war. Es fiel ihm schwer, sich unter Kontrolle zu behalten.

Rose trat näher an ihn heran. Ihre Hände fuhren über seinen Oberkörper, erkundeten ihn. Julio hielt den Atem an. Ihre Berührungen waren so unbeholfen, als wüsste sie nicht recht, was sie zu tun hatte.

»Hat es wehgetan?«, flüsterte sie und betrachtete die Tattoos unter ihren Fingern. Das hatte ihn noch nie jemand gefragt.

»Es war ein guter Schmerz«, erwiderte er.

Rose streifte ihm das Hemd ab und schmiegte sich an ihn. Er spürte ihre Haut auf der seinen, ihre Brüste, die sich gegen ihn pressten. Das war mehr, als er ertragen konnte. Mit einem tiefen Ausatmen schloss er sie in die Arme.

»Ich bin nicht gut darin«, hörte er ihr Flüstern. »Ich habe immer nur mit Diego und das auch erst nach der Hochzeit ...« Sie verstummte.

Julio wurde bewusst, dass er aufhören sollte. Rose war offenbar als Jungfrau in die Ehe gegangen. Er hatte nicht geglaubt, dass es so etwas überhaupt noch gab. Doch es bedeutete, dass sie bisher keinen guten Sex gehabt hatte und er war der Letzte, der in der Lage war, ihre Situation zu verbessern. Trotzdem konnte er sie nicht loslassen.

»Ich bin auch nicht gut darin.« Seine Hände umschlossen ihren Po und zogen sie nach oben. Instinktiv schlang sie die Beine um ihn, ihr Gesicht schwebte nun über seinem. Sie blickte ihm in die Augen. Er sah das ungebrochene Vertrauen in ihnen und glaubte, daran kaputtzugehen. Er verdiente es nicht. Voller Leidenschaft küsste er sie und spürte ihre sanfte Zunge, die im Gegensatz zu all dem Begehren stand, das er in diesem Moment empfand. Er zwang sich zur Ruhe, hielt sie und ließ zu, dass sie ihre Lippen wieder von den seinen löste, auch wenn er es sich anders wünschte.

»Wie alt bist du?«, wollte sie wissen.

Er lachte und biss sie spielerisch in den Hals. Sie war so schön und ungewöhnlich, dass sie kurz davor war, die eisernen Ketten aufzubrechen, die seit Jahren sein Innerstes zusammenhielten.

»Einunddreißig.«

»So alt?«, neckte sie ihn und zupfte an seinen Schläfen. »Du wirst schon grau.«

»Das bringt der Tod mit sich.«

Rose wurde ernst. »Ich wollte auch, dass dieser Kerl stirbt.«

Julio begriff, dass sie verdrängte, was er alles getan hatte. Sie wollte in ihm ihren Helden sehen. Er trug sie langsam zum Bett. Seine Erregung wuchs.

»Das war nur einer von vielen«, erklärte er, legte sie sanft ab und bedeckte ihren Körper mit dem seinen. Dabei stützte er sich auf den Ellbogen ab, seine Hände umfassten ihr Gesicht. »Der Tod ist nicht glorreich. Weder das Töten noch das Sterben sind es. Am Ende ist es immer hässlich.«

Wieder küsste er sie, flüchtete sich in ihre Nähe und versuchte auf diese Weise seinen Gedanken zu entkommen. Rose war das Gute, von dem er schon nicht mehr geglaubt hatte, dass es existierte.

»Da, wo ich aufgewachsen bin, gab es jahrelang nur Krieg zwischen den Drogenkartellen. Die Leichen von Menschen hingen jeden Morgen von einem Brückenpfeiler an der Grenze unseres Viertels. Sie sollten uns sagen, dass wir uns nicht mit dem Feind verbünden dürfen, aber wir wussten gar nicht, wer der Feind war. Beide Seiten schossen auf uns, wenn wir im Weg standen. Keiner von denen gab uns zu essen.«

Ihre Lippen beruhigten ihn, schenkten ihm Aufmerksamkeit. Sie hörte, was er sagte. Zum ersten Mal in seinem Leben tat das jemand.

»Als ich älter wurde, verstand ich, dass wir den Kartellen völlig egal waren. Aber wer überleben wollte, brauchte Arbeit. Und nur die Kartelle gaben sie einem. Dort, wo ich herkomme, sind sie die größten Arbeitgeber.« Er tauchte in ihren Mund ein und holte sich, wonach er sich sehnte. Ihre Nähe erregte ihn bis aufs Äußerste, aber er wollte es hinauszögern. Jede Stelle ihres Körpers war es wert, erkundet zu werden.

»Ich töte, Rose. Seit Pedro mir eine Waffe und den Befehl gegeben hat.« Er wagte nicht, sie anzusehen, aus Angst, dass sie ihn verachten würde. Stattdessen küsste er ihren Mundwinkel, ihr Ohrläppchen, ihren Hals und die weiche Kuhle darunter.

»Jetzt tust du es nicht«, hauchte sie.

Damit hatte sie recht. Seit Jahren hatte er Krieg geführt. Gegen seine Gegner, sich selbst und sogar die Frauen, die er fickte. In diesem Augenblick war er wehrlos. Seine Waffe war außer Reichweite, aber das war nicht einmal das Beunruhigendste. Es war Rose, die er fürchtete. Sie brachte ihn dazu, seine Geheimnisse offenzulegen, und sprengte ihn damit von innen. Die Wunden, die sie ihm dabei zufügte, waren schlimmer als alle körperlichen, die er je erlitten hatte. Seine Erregung wurde übermächtig.

Julio arbeitete sich weiter nach unten, küsste ihr Schlüsselbein, die Schnittwunde zwischen ihren Brüsten und jede Brustwarze einzeln. Er saugte sie ein und ließ seine Zunge darum kreisen, während er den Reißverschluss ihrer Jeans öffnete.

Rose wand sich unter ihm, vergrub ihre Hände in seinen Haaren. Er hob den Kopf und bemerkte den verwunderten Ausdruck in ihrem Gesicht.

»Ich bin das nicht gewohnt«, entschuldigte sie sich. Ihre Wangen waren gerötet. Er lächelte und ließ sein Kinn auf ihre Brust sinken.

»Das bin ich auch nicht«, gab er zu. Sie sahen sich an. Lange und intensiv. Dann widmete er sich wieder ihrem Körper. Seine Zunge wies ihm den Weg. Er schmeckte Rose, atmete in ihren Bauchnabel und verharrte schließlich am Rand ihrer Baumwollunterhose. Bisher hatte er ausschließlich Frauen gehabt, die Reizwäsche trugen oder bereits nackt waren. Mit einem Ruck zog er die Jeans nach unten und warf sie zur Seite. Rose zuckte zusammen. Er begegnete ihrem Blick und wurde sich bewusst, dass er kurz davor war, in alte Gewohnheiten zu verfallen. Sein Schwanz wollte ficken und Rose weckte das Tier in ihm. All die Jahre war Sex nichts weiter als das Erlegen seiner Beute gewesen. Es war ihm gleichgültig, was die Frauen dabei empfanden. Sein Schwanz war die Waffe und er liebte seine Waffe.

Mit einem geübten Handgriff zerriss er ihren Slip und saugte den Anblick ihrer Muschi in sich auf. Rose' Schamhaare waren gestutzt und er fragte sich, ob sie das extra für ihn getan hatte. Sein Atem ging schneller und er fuhr mit dem Handballen über ihre Schamlippen. Ihre Feuchtigkeit benetzte seine Finger.

»Verflucht!« Julio setzte sich auf und wandte den Blick ab. Rose lag vor ihm mit ihrer makellosen Haut, den perfekt geformten Brüsten, die seine Hände genau ausfüllten, und ihrer paradiesischen Muschi, die feucht zwischen dem zerrissenen Slip hervorschaute. Alles, was er wollte, war, über sie herzufallen. Auf seine Art. Roh und rücksichtslos.

»Was ist?« Rose setzte sich ebenfalls auf, legte ihre Hand an seine Wange. Er nahm sie weg, zwang sich zur Ruhe. Sie durfte ihn nicht so erleben.

Doch Rose gab nicht nach. Sie küsste ihn und öffnete seine Anzughose. »Ich hab gesagt, ich will sehen, wie du wirklich bist.« Ihre Finger umfassten seinen Schwanz und Julio hob herausfordernd das Kinn. »Mit allem, was dazugehört.«

Er packte sie und zog sie auf sich. »Das ist keine gute Idee«, knurrte er. In ihren Augen sah er Leidenschaft und einen Anflug von Unsicherheit. Sie wollte, was sie fürchtete. Es ging ihm ebenso.

Mit beiden Händen knetete er ihre Pobacken, ließ seinen Mittelfinger zwischen ihre feuchten Schamlippen gleiten. Rose stöhnte auf und bewegte instinktiv ihr Becken. Weit gespreizt saß sie auf ihm. Sie entkam ihm nicht und er konnte seine Macht auskosten. Wieder und wieder fuhr er über ihre Klitoris, klopfte sie, rieb sie und spürte, wie Rose sich anspannte und ihre Nägel in seinen Nacken krallte. Ihre Ekstase verschaffte ihm ungeahnte Freude, doch allmählich hielt er es nicht mehr aus.

»Ich kann nicht versprechen, dass ich vorsichtig bin«, murmelte er zwischen den Küssen in ihren Mund.

Rose befreite seinen Schwanz aus den Shorts. Ehe er sich versah, hob sie ihr Becken und nahm ihn in sich auf. Kleines Miststück! Julio warf den Kopf in den Nacken. Er hatte so lange gewartet, dass er glaubte, das Gefühl ihrer nassen, heißen Muschi kaum ertragen zu können. Dennoch war es eine ungewohnte Position für ihn, denn Rose war oben. Nicht er. Und sie schien nicht vorzuhaben, ihm die Führung zu überlassen. Vorsichtig erst, dann immer selbstbewusster kreiste sie ihre Hüften. Ihre Haare fielen über ihr Gesicht und ihre Schultern. Sie hielt die Augen geschlossen und ihr Mund war leicht geöffnet. Ab und zu biss sie sich genießerisch auf die Unterlippe. Julio beobachtete sie, während er sich in dem Gefühl treiben ließ, das ihm ihre innere Muskulatur bescherte. Ihre Hände klammerten sich in seine Oberarme. Sie war so feucht, dass er zischend die Luft zwischen den Zähnen einsog, als ihre Bewegungen tiefer und intensiver wurden. Noch immer krallte er sich in ihren Hintern, spürte jede ihrer Muskelbewegungen.

»Ah!« Überrascht hielt Rose inne, doch Julio ließ es nicht zu. Seine Hand wanderte nach vorne, zerteilte ihre Schamlippen und massierte ihre Klitoris. Sanft stieß er in sie. Rose Stirn sank gegen die seine und er spürte ihre Zuckungen. Ihr Becken schien ihn in sich aufzusaugen und sie umklammerte hilflos die Hand zwischen ihren Beinen.

»Oh mein Gott«, flüsterte sie und erzitterte.

Darauf hatte er nur gewartet. Mit einer schnellen Bewegung warf er sie auf den Rücken und gab ihr mit drei tiefen Stößen zu verstehen, dass er jetzt den Ton angab.

»Dreh dich um«, forderte er sie auf. Sie gehorchte, streckte sich wie eine Katze und reckte ihren Po in die Luft. Dafür, dass sie nicht viel Erfahrung hatte, bewegte sie sich erstaunlich aufreizend.

Er schlug ihr auf den Hintern, ehe er sich zusammenriss und ihre Knie auseinander drückte. Genießerisch nahm er seinen Schwanz in die Hand, ließ ihn durch ihre Pobacken gleiten, bevor er ihn zwischen ihren Schamlippen erneut befeuchtete. Rose drehte den Kopf. Ihre Augen schimmerten. Julio ließ sich nach vorne auf seine Hände fallen und biss ihr in den Nacken.

»Verdammt, Rose, was machst du mit mir?«, murmelte er heiser. Vergangenheit und Gegenwart kämpften miteinander. Sein Schwanz war so angeschwollen, dass Julio glaubte, er würde jeden Augenblick explodieren. Rose kam ihm entgegen, drängte ihre Muschi gegen ihn. Wie von selbst rutschte er in sie hinein. Genüsslich knurrend umfasste er Rose' Oberkörper mit einem Arm, während er mit dem anderen die Balance hielt. Das Gefühl seines Schwanzes, der hinein und wieder hinaus glitt, war so befreiend, dass er nicht mehr aufhören konnte. Seine Bewegungen wurden bestimmter. Härter. Schneller. Er füllte sie tief aus, bevor er sich zurückzog und heftiger stieß. Rose zarte Schreie machten ihn an. Seine Haut auf ihrer, ihr Körper unter seinem begraben. Hilflos, wehrlos und so verdammt befriedigend.

»Es tut mir leid.« Er stemmte die Knie ins Bett, rammte seinen Schwanz in ihre Muschi und presste die Gesäßmuskeln zusammen. Sein Rhythmus war brutal, aber er konnte es nicht mehr aufhalten. Rose biss ihn in den Arm. Er spürte es, doch die Ekstase machte ihn blind. Klatschend prallte sein Becken auf ihren Hintern. Wieder und wieder, bis er endlich das Ziehen bemerkte. Er spritzte ab wie eine Flasche Champagner, die man nach dem Schütteln entkorkte. Seine Eier zogen sich zusammen und der Orgasmus fegte durch seine Lenden bis in seinen Rücken hinauf. Julio spannte sich an und presste Rose an sich. Es war verdammt lange her, dass er so intensiv gefühlt hatte.

Als der Rausch abebbte, lockerte er schweratmend seinen Griff und fiel seitlich auf die Matratze. Dort blieb er kurz liegen.

»Rose?« Er drehte sie zu sich herum und schob ihr die Haare aus dem Gesicht. Sie sah ihn an, ihr Gesichtsausdruck wirkte völlig entrückt. Verflucht, was hatte er nur getan?

»Es tut mir leid«, wiederholte er.

Rose nahm seine Hand und küsste sie. »Ich bin okay«, flüsterte sie. »Ich bin sogar ziemlich okay.«

Er zog sie zu sich heran und atmete ihren Geruch ein. Noch immer schien seine Körpermitte zu glühen.

Rose rollte sich auf ihn. »Sind wir schon fertig?«, fragte sie keck. »Ich war doch gerade erst dabei, dich kennenzulernen.«

Julio grinste und fuhr die Konturen ihres Körpers nach, der sich genüsslich an ihm rieb. »Eines Tages wirst du es bereuen«, gab er zu bedenken.

»Dann sorg dafür, dass dieser Tag nicht kommt.« Sie legte ihre Lippen auf die seinen und löschte mit ihrer Zunge seine Zweifel aus.

ROSE

Das Warten nahm kein Ende. Rose saß in ihrem Auto und starrte auf die menschenleere Amber Street. Dauerregen prasselte auf das Dach des Daihatsu. Es war kurz nach fünf Uhr morgens. Julio verspätete sich und Rose konnte nicht verhindern, dass sich ein nervöser Knoten in ihrem Magen bildete. Seit er sie nach ihrer leidenschaftlichen Nacht verlassen hatte, hatte sie ihn nicht wiedergesehen. Alles, was sie wusste, war der Zeitpunkt, an dem sie sich treffen würden, um erneut nach Texas zu fahren. Ihr Knie wippte auf und ab.

Es war seitdem keine Minute vergangen, an dem sie nicht an ihn gedacht hatte. An seine Hände, seine Lippen und die Dinge, die er mit ihr getan hatte. Bei den Gedanken daran lief ihr sofort ein Schauer über den Rücken. Niemals hätte sie geglaubt, derart fühlen zu können. Julio riss sie aus ihrer Einsamkeit, die sie ein Jahr lang innerlich ausgehöhlt hatte wie einen Halloween-Kürbis. Ihr ganzes Leben war sie die brave und anständige Rose gewesen, die alles getan hatte, was ihre Eltern von ihr verlangten. Was Diego von ihr verlangte.

Doch in dieser Nacht befreite sie sich und entkam ihrem Joch. Sie nahm sich, was sie brauchte, und Julios Körper gab es ihr.

Isabel hatte ihr berichtet, wie es war, wenn man einen Orgasmus hatte. Sie hatte dabei gestöhnt und gequietscht, als würde sie es allein durch ihre Erzählung wieder erleben, doch Rose hatte damals nur darüber gelacht.

»Es kommt auf den Mann an«, hatte Isabel ihr verraten. »Manche wissen, wie es geht. Sie können sich bewegen, finden diesen einen magischen Rhythmus, der dich ins Paradies befördert.«

Aber Diego war dieser Rhythmus fremd gewesen, ebenso wie jede Art von Zärtlichkeit. Auch Julio war kein Mann, der besonders rücksichtsvoll war und doch … Rose spürte, wie allein die Erinnerung an ihn sie erregte. Seine Muskeln, die sich anspannten, um sie in jede Position zu heben, in der er sie haben wollte. Sein Schwanz, der sie tief ausfüllte. Das, was er mit ihr gemacht hatte, hatte jede Nervenfaser in ihr entzündet. Sie hatte nicht nur einen Orgasmus gehabt, sondern mehrere, und auch wenn sie am Ende völlig wund gewesen war, hatte sie nicht aufhören wollen. Als Julio sie schließlich verließ, war sie im Bett zurückgeblieben und hatte überwältigt an die Decke gestarrt. Noch immer spürte sie all das in sich, was er wie eine Lawine ins Rollen gebracht hatte. Lust, Sinnlichkeit, Ekstase, Euphorie, Vertrauen, Zuneigung. Es übermannte sie mit einer Intensität, die sie selbst erstaunte.

Die Tür ging auf und Julio glitt ins Innere des Autos.

»Fahr los«, befahl er und Rose blinzelte sich in die Gegenwart zurück. Er war da. Für einen kurzen Moment sah sie ihn an, nahm die inzwischen vertrauten Konturen seines Gesichts in sich auf und atmete ihn. Er roch herb und frisch, wie der Regen, der ihn durchnässt hatte.

»Rose!«

Sie startete den Motor und fuhr aus der Parklücke.

»Du trägst keinen Anzug«, bemerkte sie.

»Der *Patrón* wollte es so.« Er blickte an sich herunter und wirkte unzufrieden, obwohl die schwarze Baumwollhose, das dunkle Shirt und die lässige Lederjacke perfekt saßen.

Rose legte ihm eine Hand auf den Oberschenkel. Vor lauter Leidenschaft zu ihm vergaß sie beinahe, dass sie einen gefährlichen Auftrag zu erledigen hatten.

Julio fuhr sich durch die nassen Haare. »Ich musste mich zu dir schleichen wie ein *Halcones*.«

»Hat dich niemand gefahren?«

»Doch, einer meiner Männer, aber nur bis zur Kreuzung. Ich wollte nicht, dass er erfährt, wo du wohnst.«

Rose steuerte den Daihatsu zielsicher durch die Straßen, bis sie die Interstate erreichte. Von hier aus ging es die nächsten Meilen nur geradeaus. Sie lehnte sich zurück.

»Erzähl mir von unserem Auftrag«, forderte sie ihn auf.

Julio schüttelte entschieden den Kopf. »Je weniger du weißt, umso besser.«

Sie war enttäuscht. Nach ihrer gemeinsamen Nacht hatte sie geglaubt, es hätte sich etwas zwischen ihnen geändert. Seine Zurückhaltung setzte ihr zu.

»Wohin fahren wir?«

»Nach Texas.«

»Wieder nach El Campo?«

»Nein, nach Brownsville.« Er verschränkte die Arme vor der Brust.

»Liegt das in der Nähe?«

»Es ist etwa eine Stunde Fahrt davon entfernt. Direkt an der Grenze zu Mexiko. Der Ort auf der anderen Seite, Matamoros, ist fest in den Händen der Los Zetas.«

»Der Los Zetas?« Rose warf ihm einen Blick zu. Julio verzog den Mund, als ob er schon zu viel gesagt hatte.

»Ist das eine Gang?«, hakte sie nach.

»Es ist ein Kartell.«

»Verbündete von euch?«

»Eher das Gegenteil.«

Sie verstand nicht recht und bemerkte, dass er seine Waffen überprüfte. Neben der Pistole im Holster trug er dieses Mal auch ein Messer am Knöchel. Ihr wurde mulmig.

»Du hast gesagt, das wird ein Himmelfahrtskommando«, flüsterte sie. »Das meintest du tatsächlich ernst, nicht wahr?«

»Rose, könntest du die Klappe halten?« Er verschränkte die Hände im Nacken und schloss die Augen.

Sie schluckte und zwang sich, konzentriert zu fahren. Hatte sie sich nur eingeredet, dass ihre gemeinsame Nacht sie beide verändert hatte?

Die erste Stunde verging. Die zweite. Die dritte. Schweigend saßen sie nebeneinander, ließen sich vom Motorengeräusch hypnotisieren und sahen der Landschaft dabei zu, wie sie an ihnen vorüberzog. Der Regen hörte auf, machte der Sonne Platz, bevor der nächste Regenschauer über sie hinwegfegte. Die Wischblätter bewegten sich mit quietschender Eintönigkeit von rechts nach links.

»Was ist das?« Rose wurde langsamer. Blinkende Lichter brachen sich in den Schlieren, die die Scheibenwischer auf der Windschutzscheibe hinterließen.

»Fuck!« Julio richtete sich auf. »Eine Verkehrskontrolle.«

Die Fahrbahn wurde auf zwei Spuren verengt. Rechts wurden die LKWs durchgewunken, links kontrollierte man die PKWs. Rose spürte, wie sich Unruhe in ihr breitmachte. »Was sollen wir tun?«

»Gib Vollgas und durchbrich ihre Absperrung.«

»Was?« Entsetzt sah sie ihn an.

Er hob eine Augenbraue. »Das war ein Scherz. Es gibt nichts zu befürchten.«

Rose glaubte ihm kein Wort. Sie wusste, dass er sie nur beruhigen wollte. Sie passte sich dem Tempo der Vorausfahrenden an. Kurz vor der Absperrung beugte sich Julio zu ihr hinüber, griff in ihre Haare und küsste sie. Sein Kuss war so intensiv, dass ihr ganz heiß wurde. Sie trat auf die Bremse. Hinter ihnen ertönte ein Hupen, jemand klopfte an ihre Scheibe.

Rose löste sich von Julio und erkannte einen Polizisten, der sich zu ihr hinunterbeugte. Sie öffnete vorsichtig die Tür, was den Beamten zurücktreten ließ. Argwöhnisch wanderte sein Griff zur Waffe an seiner Hüfte.

»Das Fenster klemmt«, erklärte sie und legte ihre Hände ans Steuer.

»Ihren Führerschein, bitte.« Der Beamte lugte ins Innere und nahm Julio ins Visier.

Rose kramte in ihrer Tasche und reichte dem Polizisten die Bescheinigung. Er begutachtete sie, sah Rose mehrmals prüfend an und trat zurück, um das Auto zu inspizieren.

»Woher kommen Sie?«, fragte er.

»Aus Philadelphia.«

»Und wohin fahren Sie?«

»Nach Texas. Ich besuche dort meine Verwandten.«

»Hm.« Der Polizist händigte ihr den Führerschein wieder aus. »Wer ist das?«

»Mein Freund. Ich möchte ihn der Familie vorstellen.«

»In Ordnung. Lassen Sie Ihre Seitenscheibe reparieren.« Er schlug auf das Dach des Autos. »Weiterfahren!« Der Polizist winkte sie durch und widmete sich dem nächsten Auto. Rose gab Gas. Nach einigen Minuten des Schweigens drehte sie den Kopf.

»Wen haben die gesucht?«

»Uns nicht, sonst lägen wir jetzt mit dem Gesicht nach

unten in Handschellen auf dem Highway.« Falls er angespannt gewesen war, so ließ er es sich nicht anmerken.

Rose zog verärgert die Stirn in Falten. »Warum tust du das?«

»Was?«

»Mich ignorieren.«

»Das tue ich nicht.«

Sie bemühte sich um Ruhe, aber ihre Gefühle fuhren Karussell. Als die nächste Ausfahrt in Richtung Gainesville sichtbar wurde, bog sie ab.

»Was tust du?« Julio schlug wütend auf das Armaturenbrett. »Kein Abweichen von der Route!«

Rose ignorierte ihn. Sie fuhr stur ins Landesinnere, folgte spontan der Beschilderung zum Lake Manassas.

»Kehr um, Rose, ich meine es ernst!« Julio griff ans Steuer, legte seine Hand auf die ihre und drückte so fest zu, dass sie aufschrie.

»Nein!« Wie zur Bestätigung beschleunigte sie. »Erschieß mich doch!«

»*Mierda*!« Er sah sich um, registrierte die Autos, die sich hinter ihnen befanden, und ließ von ihr ab.

Rose' Atem ging schneller, sie spürte seinen Zorn, aber sie wollte Antworten. Kurze Zeit später verließ sie die Hauptstraße und folgte einer Schotterstraße zum See hinunter. Der Regen ließ nach, dunkle Wolken zogen über den Himmel. Rose stellte den Motor aus. Ehe sie sich versah, sprang Julio aus dem Auto und knallte die Tür hinter sich zu. Sie stieg ebenfalls aus, beobachtete ihn, wie er zum Wasser ging. Es war kurz nach halb neun und in einiger Entfernung lief eine Gruppe Jogger am See entlang.

»Warum?«, fragte Julio mit gepresster Stimme, als sie bei ihm ankam. Seine Halsschlagader pulsierte merklich. »Warum bringst du dich immer wieder in Gefahr?«

»Ich wusste nicht, dass ich das tue.« Sie wollte ihn berühren, aber er wehrte sie blitzschnell ab und packte sie am Kragen ihrer Jacke.

»Du bist doch nicht dumm, Rose«, zischte er, sein Gesicht dicht vor ihrem. »Bei deiner letzten Tour wärst du beinahe drauf gegangen! Mein Boss hat das in Auftrag gegeben. Er wollte testen, ob er dir vertrauen kann.« Julio wartete ihre Reaktion ab. »Weißt du, wie das Sinaloa-Kartell foltert?«, fragte er mit schneidender Stimme, als er ihre Angst bemerkte.

Rose umklammerte seine Faust. Er tat ihr weh, aber offensichtlich wollte er genau das tun.

»Zuerst machen wir das Übliche. Zähne und Fingernägel ziehen, Gliedmaßen mit heißem Wasser versengen, Nägel in die Oberschenkel rammen und an eine Autobatterie hängen. Das ist der Schmerz, bei dem die meisten gestehen. Aber dann gibt es die anderen, die etwas mehr Aufmerksamkeit brauchen.« Er machte eine bedeutsame Pause und Rose senkte den Blick. »Pedro mag die Kettensäge. Er schneidet Stück für Stück von dir herunter. Einmal hat er sogar das Gesicht eines Feindes damit abgezogen und auf einen Fußball genäht, den er dann umhergekickt hat.«

»Hör auf!« Rose wehrte sich und Julio ließ sie los. Sie schwankte zwischen Ekel und Mitgefühl. »Warum erzählst du mir das?«

»Damit du verdammt nochmal verstehst, dass wir hier nicht in den Urlaub fahren!« Er kickte einen Stein zur Seite. »Die Los Zetas lachen über unsere Foltermethoden. Wenn wir morgen einen Fehler machen, dann sorgen sie dafür, dass wir wach bleiben, während sie uns quälen. Tagelang. Sie brechen deinen Willen zu leben. Am Ende flehst du darum, endlich krepieren zu dürfen.«

Rose schluchzte auf. Seine Worte rissen Wunden auf, die

sie verdrängt hatte. Adrianas Hinrichtung, der Überfall dieses Kerls auf dem Hotelzimmer. »Ich bin nicht dumm«, sagte sie gefasst.

»Ich weiß …« Er brach ab. »Ich will nur nicht …« Er schüttelte resigniert den Kopf. »Wenn irgendjemand herausfindet, dass wir … Scheiße!«, brüllte er, bevor er die Umgebung zum wiederholten Mal in Augenschein nahm. »Sie werden mich zwingen, dabei zuzusehen, wie man dich foltert. Erst nach deinem Tod bin ich dran.«

Rose verstand. Sie lehnte sich gegen ihn und er zog sie in seine Arme. »Jeder Stopp, jede Berührung, Rose, ist ein Tanz auf Messers Schneide.« Er küsste sie flüchtig auf den Haaransatz, sah sich erneut um. »Unser Weg führt uns mitten hinein in das Hoheitsgebiet der Los Zetas. Das Sinaloa-Kartell kontrolliert alles bis El Campo. Das ist unsere letzte Bastion. Anschließend befinden wir uns im Feindesland. Die Zetas haben jahrelang Krieg gegen uns geführt, im Grunde tun sie es immer noch, auch wenn sie die Macht des Zarpata-Clans mittlerweile akzeptiert zu haben scheinen. Doch Pedro, mein Boss, glaubt, er könnte die Machtstrukturen unterlaufen. Das ist, als würde er mit flüssigem Nitroglyzerin hantieren. Ein falscher Schritt und alles fliegt uns um die Ohren.«

»Ich verstehe immer noch nicht …«

»Wir nehmen den Los Zetas eine Ladung Drogen ab und transportieren sie nach Philadelphia.«

»Wieso kauft das Sinaloa-Kartell Drogen von anderen? Habt ihr selbst nicht genug?«

Julio lachte auf. Es klang bitter. »Der *Patrón* fühlt sich von seinem Vater verarscht. Das ist eine lange Geschichte. Er will sich unabhängig von ihm machen.«

»Warum erzählst du seinem Vater nicht davon? Er könnte herkommen und Pedro zur Vernunft bringen.«

»Nun, in den USA ist ein Kopfgeld von sieben Millionen

Dollar für die Verhaftung von Arturo Zarpata ausgesetzt. Es gibt zu viele Hyänen, sogar unter seinen eigenen Leuten, die bei einer derartigen Summe schwach werden. Pedro weiß das. Deshalb wagt er überhaupt dieses riskante Geschäft. Ich kann ihn nicht verpetzen. Er ist mein Boss. Das Kartell hat klare Machtstrukturen.«

»Und warum schickt er dich und fährt nicht selbst?«

Rose spürte den Druck von Julios Armen. »Weil er die Befehle erteilt. Weigere ich mich, sterbe ich.«

Sie presste ihre Wange gegen seine Halsbeuge. Für einen kurzen Moment wünschte sie sich, er hätte ihr nicht offenbart, worum es bei dieser Fahrt ging. Doch dann verdrängte sie all die Gefahren und suchte Zuflucht in seiner Nähe. Er hatte gesagt, sie tanzten auf Messers Schneide und genauso war es. Ihre Gefühle für ihn sorgten dafür, dass sie sich längst auf eine Seite geschlagen hatte. Auf seine. Und damit hatte sie ab sofort viele mächtige Feinde. Nach dem, was sie gehört hatte, konnte sie froh sein, wenn sie am Ende die Drogenbehörde zu fassen bekam. Die Erkenntnis machte Rose schwindelig. Sie stellte sich vor Julio und ließ ihre Hände unter seine Lederjacke gleiten. Ihre Finger fuhren über die Waffe, die er trug, und seine angespannten Muskeln. Er senkte den Kopf und küsste sie. Verzweifelt und hingebungsvoll.

»Ich werde dafür sorgen, dass dir nichts passiert«, versprach er heiser.

Rose verharrte, nahm seinen warmen Atem in sich auf. »Ich habe eine große Familie«, sagte sie. »Aber keiner von denen hat all die Jahre gemerkt, wie es mir in meiner Ehe ging. Keiner hat gefragt, woher die blauen Flecken stammen. Manchmal glaube ich, sie wussten, was los ist und haben einfach ignoriert, dass Diego mich schlägt.« Sie schluckte. »Niemand hat mir je so ein Versprechen gegeben wie du. Dabei kennst du mich kaum.«

»Ich kenne dich, Rose.« Er ließ den Blick schweifen, bevor er sie wieder ansah. »Aber ich bin, wer ich bin. Das darfst du nie vergessen.«

Sie küsste seine Finger und machte sich bewusst, was er alles für das Kartell getan hatte. Es war jenseits der Vernunft, ihn zu lieben. Ihn in ihr Leben zu lassen. Ihm zu folgen. Das konnte im schlechtesten Fall ihren grausamen Tod bedeuten und im besten Fall viele Jahre Gefängnis. War sie bereit, all das für Julio zu riskieren? Ihre Freiheit, ihr Ansehen und ihre Zukunft?

»Vergiss es nie.« Er schien zu ahnen, was sie dachte, und machte sich von ihr los. »Lass uns weiterfahren.«

Sie stiegen zurück ins Auto und fuhren in Richtung Highway. Obwohl die Unterbrechung Rose nachdenklich gemacht hatte, war sie froh, nun die Wahrheit zu kennen. Nichts war schlimmer als eine Welt, deren dunkle Seiten man nicht sah. Besser war es, die dunklen Seiten zu erkennen und darauf vorbereitet zu sein.

Den nächsten Halt legten sie erst am frühen Nachmittag ein, um zu tanken und etwas zu essen, bevor es weiterging. Die Zeit zog an ihnen vorüber, die Dämmerung setzte ein. Kurz nach Meridian in Mississippi fuhr sich Julio über die Augen. »Fahr hier ab«, murmelte er schläfrig. »Ich brauch einen Kaffee.«

Rose verließ den Highway, hielt am Drive-in eines Fast Food-Restaurants und bestellte Burger und zwei Becher Kaffee. Dann fuhr sie aus der Stadt, bis die Straße schmaler und die Wälder um sie herum immer dichter wurden. Auf einer Anhöhe hielt sie an und stellte den Motor aus. Sie stiegen aus und setzten sich auf die Motorhaube des Daihatsu. Es regnete nicht länger und die Luft war so warm, dass Rose ihre Jacke auszog. Schweigend aßen sie und tranken ihren Kaffee.

»Hast du mal daran gedacht abzuhauen?«, fragte sie in die Stille hinein.

»Hältst du mich für lebensmüde? Es gibt nur einen Weg raus aus dem Kartell. In einem Sarg.« Er verlagerte sein Gewicht, sodass seine Schulter die ihre berührte. »Was ist mit dir? Hast du bei der ersten Fahrt nicht mit dem Gedanken gespielt, einfach abzuhauen?«

»Um Cruz und meine Familie zu gefährden? Nein! Außerdem bin ich schon einmal abgehauen und jetzt sieh mich an. Ich denke nicht, dass ich die Kraft hätte, nochmal woanders neu anzufangen.« *Ohne dich.* Rose musterte Julio, doch um sie herum war es so dunkel, dass sie sein Gesicht nicht erkannte.

»Du könntest es tun. Nur ich weiß, wer du bist. Niemand außer mir kennt deinen ganzen Namen.«

»Sie würden dich vielleicht foltern, um ihn zu erfahren.»

»Und ich würde schweigen.»

Rose war gerührt, doch sie schüttelte den Kopf. Sie wollte nicht hören, worauf das hinauslief. Julio sprang von der Motorhaube und stellte sich zwischen ihre Beine.

»Wenn es hart auf hart kommt, dann will ich, dass du gehst«, sagte er. »Hau ab, verlass das Land!«

»Ich soll das Land verlassen?«, wiederholte sie ungläubig. »Wo soll ich denn bitte hin?«

»Kuba.«

Rose lachte auf. »Ich bin Puerto Ricanerin! Denkst du, nur weil wir eine ähnliche Flagge haben, verstehen wir uns?«

»Kuba bedeutet Sicherheit, Rose.« Seine Stimme war so eindringlich, dass sie aufhorchte. »Dort hat kein Kartell seine Finger im Spiel und die Regierung ist bekannt dafür, dass sie Auslieferungen an die USA verweigert.«

»Würdest du nach Kuba gehen, wenn du es könntest?«

»Ja.«

»Was würdest du dort tun?«

»Am Strand liegen.«

»Tatsächlich?«

»Ich weiß es nicht, Rose. Ich war noch niemals frei.«

Sein Atem auf ihrem Gesicht ließ ihr das Blut pulsierend in den Unterleib schießen. Sie küsste ihn, sie konnte nicht anders. Seine Worte brachen ihr das Herz.

Julio reagierte. Endlich. Grob zog er ihr Becken zu sich heran. »Versprich mir, dass du gehst!« Seine Hand fuhr zwischen ihre Beine und Rose stöhnte auf. Die ganze Zeit hatte sie sich danach gesehnt. Sie verglühte unter seinen Berührungen, wollte den Stoff beseitigen, der ihn daran hinderte, das zu tun, was sie von ihm wollte. Alles, was in diesem Moment zählte, war er. Es gab nur das Jetzt, in dem sie ihn spürte.

»Ich verspreche zu gehen, wenn du es ebenfalls tust«, flüsterte sie.

Er wurde wütend, zerrte am Reißverschluss ihrer Hose. Sie erwiderte seine hitzigen Küsse, half ihm, ihre Jeans nach unten zu ziehen. Ihr nackter Hintern auf dem Metall der Motorhaube, seine Finger, die endlich ihre Schamlippen spreizten und ihre Feuchtigkeit darauf verteilten. Rose war wie von Sinnen. Als er mit dem Mittelfinger in sie stieß, schrie sie auf.

Er verschloss ihren Mund, seine Zunge wand sich um die ihre.

»Ich bin dein Boss«, murmelte er und bewegte den Finger langsam und aufreizend. »Sag mir, dass du dich an meine Befehle hältst.«

Rose öffnete Julios Hose und umfasste seinen Schwanz. Er pulsierte merklich und sie drückte so lange zu, bis Julio aufseufzte. Es war wie ein Triumph. Sie fuhr den Schaft nach unten, dehnte die empfindliche Haut, fuhr wieder hinauf und formte seine Eichel mit der Handfläche nach. Anschließend ließ sie ihre Hand erneut nach unten gleiten, umschloss seine Eier und zog sie vom Körper weg. Julio biss ihr in die Unterlippe. Sein Mittelfinger krümmte sich, berührte jene Stelle in ihrem Inneren, die sie ganz rasend machte. Rose riss sich zusammen und drückte seine Hoden mit einer Streichbewegung nach oben.

»Verdammt, Rose.« Es war mehr ein genießerisches Knurren als ein Fluch, woraufhin sie den Druck verringerte und ihre Hand wieder hinaufgleiten ließ.

»Wer befiehlt jetzt?«, wisperte sie und wiederholte den Vorgang. Dieses Mal ein wenig schneller. Sie lauschte seinem Atem, der immer heftiger wurde. Sein Kopf kippte an ihre Schulter, er lieferte sich ihr aus. Rose genoss ihre Macht, schenkte ihm Genuss und Vergessen zugleich. Vielleicht hatten sie keine Zukunft, aber sie hatten diesen Moment, in dem es kein Kartell und keine Kriege gab, und in dem die einzige Folter durch ihre eigenen Körper geschah.

»Hör auf!« Er nahm ihre Hand weg und schien sich zu sammeln. Sie strich ihm über den Augenwinkel, wo die drei tätowierten Tränen saßen, die sie in der Dunkelheit nicht sehen konnte.

»Haben sie eine Bedeutung?«, fragte sie.

»*Mi vida loca*«, erwiderte er mit rauer Stimme. »Mein verrücktes Leben. Das Kartell verleiht dir dieses Tattoo für deine ersten Opfer. Bei mir waren es drei.« Mit einem Ruck, der ihren Hintern unangenehm über das Metall rutschen ließ, zog er sie weiter zu sich heran und drang in sie ein. Rose keuchte überrascht auf.

»Drei Männer der Los Zetas.« Er stieß in sie. Bestimmt, hart und in jenem Rhythmus, der Rose schwach werden ließ. »Sollten ihre Leute sich an mich erinnern, ficke ich gerade zum letzten Mal.«

Rose umarmte ihn, presste ihre Wange gegen seine und ergab sich dem Takt seiner Stöße. Er war nicht liebevoll, aber das war auch nicht das, was sie erwartet hatte. Sie kannte ihn und sie wollte ihn genau so. Auf diese Art, an diesem Ort und mit all den Emotionen, die er trotz seiner Unerbittlichkeit in ihr auslöste. Er fickte sie tatsächlich so, als sei es sein letztes Mal, und Rose glaubte, ihr Hintern würde auf dem Metall Feuer fangen. Sie zerkratzte seinen Rücken, versuchte das Kribbeln, einzufangen, das sich in ihrem Becken sammelte. Sie war gefangen in ihrer Existenz, die nur noch aus seinen Armen und seinem Schwanz zu bestehen schien, der sie folterte. Ihr gesamter Körper verkrampfte sich, alles versammelte sich an einem Punkt. Ihre Nervenenden implodierten, bevor der Orgasmus sie überflutete. Ihre Oberschenkel zitterten unkontrolliert, doch Julio hörte nicht auf. Tiefer, immer tiefer stieß er in sie. Rose wimmerte und spürte, dass er sich anspannte. Für einige Sekunden erstarrte er, bevor er aufstöhnte und sie so fest umklammerte, dass sie kaum noch atmen konnte. Er erschauerte, biss sie in den Hals und glitt spielerisch hinein und wieder hinaus, als wollte er ihr zeigen, welche Nässe sie bei ihrem Liebesspiel erzeugt hatten.

Rose spürte den Höhepunkt nachklingen, ihre Finger spielten mit den Haaren in seinem Nacken. Keiner von ihnen sprach ein Wort, doch ihr Atem vereinigte sich zu einem. Julio wiederholte seine Forderung nicht und Rose war froh darüber. Obwohl sie nicht von ihm getrennt werden wollte, wusste sie tief in ihrem Inneren, dass es wahnwitzig war, ihm zu widersprechen. Sie war nicht so stark, wie sie es gerne sein wollte, und es konnten Situationen auf sie zukommen, die sie brachen wie einen morschen Ast. Dann würde sie froh sein, abhauen zu können, selbst wenn das bedeutete, dass sie Julio nie wiedersah. Überwältigt von der Erkenntnis und ihren leidenschaftlichen Gefühlen, klammerte sie sich an ihn. Der

Moment der Ekstase war vorbei, aber solange er noch in ihr war, war es nicht vorüber.

»Rose …« Sie legte ihm den Finger an die Lippen. Er wollte ihr sagen, dass sie weiterfahren mussten, doch das wollte sie nicht hören.

Gemächlich kreiste sie ihr Becken, ließ ihn nicht entkommen. Es war ein verzweifelter Versuch. Sie spürte die Nässe und das Pochen zwischen ihren Beinen, ließ ihre Knie weiter auseinanderfallen, um ihn komplett in sich aufzunehmen. Ihre Klitoris rieb sich an ihm und entlockte Rose einen verzückten Seufzer.

»Wir müssen …« Julios Stimme war nicht mehr als ein Flüstern und sie erstickte seinen Satz in einem Kuss. Ihre Erregung kehrte zurück, reaktivierte die Reizempfindlichkeit ihrer Schamlippen. Jede ihrer Bewegungen bescherte ihr ein Kitzeln, das wie ein kleiner Blitz war, der sie durchzuckte. Sie fühlte seinen Schwanz tief in sich und spannte ihren Beckenboden an, um ihn genau dortzubehalten. Ihre Hüften kreisten, suchten sich die beste Position, um das zu fühlen, wonach sie gierte. Aus dem langsamen Rhythmus wurde ein schneller. Julios Hände umfassten ihren Po, zogen sie eng an sich. Kein Haar passte mehr zwischen ihre Körper, während Rose sich an ihm rieb. Sie konzentrierte sich auf jenen Punkt in ihrem Unterleib, den sie entzünden wollte, und der allmählich anschwoll.

Dann machte Julio endlich mit. Seine Stöße waren anfangs zart und steigerten sich stetig. Heftig atmend klammerte sich Rose an seinen Schultern fest, während er sie mitriss und sie mit den gekonnten Bewegungen seines Beckens um den Verstand brachte. Sein Rhythmus durchflutete sie, trug sie davon, bescherte ihr einen weiteren Orgasmus, dessen Kribbeln sich bis in ihre Ohren fortsetzte. Rose warf ihren Kopf umher, spürte, wie er ihre Knie so weit auseinander presste, dass es wehtat, und ihre Haut klatschend aufeinanderprallte. Sein Finger fand ihre Klitoris und als er sich dieses Mal ächzend anspannte, erfüllte sie ein weiteres, krampfähnliches Prickeln. Julio sank auf sie, drückte ihren Oberkörper auf die Motorhaube. Sie keuchten beide, als hätten sie einen Sprint hinter sich, und vor Rose' Augen tanzten helle Lichtpunkte. Niemals hätte sie geglaubt, so etwas empfinden zu können. Ihr ganzer Körper brannte vor Anstrengung und das Pochen zwischen ihren Beinen war beinahe schmerzhaft. Und doch unendlich erfüllend.

»*Hijole*«, stieß Julio gepresst hervor und zog sich aus ihr zurück. Dieses Mal war Rose zu schwach, um ihn zurückzuhalten. »Du bringst mich um, *mamacita*.«

»Besser ich als das Kartell.« Sie konnte sich nicht mehr bewegen und blies sich eine verschwitzte Haarsträhne aus dem Gesicht. Die nächtliche Luft streifte ihre Nacktheit, verursachte ihr eine Gänsehaut. Wohlig räkelte sie sich auf der Motorhaube, bevor sie Julios Hand ergriff und sich aufsetzte. Er zog seine Hose hoch, knöpfte sie zu und stützte seine Fäuste rechts und links neben Rose ab. Dann beugte er sich vor, küsste ihre Nasenspitze und ihre Lippen. Sein Atem ging noch immer schnell.

»Du bist *loco*«, sagte er. »Völlig verrückt.«

»Nach dir.« Ihre Zungenspitze neckte ihn und er trat einen Schritt zurück.

»Ab ins Auto«, befahl er. »Ich fahre.«

Rose reichte ihm den Schlüssel, zog sich wieder an und packte die Reste des Take-away zusammen, bevor sie sich auf den Beifahrersitz setzte.

Julio drehte den Zündschlüssel und ließ den Daihatsu anrollen. »Was für eine Schrottkarre«, kommentierte er das Ruckeln des Motors, der sich erst beruhigte, als sie eine höhere Geschwindigkeit erreichten.

Rose war zu müde zum Protestieren. Sie legte den Kopf in den Nacken und schloss die Augen. Während sie wegdämmerte, spürte sie Julios Hand auf ihrem Knie. Sie umklammerte sie und lächelte. Er war ihr Dämon, ihr Rausch und ihr Untergang. Vielleicht. Eines Tages. Morgen schon. Rose versank in der Dunkelheit.

»WACH AUF!« JULIO BERÜHRTE SIE AN DER SCHULTER UND Rose blinzelte. Ihr Nacken schmerzte und sie war überrascht, dass es bereits hell war. Hatte sie tatsächlich die ganze Nacht geschlafen?

»Wir sind fast da. Nur noch einige Meilen.«

Sie sah sich um. Weites, flaches Land soweit das Auge reichte. Bahngleise führten schnurgerade neben dem Highway in Richtung Süden, der Himmel war blau und ohne eine einzige Wolke. Rose gähnte.

»Wie spät ist es?«

»Kurz vor neun.«

Sie streckte den Arm aus und berührte Julios Hand. »Bist du die ganze Nacht durchgefahren?«

»Ich habe einmal zum Tanken angehalten.« Sein Gesicht war ernst, seine Augen blickten müde, aber konzentriert. Er warf ihr einen kurzen Blick zu. »Ich will, dass du dich ab sofort an meine Anweisungen hältst.«

»Okay.« Sie nickte. »Müssen wir dieses Mal jemanden anrufen?«

Er schüttelte den Kopf. »Wir sollen zu einem Parkplatz fahren und dort auf weitere Befehle warten.«

Anspannung breitete sich in ihr aus. »Was denkst du, werden die tun? Ich meine, die haben die Drogen ja nicht dabei, oder?«

Er schmunzelte. »Das ist unwahrscheinlich.«

Rose klappte die Sonnenblende herunter und betrachtete sich im Spiegel. Ihre Haare waren zerzaust, das Make-up, mit dem sie Julio hatte beeindrucken wollen, verwischt. Sie fuhr mit dem Finger ihre Augenlider nach, um wenigstens die Reste zu retten, und zwickte sich in die Wangen. Dann glättete sie ihre Frisur.

»Was tust du?« Er beobachtete sie.

»Ich weiß nicht …« Rose brach ab und klappte die Blende wieder nach oben. »Mich hübsch machen, denke ich.«

»Um den Zetas zu gefallen?«

»Ich bin nervös«, gab sie zu.

Julio erwiderte nichts. Kurz vor Brownsville hielt er am Straßenrand und ließ den Motor laufen. »Hör zu«, sagte er und wandte sich ihr zu. »Ich weiß nicht, was passiert, aber ich habe gelernt, mich unter Wölfen zu bewegen. Ich rede, du schweigst.«

Sie nickte und schloss die Augen, als er ihr über die Wange strich. »Atme, Rose.« Er umschloss ihr Kinn und drückte zu.

Sie bemühte sich um Ruhe und öffnete die Augen wieder, um ihn anzusehen. Er wirkte, als wollte er noch etwas sagen, aber er schwieg. Seine Kiefermuskulatur zuckte. Er war ebenso angespannt wie sie selbst.

»Ich halte durch«, versprach sie, auch wenn sie sich nicht sicher war.

»Okay.« Er ließ sie los und reihte sich wieder in den Verkehr ein.

Rose atmete tief durch. Ab jetzt gab es kein Zurück mehr.

JULIO

Der Parkplatz in einer Sackgasse neben dem Baseballfeld behagte Julio nicht. Er war unübersichtlich und bot keine Möglichkeit zu fliehen. Müll häufte sich am Straßenrand und die Palmen, die dort standen, bewegten sich im heißen Wind. Julio glaubte, seine Heimat riechen zu können. Die Grenze zu Mexiko war so nah, dass man sie sehen konnte. Hinter dem Baseballfeld erstreckte sich abgezäuntes Niemandsland, durch das sich die braunen Fluten des Rio Grande schlängelten. Auf Seiten der USA flankierten den Fluss hohe Zäune, die mit NATO- und Stacheldraht umwickelt waren. Es bot ein trauriges Bild und war doch charakteristisch für das Verhältnis, das beide Länder zueinander hatten.

Aufmerksam verengte er die Augen und beobachtete die Umgebung, die in der warmen Luft des Tages flirrte. Zikaden zirpten und Julio erschlug eine Fliege, die sich durch die geöffnete Autotür ins Innere verirrt hatte. Er spürte Rose' Nervosität ohne sie anzusehen. Obwohl er versucht hatte, es zu vermeiden, stand sie ihm inzwischen so nahe, dass er sie ständig berühren wollte. Selbst jetzt musste er sich zwingen, es nicht zu tun. Sollten die Los Zetas mitbekommen, was er für sie empfand, dann hatten sie ihn in der Hand und das durfte nicht passieren. Er musste Rose wie einen der Mulis behandeln, auch wenn ihm das schwerfiel. Hoffentlich verzieh sie ihm, wenn sein Tonfall härter wurde. Es war die einzige Möglichkeit, sie zu schützen. Die einzige Chance, das Schlamassel irgendwie zu überstehen.

»Da kommt ein Auto.« Rose' Stimme war beinahe tonlos.

Julio drehte den Kopf. Ein eisblauer Dodge Magnum rumpelte durch die Schlaglöcher und zog eine Staubwolke hinter sich her. Er erkannte zwei Männer mit Sonnenbrillen und tastete nach seiner Waffe, um sie zu entsichern.

Das Auto hielt längsseits zu seinem und die beiden Männer starrten ihn an. Für Sekunden passierte gar nichts, bevor der eine die Sonnenbrille absetzte.

»*Que onda*?«, grunzte er. »Sinaloa?«

Julio nickte, seine Hand spannte sich, obwohl er wusste, dass er wenig Chancen hatte, wenn die zwei Typen hier waren, um ihn hinzurichten.

»*Síguenos*!« Sie gaben Gas und Julio startete den Motor des Daihatsu. Er war sich nicht sicher, ob es ein gutes Zeichen war, dass er ihnen folgen sollte.

Sie verließen den Parkplatz, fuhren an den Grenzanlagen entlang und kehrten der Stadt den Rücken. Das Grün verschwand und machte Platz für die wüstenartige Einöde, die Julio nur allzu vertraut war.

»Wo fahren wir hin?« Rose klammerte sich in ihren Sitz.

Er antwortete nicht. Es gab nichts, das sie hätte beruhigen können. Die Zetas hatten sie jetzt in ihrem Radar und was immer sie vorhatten, ein Entkommen gab es nicht mehr.

Nach einigen Kilometern bog der Dodge in eine kleine Siedlung ab. Einstöckige Häuser mit lehmfarbenem Anstrich reihten sich aneinander. Vor einem von ihnen blieb er stehen und Julio parkte daneben. Die Männer stiegen aus und zückten sofort großkalibrige Waffen.

»Fuck!« Er hob die Hände und betete, dass Rose nicht durchdrehte.

»Aussteigen!«, forderte einer der Männer.

Julio gehorchte und registrierte, dass Rose ebenfalls ausstieg. Die Männer teilten sich auf, um sie beide zu durchsuchen. Sie nahmen ihm die Beretta und das Messer ab, bevor sie ihn gemeinsam mit Rose zum Hauseingang brachten.

Julio sah sich unauffällig um. Er erfasste alles. Die Kameras, die außen am Haus hingen, die drei bellenden Rottweiler, die in einem Zwinger im Garten untergebracht waren, und die Gesichter hinter den Scheiben der Nachbarhäuser. Weitere Wachen. Das hier war Los Zetas Territorium, abgeriegelter als ein Hochsicherheitsgefängnis.

Die Haustür wurde aufgestoßen und Julio trat ein. Das Haus war beinahe leer. Seine Schuhe machten unnatürlich laute Geräusche auf dem gefliesten Boden. Er wurde in ein Zimmer geführt, das normalerweise sicher das Wohnzimmer gewesen wäre. Doch hier standen nur ein Tisch und ein Stuhl.

»*Hola compa!*« Ein kleinwüchsiger Mann kam um die Ecke. Er trug einen beigefarbenen Anzug und Stiefel aus Schlangenleder. Seine eng beieinanderliegenden Augen musterten ihn und er verzog den Mund. »Du bist also Julio Camarena, Pedros rechte Hand.« Er nickte ihm zu. »Ich bin Osiel Moralez.«

Julio senkte den Kopf. »Es freut mich«, erwiderte er ruhig. »Danke für die Einladung.«

»*No manches*, mein Freund, es ist mir eine Ehre.« Er blieb stehen und hob eine Augenbraue. »Ich muss sagen, ich war überrascht über den Anruf deines Bosses.«

»Das war ich ebenfalls.«

Osiel lachte auf. »Ein Mann mit Humor, das gefällt mir.« Sein Blick streifte Rose. »Und das ist euer Muli?«

»Ja.« Julio klang gleichgültig.

»Eine Frau?« Erneut lachte Osiel und strich sich über den dünnen Bart, der seine Oberlippe umrandete. Er sah aus wie mit dem Pinsel gezogen. »Das gefällt mir.«

Er bot Julio an, auf die Terrasse zu gehen, wo eine alte Couchgarnitur stand. »Setzen wir uns.«

Julio nahm Platz und bemerkte, dass Rose sich unauffällig an den Rand setzte. Das war gut, sie wollte nicht auffallen. Er stützte die Ellbogen locker auf den Knien ab und zählte die Wachen, die sich auf dem Grundstück verteilten. Es waren fünf im Garten, plus die zwei, die ihn durchsucht hatten und nun neben der Sitzecke in Position gingen. Das Anwesen wurde von einem mindestens drei Meter hohen Zaun gesäumt. In der Mitte befand sich ein Pool, der trocken lag. Der Rasen war braun und ausgedörrt. Haus und Grundstück wirkten, als würden sie den Großteil des Jahres nicht genutzt werden.

»Was zu trinken?«

»Nein danke.«

»Weshalb fährst du gemeinsam mit dem Muli?« Osiel schlug die Beine übereinander. »Ist das nicht zu auffällig?«

»Nur, wenn man erwischt wird.« Er hatte sich dieselbe Frage gestellt, aber es gehörte sich nicht, die Anweisungen seines Bosses vor anderen zu kritisieren.

»Mir scheint, euer *Patrón* ist ein wenig nachlässig.« Osiel lächelte verschlagen. »Fühlt er sich zu mächtig?«

»Er ist mächtig.«

»Das ist Ansichtssache.« Der Anführer der Del Noreste-Fraktion nickte einem seiner Leibwächter zu und der verschwand. Julio spürte ein Ziehen im Nacken. Die Situation war explosiv.

»Ich kenne dich.« Osiel Moralez beugte sich vor. »Du bist aus Culiacán.«

Das Gespräch lief in die komplett falsche Richtung. Julio spannte sich an. »Ist das nicht jeder, der für den Zarpata-Clan arbeitet?«

»Vielleicht.«

Ein kurzer Moment des Schweigens folgte, bevor der Leibwächter wieder hereinkam. Er brachte einen Karton und Julio schwante nichts Gutes.

»Ein Geschenk für dich.« Osiel rieb sich die Hände. »Mach es auf!«

Mit einem dumpfen Geräusch wurde der Karton vor ihm abgestellt. Julio starrte ihn an.

»Bist du nicht neugierig?« Die Stimme seines Gegenübers verschmolz mit dem Rauschen in seinen Ohren. Er wusste, was in dem Karton war, aber er wusste nicht, wen es getroffen hatte.

»Mach es auf«, befahl Osiel und Julio streckte die Hand aus, um den Kartonflügel zur Seite zu klappen. Er sah Plastik. Durchsichtiges Plastik. Blut klebte daran. Jetzt roch er es auch. Der Hauch von einsetzender Verwesung wehte ihm um die Nase. Seine Finger arbeiteten sich weiter vor, während er sich innerlich wappnete und sich abschottete vor dem, was er gleich sehen würde. Es war nichts, was er nicht schon einmal gesehen hatte, rief er sich ins Gedächtnis. *Bleib ruhig. Atme. Zeig keine Schwäche. Das Arschloch will dich brechen, aber diese Freude machst du ihm nicht!*

Julio klappte den gegenüberliegenden Flügel zurück und erkannte einen abgetrennten Kopf, der in der Plastiktüte steckte. Die Augen waren verdreht, der Mund offen. Überall war Blut.

»Mein Bruder«, kommentierte er die bittere Erkenntnis.

Es kostete ihn Überwindung, ruhig zu bleiben. Innerlich kochte er vor Zorn und Qual.

»Ganz recht, das ist einer deiner Brüder. Marco. Wann hast du ihn zum letzten Mal gesehen?«

»Vor drei Jahren.«

»Vermisst du deine Familie, wenn du im kalten Philadelphia sitzt?«

»Ich habe noch nie jemanden vermisst.« Julio hob den Kopf und blickte Osiel fest in die Augen.

»Hm.« Der legte die Fingerkuppen seiner Hände aneinander. »Wäre es schmerzhafter für dich, wenn der Kopf deiner Mutter hier liegen würde?«

»Was wollen Sie?« Julio ging nicht auf die Bemerkung ein. Aus den Augenwinkeln sah er zu Rose. Sie war ruhig geblieben. Das war bemerkenswert.

»Ich kenne dich aus Culiacán«, sagte Osiel. »Du warst ein Straßenjunge. Einer von denen, die herumgestreunt sind. Du hattest einen siebten Sinn. Immer, wenn ein Straßenkampf ausgebrochen ist, hast du dich in Luft aufgelöst. Und dann fand dich Pedro und machte sich deine Eigenschaften zunutze. Du warst sein Geist. Der Geist, der den Tod brachte. Auch meinen Leuten.«

Er hatte es geahnt. Kartelle vergaßen niemals. In ihrer Welt erzeugte Gewalt mehr Gewalt und unschuldige Menschen litten darunter, während sich der Teufelskreis fortsetzte. Nun kamen all seine Taten zu ihm zurück.

»Im Krieg geht es nie gerecht zu«, erwiderte er.

»Wahre Worte.« Osiel musterte ihn eingehend. »Ich habe Achtung vor dir, Julio. Du warst Pedro immer treu ergeben, hast jede seiner Entscheidungen mitgetragen, selbst wenn er mal wieder übers Ziel hinausgeschossen ist. All die Jahre steckte dein Kopf ganz tief in seinem Arsch und wie dankt er es dir? Indem er dich zu uns schickt und damit deinen Tod in Kauf nimmt.«

»Wenn man in der Scheiße stochert, macht das Flecken.«

»Unschöne Flecken.« Osiel grinste. »Das Problem ist, dass Pedro denkt, er hätte die Ostküste unter Kontrolle. Aber das hat er nicht. Hast du dich nicht gewundert, warum die Leute von Ignacio Moreno nicht geplaudert haben, als du sie verhört hast?«

Julio hob das Kinn.

»Ich wusste, dass du eine Ahnung hattest.« Osiel nickte anerkennend. »Ignacio Moreno war kein Spitzel, zumindest keiner der beschissenen DEA. Er stand auf unserem Gehaltszettel, hat uns über eure Drogenlieferungen und eure Routen auf dem Laufenden gehalten. Und wir gaben den Behörden ein paar Tipps, um euch zu ärgern. Ignacio wollte überwechseln und den Stoff von uns beziehen, denn im Gegensatz zu euch brauchen wir keine Mulis mehr.« Er nahm Rose ins Visier. »Selbst wenn ein weiblicher Muli ein cleverer Schachzug ist.«

»Wie schafft ihr die Drogen an die Ostküste?«, fragte Julio, um die Aufmerksamkeit von Rose abzulenken.

Osiel schnalzte mit der Zunge. »Eins nach dem anderen.« Er machte eine bedeutungsvolle Pause. »Ich denke, der Kopf deines Bruders ist ein Argument, dem du dich nicht entziehen kannst, selbst wenn du es dir nicht anmerken lässt.«

»Ich hätte Ihnen auch so zugehört.«

»Da bin ich mir nicht sicher.« Osiels Augen wurden zu zwei Schlitzen. »Familie ist das Einzige, was zählt. Deshalb weiß ich, dass du tun wirst, was ich dir vorschlage.«

»Und das wäre?«

»Töte den König und der Prinz wird untergehen.«

Julio runzelte die Stirn. »Sie wollen, dass ich *El Señor* töte? Pedros Vater?«

»Das will ich nicht, das verlange ich. Du bist der Einzige, der nah genug an ihn herankommt.« Osiel ließ die Nachricht sacken. »Dafür wird deine Familie leben.«

»Wenn herauskommt, dass ich es war, werden seine Anhänger meine Familie lynchen. Culiacán steht unter dem Schutz der Zarpatas.«

»Sei der Geist, der du immer warst. Niemand wird Verdacht schöpfen und das Sinaloa-Kartell verliert seinen *Capo*. Um den dummen Prinzen kümmern wir uns anschließend.«

»Dann wollen Sie keine Geschäfte mit Pedro machen?« Julio stellte Fragen, um die Gedanken zu ordnen, die ihm durch den Kopf schossen.

Osiel wirkte amüsiert. »Wir sind das Geschäft, *compa*! Im letzten halben Jahr haben wir über die Hälfte der Ostküste unter unsere Kontrolle gebracht. All die Männer, die Pedro auf seinen Partys ins Gesicht lachen, haben uns die Hand gereicht. Selbst euer Suppenkoch schiebt Doppelschichten für uns. Du willst wissen, wie wir die Drogen von Mexiko durchs halbe Land schicken? Per Schiff! Der Hafen von Philadelphia ist unser Umschlagplatz. Die Dockarbeiter verdienen sich ein nettes Zusatzeinkommen, ebenso wie die Zollbehörde. Ihr denkt, ihr schmiert die Cops? Wir schmieren die ganz großen Fische. Soll sich die DEA ruhig auf euch konzentrieren, das erleichtert uns das Geschäft. Das ist der einzige Grund, warum wir Pedro noch nicht um die Ecke gebracht haben. Er zieht die Aufmerksamkeit auf sich, auf die wir verzichten können. Es war ein guter Witz, dass er mit uns Kontakt aufgenommen hat, damit wir ihn beliefern.«

»Was habe ich von der ganzen Sache?« Julio ließ sich nicht anmerken, was er dachte. Der Vorschlag, den Osiel ihm unterbreitete, glich einem Selbstmordkommando.

»Reicht es nicht, dass ich dich am Leben lasse? Und deine

Familie? Zugegeben, um Marco war es schade, aber er war ein Junkie. Wusstest du das?«

Julio schüttelte den Kopf. Er hatte im letzten Jahr kaum Kontakt zu seiner Familie gehabt.

»Wie du meinst.« Osiel gab einem seiner Leibwächter ein Zeichen und der setzte Rose das Maschinengewehr an die Schläfe. Sie gab einen erstickten Laut von sich, der Julio direkt ins Herz schoss. »Dachte ich mir«, brummte Osiel. »Niemand würde so eine Frau von seiner Bettkante stoßen. Weiß Pedro es schon?«

Die aufgestauten Emotionen der letzten halben Stunde übermannten Julio. Er schlug so fest mit der Faust auf den Tisch, dass Osiel zusammenzuckte. Sämtliche Leibwächter entsicherten ihre Waffen.

»Ruhig«, sagte der und fixierte Julio. »Jetzt haben wir dich genau da, wo wir dich haben wollten. Wer hätte das gedacht? Alles wegen eines Mulis.«

»Ich töte Arturo Zarpata. Aber nur, wenn ihr sie gehen lasst«, knurrte Julio aufgebracht.

»Du hast mich falsch verstanden, *compa*! Wir stellen hier die Forderungen. Wir lassen sie gehen. Dich schleusen wir durch einen unserer Tunnel nach Mexiko und bringen dich mit dem Hubschrauber an die Stadtgrenze von Culiacán.«

»Wenn sie ohne Drogen nach Philadelphia zurückkehrt, bringt Pedro sie um!«

»Dann musst du eben schneller sein.« Osiel zuckte die Schultern. »Ich werde Pedro wissen lassen, dass sich seine Fracht auf dem Rückweg befindet. Ohne dich. Es hängt alles an deinem Muli. Ist sie clever genug, sich zu verstecken, oder werden Pedros Leute sie finden? Wird sie die Zeit überbrücken können, bis du deinen Job erledigt hast und sie retten kommst?«

»Was erzählen Sie Pedro, was mit mir passiert ist?«

Osiel fuhr sich mit dem Daumen über die Kehle. »Dass du ein Geist geworden bist. Und das wirst du werden, wenn du den Auftrag nicht erledigst.«

»Was geschieht anschließend?«

»*El que nace pa' tamal, del cielo le caen las hojas*«, flüsterte er. »Das Schicksal bestimmt das Leben der weniger Glücklichen.«

Julio hob eine Augenbraue.

»Ich würde dir gerne sagen, dass ich dir einen Job anbiete, aber du bist wütend, *compa*. Ich könnte dir niemals vertrauen.«

»Warum sollte ich dann die Drecksarbeit für Sie erledigen, wenn ich auch jetzt und hier sterben kann?«

»Ich denke nicht, dass du das möchtest. Und die ganze Sauerei vorher …« Er feixte. »Der Muli soll nicht leiden, nicht wahr? Außerdem hab ich nicht gesagt, du sollst mit dem Atmen aufhören. Ich will nur nicht, dass du es in meiner Nähe tust.«

»Soll ich untertauchen?«

»*Me vale!*« Osiel wurde ungeduldig. »Was fragst du die ganze Zeit?«

Julio kapitulierte. Er sah keinen Ausweg. Weder für sich, noch für Rose oder seine Familie. Osiel Moralez hatte ihn in der Hand. Entweder er legte Pedros Vater um oder sie starben alle. Langsam und qualvoll.

»So ist das, *compa*. Du warst ein Menschenkiller und auf einmal möchtest du menschlich sein. Das hat noch niemals funktioniert. Das eine löscht das andere aus. Je eher du das einsiehst umso besser. Deine Familie wird es gut haben, darauf hast du mein Ehrenwort. Wenn wir Culiacán erst übernommen und dort aufgeräumt haben, wird alles zum Frieden zurückkehren.«

Julio drehte den Kopf und sah Rose an. Sie hatte Angst

und das brachte ihn beinahe um. Er wollte, dass es ihr ebenfalls gut ging, doch jede weitere Forderung, die er stellte, konnte dazu führen, dass der Leibwächter abdrückte. Das Bild des Maschinengewehrs an ihrer Schläfe brannte sich in sein Gedächtnis ein. Osiel hatte recht. Er war ein Menschenkiller. Es war töricht, dass er je geglaubt hatte, etwas anderes sein zu können.

»In Ordnung.« Er wandte den Blick ab und sah nun Osiel an. »Ich werde euer *Sicario*. Ich töte *El Señor* und dann bin ich raus. Pedro erfährt nicht, dass ich noch lebe. Habe ich Ihr Wort darauf?«

Der Anführer der Del Noreste-Fraktion wurde ernst. Er streckte die Hand aus. »Pedro wird bald ganz andere Probleme haben. Von mir erfährt er nichts. *Lo prometo!*«

Julio schlug ein. Vor kurzem noch hatte er Pedro seine Treue zugesichert und jetzt schüttelte er die Hand seines Feindes. Er konnte nicht glauben, was er da gerade tat. Ab diesem Augenblick war er vogelfrei. Die Los Zetas würden ihn nicht schützen und für das Sinaloa-Kartell war er gestorben. All die Jahre, die er für den *Patrón* gearbeitet hatte, verrannen in den wenigen Sekunden, die der Handschlag andauerte.

»Abgemacht!« Osiel Moralez erhob sich und sein Leibwächter senkte das Maschinengewehr. »Das Blut des Königs für das deiner Familie. Ich wusste, dass man mit dir reden kann. Du wirktest schon immer vernünftiger als dein Boss.«

Julio erhob sich ebenfalls. »Ich möchte mit Rose sprechen. Allein.«

»Der Muli heißt Rose.« Osiel trat an sie heran, griff nach einer Strähne ihrer Haare und schnupperte daran. »Viel Glück, Rose. Du wirst es brauchen.« Er gab seinen beiden Leibwächtern ein Zeichen, ihm zu folgen. »Ihr habt zehn Minuten.«

Sie verschwanden im Haus und Julio sah sich um. Die fünf Wachen im Garten verließen ihre Posten nicht, aber sie waren außer Hörweite. Es gab keinen Fluchtweg und es war auch nicht sinnvoll, zu flüchten.

»Es tut mir leid«, flüsterte er und wagte nicht, Rose anzusehen. »Ich hätte ahnen müssen, dass an der Sache was faul ist. Schon in Philadelphia hatte ich so ein Gefühl. Ich hätte dich niemals in all das hineinziehen dürfen.« Er rieb sich das Gesicht, versuchte, das schlechte Gewissen fortzuwischen, das ihn überfiel.

Sie kam zu ihm. Ihre Schritte waren unsicher, so als stünde sie unter Schock. Ihre Finger klammerten sich in seinen Arm. Sie suchte seine Nähe, wie sie es schon immer getan hatte. Ihr verdammtes Vertrauen in ihn war noch da und er hasste sich dafür, dass er sie nicht länger beschützen konnte.

»Was soll ich denn jetzt tun?«, wimmerte sie und brach ihn damit endgültig.

»Erinnerst du dich, was ich dir gesagt habe?« Er zwang sich, sie nicht in den Arm zu nehmen. Sie musste stark sein. Sie musste jetzt an sich selbst denken!

»Das mit Kuba?« Sie stockte. »Aber ich weiß doch gar nicht …«

Julio nahm sie bei den Schultern und drehte sie zu sich. »Hör mir zu, Rose«, sagte er eindringlich. »Du hast zwei Tage. So lange schöpft Pedro keinen Verdacht. Zwar wird er kochen vor Wut, weil Moralez mich erledigt hat, aber er will das Heroin. Er wird auf dich warten.«

»Ich soll zu ihm fahren?« Ihre Augen wurden groß vor lauter Furcht.

»Nein.« Er wollte sie küssen. Es nicht zu tun, bereitete ihm körperliche Qualen. »Du holst dein Geld und verschwindest. Ist es in deiner Wohnung?«

Sie nickte zerstreut und Julio schüttelte sie, damit sie wieder zu sich kam. »Es ist wichtig, dass du das verstehst, Rose«, zischte er. »Du musst die USA verlassen! Fahr zurück, geh in deine Wohnung, nimm das Geld und verschwinde auf der Stelle. Jede Stunde zählt. Wenn Pedro misstrauisch wird, lässt er seine *Halcones* von der Leine und dann gnade dir Gott. Er wird dich finden. Vielleicht nicht sofort, aber er wird es tun, denn wenn du nicht auftauchst, denkt er, dass du mit dem Heroin auf und davon bist.«

»Ich habe es doch gar nicht!« Rose schluchzte auf. Ihr Blick wanderte zu dem geöffneten Karton auf dem Tisch.

»Sieh mich an«, forderte Julio. »Dieser verdammte Kopf könnte deiner sein, also reiß dich zusammen! Es ist wichtig, dass du jetzt nicht in Panik gerätst, sonst hast du verloren.«

»Aber du kommst doch zu mir? Wenn das alles vorbei ist, dann kommst du zu mir, oder? Wir gehen gemeinsam, wir …«

»Schluss«, unterbrach er ihr Gestammel und zwang sich zur Ruhe. Er wollte ihr nicht zusätzlich Angst machen, aber er musste ehrlich sein. »Ich weiß nicht, wie es endet. Das Haus von Pedros Vater ist eine verfluchte Festung. Die Anzahl der Attentate, denen er schon entkommen ist, ist unendlich. Warum also sollte ausgerechnet ich es schaffen, ihn umzulegen?« Er atmete tief durch, um sich der Realität bewusst zu werden. »Das Haus von *El Señor* ist untertunnelt. Einmal entkam er den mexikanischen Behörden, indem er einen Fluchtweg nahm, der unter seiner Badewanne versteckt lag. Wenn er auch nur den kleinsten Verdacht schöpft, ist er weg und ich bin tot. Und selbst wenn ich ihn umlege, muss ich es anschließend schaffen, die Stadt zu verlassen. Der Zarpata-Clan ist mächtig und Culiacán liebt seinen König. Jeder wird seinen Mörder jagen. Osiel Moralez weiß das. Deshalb war er so großzügig. Er hält mich für fähig, Pedros

Vater umzulegen, aber er zweifelt daran, dass ich meinen Feinden entkomme und damit hat er vermutlich recht.«

»Was?« Rose sah ihn entsetzt an. »Nein!« Sie hieb ihm mit der Faust auf die Brust. »Du kannst mich nicht allein lassen! Nicht nachdem, was wir zusammen durchgemacht haben. Nicht nachdem, was ich inzwischen für dich empfinde!«

Warum sprach sie es aus? Damit machte sie es nur schlimmer. Er wollte ihr entkommen, aber sie klammerte sich an ihn. »Sag mir, dass ich dir nicht egal bin«, flüsterte sie. »Sag mir, dass es nicht vorbei ist.«

»Es hat nie angefangen, Rose.« Er wischte ihr eine Träne aus dem Augenwinkel. »Aber du warst mir niemals egal. Niemals.« All die Gefühle, die er versuchte zu unterdrücken, schnürten ihm langsam die Kehle zu. »Ich kenne kein normales Leben. Ich weiß nicht einmal, was die Menschen dort draußen den ganzen Tag tun. Deshalb mache ich das, was ich kann. Und wenn es am Ende dich und meine Familie rettet, dann war es nicht umsonst.«

»Sag das nicht!« Sie küsste seine Finger und er zog sie zu sich heran. Sie zu spüren, machte ihm bewusst, dass er das Richtige tat.

»Wenn ich in Philadelphia nichts zu tun hatte, habe ich Zeitung gelesen. Und ich habe gelernt, dass die Presse jeden danach beurteilt, was er tut. Sie fragen nie nach dem Warum. Dabei haben sie keine Ahnung, dass das, was man nicht getan hat, oft am meisten schmerzt.« Er hob Rose' Kinn und küsste sie. »Ich hätte viele gute Dinge tun können. Habe ich aber nicht. Deshalb lass mich jetzt diesen Deal durchziehen, Rose. Und versprich mir, dass du fortgehst. Sonst werde ich dich nicht verlassen.«

Sie schniefte. Ein letztes Mal spürte er ihre Zunge und flüchtete sich in die innige Umarmung, die ihm in diesem

Moment alles gab. Durch Rose hatte er eine Ahnung davon bekommen, wie das Leben sein konnte.

»Ich gehe«, sagte sie so leise, dass er sie kaum verstand.

»Danke.« Seine Lippen streiften die ihren. »Sei vorsichtig! Gael, mein Kollege, weiß, wo du wohnst. Also lass es nicht darauf ankommen, dass er dir auflauert. Fahr ohne Umwege nach Hause. Halt nicht an, selbst wenn du müde bist. Je eher du Philadelphia erreichst, umso mehr Zeit bleibt dir. Nimm das Geld und ansonsten nur das, was du unbedingt brauchst, und dann fahr nach Florida. Such dir jemanden, der dich per Schiff nach Kuba bringt. Das wird nicht einfach, aber dein Name sollte nicht auf der Passagierliste eines Flugzeugs auftauchen. Und benutz nur Bargeld, keine Kreditkarte.«

»Ich besitze gar keine Kreditkarte.«

Er lächelte und sah in ihre traurigen Augen.

»Wir hatten nie eine Chance, oder?«, wisperte sie.

»Ich denke nicht.« Er löste sich von ihr und bemerkte, dass Osiel Moralez ihn beobachtete. »Du musst fahren. Ich will nicht, dass dem Kerl noch etwas anderes einfällt. Steig in dein Auto, dreh dich nicht um und gib Gas.«

Rose' Atem beschleunigte sich hörbar.

»Du schaffst das.« Julio nickte ihr aufmunternd zu. »Du gehörst nicht in meine Welt. Das hast du nie. Wenn ich das alles rückgängig machen könnte, würde ich es tun.«

»Ich liebe dich«, murmelte sie, bevor sie sich umdrehte und zu Osiel Moralez ging, der sie zu sich heranwinkte.

Julio spürte, wie sich sein Magen bei diesem Satz zusammenzog. Er hatte gelernt, Hass zu ertragen, doch Liebe war er nicht gewachsen. Es war, als hätte ihm Rose mit ihren letzten Worten die eine Kugel verpasst, die ihn innerlich verbluten ließ.

»Seid ihr fertig?«, erkundigte sich Osiel und wartete die Reaktion nicht ab. Er packte Rose am Oberarm und starrte ihr ins Gesicht. »Flieg los, mein Täubchen. Und vergiss nicht: Wir wissen, wer du bist!«

Rose reagierte nicht und Osiel stieß sie von sich. »Bringt sie raus!«

Beherrscht beobachtete Julio, wie die Leibwächter Rose zum Auto brachten. Er prägte sich jede ihrer Bewegungen ein, ihr Haar, durch das der Wind fuhr, und die Art, wie sie es sich aus dem Gesicht strich. Sie setzte sich in den Daihatsu und es dauerte eine Weile, bis es ihr gelang, den Motor zu starten. Julio wusste, dass sie zitterte. Er kannte sie erst so kurz und doch erschien es ihm wie eine Ewigkeit. Endlich gab Rose stotternd Gas und fuhr rückwärts aus der Einfahrt. Julio behielt das weiße Auto im Blick, bis es hinter der nächsten Kurve verschwand. Er schluckte und spürte die Eiseskälte, die sich in ihm ausbreitete. Es war endgültig. Sein Auftrag führte ihn zurück in seine Heimat. Vielleicht für immer.

ROSE

Die Straße verschwamm vor Rose' Augen, doch dieses Mal nicht vor lauter Tränen, sondern vor Müdigkeit. Sie hatte Mühe, die Spur zu halten, und die Zunge klebte ihr am Gaumen. Seit sie Brownsville verlassen hatte, waren zwanzig Stunden vergangen. Zwanzig Stunden, in denen sie geheult, geflucht, geschrien und am Ende wieder geheult hatte. Zweimal hatte sie angehalten, um zu tanken, aber jedes Mal war sie weitergefahren, ohne sich etwas zu essen oder zu trinken zu kaufen. Mittlerweile war ihr Körper so durch, dass sie glaubte, zu halluzinieren. Die Gedanken kreisten, doch sie war kaum noch in der Lage, ihnen zu folgen. Alles kam ihr unwirklich vor. Immer wieder sah sie den abgetrennten Kopf von Julios Bruder vor sich, der ihr endgültig bewusst machte, in welch lebensgefährlicher Situation sie sich befand. Aber je weiter sie durch die Bundesstaaten fuhr, desto weniger Angst hatte sie. Die Vorstellung, man könnte sie finden und foltern, verlor ihren Schrecken, je länger sie unterwegs war, ohne behelligt zu werden. Sie dachte an Julios Worte und das Versprechen, das sie ihm gegeben hatte, und zweifelte inzwischen daran, dass sie es durchziehen konnte. War es wirklich nötig, dass sie nach Kuba floh? Und was sollte sie dort ganz allein? Ihre gesamte Familie war hier. Selbst, wenn sie ihnen den Rücken gekehrt hatte, waren sie in der Nähe. Doch Kuba war meilenweit weg. Ein kommunistischer Inselstaat, in dem sie niemanden kannte, und dessen Traditionen und Gepflogenheiten ihr fremd waren. Was war, wenn ihr das Geld ausging? Oder wenn die Behörden herausfanden, dass sie sich illegal im Land aufhielt? Würde man sie ausweisen?

Rose spürte die wiederkehrende Panik. Es war wie damals, als sie aus New York abgehauen war, und sie realisiert hatte, dass es keinen Menschen interessierte, ob sie zurechtkam. Erst als Julio in ihr Leben trat, war sie auf einmal nicht mehr allein gewesen. Sie spürte Hass, weil er sie in seine Welt hineingezogen hatte und sie nun in einer größeren Klemme steckte als jemals zuvor. Der Hass wurde abgelöst von jener Zuneigung zu ihm, die sie nicht länger leugnen konnte, auch wenn es so aussichtslos war. Wieder einmal begann Rose zu weinen, weil sie nicht wusste, wie es für sie weiterging.

Es war zehn Uhr morgens und sie hatte noch etwa sieben Stunden Autofahrt vor sich. Sie hatte keine Ahnung, wie sie das durchstehen sollte. Bei der nächsten Raststätte hielt sie an, ging auf die Toilette und spritzte sich Wasser ins Gesicht. Sie sah furchtbar aus. Verquollene Augen, unordentliche Haare, fahle Haut. Für einen kurzen Moment überlegte sie, nicht nach Philadelphia, sondern nach New York zu fahren. Sie wollte sich wie ein kleines Kind in die Arme ihrer Mutter werfen und anschließend in der Geborgenheit ihres Elternhauses schlafen, bis sie nicht mehr diese bleierne Müdigkeit spürte, die ihr in den Knochen saß. Doch sie wusste, dass das keine gute Idee war. Ihre Eltern würden ihr zuerst Vorwürfe machen und dann sofort Diego benachrichtigen. Außerdem würde das Kartell dort nach ihr suchen. Sie durfte ihre Familie nicht noch mehr gefährden. Doch was sollte sie tun? Was?

Die aussichtslose Situation bescherte ihr Übelkeit, bevor sie sich wieder unter Kontrolle bekam. *Es ist wichtig, dass du jetzt nicht in Panik gerätst, sonst hast du verloren.* Julios Stimme in ihrem Inneren war so präsent, dass sie glaubte, er stünde neben ihr.

Sie musste weiter! Sie musste in ihre Wohnung, um das Geld zu holen. Vielleicht fiel ihr bis dahin etwas ein. Rose glättete ihre Haare und verließ die Toilettenräume. Auf dem Weg zum Auto kaufte sie sich ein Sandwich und eine Flasche Wasser. Dann setzte sie ihren Weg fort. Denk nach, hämmerte sie sich ein, während sie den Daihatsu über den Highway steuerte. Denk nach, verdammt!

AM FRÜHEN ABEND ERREICHTE ROSE DIE AMBER STREET, in der alles noch genauso runtergekommen und grau war, wie bei ihrer Abreise vor drei Tagen. Sie stellte den Motor aus und sah sich misstrauisch um. Einige Fabrikarbeiter kamen gerade von der Arbeit und suchten nach einem Parkplatz. Frauen schleppten Einkaufstüten vom nahegelegenen Supermarkt nach Hause. Ein paar Kinder spielten Baseball auf der Straße und ließen sich auch nicht von den vorbeifahrenden Autos verscheuchen. Die Sonne erhellte den tristen Bürgersteig und brachte den feuchten Asphalt zum Dampfen. Rose' Herz pochte. Würden Pedros Leute es wagen, sie am helllichten Tag zu erschießen oder zu entführen? Zaghaft öffnete sie die Tür und stieg aus. Da sie weiter entfernt parkte, musste sie das letzte Stück zu ihrer Wohnung zu Fuß gehen. Sie vergrub die Hände in den Hosentaschen und zog die

Schultern hoch, um unauffälliger zu wirken. Trotzdem hatte sie das Gefühl, als ob alle sie anstarrten. Endlich erreichte sie das Haus und stieß die mit Graffiti besprühte Tür auf. Mit einem erleichterten Seufzer trat sie ins Innere. Ihr Briefkasten quoll über und sie zog die lästigen Werbeflyer heraus.

»Wo waren Sie, Ms Sanchez?«

Sie fuhr herum und erblickte ihren Vermieter Adolfo, der sie durch den Spalt seiner Haustür beobachtete. Er ließ die Tür gerne offenstehen, um zu überprüfen, welcher seiner Mieter wann nach Hause kam.

»Ich war unterwegs«, erwiderte sie ausweichend und wandte sich zum Gehen.

»Nicht so schnell.« Er eilte heraus und versperrte ihr den Weg. Rose' Blick schweifte über das fleckige Unterhemd, das er trug. Seine Arme waren schwammig und behaart, seine Haare fettig, er roch nach Essen. Automatisch trat sie einen Schritt zurück.

»Habe ich vergessen, die Miete zu bezahlen?«, erkundigte sie sich höflich.

»Nein, damit ist alles in Ordnung.« Er musterte sie. »Aber Sie haben mir verschwiegen, dass Sie verheiratet sind.«

Rose wurde heiß und kalt. »Verheiratet?«, wiederholte sie tonlos.

»Sie haben einen Mann.«

»Ist das ein Verbrechen?« Rose spähte die Treppe nach oben.

»Nun ja, Sie hätten mir davon erzählen sollen.«

»Warum?« Sie brachte kaum ein Wort hervor und fürchtete sich vor der Antwort.

»Weil Ihr Mann Sie besuchen wollte.«

»Ist das so?«

»Wieso wundert Sie das?« Der Vermieter runzelte die Stirn. »Haben Sie ihn verlassen, ist es das?«

Rose schluckte. »Wo ist mein Mann?«

»Er wartet auf Sie.«

»Er wartet …« Ihr versagten beinahe die Knie. »Sie haben ihn in meine Wohnung gelassen?«

»Er hat mir seinen Ausweis gezeigt. Und die Vermisstenanzeige von Ihnen. Ich stehe Eheleuten nicht im Weg.« Er grinste schmierig. »Aber ich habe nicht geahnt, dass Sie so lange fort sein würden. Betrügen Sie ihn etwa?«

»Das geht Sie nichts an!«

Der Vermieter schnaubte erbost. »Und ob mich das etwas angeht! Ich möchte anständige Mieter in meinem Haus. Keine Ehebrecherinnen! Gehen Sie hinauf und reden Sie mit Ihrem Mann. Er ist sehr freundlich.«

Rose zerknüllte die Werbebroschüren in ihren Händen. »Wie heißt er?«, wollte sie wissen.

»Diego Galarza.«

»Und wie sieht er aus?«

»Sie fragen mich, wie Ihr Mann aussieht?« Adolfo rümpfte die Nase. »Was sind Sie? Eine Betrügerin? Haben Sie womöglich mehrere Männer?«

»Wie sieht er aus?« Rose wurde energischer.

»Er ist groß, hat dunkle Haare und ist breit wie ein Schrank.«

Rose stieß einen entsetzten Laut aus und legte sich die Hand vor den Mund. Die Beschreibung mochte allgemein sein, doch sie traf hundertprozentig auf Diego zu. Er hatte sie gefunden!

»Geht es Ihnen gut?« Adolfos Stimmlage wurde weicher. »Soll ich vielleicht die Polizei rufen?«

»Nein!« Rose hob abwehrend die Hände. Sie brauchte keine Polizei, die womöglich Fragen stellte, die sie nicht beantworten konnte. Sie brauchte ihr Geld! Und das befand sich in ihrer Wohnung.

»Hm.« Ihr Vermieter zuckte mit den Schultern. »Dann gehen Sie endlich! Kochen Sie etwas für Ihren Mann. Er wartet schon seit gestern. Essen hilft immer, um Probleme zu lösen.«

»Natürlich«, murmelte Rose und stieg die Treppe hinauf. Aus den Augenwinkeln bemerkte sie, dass Adolfo ihr hinterher sah, bevor er zurück in seine Wohnung ging. Am Treppenabsatz blieb sie stehen. Den ganzen Heimweg hatte sie sich den Kopf darüber zerbrochen, was sie tun sollte, und nun war all das hinfällig. Diego würde wütend sein. Verdammt wütend. Sie blickte auf ihre Hand, die sich um das Geländer krampfte, als wollte sie sie daran hindern, ihren Weg fortzusetzen. *Lauf! Bring dich in Sicherheit!*

»Ich kann nicht. Wohin soll ich ohne Geld?« Sie sprach mit sich selber, um sich nicht so hilflos zu fühlen.

Die Tür ihrer Wohnung öffnete sich und Rose' Herz setzte einen Schlag aus, als sie das Gesicht erkannte.

»Hallo, Rose«, sagte der Mann.

»Diego.« Bis zur letzten Sekunde hatte sie gehofft, dass sich ihr Vermieter geirrt hatte, wohl wissend, dass die Alternativen nicht viel besser gewesen wären. Im Moment waren alle Männer, die hinter ihr her waren, böse.

»Komm rein.« Er öffnete die Tür weiter, aber sie konnte sich nicht bewegen.

»Rose«, befahl er und sie setzte automatisch einen Fuß vor den anderen.

Lauf! Die Stimme in ihrem Inneren wurde leiser. Diego wusste nun, wo sie wohnte. Er hatte hier auf sie gewartet und er würde es weiter tun, selbst wenn sie sich vor ihm versteckte. Ihr lief die Zeit davon.

»So ist es brav«, sagte Diego, als sie unter seinem Arm hindurch in die Wohnung schlüpfte. Er schloss sie hinter sich und Rose flüchtete auf die andere Seite des Zimmers. Sie roch den Alkohol und erkannte sofort, dass er in ihren Schränken gewühlt hatte. Ihre Sachen lagen überall verstreut. Neben der Spüle standen die drei Weinflaschen, die sie sich gekauft hatte. Sie waren leer. Im Fernsehen lief der Sportkanal.

»Soso.« Diego legte den Kopf schief. »Da bist du also. In Philadelphia.«

»Da bin ich.« Rose' Atem ging schneller. »Wie hast du mich gefunden?«

»Eine Dame der Sozialversicherungsbehörde hat mich angerufen. Offenbar wurdest du gefeuert. Du hättest daran denken sollen, dort nicht nur deine Adresse zu ändern, sondern auch deine Telefonnummer.«

»Das habe ich getan!« Rose ärgerte sich über diese Nachlässigkeit und scannte die Umgebung. Wo war der Umschlag mit dem Geld?

Diego lachte auf. »Dann war es Glück für mich.«

»Und Pech für mich.«

»Das denkst du also darüber? Deine Eltern und ich waren außer uns vor Sorge. Wir suchen dich seit einem Jahr!«

Rose verkniff sich einen Kommentar. »Meine Freunde kommen mich gleich besuchen«, erwiderte sie.

»Ist das so? Dein Vermieter meinte, du hättest nie Besuch.«

»Er sieht eben nicht alles.«

»Das Gefühl hatte ich nicht.« Diego kam auf sie zu. »Rede, Rose! Warum bist du abgehauen?«

Sie sah ihn fassungslos an. Fragte er sie das ernsthaft? Ehe sie sich versah, packte er sie grob am Arm. Die Erinnerung an die altbekannten Qualen kehrte zu ihr zurück und machte ihr das Atmen schwer.

»Seit wann bist du so vorlaut?«, fragte er scharf. »Und was ist mit deinen Haaren? Mit dieser Haarfarbe siehst du aus wie ein Flittchen!«

Rose erwiderte nichts, ihr Blick suchte weiterhin die Wohnung ab.

»Bist du eins?« Diego schleuderte sie von sich, doch sie hatte damit gerechnet und fing sich ab. Er zog seine Jacke zur Seite und deutete auf den Umschlag, der neben dem Flachmann aus der Innentasche lugte. Der Umschlag, nach dem sie gesucht hatte. »Verdienst du dein Geld jetzt, indem du die Beine breitmachst, du kleine Hure?«

»Das geht dich nichts an«, spie sie ihm entgegen und Diego schlug zu. Ihr Kopf flog zur Seite und sie hörte das Summen in ihren Ohren. Es war lange her, aber noch nicht lange genug, um zu vergessen, was folgen würde.

»Ich prügel die Wahrheit aus dir heraus«, raunzte er sie an. »Du hast mein Ansehen und das deiner Eltern ruiniert! Ganz Williamsburg redet über nichts anderes.«

»Was sagen sie denn?«, murmelte Rose benommen und fuhr mit der Zunge über ihren Mundwinkel. Sie schmeckte Blut.

»Dass du ein undankbares Miststück bist. Nicht besser als Isabel. Und dass du ebenso enden wirst.«

»Oh, das werde ich. Doch wäre ich bei dir geblieben, wäre ich schon längst tot!« Die letzten Wochen verliehen Rose Mut. Sie stand auf der Todesliste eines Kartells. Was machte es jetzt noch für einen Unterschied, was mit ihr passierte?

»Du dummes Miststück!« Diego schlug ihr mit der Faust gegen die Schläfe und Rose taumelte aufs Bett. Sie fühlte sich betäubt, konnte ihren tobenden Ehemann kaum fixieren. Er folgte ihr aufgebracht.

»Was hast du dir nur dabei gedacht?«, brüllte er. »Du bist der Abschaum unseres Viertels!« Er verpasste ihr zwei weitere Schläge mitten ins Gesicht, bevor Rose es mit ihren Armen schützen konnte. »Du hast unser Baby abgetrieben!«

Sie stöhnte auf. Er wusste es! Woher wusste er es? Seine

Schläge wurden unkontrollierter, wie immer, wenn er in Rage war. Rose krümmte sich, schützte Bauch und Kopf.

»Du bist eine Schande für die gesamte katholische Gemeinde!« Er untermauerte seine Worte mit Tritten gegen ihre Knie. »Denkst du, das lasse ich ungestraft?« Er keuchte und hielt inne. »Zieh dich aus!«

Rose hob den Kopf. »Woher weißt du es?«, fragte sie. »Nur Isabel wusste davon.« Auf einmal fiel es ihr wie Schuppen von den Augen. »Hast du sie etwa …?« Sie wagte kaum, es auszusprechen.

Diego fuhr sich mit dem Handrücken über den Mund. »Ich hatte dir verboten, diese Freundschaft fortzusetzen! Aber du wolltest ja nicht hören! Was habt ihr getan, wenn ihr euch getroffen habt? Habt ihr über mich gelacht?«

Rose ignorierte ihre Schmerzen und setzte sich auf. »Wir haben über deinen Schwanz gelacht«, flüsterte sie und zuckte zurück, als er erneut nach ihr trat. Aber sie konnte nicht schweigen. Nicht mehr. »Du mieses Schwein! Du hast Isabel umgebracht!«

Diego fletschte die Zähne. »Na und? Du hast unser Kind umgebracht!«

»Weil kein Kind ein Monster als Vater verdient hat! Nur deshalb habe ich abgetrieben!« Es tat gut, es endlich auszusprechen. »Du bist in Puerto Rico viermal wegen schwerer Körperverletzung unter Alkoholeinfluss festgenommen worden! Denkst du, ich will jemanden wie dich als Vater für mein Kind?«

Er erstarrte und Rose nutzte das Überraschungsmoment. »Du bist der Abschaum, Diego! Du hast Isabel den Schädel eingeschlagen!«

»Weil ich ihr beschissenes, selbstgefälliges Gesicht nicht mehr ertragen konnte! Jedes Mal, wenn ich ihr begegnet bin, hat sie mich angegrinst, als wüsste sie alles, was ich dir antue.

Und dann sah ich sie bei dieser Praxis, in die keine anständige Nuyorican-Lady jemals einen Fuß setzen würde. Ich sah sie. Und dich!« Er atmete so heftig, dass Rose glaubte, ihm müsste gleich die Lunge reißen.

»Und dann bist du zu ihr gegangen.« Rose wurde das Herz schwer.

»Natürlich bin ich das!« Diego ballte die Hände zu Fäusten. »Ich habe sie zur Rede gestellt, aber sie wollte nicht reden.«

»Du hast sie ermordet.«

»Das passiert mit Frauen, die nicht spuren.« Diego baute sich vor dem Bett auf. »Und jetzt zieh dich aus!«

»Kriegst du eigentlich nur einen Ständer, wenn du eine Frau schlägst? Isabel und ich haben uns das oft gefragt.«

»Du verfluchte Schlampe!« Er holte aus, doch Rose war nicht länger bereit, ihr Schicksal klaglos zu ertragen. Sie griff nach ihrer Nachttischlampe und schleuderte sie Diego ins Gesicht. Er fluchte und hielt sich das Auge.

»Was ist in dich gefahren?«, schrie er empört. Sie sprang auf und hob ihr Knie, um es in seine Eier zu rammen, so wie sie es bei Billy getan hatte. Doch Diego war größer und der Schwung reichte nicht aus. Sie traf nur seinen Oberschenkel.

»Der Teufel ist in mich gefahren!« Sie boxte ihn mit aller Kraft gegen das Kinn. Seine Hand packte ihre Haare. Er riss so stark an ihnen, dass Rose aufheulte. Ihre Fingernägel durchpflügten sein Gesicht. Diego wurde immer aggressiver. Er ergriff ihre Gurgel und drückte zu. Rose trat um sich, versuchte, ihre Daumen in seine Augen zu drücken, aber irgendwann verschwamm ihr Blick. Sie röchelte, krallte ihre Finger in die Hand, die ihren Hals umschloss.

»Du mieses Schwein«, krächzte sie. »Du wirst meinen Eltern erklären müssen, dass du ihre Tochter auf dem Gewissen hast.«

»Deine Eltern vergöttern mich.« Der Griff um ihre Kehle lockerte sich und er warf sie zurück aufs Bett. Rose rang nach Luft. »Sie waren mein Halt in dieser schweren Zeit. Ich hätte strenger zu ihr sein müssen, hat dein Vater oft gesagt. Jetzt bin *ich* streng zu dir, damit du lernst, nicht noch einmal wegzulaufen.« Diego zerrte an ihrer Jeans und Rose kickte ihm in den Bauch.

»Rühr mich nicht an!«

Sie rangen miteinander, bis Rose unter seinem Gewicht kapitulierte. Aber trotz allem konnte sie nicht still sein. »Willst du wissen, woher ich das Geld habe?«, fragte sie heiser und spürte seine Hand, die in ihre Hose wanderte. Sie wand sich unter ihm wie eine Schlange. »Von einem mexikanischen Drogenkartell!«

»Halt die Klappe!« Diego hatte Mühe, sie unter Kontrolle zu bekommen. Rose war nicht länger das weinerliche Mädchen, das er geheiratet hatte, und sie spürte, dass ihn das verunsicherte.

»Ich war dabei, als sie eine Frau umgelegt haben. Seitdem bin ich ihr Muli. Ich fahre Drogen von Texas nach Philadelphia. Deshalb war ich solange fort.«

Er hielt inne und starrte ihr ins Gesicht. »Du lügst.«

»Oh nein!« Rose lächelte. »Das Geld in deiner Tasche stammt von nur einer Fuhre.«

»Bullshit!«

»Du solltest mir glauben, Diego.«

»Einen Scheiß tue ich!« Seine Finger arbeiteten sich weiter vor, zerteilten ihre Schamlippen und drangen grob in sie ein. Rose zuckte zusammen und registrierte sein zufriedenes Grinsen.

»Ich habe mit einem Mann gefickt, gegen den du ein erbärmlicher Haufen Puerto Rico-Scheiße bist!« Sie spuckte ihm ins Gesicht und ertrug stoisch den nächsten Schlag. Der

Schmerz dröhnte durch ihren Kopf, doch die Beschimpfung war es wert gewesen.

Angewidert rieb sich Diego ihren Speichel vom Kinn. »Das wirst du mir büßen.« Er holte aus und schlug ihr so hart ins Gesicht, dass sie die Orientierung verlor. Sie hob die Hand, um ihn abzuwehren, doch sie war schon zu geschwächt. Diego prügelte auf sie ein und für einen kurzen Moment realisierte Rose, dass er sie womöglich umbringen würde. Dann traf sie ein weiterer Schlag und ihr wurde schwarz vor Augen.

DUNKELHEIT. SCHMERZ. BLUT. ROSE KAM WIEDER ZU SICH. Sie lebte. Irgendwie. Langsam fingen ihre Sinne an zu arbeiten. Ihre Lider waren so zugeschwollen, dass sie sie kaum öffnen konnte. Ihr Gesicht fühlte sich an, als hätte man es durch einen Fleischwolf gedreht. Sie bewegte ihren Mund, was ihre Kieferknochen knacken ließ, und stöhnte auf. Ihr gesamter Körper pochte qualvoll.

»Da bist du ja wieder.« Durch die Schlitze ihrer Augen erkannte sie Diego, der auf dem Sofa gegenüber des Bettes saß. Ihre Nachttischlampe brannte, doch der Schirm war zerstört. Rose erinnerte sich. An den Kampf zwischen ihr und Diego und daran, was davor geschehen war.

»Wie spät ist es?« Sie setzte sich schwerfällig auf und realisierte, dass sie halbnackt war. Angeekelt versuchte sie sich zu bedecken, zog ihre Jeans hoch und richtete ihr Sweatshirt. Sie war überall wund. Der Scheißkerl hatte sie vergewaltigt.

»Was spielt das für eine Rolle?« Diego kickte eine leere Dose Bohnen zur Seite. »Ist das alles, was du hier hast?«, fragte er gereizt. »Dafür, dass du so viel Kohle verdienst, lebst du ziemlich ärmlich.« Er zog die Nase hoch. »Aber das war es wert, ja?«

»Jeden beschissenen Tag.« Rose betastete ihr Gesicht.

»Du hast noch nicht genug, was?« Diego dehnte seine Finger. »Willst du, dass ich weitermache?«

»Es ist mir egal.«

»Na, dann …« Er stand auf und Rose hob abwehrend die Hände. Sie war zu weit gegangen. Die Ohnmacht hatte sie beschützt. Vor all den Qualen und dem erniedrigenden Gefühl. Aber jetzt war sie wach und sie wollte es nicht mehr ertragen. Sie konnte es nicht. Die Schmerzen brachen ihren Widerstand.

»Lass mich! Bitte!«

»Denkst du, ich nehme Befehle von dir entgegen?«

Sie starrte ihn an und fragte sich, warum Gott solche Monster wie Diego erschaffen hatte. Oder wie Pedro. Oder wie Osiel Moralez. Was lief verkehrt in dieser Welt?

»Jede Stunde, die wir hier verbringen, könnte unsere letzte sein«, murmelte sie. »Das Kartell sucht mich.«

»Das Kartell …«, äffte Diego sie nach. »Glaubst du, das macht mir Angst?«

»Das sollte es.«

»Rose, Rose, Rose. Kleine Rose.« Er kam auf sie zu. »Ich habe genug von all deinen Lügen. Von deinem Ungehorsam und deiner Dickköpfigkeit. Du hast nie verstanden, was es bedeutet, eine gute Ehefrau zu sein.«

Rose wollte ihn fragen, wie eine gute Ehefrau in seinen Augen sein musste, aber sie schwieg. Jeder Meter, den er sich ihr näherte, löste Entsetzen in ihr aus.

»Schlag mich nicht mehr«, flehte sie. »Ich bitte dich!«

»So gefällst du mir schon besser.« Er ging vor ihr in die Hocke. »Vielleicht bin ich netter, wenn du mir etwas kochst. Ich habe verdammten Hunger.«

»In Ordnung.« Rose stand auf und hielt sich wacklig auf den Beinen. Ihr war schlecht vor Schmerzen und der Sorge, dass sie unnötige Zeit vergeudete. Sie sollte weglaufen, doch in ihrem Zustand kam sie vermutlich nicht einmal bis zur Treppe, bevor Diego sie einholte. Sie wankte zur Küchenzeile und kramte in den Schränken. Neben Bohnen hatte sie hauptsächlich Dosengemüse und Mehl zuhause. Außerdem Eier und etwas Speck.

»Ich mache ein Omelett und dazu frisches Brot«, erklärte sie matt und zog zwei Schüsseln unter der Spüle hervor.

»Das ist nicht das, was ich erwartet habe, aber besser als zu verhungern.« Er warf sich aufs Bett, verschränkte die Hände hinterm Kopf und beobachtete sie. »Dein Bruder Benito ist zum vierten Mal Vater geworden.«

Es tat weh, das auf diesem Weg zu erfahren. Obwohl ihre beiden Brüder deutlich älter waren als sie selbst, und sie deshalb nie ein besonders inniges Verhältnis zueinander gehabt hatten, war Rose gerne Tante gewesen. Sie liebte ihre Nichten und Neffen.

Vorsichtig gab sie Mehl, Wasser, Eier, Trockenhefe und Salz in eine Schüssel und begann, alles mit den Händen zu vermengen. »Ist es ein Junge oder ein Mädchen?«, fragte sie beiläufig.

»Ein Junge. Zum Glück. Mit Mädchen hat man nur Ärger.«

»Wie heißt er?«

»Ramon.«

»Ein hübscher Name.«

»Wie hättest du unser Kind genannt?«

Wieso musste er sie so quälen? Glaubte er, es war ihr leicht gefallen, das Baby abzutreiben? Aber welche Zukunft hätte es gehabt? Welche Zukunft hätten sie beide gehabt?

Rose schluckte die Tränen hinunter und knetete den Teig, obwohl ihr dabei alles wehtat.

»Rede, wenn ich dir eine Frage stelle!« Diego zog den Flachmann aus seiner Jackentasche und nahm einen Schluck.

»Ivelisse«, flüsterte Rose.

»War es etwa ein verdammtes Mädchen?« Diego schnaubte. »Dann hatte ich ja nochmal Glück.«

Rose wies ihn nicht darauf hin, dass man zu dem Zeitpunkt das Geschlecht des Kindes noch gar nicht hatte erkennen können. Doch aus irgendeinem Grund hatte sie sich immer eingeredet, es wäre ein Mädchen geworden.

Diego warf den Flachmann aufs Bett. »Warum hast du kein Bier im Haus?«, rief er ihr zu.

»Ich trinke keins.«

»In jedem guten Haushalt gibt es Bier.« Er sah sich um und spuckte aus. »Aber das hier ist kein guter Haushalt. Du solltest dich schämen, Rose. In diesem Loch fühlt sich nicht einmal eine Ratte wohl.«

Wenn es so wäre, wärst du kaum hier. Der Satz blieb in ihrem Kopf, während sie den Teig bearbeitete und so ihrer Wut Luft machte.

»Wird das heute noch was?« Ungeduldig setzte er sich auf.

»Der Teig muss gehen, bevor ich ihn in den Ofen tue.«

»Ist mir scheißegal. Ich will was essen, verdammt.«

Rose legte ein Küchentuch über die Schüssel und gab den Rest der Eier in die andere Schale. Dann schichtete sie den Speck in die Pfanne und drehte die Temperatur der Herdplatte auf. Während das Fett zu knistern begann, schlug sie die Eier und würzte sie mit Salz und Pfeffer.

»Hast du Chilis?«

»Nein.«

»Dann nimm viel Pfeffer. Ich will es scharf.«

Rose würzte nach, nahm den Speck aus der Pfanne und goss den Inhalt der Schüssel hinein. Sobald der Boden gestockt war, gab sie Erbsen, Karotten und Bohnen dazu und setzte den Speck obendrauf. Dann überschlug sie das Omelett zur Hälfte und ließ es nachgaren.

»Gib her!« Diego wedelte mit der Hand. »Es hat mich viel Kraft gekostet, dich gefügig zu machen, Rose.«

Sie ließ das Omelett auf einen Teller gleiten und kam ihm nur soweit entgegen, wie es nötig war.

»Gabel!«, murrte er und wartete, bis sie ihm das Besteck reichte. Den Teller auf seinen Knien, schlang er das Essen in sich hinein.

Rose knetete den Teig noch einmal, bevor sie auf der Arbeitsfläche eine längliche Rolle daraus formte und sie auf ein bemehltes Blech legte, das sie in den Ofen schob. Dann erst schaltete sie ihn an. Beim traditionellen *pan de agua* war es wichtig, dass der Teig nicht in einen vorgeheizten Ofen kam, auch wenn das Brot ohnehin misslingen würde, weil die Hefe sich nicht hatte entfalten können.

Rose lehnte sich gegen die Spüle und sah zu Diego hinüber, der die Reste des Omeletts verdrückte.

»Nicht übel«, murmelte er. »Nicht übel, Rose.«

»Hm.« Sie legte ihren Kopf in den Nacken, um den quälenden Schmerzen zu entkommen, die sie peinigten. Ihr ganzes Gesicht war heiß und geschwollen. Sie wollte nicht wissen, wie sie aussah.

Es klopfte an der Tür und sie erstarrte. Diego sah auf.

»Wer ist das?«, fragte er misstrauisch.

»Ich weiß es nicht.«

»Dann geh und frag, verdammt!«

Sie schlich zur Tür.

»Rose? Bist du da? Ich bin's, Cruzito.« Seine Finger

kratzten über das Holz. »Lass mich rein, ich muss dir was sagen.«

»Hau ab«, entfuhr es ihr.

Schon sprang Diego auf. Der Teller fiel von seinem Schoß und zerschellte am Boden.

»Alles in Ordnung, Rose?« Cruzitos Stimme wurde lauter.

Bevor sie etwas sagen konnte, stieß Diego sie zur Seite und riss die Tür auf.

»Wer bist du?« Er packte den erstaunten Cruzito und zog ihn ins Innere.

Dessen Blick heftete sich auf Rose und sie erkannte an seiner Reaktion, dass Diego sie tatsächlich übel zugerichtet hatte.

»Was zum …« Weiter kam er nicht, denn Diego schleuderte ihn gegen die Wand.

»Wer bist du?«, rief er.

Cruzito ging in Abwehrhaltung. »Ich bin ein Freund von Rose. Und wer sind Sie?«

Diego überging die Bemerkung und lächelte verschlagen. »Bist du der Kerl, der so viel besser fickt als ich?«

Ehe Rose sich's versah, zog Cruzito seine Waffe. Diego erstarrte mitten in der Bewegung.

»Was soll das, Kleiner? Ich besuche hier nur meine Frau.«

»Ihre Frau?« Erneut traf Rose Cruzitos Blick. »Was hat er mit dir gemacht?«

Sie schlang die Arme um ihren Oberkörper und schüttelte den Kopf. Es war ihr unangenehm, dass Cruzito sie so sah.

»Die suchen dich!« Er hielt Diego mit der Waffe in Schach, während er zu ihr sprach. »Warum hast du die Drogen noch nicht abgeliefert?«

»Weil ich keine habe.«

»Wie bitte?«

»Ich habe keine bekommen!«

»Aber der *Patrón* wurde darüber informiert, dass du mit der Ladung losgefahren bist.«

»Woher weißt du das?«

»Ich komme gerade aus der Villa. Montag ist Zahltag. Doch dort war die Hölle los. Wo ist der Typ im Anzug, mit dem ich hier war?«

»Julio ist nicht mehr da.« Sie schluchzte auf, weil sie allein sein Name aus der Fassung brachte.

»Scheiße, Rose!«

In diesem Moment hechtete Diego nach vorne. Ein Schuss löste sich, doch er ging ins Leere, durchbohrte die Tür und hinterließ ein Loch. Cruzito und Diego rangen miteinander. Nach zwei Faustschlägen lag der Junge am Boden. Diego stand breitbeinig über ihm, die Waffe in der Hand.

»Was bist du denn für ein Gauner?«, fragte er atemlos. »Da gibt es ja in Williamsburg gefährlichere Taschendiebe.«

Rose lief zu ihrem Freund. Cruzitos Nase blutete und er rappelte sich benommen auf. Sie zog ihn zurück auf die Beine und stellte sich schützend vor ihn.

»Wir müssen hier weg«, sagte sie, doch Diego lachte schallend.

»Uh, jetzt fürchte ich mich aber.« Er wedelte mit den Händen. »Wenn dein Kartell so ein Haufen Pussys ist wie der kleine Kerl da, dann brauchen wir nicht wegzulaufen.« Er richtete die Waffe auf Rose. »Setzt euch und erzählt mir ein bisschen über euer Verhältnis.«

Sie sanken aufs Sofa. »Es gibt nichts zu erzählen«, erwiderte Rose. »Cruz und ich sind nur Freunde.«

»Und du bist ebenfalls Drogendealer?« Diego schien sich prächtig zu amüsieren.

»Ich bekomme jede Woche Stoff vom Kartell, den ich und meine Jungs auf der Straße verticken.« Cruzito hielt sich die

Hand unter die Nase, um die Blutung zu stoppen. »Aber ich bin ein kleines Licht im Vergleich zu denen.«

»Denen? Wen meinst du?«

»Das Sinaloa-Kartell«, antwortete Rose für ihn.

»Sinaloa.« Diego verdrehte die Augen. »Hast du was von dem Stoff genommen, Rose? Das würde deine Aufmüpfigkeit erklären.«

»Nein. Ich bin der Muli. Das habe ich dir schon gesagt.«

Wieder klopfte es an der Tür. »Ist alles in Ordnung?« Es war die Stimme ihres Vermieters. Vermutlich hatte er den Schuss gehört.

»Was will das Arschloch?«, fluchte Diego leise, bevor er die Stimme hob: »Es ist alles in Ordnung! Wir haben nur eine Flasche Champagner geöffnet, um unser Wiedersehen zu feiern.«

»Hier ist jemand, der …« Ein dumpfer Knall war zu hören, dann flog krachend die Tür auf. Diego fuhr herum und Rose drängte sich instinktiv an Cruzito. Sie kannte den Mann, der mit ausgestreckter Waffe ins Zimmer kam. Es war derselbe Kerl, der an dem Abend in der Villa die arme Adriana geholt hatte. Sie erinnerte sich an seinen Namen. Gael. Derselbe Mann, von dem Julio gesagt hatte, er wüsste, wo sie wohnte. So war es auch.

»Hey!« Diego zielte auf den Eindringling. »Alles easy, Bruder.« Sein Blick blieb am toten Vermieter hängen, der vor der Tür lag. Er wurde kreidebleich.

Gael verharrte und erfasste gelassen die Situation. »Wer bist du?«, fragte er Diego.

Der reagierte nicht. »Warum haben Sie …?« Er deutete auf die Blutlache, die langsam in die Wohnung kroch.

»Den Typ erschossen?« Gael zuckte die Achseln. »Keine Ahnung. Er war mir unsympathisch.« Seine Augen hefteten sich auf Rose. »*Hola chica*!«

Alle wirkten wie eingefroren. Die beiden Männer hielten ihre Waffen gegeneinander gerichtet, Rose klammerte sich an Cruzito.

»Wo ist das Heroin?«, erkundigte sich Gael mit schneidender Stimme.

»Ich habe es nicht«, beteuerte Rose.

»Du hast es nicht?« Gael verzog den Mund. »Das glaube ich dir nicht.«

»Er hat es!« Cruzitos Finger schoss nach vorne. Er deutete auf Diego. »Er hat Rose verprügelt und sich den Stoff unter den Nagel gerissen!«

»Ist das wahr?« Gael fixierte sein Gegenüber. Dann senkte er blitzschnell die Waffe und schoss Diego in den Oberschenkel. Der sackte zu Boden und Gael entriss ihm gekonnt die Pistole. Diegos Geschrei erfüllte den Raum. Er klang wie ein angestochenes Schwein. Blut durchtränkte den Stoff seiner Hose.

»Wo hast du das Heroin hingebracht?« Gael beugte sich über ihn.

»Ich habe es nicht!«, kreischte Diego.

Gael fixierte zuerst Rose, dann Cruzito. »Irgendwer von euch lügt«, zischte er und forderte alle mit einer Bewegung seiner Waffe auf, mit ihm zu kommen. »Wir werden jetzt herausfinden, wer.«

Cruzito nahm Rose' Hand. Gemeinsam stiegen sie zuerst über Diego, bevor sie über die Leiche des Vermieters stiegen.

»Du auch!« Gael hielt Diego die Waffe an die Stirn. »Oder willst du, dass ich es hier und jetzt beende?«

Stöhnend schaffte es Diego auf die Beine. Er humpelte hinter ihnen über den Flur, beide Hände auf seinen Oberschenkel gepresst, während Rose die Nachbarwohnungen im Blick behielt. Sie wusste nicht, ob sie sich wünschen sollte, dass jemand die Polizei rief, oder ob es besser war, dass die

Leute sich raushielten, so wie es in diesem Viertel üblich war. Nichts rührte sich hinter den Türen. Im gesamten Haus war es totenstill.

Sie stiegen die Treppen hinunter und traten auf die Straße. Der Range Rover mit den abgedunkelten Scheiben stand direkt vor dem Eingang.

»Einsteigen!« Gael öffnete die Tür und stieß Cruzito und Diego hinein. Rose hielt er am Arm fest. »Gib mir die Schlüssel des Daihatsu«, forderte er sie auf.

Rose durchwühlte ihre Taschen. Sie fand den Schlüssel und gab ihn ihm.

»Wir sehen uns beim *Patrón*«, raunte er ihr zu, schubste sie ebenfalls auf die Rückbank und schlug die Tür zu. Der Range Rover fuhr los.

»Du blöde Schlampe«, entfuhr es Diego. »Was spielst du hier für ein Spiel?«

»Das ist kein Spiel«, flüsterte Rose. »Du solltest endlich anfangen, mir zu glauben.«

JULIO

Die Dämmerung brach über Culiacán herein und Julio rauchte eine Zigarette, die er sich vom Hubschrauberpiloten geschnorrt hatte, der ihn hergeflogen hatte. Er stand am östlichen Stadtrand, am Rio Tamazula, wo er und seine Brüder früher immer gefischt hatten. Marco war der Älteste von ihnen gewesen, deshalb hatte er stets die Führung übernommen. Er war auch in den Fluss gesprungen, um Julio hinauszuziehen, als dieser an einem Tag zu mutig gewesen war, obwohl er gar nicht schwimmen konnte.

Die Erinnerungen setzten Julio zu und er wollte sie wegschnippen wie den Zigarettenstummel zwischen seinen Fingern, aber es gelang ihm nicht. Von seinen Brüdern war er der Einzige gewesen, den Pedro für das Kartell auserwählt hatte. Während er Karriere machte, schlugen sich seine drei Brüder weiterhin auf der Straße durch. Angel, der Jüngste, wurde Straßenkehrer wie der Vater. Er heiratete früh und lebte seitdem mit seiner Frau und den fünf Kindern bei den Eltern. Rafael, der Zweitjüngste, zog gemeinsam mit Marco einen Handel auf. Ihr größtes Geschäft waren Waffen, die sie illegal aus Armeebeständen bezogen. Einen weiteren Anteil machten amerikanische Luxusgüter wie Autos und Elektronikartikel aus. Dass Marco ein Junkie gewesen war, hatte Julio nicht gewusst. Er glaubte vielmehr, dass sein Bruder den Zetas ein Dorn im Auge gewesen war. Vermutlich waren mit seinen Waffen einige ihrer Leute umgebracht worden. Es war eine verdammte Schande, dass sein Bruder so enden musste!

Julio starrte auf die Umrisse seiner Heimatstadt und fragte sich, ob es vorherbestimmt war, dass es so endete. Hatte er tatsächlich geglaubt, dass er damit durchkam? Er hätte es besser wissen müssen. Pedros Arroganz hatte ihn die ganzen Jahre an seine Grenzen gebracht und nun in diese Situation. Arturo Zarpata umzulegen war eine große Nummer. Und es kratzte an Julios Selbstachtung. Seit er denken konnte, war Culiacán die Residenz des Zarpata-Clans. Ihr Geld hatte der Stadt gutgetan, auch wenn Moralapostel diesbezüglich gerne den mahnenden Zeigefinger erhoben. Drogengelder waren ein schmutziges Geschäft, doch wer wie ein Hund in der Gosse aufgewachsen war und nichts als Dreck und Armut kannte, für den waren Drogengelder das Himmelreich. Julio spuckte aus. Wer wusste schon, was geschah, wenn die Los Zetas hier einfielen und all das, was unter der Herrschaft der Zarpatas errichtet wurde, dem Erdboden gleichgemachten? Er wollte nicht, dass seine Eltern, seine Nichten und Neffen wieder Leichen an den Stadtvierteln baumeln sahen, deren Eingeweide in der Sonne vertrockneten. Es erstaunte ihn selbst, es zuzugeben, aber er hatte so viel Blut, Gewalt und Elend gesehen, dass es für zehn Leben reichte.

Im schwindenden Licht überprüfte er seine Waffe. Osiel Moralez hatte ihm eine FN 5.7 mit Schalldämpfer und vier Zwanzig-Schuss-Magazinen mitgegeben. Die bevorzugte

Waffe der Los Zetas. Julio wog sie in der Hand. Er gab der Beretta den Vorzug, die ihm über all die Jahre so vertraut geworden war wie die Verlängerung seines Arms. Doch Osiel wollte triumphieren, er wollte, dass die Patrone, die *El Señor* umbrachte, aus einer seiner Waffen stammte. Julio richtete die Mündung auf einen Baum. Nun war er offiziell wieder ein *Sicario*, ein Hitman, ein Auftragsmörder. So hatte seine Karriere begonnen und so ging sie zu Ende. Er würde verrecken wie alle seine Opfer und er wünschte sich, dass ihn ein Kopfschuss niederstreckte und er nicht durch die Hand eines Metzgers in tagelanger Folter verenden musste. Vielleicht hatte er nicht das Recht, sich einen derart gnädigen Tod zu wünschen, nach alldem, was er getan hatte, aber die Hoffnung starb bekanntlich zuletzt.

Julio hatte es vermeiden wollen, doch seine Gedanken begannen, um Rose zu kreisen. Sie war der einzige Mensch, den er je so nah an sich herangelassen hatte. Ihre Zeit war so kurz gewesen und doch so intensiv. Er erinnerte sich an jeden Satz, den sie gewechselt und jede Berührung, die sie geteilt hatten. Jahrelang war er ein Einzelgänger gewesen, abgeschottet in einer brutalen Welt, die keine Emotionen zuließ, und dann hatte er in das Gesicht dieses Engels geblickt und etwas in ihm hatte sich verändert, obwohl er sie gar nicht kannte. Er wollte nicht von Liebe sprechen, denn für ihn war das nur ein Wort, das Menschen nachlässig gebrauchten, ohne wirklich zu wissen, was es bedeutete. Julio kannte positive Gefühle wie Befriedigung, Stolz und Ehre, aber Liebe war für ihn etwas, das gleichzeitig auch Qual war. Denn es hatte mit Selbstaufgabe zu tun. Einen Menschen zu lieben, bedeutete, für ihn durch die Hölle zu gehen. Und genau das tat er. Osiel Moralez hatte Rose nicht umsonst bedroht. Mit dem Instinkt eines Hais hatte er gemerkt, dass Rose jener winzige Blutstropfen war, der ihn zu seiner Beute führte. Die

Bedrohung von Julios Familie hatte nicht sofort zum gewünschten Erfolg geführt, die Waffe an ihrem Kopf schon.

»Ich hoffe, du bist in Sicherheit, *mi amor*«, flüsterte Julio und beobachtete, wie allmählich die Lichter in der Stadt angingen. Osiel hatte Rose zwar laufen gelassen, aber Julio wusste, dass ihre Chance zu überleben einzig davon abhing, wie schnell und zielgerichtet sie handelte. Er wollte daran glauben, dass es ihr gut ging, sonst war er nicht in der Lage seinen Auftrag zu erledigen. Und sollte er wider Erwarten überleben, würde er ihr nach Kuba folgen. Der Gedanke beflügelte ihn und überlagerte seine dunkle Ahnung.

Die Nacht hielt Einzug, verwandelte Schatten in konturlose Finsternis und offenbarte Julio die beleuchteten Hauptstraßen, die sich durch die Stadt zogen wie Arterien. Er würde sie meiden und sich durch die Viertel zu Arturos Haus durchschlagen, die bei Dunkelheit niemand betreten wollte, dem sein Leben lieb war. Doch waren es genau diese Viertel, die Julio vertraut waren. Mit einem letzten Blick auf den Fluss seiner Kindheit, steckte er die Waffe ein und zog los.

Drei Stunden später stand er vor dem grell beleuchteten Eingang des Country Club. Der ordentlich gestutzte Golfrasen hinter der Umzäunung wurde bei Flutlicht gewässert. Die Wachen am Tor waren mit Maschinengewehren bewaffnet, allerdings patrouillierten nur zwei von ihnen auf dem Weg. Das bedeutete, dass *El Señor* nicht mehr dort war. Julio pirschte sich jenseits der Beleuchtung weiter die Straße entlang und ging jedes Mal in Deckung, wenn ein Auto vorbeifuhr. Die Villa der Zarpatas lag nur wenige Meter von dem weitläufigen Areal des Country Club entfernt. Es war ihre Stadtresidenz. Etwas außerhalb in Richtung Meer besaßen sie außerdem eine Hazienda. Julio wusste, dass es einen Tunnel gab, der von der Villa zur Hazienda führte. Sowie weitere Tunnel, die vor den Toren der Stadt endeten.

Und es gab einen Tunnel, den Pedros Leute gebuddelt hatten und den die Sicherheitsmänner seines Vaters nicht kannten. Pedro hatte ihn immer benutzt, um Frauen hinein- und wieder hinauszuschmuggeln, ohne dass sein Vater oder seine Ehefrau es mitbekamen. Er war gemeinhin als *túnel de putas*, Tunnel der Huren, bekannt. Julio wusste, wo er lag.

Er passierte das heruntergekommene Fabrikgelände, das ebenfalls den Zarpatas gehörte. Es zog sich ringförmig um die Villa wie eine zusätzliche Festung. Hinter den zerbrochenen Glasscheiben der Fenster waren Scharfschützen positioniert, doch Julio wusste genau, wo sie sich befanden. Er lief zielsicher unter ihrem Beobachtungswinkel vorbei, bis er das Zentrum erreichte. Hier begann die Begrenzung des Grundstücks mit einem doppelten Sicherheitszaun, zwischen dem die Wachen im Halbstundentakt ihre Runden zogen. Julio hielt sich außerhalb der Videoüberwachung und gelangte zur rechten Flanke des Anwesens. Von hier hatte man einen guten Blick auf die hell erleuchtete Villa und den Pool. Die Tür des gemauerten Balkons, der auf mächtigen Säulen im Antiklook ruhte, war geöffnet. Die Vorhänge wehten im leichten Wind und Julio erkannte Arturos Frau Lorena. Ihre langen schwarzen Haare fielen ihr über die nackten Schultern. Sie hielt ein Weinglas in der Hand und trug bereits ein seidenes Nachthemd. Das bedeutete, dass Arturo zuhause war. Wenn er ausging, begleitete ihn seine Frau. Ebenso, wenn er zur Hazienda fuhr. Lorena war bekannt für ihre Eifersucht. Einmal hatte Julio gesehen, wie sie eine Hure mit einem Brieföffner erstochen hatte, die gerade dabei gewesen war, Arturo einen zu blasen. Anschließend hatte sie Arturo den Brieföffner zwischen die Rippen gerammt. Er war tagelang im Krankenhaus gelegen. Seit diesem Zwischenfall duldete Arturo keine Huren mehr im Haus. Wenn ihm nach Abwechslung war, bestellte er ein Mädchen in den Country

Club. Die besorgte es ihm dann im Golfkart. Lorena hasste Golf. Sie ließ sich niemals auf dem Platz blicken.

Im Nachhinein war Julio Lorena dankbar für ihr Temperament, denn nur ihr war es zu verdanken, dass ihr Sohn einen Tunnel hatte graben lassen, um weiterhin seinen Vergnügungen nachzukommen. Er pirschte sich weiter an der Grenze des Grundstücks entlang, bis er zu den Orangenblumenhecken kam, welche die Einfahrt zur Villa flankierten. An der Ecke zur Hauptstraße, außerhalb der Sichtweite des Hauses, kroch er zwischen die Hecke, bis er jenen als Gullydeckel getarnten Eingang zum Tunnel fand, der ihn innerhalb von fünf Minuten in Pedros Teil der Villa bringen würde. Es war eine durchdachte Lage für einen Tunneleingang. Hier konnten die Autos halten, ohne von den Kameras erfasst zu werden, um die Mädchen auszuladen und wieder einzusammeln. Im Schutz der Büsche machte Julio sich an der Verankerung des Deckels zu schaffen. Die Mechanik war schon länger nicht benutzt worden und hakte. Mit einem Ruck löste Julio sie und schob den Deckel zur Seite. Er sah sich um, bevor er die Eisenstufen hinabstieg. Dann zog er eine Stabtaschenlampe aus der Innentasche seiner Jacke und leuchtete den Gang hinunter. Alles lag verlassen da. Es roch abgestanden und im Lichtkegel sah man aufgewirbelte Staubpartikel glitzern. Julio schob den Deckel über seinem Kopf zurück in die Position und entsicherte die Waffe. Ab jetzt konnte alles passieren, seine Anspannung wuchs.

Er setzte jeden Schritt ganz bewusst, während er sich den schmalen Gang voran arbeitete, der wie die Schleusertunnel wirkte, die viele Teile der Grenze zwischen den USA und Mexiko durchzogen. Durch so einen hatte ihn auch Osiel Moralez geschickt, damit er am Grenzübergang kein Aufsehen erregte. Niemand sollte wissen, dass Julio Camarena wieder in Mexiko war.

Er blieb stehen und lauschte. Die Villa befand sich nun direkt über ihm. Wenn er die Eisentreppe nach oben stieg, würde er in der Doppelwand zwischen Pedros Arbeitszimmer und dem Billardzimmer herauskommen. Er steckte die Waffe ein, um eine freie Hand zum Klettern zu haben. Behände erklomm er die Stufen und entsicherte die Verankerung des Bodens. Ein leises Klicken ertönte. Julio spreizte sich mit den Beinen ein und hob die Bodenverkleidung zur Seite. Nichts rührte sich. Er verließ den Tunnel, machte die Taschenlampe aus und blieb mit erhobener Waffe stehen. Sein Atem ging ruhig. All die Jahre als Pedros rechte Hand hatten ihn gelehrt, in Situationen wie dieser die Nerven zu behalten.

Der Platz zwischen den Wänden war schmal und Julio schlich seitwärts voran. Durch einen Spalt neben der Geheimtür fiel Licht. Er stellte sich davor und sah hindurch. Was er sah, entlockte ihm ein Grinsen. Chara, Pedros Frau, ließ sich auf seinem Schreibtisch gerade von ihrem Leibwächter ficken. Was für ein Bild! Das würde sie ihren hübschen Kopf kosten, sollte Pedro das jemals erfahren. Den Leibwächter zuerst seine Eier. Die würde man ihm in den Mund stopfen und ihm anschließend die Lippen zunähen. Dann ließ man ihn ausbluten. Kein sehr angenehmer Tod. Doch weder Chara noch er waren sich der Gefahr bewusst, die ihnen im Nacken saß.

Julio überlegte, was er tun sollte. Der Leibwächter hatte sich Charas Bein über die Schulter geworfen und rackerte sich ab, während sie seine heftigen Stöße tonlos hinnahm. Ihre Brüste wogten auf und ab. Es war, als würde er eine Puppe ficken, auch wenn Julio natürlich wusste, warum die beiden keinen Lärm verursachen wollten.

Arturos und Lorenas Gemächer lagen im anderen Flügel der Villa. Um zu ihnen zu gelangen, musste Julio Pedros Arbeitszimmer durchqueren und anschließend das Treppenhaus. Kein einfaches Unterfangen in einem Haus, in dem mehr Wachen unterwegs waren als Bewohner. Alles, was Julio wollte, war kein Aufsehen zu erregen. Deshalb musste er warten und schraubte gemächlich den Schalldämpfer auf die Waffe.

Anschließend beobachtete er den nackten Hintern des Leibwächters, der pumpte wie ein Presslufthammer. Chara hatte es wohl nötig gehabt. Nicht ganz unverständlich. Immerhin war ihr Mann seit über einem Jahr nicht mehr zuhause gewesen. Als Tochter eines treuen Unterhändlers von Arturo hatte sie Pedro bereits mit achtzehn Jahren geheiratet. Sie besaß nicht Lorenas Temperament, aber offensichtlich mehr Mut als gedacht. Wer seinen *Capo* betrog, verlor Hände und Füße und am Ende den Kopf. Es war ein blutiges Spektakel und Julio musste wieder an Rose denken. Niemals könnte er ihr etwas Derartiges antun, selbst wenn er sie in einer solchen Situation vorfinden würde. Was er dem Leibwächter antun würde, stand allerdings auf einem anderen Blatt Papier. Er sah, wie Chara aufschrie und der Leibwächter ihr die Hand vor den Mund presste. Seine Stöße wurden schneller und tiefer, bevor auch er sich zuckend wand und nach vorne sackte. Für Sekunden verharrte er in der Position, dann richtete er sich rasch auf, zog seine Hose hoch und glättete den Stoff seines Anzugs. Chara schüttelte ihre Frisur in Form und zupfte an ihrem Kleid. Offensichtlich war es ihr eine Genugtuung, Pedros Schreibtisch befleckt zu haben. Sie und der Leibwächter flüsterten miteinander, dann trennten sich ihre Wege. Chara ging ins Badezimmer, er auf den Flur. Julio wartete weiter ab, bis er die Dusche hörte. Achtsam ließ er die Geheimtür aufschnappen und betrat das Arbeitszimmer.

Es erschien eine Ewigkeit her zu sein, dass er zum letzten Mal hiergewesen war und dennoch war ihm alles vertraut. Er durchschritt das Zimmer, klopfte an die Tür und positionierte sich dahinter. Es dauerte nicht lange und der Leibwächter streckte den Kopf herein. Julio drückte ab. Es ertönte ein dumpfer Knall. Der Mann sackte ohne einen Laut zu Boden und Julio zog ihn ins Innere des Zimmers. Er horchte, doch offenbar hatte niemand etwas bemerkt. Nun musste er sich beeilen. Wenn Chara ihren toten Liebhaber fand, würde sie schreien und das ganze Haus damit in Alarmbereitschaft versetzen. Julio seufzte und sah noch einmal zur Geheimtür, die inzwischen verschlossen war. So einfach, wie er hineingelangt war, würde er nicht wieder hinausgelangen.

Die Dusche rauschte noch immer und Julio spähte auf den Flur. Es war niemand zu sehen. Vor ihm lag das weitläufige Treppenhaus mit dem hellhörigen Marmorfußboden. Er trat hinaus und zog die Tür hinter sich ins Schloss. Die Waffe im Anschlag lief er an der Wand entlang. Irgendwo war ein Fernseher zu hören. Vermutlich im unteren Bereich, wo sich die meisten Wachen aufhielten. Die oberen Gemächer waren alleine für die Bosse da. Er verharrte vor dem Durchgang zum anderen Teil des Hauses. Am Ende des Flurs warteten die Bodyguards von Arturo und Lorena. Sie bewohnten zwei getrennte Schlafzimmer. Vor den Türen standen die Männer in Position. Er musste sie beide erledigen. Julio holte seine Taschenlampe hervor und leuchtete kurz in den Gang. Schon hörte er Stimmen. Und Schritte. Er wartete, die Waffe erhoben, die Knie leicht gebeugt und den Blick über den Lauf gerichtet. Als der erste Bodyguard sichtbar wurde, brauchte er nur den Bruchteil einer Sekunde, um ihn zu erledigen. Die Männer waren unbedarft, weil sie nicht glauben konnten, dass jemand ihre Festung bezwang. Das war Julios Vorteil. Der zweite Bodyguard war dem ersten gefolgt. Ehe er reagieren konnte, setzte Julio auch ihn außer Gefecht. Sein Leichnam fiel geräuschlos auf den seines Kollegen. Julio bewegte sich nicht, konzentrierte sich auf sein Gehör. Der Fernseher im Untergeschoss lief weiter, gedämpfte Stimmen redeten miteinander. Auch im Flur zu seiner Linken, den er nicht einsehen konnte, blieb es ruhig.

Er machte drei Schritte zu den Leichen hin, zerrte sie in die hinterste Ecke des Treppenhauses, wo man sie nicht sofort sah, und sicherte den Flur. Dann eilte er zu den Türen am Ende. Arturos Schlafzimmer war das auf der rechten Seite. Julio drehte den Türknauf. Es quietschte, bevor sich die Tür mit leisem Knarzen öffnete. Er hielt die Luft an und schob die Waffe in den Raum hinein. Nichts geschah. Vorsichtig pirschte er weiter vor, nahm alles blitzschnell in Augenschein. Arturos Zimmer lag verlassen da. Die Bettdecke war zurückgeschlagen, doch niemand lag darin. Im Bad brannte Licht. Julio sah sich um, drehte seinen Körper systematisch mit der Waffe. Er hatte das unangenehme Gefühl, beobachtet zu werden, und er hatte gelernt, diesem Gefühl zu vertrauen. Seine Bewegungen waren fließend, deckten jede Richtung des Zimmers ab. All seine Sinne waren in Alarmbereitschaft und das Adrenalin machte sie hochsensibel. Den Luftzug zu seiner Linken spürte er sofort und fuhr herum. Seine Waffe zielte auf den Schrank. Er ging näher heran, riss die Tür auf. Ein Loch im Schrankboden! Dieser elende Mistkerl!

Julio richtete die Waffe in die Finsternis, die sich darunter erstreckte. Ohne weiter nachzudenken, nahm er die Verfolgung auf, hechtete über die Eisenstufen in die Tiefe. Dort angekommen, ging er in die Hocke und schoss in die Dunkelheit. Er hörte keine Schritte. Sicherheitshalber gab er drei weitere Schüsse ab, bevor er die Taschenlampe zückte und zielstrebig voranschritt. Er war sich sicher, dass dies einer der Tunnel war, die Arturo zum Stadtrand brachte. Er musste sich beeilen!

Auf halbem Weg schlugen seine Sinne plötzlich wieder

Alarm. Er blieb stehen. Das Gefühl, beobachtet zu werden, wurde übermächtig. Er drehte sich um und spürte einen stechenden Schmerz im Oberarm, der ihm nur allzu vertraut war. Der darauffolgende Knall brachte es ihm ins Bewusstsein. Jemand hatte auf ihn geschossen! Der Lichtkegel seiner Taschenlampe erfasste den Verfolger.

»*El Señor*!« Julio senkte die Waffe nicht, sondern nahm den obersten Boss des Kartells ungerührt ins Visier.

»Julio Camarena.« Für einige Atemzüge fixierten sie sich. »Warum bist du nicht bei meinem Sohn?«

Julio wusste, dass er schon längst tot wäre, hätte es Arturo Zarpata darauf angelegt. Viele mochten das Oberhaupt des Sinaloa-Kartells unterschätzen, weil er stets einen Trupp Leibwächter um sich scharte, aber wenn es hart auf hart kam, war Arturo Zarpata selbst in der Lage, sich zu verteidigen.

»Weil ich hier bin.« Julios Finger berührte den Abzug.

»Um was zu tun? Mich umzulegen?« *El Señor* kam unbeeindruckt näher, seine Beretta zielte zwischen Julios Augen. »Auf wessen Befehl?«

Julio schwieg. Er fühlte sich wie ein Verräter.

»Die Los Zetas, habe ich recht?« Arturo Zarpata blieb stehen. Er trug einen seidenen Schlafanzug, sein rundes Gesicht war ordentlich rasiert und die Tränensäcke unter den Augen waren ausgeprägter als beim letzten Mal, als Julio ihm begegnet war. »Rede, du Dummkopf!«

Julio atmete aus. Er hätte schon längst abdrücken sollen. Was zum Teufel hinderte ihn daran? Inzwischen war die Lage für ihn bedrohlicher als für sein Gegenüber.

»Ist es, weil mein dämlicher Sohn Geschäfte mit ihnen macht?«

Julio horchte auf. Er hob das Kinn, peilte das rechte Auge des Bosses an.

»*A la verga!*«, stieß der hervor. »Du hast fünf Sekunden, mein Junge. Drück ab oder ich tu's!«

Julio presste die Zähne aufeinander. Er dachte an seine Familie und das, was dieser Stadt bevorstand, wenn er Arturo Zarpata umlegte. »Es sind die Los Zetas«, entfuhr es ihm und er senkte die Lider. Rose, fuhr es ihm durch den Kopf. Sie sollte der letzte Gedanke sein, bevor er starb. Ihr Vertrauen hatte ihn gerührt und gerettet. Sie war die Wärme, die seine Kälte durchbrochen hatte. Der Schmerz in seinem Oberarm nahm zu und ließ seine Finger taub werden. Unendlich langsam senkte er die Waffe. Er spürte das Blut seinen Arm hinunterlaufen.

Arturo Zarpata war sofort bei ihm und schlug ihm die Pistole aus der Hand. Sie fiel zu Boden und Julio starrte sie an. Kaltes Eisen legte sich an seine Stirn.

»Du bist ein Verräter«, zischte Arturo. »Warum hast du dich kaufen lassen, Camarena? Du weißt, das kostet deine Familie das Leben!«

»Ich habe es getan, um sie zu retten. Und die Frau, die ich …« Es gelang ihm nicht, es auszusprechen. Selbst in dieser Situation nicht. Das unausgesprochene Wort verhallte im Tunnel und doch wussten sie beide, was er gemeint hatte.

Arturo schnaubte, der Druck seiner Waffe gegen Julios Stirn verstärkte sich. »Sag mir, was passiert ist«, hörte er die Stimme des Bosses. »Wenn es eine Frau gibt, der dein Herz gehört, dann bist du es ihr schuldig, einen guten Tod zu sterben.«

Julio atmete aus. In diesem Moment gab es keinen Grund mehr zu lügen. Deshalb begann er zu reden. »Pedro glaubt, dass Sie ihn um seinen Anteil an den Drogen bringen. Ein Carlos Mendez Arellano ist vor einigen Wochen bei ihm aufgetaucht. Er behauptet, ein *Logística* zu sein, und hat Pedro erzählt, dass ein Drittel des Heroins und Marihuanas aus Mexiko nicht an unsere *Tenientes* ausgeliefert wird.«

»Ha«, brummte Arturo. »Red weiter!«

»Pedro denkt, Sie hätten etwas mit Ihrem Neffen aufgezogen, was Sie ihm verheimlichen. Aus diesem Grund hat er sich an Osiel Moralez gewandt. Er wollte ihm eine Ladung Heroin abkaufen, um die Belieferung der Ostküste zu sichern. Der Deal sollte vorgestern in Brownsville über die Bühne gehen. Pedro hat mich geschickt. Zusammen mit unserem Muli. Doch Osiel Moralez hatte nie vor, Ihrem Sohn Drogen zu liefern. Er kannte mich und servierte mir den Kopf meines Bruders Marco, um mir zu verstehen zu geben, was er von mir will.«

»Was will er, Camarena?«

»Sie!« Julio hob den Blick. »Ich soll Sie töten. Dann will er Culiacán unter seine Kontrolle bringen und damit den gesamten Bundesstaat. Er behauptet, er hätte längst die Macht über die Ostküste der USA. Selbst die meisten unserer *Tenientes* hätten ihm die Hand gereicht. Sogar unser Suppenkoch arbeitet bereits für die Zetas! Sie schmuggeln die Drogen auf Schiffen ins Land.«

»So ist das.« Arturo hob eine Augenbraue. »Und was hat dir Osiel versprochen?«

»Das Leben meiner Familie. Und das von Rose.«

»Rose.« Stille folgte. Nach einer gefühlten Ewigkeit nahm der Boss die Waffe von Julio Stirn. »Komm mit, Camarena!«

Julio stutzte. Sein Puls überschlug sich. Er hatte den Tod erwartet. Einen gnädigen Tod, keine Folter. Was hatte er falsch gemacht?

Arturo hob die FN 5.7 auf und sicherte sie. »Die Los Zetas haben dir sogar ihre eigene Knarre mitgegeben? Bastarde!« Er drehte Julio den Rücken zu.

Dieser folgte dem Boss wie ein Hund an der Leine. Seine

Wunde im Oberarm pochte mit jedem seiner Schritte. Je näher sie dem Ausgang in der Villa kamen, desto mehr aufgebrachte Stimmen waren zu hören.

»*Todo bien*«, herrschte Arturo seine Männer an, die durch sein Zimmer wuselten und das gesamte Haus abzusichern schienen. Mit Schwung hievten sie ihren Boss zurück nach oben und richteten ihre Waffen sofort auf Julio. Arturo drängte sich dazwischen. »Es ist in Ordnung! Lasst ihn durch!«

Julio erklomm die Eisenstufen und blickte in die hasserfüllten Gesichter der Wachen. Sie hatten ihre toten Kameraden längst entdeckt und gierten nach Rache.

»Setz dich.« Arturo Zarpata deutete auf einen Sessel und sagte an seine Männer gewandt: »Holt Lorena! Sie soll Verbandszeug mitbringen.«

Kaum waren sie allein, schenkte Arturo zwei Gläser Whiskey ein, gab Julio eins davon und setzte sich ihm gegenüber. »Wie bist du hier reingekommen?«

»Über Pedros Tunnel.«

»Mein Sohn hat seinen eigenen Tunnel? Wofür?«

»Frauen.«

Arturo lachte auf. »Das kleine Arschloch. Ich wusste, dass er Huren ins Haus geholt hat, obwohl ich es ihm verboten hatte!« Er nahm einen Schluck Whiskey. »Pedros Schwanz ist tatsächlich größer als sein Gehirn.«

Die Tür ging auf und Lorena trat ein. Bei Julios Anblick blieb sie stehen und runzelte die Stirn. »Ist Pedro etwas zugestoßen?«, fragte sie.

»Keine Sorge, *cariña*, es geht ihm gut.« Arturo deutete auf Julio. »Camarena ist verletzt. Würdest du dich bitte um ihn kümmern?«

»Warum?« Sie starrte ihren Ehemann an. »Was ist hier los, Arturo?«

»Dein Sohn hat Scheiße gebaut.«

»Wie groß ist sie?«

»Ein riesiger Haufen, fürchte ich.«

»Sagt wer?«

»Camarena.«

Lorenas Blick wanderte zurück zu Julio. »Hast du meinen Sohn verpetzt?«, wollte sie wissen. »Was erhoffst du dir davon?«

»Er hofft gar nichts mehr. Und deshalb glaube ich ihm.« Arturo machte eine herrische Geste. »Und jetzt hilf ihm, bitte!«

Lorena näherte sich und ging neben Julio in die Knie. Sein Blut tropfte bereits auf den gelackten Mahagoniholzboden. Er zog die Lederjacke aus und sie holte ein Messer aus ihrem Hausmantel, um den Ärmel seines Shirts zu zerschneiden. Julio ließ sie dabei nicht aus den Augen. Lorena war ebenso unberechenbar, wie sie schön war.

»Wann kommt Pedro nach Hause?« Ihre Finger waren nicht zimperlich, als sie seine Wunde untersuchte.

»Wenn es nach mir geht, gar nicht mehr«, brummte Arturo.

»Was redest du da?« Lorena tupfte das Blut weg, um die Wunde zu begutachten. Sie war Kinderärztin gewesen, bevor sie Arturo geheiratet hatte. Ein Segen, wie ihr Ehemann gerne kundtat.

»Wenn aus deinem Samen am Ende ein mickriger Baum wird, dann solltest du ihn fällen.« Arturo trank den Whiskey aus und knallte das Glas auf den Tisch. »Pedro macht uns Schande!«

Lorena sah Julio in die Augen und er erkannte Hass in ihnen. »Das muss genäht werden«, fauchte sie.

Arturo winkte ab. »Das machen wir später. Zuerst müssen

Camarena und ich reden. Desinfizier die Wunde und bind sie ab.«

Lorena gehorchte. Dabei war sie so grob, dass Julio mit den Zähnen knirschte. Erst, als Lorena das Zimmer verließ und die Tür hinter sich zuknallte, löste sich seine Anspannung.

»Also«, Arturo lehnte sich zurück, »du warst ehrlich zu mir, mein Junge, deshalb bin ich es jetzt auch zu dir.«

Julio leerte sein Whiskeyglas in einem Zug. Er glaubte noch immer nicht, dass er am Leben war und war neugierig, was Arturo Zarpata dazu bewogen hatte, ihm kein Loch in den Schädel zu schießen. Aufmerksam lauschte er dessen Worten.

»Carlos Mendez Arellano ist einer meiner Männer. Ich habe ihn zu Pedro geschickt, um Gerüchte zu säen. Mein Sohn mag von vielen Dingen Ahnung haben, aber vom Geschäft hat er keine. Ich weiß längst, dass die Los Zetas ihre dreckigen Finger nach unseren Territorien ausstrecken. Deshalb wollte ich wissen, wie loyal mein Sohn ist, wenn es darauf ankommt.«

»Carlos ist Ihr Mann?«

»Ganz recht! Ein ziemlicher Wichser, nicht wahr? Er erledigt seit Jahren die Drecksarbeit für mich.«

Julio konnte nicht glauben, was er hörte. »Dann haben Sie absichtlich Drogen zurückgehalten, um Ihren Sohn zu testen?«

»Entsetzt dich das etwa, Camarena? Du solltest doch selbst am besten wissen, wie Pedro ist. Ein Heißsporn und ein Dummkopf. Er wollte sein eigenes Ding an der Ostküste hochziehen, obwohl ich ihm davon abgeraten habe. Bleib im mittleren Westen, hab ich ihm gesagt, aber nein, er wollte in den Osten. Weißt du, was das Problem am Osten ist?«

Julio schüttelte den Kopf.

»Die Regierung! Washington sieht es nicht gerne, wenn direkt unter ihrem Radar Drogen verkauft werden. Und der Transport mit den Mulis ist gefährlich. Wenn dich die DEA erst einmal auf dem Schirm hat, dann wirst du sie nicht mehr los. Die kleben an dir wie eine beschissene Klette. Deshalb hatte ich Sorge. Ich kann es nicht brauchen, dass die DEA mein gesamtes Logistiknetz unter die Lupe nimmt. Aber Pedro war das egal. Er nahm all das nicht ernst. Wir hatten viele Diskussionen darüber. Am Ende war ich mir nicht mehr sicher, ob er tatsächlich das Beste für unsere Familie will. Ich schickte Carlos, um ein paar Informationen zu streuen, und Carlos berichtete mir, dass Pedro zunehmend nervöser wurde. Dass er sich aber am Ende mit unserem Erzfeind Osiel Moralez zusammentun wollte, ist mir neu. Ich hatte eine Ahnung, doch der kleine Mistkerl hat es tatsächlich durchgezogen! Er hat Carlos nichts darüber gesagt. Du warst stets seine einzige Vertrauensperson.«

»Sein Vertrauen habe ich jetzt verloren«, murmelte Julio und beobachtete, wie Arturo Whiskey nachschenkte.

»Du magst das meines Sohnes verloren haben, aber meins hast du gewonnen.« Er hielt das Glas in die Höhe und stieß mit Julio an. »Du hast dir nie etwas zuschulden kommen lassen, Camarena. Du warst dem Kartell treu ergeben, bist für Pedro sogar ins Hoheitsgebiet der Los Zetas gefahren, obwohl du wusstest, dass es deinen Tod bedeuten könnte.«

»Das hat es. Zumindest hat Osiel das Pedro erzählt. Er schickte den Muli ohne Drogen zurück.«

»War der Muli diese Frau?« Arturo legte wissend den Kopf schief. »Rose?«

Julio nickte. »Ich habe sie rekrutiert.«

»Eine clevere Idee. Eine Frau als Muli. Sehr clever.« Arturo grinste. »Ich wette, meinem dummen Sohn hat das nicht gefallen.«

»Nein.« Julio zögerte. »Ich mache mir Sorgen um sie.«

»Sollte Pedro sie in seine Finger bekommen, lyncht er sie. So viel steht fest.«

Julios Magen verkrampfte sich. Noch vor einer Stunde hatte er seine Sorge um Rose verdrängt, weil er sich auf seinen Auftrag konzentriert hatte, doch nun wurde sie übermächtig. »Ich würde sie gerne suchen«, wagte er zu sagen.

»Mhm.« Arturo bewegte den Zeigefinger von links nach rechts. »Zuerst bringst du mir meinen Sohn.«

Julio sah ihn entgeistert an.

»Ganz recht, Camarena. Pedro muss nach Hause kommen, bevor er noch mehr Schaden anrichtet. Wenn die Los Zetas herausfinden, dass ich lebe und Culiacán nicht in dem Chaos versinkt, auf das sie gehofft haben, werden sie verdammt wütend werden. Und ich will nicht, dass sie Pedro vierteilen. Das würde seine Mutter umbringen. Ich will ihn hier haben. Bei mir. Unter Aufsicht. Dann wird sich seine Frau vielleicht auch wieder benehmen.« Er nickte Julio zu. »Ich bin dir dankbar, dass du ihren Stecher umgelegt hast, sonst hätte ich es irgendwann tun müssen.«

»Sie überlassen den Los Zetas die Ostküste?«

»Wenn es stimmt, was du gesagt hast, gehört sie ihnen bereits. Sollen sie sich doch mit der DEA und den ganzen anderen Behörden herumschlagen. Dann können wir weiterarbeiten wie bisher.«

»Die Los Zetas werden Ihnen den Krieg erklären und ich bin so gut wie tot.«

»Warst du das nicht schon die ganze Zeit?« Arturo prostete ihm amüsiert zu. »Du wolltest mich töten, um deine Familie und diese Frau zu retten. Jetzt biete ich dir den Schutz deiner Familie und ein Leben mit dieser Frau an.«

»Ein Leben?«

»Ja, was sagst du dazu? Culiacán weiß sich zu wehren,

sollten die Los Zetas angreifen. Wir haben sie schon einmal vertrieben, das wird uns auch ein zweites Mal gelingen. Deine Eltern und deine Brüder sind in Sicherheit, solange sie die Stadt nicht verlassen. Und solltest du deine Rose lebend finden und mir meinen Sohn nach Hause bringen, lasse ich euch beide gehen.«

Julio starrte *El Señor* an. Er konnte nicht glauben, was er hörte.

»Willst du mein Ehrenwort darauf?« Arturo streckte ihm die Hand entgegen. »Du weißt, dass ich es niemals breche.«

»Sie lassen mich und Rose gehen?«, wiederholte Julio misstrauisch.

»Das tue ich. Pedro wird dich für immer hassen. Er wird dich töten wollen. Die Los Zetas ebenfalls. Du solltest untertauchen, mein Junge.«

Zögerlich ergriff Julio Arturos Hand. Er hatte in letzter Zeit zu viele Hände geschüttelt und zu viele Versprechen erhalten. Welches von ihnen würde am Ende Bestand haben?

»Du wirst meine nächste Lieferung begleiten«, bestimmte Arturo, während er Julios Hand drückte. »Gleich morgen früh bringen wir dich über die Grenze und dann per Privatjet nach Philadelphia. Das Flugzeug wartet dort auf dich und meinen Sohn.« Er hielt inne, sein Händedruck verstärkte sich. »Ich will ihn unverletzt zurück, ist das klar? Der einzige, der meinen Sohn bestraft, bin ich selbst!«

»Natürlich, *El Señor*!« Julios Blick heftete sich auf ihre ineinander verschränkten Hände. Er war wieder ein Mitglied des Sinaloa-Kartells, doch längst nicht frei von Verpflichtungen. Er musste Pedro nach Hause holen und, was noch viel wichtiger war, er musste Rose finden!

ROSE

Rose kauerte neben Diego und Cruzito auf einem Ledersofa. Vor ihnen auf einem umgedrehten Stuhl thronte Gael, die Ellbogen auf der Rückenlehne abgestützt, die Waffe locker in der Hand. Die Nacht schritt voran. Diego schnaufte, hielt sich den Oberschenkel, welchen man ihm nur mit einem Schal abgebunden hatte.

»Ich brauche einen Arzt«, japste er. »Mir geht es nicht gut.«

»Du hältst noch lange durch.« Gael grinste. »Aber wenn du mir sagst, wo das Heroin ist, bekommst du Hilfe.«

»Ich habe kein Heroin«, brüllte Diego und Gael zielte mit der Waffe auf ihn.

»Schrei nicht so rum! Oder soll ich dir zusätzlich ins Knie schießen? *Das* sind höllische Schmerzen!«

Diego verstummte und Rose fing Cruzitos Blick auf. Es war nicht die beste Idee des Jungen gewesen, ihrem Ehemann einen Drogenraub anzuhängen. Andererseits stiftete es Verwirrung, auch wenn sie sich nicht sicher war, ob es am Ende etwas änderte. Julio hatte ihr erzählt, wie das Kartell folterte, und Rose bemühte sich, nicht in Panik zu verfallen. Sie wusste, ihr würde niemand glauben, selbst wenn sie die Wahrheit sagte. All das, was geschehen war, klang sogar in ihren Ohren viel zu abgedreht. Pedro würde sie foltern, ihr mit der Kettensäge die Gliedmaßen abtrennen, bis sie verblutete. Rose bekam sich nur mühsam unter Kontrolle. Ihr Herz schlug so schnell, dass sie glaubte, zu hyperventilieren.

»Worauf warten wir denn?«, entfuhr es ihr.

Gael zuckte mit den Schultern. »Der *Patrón* möchte euch sehen. Er kommt, wenn er Zeit hat.«

Diego ächzte und wiegte den Oberkörper vor und zurück. »Das wirst du mir büßen, Rose«, zischte er. »Du bist so gut wie tot!«

»Tstststs«, machte Gael. »Keine Drohungen gegen unseren Muli. Als ich in ihre Wohnung kam, hast du sie mit der Waffe bedroht, nicht umgekehrt. Und sieh dir bitte ihr Gesicht an! Was zum Teufel ist in dich gefahren, *cabrón*?«

»Sie ist meine verdammte Ehefrau! Ich kann mit ihr tun, was ich will!« Diego spuckte aus. »Außerdem habe ich Rechte in diesem Land! Ich werde zur Polizei gehen!«

Gael lachte schallend. »Ich bin mir nicht sicher, ob du dieses Haus je wieder verlässt, mein Freund.«

Diego verstummte. Entsetzen machte sich auf seinem Gesicht breit. Es war beinahe belustigend zu beobachten, wie ihm erst jetzt zu dämmern schien, wie ernst die Situation tatsächlich war. Rose starrte zu Boden, sie konnte ihn nicht länger ansehen. Das Warten rieb sie innerlich auf, ihre Gedanken brachten sie um den Verstand.

In diesem Augenblick flog die Tür auf und alle zuckten zusammen. Rose erkannte sofort, wer dort im Türrahmen stand. Pedro Zarpata, der *Patrón*. Die Szene, wie er Adriana erschoss, lief vor ihrem inneren Auge ab, und sie stöhnte auf.

»Soso.« Pedro schlenderte in den Raum und Gael erhob

sich von seinem Stuhl. »Da haben wir also die drei. Was ist das Problem, Gael?«

»Nun ja, du hast mir befohlen, den Muli ausfindig zu machen, *Patrón*. Hier ist sie. Allerdings ohne das Heroin. Das Auto war leer. Es parkte an der Straße, in der sich ihre Wohnung befindet. Als ich das Haus betrat, fing mich ihr Vermieter ab und fragte, wohin ich wollte. Ich sagte es ihm und er meinte, ich sollte Ms Sanchez nicht stören, weil sie Besuch von ihrem Mann hätte. Nun ja, ich habe das überprüft und die kleine Rose hier hatte sogar Besuch von zwei Männern. Unserem Cruzito und diesem Kerl, der sie beide mit einer Waffe bedroht hat, als ich dazukam. Cruzito behauptet, er hätte das Heroin.«

»Das habe ich nicht«, verteidigte sich Diego, allerdings etwas kleinlauter als zuvor.

Pedro schob sich die Hände in die Hosentaschen seines Anzugs. Sein Blick verweilte auf Rose, bevor er Cruzito fixierte. »Was hattest du bei unserem Muli zu suchen?«, raunzte er den Jungen an.

»Sie ist eine Freundin. Ich habe sie mit Julio bekanntgemacht, als sie einen Job brauchte. Ich besuche sie öfter.«

»Niedlich.« Pedro nickte. »Und was passierte dann?«

»Ich klopfte an ihre Tür, aber Rose war nicht allein. Die Tür wurde aufgerissen und dieser Typ zog mich ins Innere. Ich erkannte, dass er Rose übel zugerichtet hatte.«

»Das sehe ich.« Pedro wandte sich an Rose. »Warum hat er das getan?«

Ihr brach der Schweiß aus. »So ist er eben«, murmelte sie. »Deshalb habe ich ihn verlassen.«

Sie hörte Diego neben sich schnauben. »Du dämliche Schlampe!«

Pedro schoss nach vorne. »Habe ich dich gefragt?«, wollte er aufgebracht wissen und beugte sich zu Diego hinunter.

Dieser schüttelte den Kopf und presste die Lippen aufeinander.

»Woher stammst du?«, bohrte Pedro nach. »Puerto Rico? Arbeitest du für die Bullen?«

»Was? Nein!« Diego wich zurück.

»Puerto Ricaner arbeiten fast immer für die Bullen.«

»Ich nicht!«

»Das finden wir gleich heraus.« Pedro gab Gael ein Zeichen und der verschwand. »Was ist dann passiert, Cruzito?«

»Wieso fragen Sie den?«, empörte sich Diego. »Ich bin unschuldig! Dieser Gael hat mich angeschossen!«

»Zu Recht, wie ich finde. Cruzito verkauft meine verfickten Drogen! Und jeden Montag liefert er brav seinen Gewinn hier ab. Ich vertraue ihm, aber dich kenne ich nicht!«

»Ich bin Rose' Ehemann! Und ich bin nur hergekommen, um meine Frau nach Hause zu holen!«

»Und ihre Drogen ebenfalls?« Pedro warf Rose einen Blick zu. »Wann hast du ihn verlassen?«

»Vor einem Jahr.«

»Und dann taucht er in jenem Moment auf, in dem du für uns eine riesige Ladung Heroin transportierst? Was für ein Zufall!« Pedro grinste hinterhältig und Rose schluckte. Sie wusste, sie sollte die Wahrheit sagen, aber ihre Zunge war wie festgeklebt.

Gael kam zurück. Er trug einen Aktenkoffer bei sich. Pedro zerrte Diego in die Höhe.

»Setz dich auf den Stuhl«, befahl er.

Diego wehrte sich. Allmählich schlich sich der blanke Horror in sein Gesicht. Rose' Finger krallten sich in das Sofa. Sie würden doch nicht …?

»Mach schon!« Der *Patrón* übergab Diego an Gael, der

den Stuhl umdrehte und Diego grob zwang, sich hinzusetzen. Dann fesselte er ihm die Hände im Rücken.

»Verdammte Scheiße«, murmelte Diego und sah Rose flehend an. »Ich habe nichts getan! Ich habe kein Interesse an Drogen. Sag es ihnen, Rose! Sag es ihnen!«

Doch Rose schwieg eisern, auch wenn sie kaum noch Luft bekam. Sie wollte nicht sehen, was mit Diego geschah. Sie hasste ihn. Einem Teil von ihr war egal, was mit ihm geschah. Ein anderer Teil aber wollte nicht, dass man ihn folterte. Kein Wort kam über ihre Lippen.

»Es war nicht einmal meine Waffe!« Diego wand sich wie ein Wurm.

»Es war meine«, sagte Cruzito schnell. »Er hat sie mir abgenommen.« Rose sah ihn an. Der Junge hatte rasch gelernt, sich das Vertrauen des Kartells zu erschleichen. Und er schien nicht vorzuhaben, es sich wieder entziehen zu lassen. Verschwörerisch erwiderte er Rose' Blick. Sie schluckte.

»Ich habe Geld«, rief Diego in Panik, als Gael den Akten-koffer öffnete. »Ich bezahle Sie!«

Pedro warf den Kopf in den Nacken und lachte. »Ist das bereits ein Geständnis, Ehemann von Rose? Willst du mir das Geld für das Heroin zurückgeben?«

»Ja!« Diego nickte heftig. »Ich gebe Ihnen das Geld!«

»Du hast tatsächlich dreißig Millionen Dollar bei dir?« Pedros Lachen wurde zu einer bösartigen Fratze.

»Dreißig … Millionen?«, stotterte Diego.

»Sag bloß, man hat dir weniger dafür gegeben. Hast du dich etwa übers Ohr hauen lassen?«

»Ich habe Ihr Heroin nicht verkauft! Bis heute wusste ich nicht einmal, dass Rose für Sie arbeitet!«

Gael erhob sich und hieb Diego etwas in den Oberschen-kel. Der schrie derart gepeinigt auf, dass sich Rose' gesamter

Körper verkrampfte. Gelassen trat Gael zurück und Rose erkannte einen riesigen Nagel, der aus Diegos Oberschenkel ragte. Gael umwickelte ihn mit Drähten aus einem aufgeschnittenen Stromkabel, während Diego sich gegen das wehrte, was ihm bevorstand. Tränen liefen über seine bärtige Wange und immer wieder sah er zu Rose.

»Hilf mir!«, flehte er. »Es tut mir leid. Ich werde dir nie mehr wehtun.«

Rose konnte seinen Blick nicht erwidern. Ihr war ganz schlecht vor dem, was sie sah und was sie dabei fühlte.

Gael lief mit dem Stromkabel in Richtung Steckdose und Pedro stellte sich vor Diego und verschränkte die Arme vor der Brust.

»Noch einmal von vorne, mein Freund. Wo ist das Heroin?«

»Warum fragen Sie *mich* das? Warum fragen Sie nicht Rose, wo es ist?«

Pedro nickte Gael zu und der führte den Stecker in die Dose ein. Für einige Sekunden vollführte Diego einen irren Tanz auf seinem Stuhl, bei dem ihm die Augen aus dem Kopf quollen, dann flog die Sicherung und es wurde dunkel. Pedro seufzte.

»Das ist jedes Mal ein kurzer Spaß«, hörte man ihn kichern. Die Tür des Zimmers öffnete sich, Gael ging hinaus. Bald darauf sprang das Licht wieder an und Rose erblickte Diego, dessen Kinn auf seine Brust gesackt war. Er hatte sich vollgekotzt. Pedro zog den Kopf an den Haaren nach oben und ohrfeigte Diego.

»Wo ist das Heroin, mein Freund?«

»Ich habe … nicht …«

Pedro ließ ihn los, nickte Gael zu und ein erneuter Stromschlag fuhr durch Diegos Körper. Die Sicherung flog, Gael ging hinaus, das Licht kehrte zurück.

»Das machen wir jetzt so lange, bis du plauderst«, sagte Pedro gelassen.

Diego zitterte und gab unmenschliche Laute von sich. Seine Augen waren gen Himmel verdreht und es sah aus, als hätte er sich ein Stück seiner Zunge abgebissen. Blut strömte aus seinem Mund.

»Aufhören!« Rose hob bittend die Hände. Ihr Atem ging immer schneller. »Er hat die Drogen nicht. Osiel Moralez hat mir kein Heroin mitgegeben!«

»Rose!«, flüsterte Cruzito entsetzt, doch sie konnte nicht länger schweigen. Diego war ein Schwein, aber das, was ihm angetan wurde, war unmenschlich und widerwärtig.

»Osiel Moralez hatte nie vor, Ihnen Drogen zu verkaufen«, fuhr sie mit zittriger Stimme fort. »Er hat gesagt, die Ostküste gehört ihm bereits. Alles, was er wollte, war Julio.«

»Julio?« Pedro verengte die Augen.

»Er hat ihn damit beauftragt, Ihren Vater zu töten.«

Pedro wirkte, als hätte er sich verhört. »Was hast du gesagt?«, fragte er heiser.

»Osiel hat Julio ein Geschenk gemacht: den Kopf seines Bruders. Und er hat damit gedroht, seine Familie zu töten, wenn Julio den Befehl nicht ausführt.«

»Und der miese Verräter hat angenommen?« Pedro lachte ungläubig auf. »Er ist gar nicht tot, sondern ein *Sicario* der Los Zetas?«

»Er hat nur seine Familie …«

»Ich bin seine verdammte Familie«, brüllte Pedro. »Das Sinaloa-Kartell ist seine verdammte Familie! All die Jahre hat er sich nicht um seine Eltern geschert, warum sollte er es jetzt tun?« Pedro überlegte, bis es ihm ganz langsam zu dämmern schien. »Du!«, rief er und deutete mit dem Finger auf Rose. »Osiel hat dich gehen lassen. Er hat *dich* verschont.« Der *Patrón* stöhnte aufgrund der Erkenntnis. »Julio hat mich wegen dir verraten, habe ich recht? Mein Bruder hat mich wegen einer Muschi verraten!« Aufgebracht zog er seine goldene Waffe aus dem Jackett und Rose erstarrte. Für einige Sekunden zielte Pedro auf sie, bevor er sich umdrehte und Diego aus nächster Nähe in den Kopf schoss. Blut und Gehirn spritzten durch den Raum. Rose wandte den Blick ab und würgte trocken. Die Konsequenzen ihrer Offenbarung überrollten sie, erschütterten sie bis in die Tiefen ihrer Seele.

»Julio ist nicht tot«, rief Pedro aufgebracht und lief im Kreis. Dabei verteilte er Diegos Blut auf dem Boden. »Er hat mich verraten!« Er raufte sich die Haare, schoss zweimal in die Luft. »Dieses miese Schwein hat mich verraten!«

Nur ganz allmählich beruhigte er sich, rieb sich wie ein Wahnsinniger das Gesicht. Seine Flüche kamen stoßweise. Irgendwann wurde er plötzlich völlig ruhig. Er blieb stehen, führte leise Selbstgespräche. Rose wagte es nicht, sich zu bewegen. Sie hörte Diegos Blut auf den Boden tropfen und bemühte sich, den übermächtigen Würgereiz zu unterdrücken. Gerade eben war ihr Ehemann noch da gewesen, jetzt war er es nicht mehr. All die Jahre, in denen er ihr Leid zugefügt hatte, verschwammen im Angesicht seines Todes, den sie sich niemals gewünscht hatte.

»Julio bringt meinen Vater um«, murmelte Pedro, gefangen in seiner eigenen Welt. »Das ist gut.« Er strahlte Gael an. »Das ist gut, habe ich recht?«

»Ich bin mir nicht sicher, *Patrón*«, erwiderte der verunsichert.

»Wenn mein Vater weg ist, bin ich der alleinige Herrscher.« Pedro breitete die Arme aus. »Ich werde dann zum Oberhaupt des Kartells. Culiacán wird mein Königreich und alle seine Männer werden mein Gefolge.« Er drehte sich im Kreis. »Das ist verdammt gut, Gael!«

»Ich bin ganz deiner Meinung, *Patrón*!«

»Wir werden uns an den Los Zetas rächen und ihnen zeigen, dass wir das größte Kartell Mexikos sind. Wir beliefern Nordamerika. Wir sind der Maßstab aller Dinge!« Pedro wandte sich Rose zu. »Und wenn Julio überlebt, dann wird er zurückkehren, um dich zu suchen. Und er wird dich hier finden.« Er rieb sich die Hände. »Das wird ein Fest.«

Gael öffnete die Tür und winkte einen Kollegen heran. Die beiden begannen aufzuräumen. Sie zerrten Diego vom Stuhl, als wäre er nichts weiter als ein Möbelstück, das entsorgt werden musste. Rose war völlig starr. Sie wusste, sie war am Leben, aber innerlich war sie tot.

»Bring sie zu den Mädchen. Sie soll sich herrichten. So lange sie hier ist, kann sie sich nützlich machen.« Pedro steckte seine Waffe ein und verließ den Raum.

Gael kam zu Rose und zog sie auf die Beine. »Das ist die beste Nachricht seit langem«, grinste er und schubste sie vor sich her.

»Was soll das?«, fragte Cruzito. »Ihr könnt sie doch nicht einfach hierbehalten!«

»Wir können und wir werden.« Gaels Hand wanderte über Rose' Rücken. »Und du solltest dich besser verziehen, Kleiner, bevor der Boss sich fragt, ob du womöglich tiefer in der Scheiße drinsteckst, als du zugegeben hast.«

Das letzte, was Rose sah, war Cruzitos ohnmächtiger Gesichtsausdruck, dann verschwand der Freund aus ihrem Blickfeld.

»Möchtest du wirklich nichts?« Das Mädchen namens Belita stellte ein Kokainfläschchen vor Rose hin und nickte ihr auffordernd zu. »Damit wird es leichter.«

Rose schüttelte benommen den Kopf. Sie stand noch

immer unter Schock. Diego war ermordet worden. Seitdem hatte sie jegliches Zeitgefühl verloren. Sie wusste, dass sie geschlafen hatte. In einem Zimmer mit drei anderen Frauen. Sie hatte etwas gegessen und sich dann übergeben. Draußen war es Tag gewesen, jetzt war es Abend. Die Mädchen hatten ihr ein rotes Lederkleid zum Anziehen herausgelegt. Es saß so eng, dass Rose kaum zu atmen wagte. Außerdem war es so kurz, dass es ihr über die Hüften rutschte, wenn sie sich hinsetzte. Unterwäsche trug sie keine. Noch nie hatte sie sich derart nackt gefühlt, obwohl sie etwas anhatte.

Rose betrachtete ihr Spiegelbild. Sie sah aus wie eine Hure. Dunkel umrahmte Augen, knallroter Lippenstift, Rouge bis zu den Ohren. All das Make-up verdeckte ihr wahres Ich. Und die blauen Flecke in ihrem Gesicht. Vielleicht war das gut so.

Belita bürstete ihr die Haare und sah sie im Spiegel an. »Die Männer sind in Ordnung«, sagte sie. »Die meisten von ihnen. Carlos ist ein Arschloch. Halt dich fern von ihm.«

Rose hörte ihre Worte und spürte die Berührung, aber innerlich war sie an einem anderen Ort.

»Gael steht auf dich. Er mag deine hellen Haare.« Belita kicherte. »Aber sein Schwanz ist echt klein.«

Die Bemerkung brachte die anderen zum Lachen.

»Er legt sich meist auf den Rücken und lässt dich arbeiten«, bemerkte Dolores. Sie hatte mollige Wangen und ihre Augen wirkten geradezu riesig in ihrem Puppengesicht. »Er steht auf Reverse Cowgirl, Baby!« Sie tat, als würde sie ein Lasso schwingen. »Wenn du es richtig anstellst, kannst du einem Kerl dabei einen Penisbruch zufügen.«

Das Gelächter wurde lauter.

»Mach das lieber nicht bei Gael«, raunte Belita Rose zu. »Dafür bringt er dich vermutlich um.«

»Niemand bringt Rose um«, entgegnete Tiana, eine rassige

Kolumbianerin, die gerade ungeniert ihren Perlenstring in Position brachte. »Noch nicht.« Ihr Blick war eisig und Rose erwiderte ihn nur kurz.

»Die ist eifersüchtig«, flüsterte Belita. »Sie hatte es immer auf Julio abgesehen, aber dann hat ihn Adriana bekommen und jetzt du.«

»Er gehört mir nicht«, murmelte Rose und verdrängte den quälenden Gedanken an Julio. Sie wollte nicht darüber nachgrübeln, ob er noch lebte oder längst tot war. Ob man ihn folterte oder ihm in den Kopf schoss, so wie Pedro es bei Diego getan hatte. Sie würgte und hielt sich die Hand vor den Mund.

»Hör auf damit!« Belita schlug ihr mit der Bürste auf die Schulter. »Der *Patrón* kann Schwäche nicht ausstehen. Zeig ihm bloß nicht, dass es dir schlecht geht, und tu alles, was er dir befiehlt. Alles, hörst du?«

Rose nickte mechanisch. Nach gestern hatte sie nicht geglaubt, dass ihr Leben noch schlimmer werden konnte, doch nun wurde sie eines besseren belehrt.

Dolores griff nach dem Kokslöffel und tunkte ihn in die Flasche. Dann hielt sie sich den Löffel unter die Nase und schniefte. Ihre Augen begannen zu tränen, sie lächelte. »Du solltest das Zeug nehmen, Rose. Glaub mir, du wirst damit den Orgasmus deines Lebens haben!«

»Als wenn die Kleine wüsste, was ein Orgasmus ist«, schnappte Tiana. »Du bist eine Nuyorican, habe ich recht?«

»Lass sie doch in Ruhe!« Belita drehte sich um und stützte die Hände in die Hüften.

»Pah!« Tiana machte eine abfällige Handbewegung. »Ihr Puerto Ricaner aus New York haltet euch doch alle für etwas Besseres, dabei ist es bei euch wie in einer Sekte. Kein Sex vor der Ehe, keine Urlaube und Familie über alles. Amen,

Ladys! Wenn das mein Leben wäre, hätte ich mich schon längst im Hudson ertränkt.«

»Nicht alle Frauen huldigen einzig ihrer Klitoris«, sagte Belita und begann, Rose die Haare hochzustecken.

»Immerhin weiß ich, wie man bei diesem Job Spaß hat!« Tiana zog sich ein goldglänzendes Kleid über den Kopf, das den Namen eigentlich nicht verdiente. Es war rückenfrei, besaß einen tiefen Wasserfallausschnitt und war seitlich bis zur Hüfte geschlitzt.

»Dann kannst du Carlos ja heute von Rose fernhalten.« Belita warf ihr einen Blick zu. »Sie muss ja nicht gleich am ersten Abend vergewaltigt werden.«

»Ist mir doch egal, wer seinen Schwanz in sie schiebt.« Tiana schüttelte ihre geglätteten Haare in Form.

»Sie ist nicht immer so«, entschuldigte Belita ihre Kollegin. »Eigentlich ist sie ganz okay. Wir müssen hier zusammenhalten, weißt du. Es ist ein gutbezahlter Job, aber eben einer mit einem gewissen Risiko.« Sie schob Haarnadeln in die Hochsteckfrisur, bevor sie sich ebenfalls den Kokslöffel schnappte. »Bist du dir sicher, dass du es nicht versuchen willst? Es ist ein wahnsinnig gutes Gefühl.«

Rose verneinte. Ihr war alles egal. Wenn Julio nicht kam, würde sie sterben. Wenn Julio kam, würde man sie foltern und sie würde sterben. Sie würde sterben. Ende der Geschichte.

»Okay.« Belita tupfte sich die Nase und blinzelte. »Der Abend läuft ab wie folgt: Wir gehen runter und mischen uns unter die Gesellschaft. Meistens musst du nur zuhören. Die Typen sind alle ganz wild darauf, von sich und ihren Erfolgen zu erzählen. Sie betatschen dich ein wenig, aber der *Patrón* kann es nicht leiden, wenn die Gäste zu früh zu ficken beginnen. Das geht erst zwei Stunden vor Mitternacht los. Tu mir einen Gefallen und trink wenigstens etwas. Du musst tanzen und fröhlich sein. Wenn du so ein Gesicht ziehst, dann ist das schlecht fürs Image. Und das kann der *Patrón* gar nicht leiden. Also lächle!« Sie zog ihre Mundwinkel nach oben und forderte Rose auf, es ebenfalls zu tun.

»Komm schon!« Tiana schob sich dazwischen. »Denkst du wir haben so etwas noch nie erlebt? Adriana hat hier bei uns im Zimmer geschlafen. Ihr Tod war ein Schock. Und doch wissen wir, dass es wieder passieren wird.«

»Warum bleibt ihr hier?« Rose drehte sich in ihrem Stuhl um und sah in drei erstaunte Gesichter. Zuerst lachte Tiana, dann Belita und Dolores.

»Wegen des Geldes, du naives Küken!« Tiana schüttelte ungläubig den Kopf.

»Ihr könnt es nehmen und abhauen.«

»Wir haben es aber nicht!« Dolores schnaubte. »Das ist der Deal. Wir bekommen ärztliche Versorgung, freies Wohnen, tägliche Mahlzeiten, Kleider, Schmuck und Make-up und dafür machen wir die Beine breit. Das haben wir vorher auch schon getan, aber das war längst nicht so angenehm. Wir kommen von der Straße und keine von uns hat Bock, da wieder hinzugehen. Wenn der *Patrón* genug von uns hat, bekommen wir unser Geld und sind frei. Und er zahlt verdammt gut.«

»Aber ihr wisst, was hier passiert. Ich meine …«

»Du hast gewusst, was ein Muli tut, und jetzt sag mir nicht, dass dich das Geld nicht gereizt hätte«, fauchte Tiana. »Jede von uns versucht zu überleben. Es ist mir egal, was hier passiert, Hauptsache ich fange mir keine Kugel ein. Verstanden?«

»Bring uns nicht in Gefahr!« Belita sah Rose verschwörerisch an. »Wenn du Scheiße baust, fällt das auf uns zurück. Und ich habe keine Lust, mir meinen guten Ruf zu ruinieren.«

»Okay«, flüsterte Rose und ignorierte Dolores, die ihr erneut das Kokainfläschchen anbot.

»Wie du meinst.« Sie zuckte mit den Achseln. »Aber heul später nicht rum.«

Belita zog ihr schulterfreies Kleid mit den seitlichen Cut-Outs in Form. »Let's Party, Ladys!«, rief sie und hob auffordernd den Arm.

Die drei Frauen drängten zur Tür hinaus und Rose folgte ihnen unsicher. Auf den hohen Schuhen konnte sie kaum laufen. Sie dachte darüber nach zu fliehen, wohl wissend, dass man sie dann vermutlich erschießen würde. Aber war es nicht egal, wann sie starb? Die Vorstellung, in dieser Nacht irgendeinem Kerl gefügig sein zu müssen, widerte sie so dermaßen an, dass ihr alles andere gleich weniger schlimm erschien.

Sie stiegen die Treppen hinunter und die Wachen begrüßten sie mit Schnalzlauten und Pfiffen. Tiana wanzte sich an einen bulligen Typ heran und wickelte sich dessen Krawatte um den Finger.

»Na Raúl«, gurrte sie. »Hast du heute Abend frei?«

Seine Hand glitt über ihren Po. Besitzergreifend drückte er zu. »Es sieht gut für uns aus, *chica.*« Sein Blick blieb an Rose hängen. »Was tut sie hier?«

Auf Tianas glatter Stirn bildete sich eine steile Falte. »Du kennst sie?«

»Sie ist der Muli. Keine von euch.«

»*Hijueputa*«, fauchte Tiana. »Und was macht das für einen Unterschied? Ist sie für deinen Schwanz dann attraktiver?«

Raúl erwiderte nichts, doch Rose spürte, wie sein Blick ihr folgte, als sie in den hinteren Teil der Villa gingen. Die Musik spielte bereits und bunte Lichter wirbelten über die Tanzfläche. Rose erinnerte sich, wie sie zum ersten Mal in der Villa gewesen war. Damals hatte das alles eine gewisse Faszination auf sie ausgeübt, die sich jedoch genauso schnell verflüchtigt hatte, wie sie gekommen war. Sie beobachtete, wie die Mädchen zur Bar strebten, und folgte ihnen.

»Vier Cosmos«, bestellte Dolores.

Wir machen den Cosmopolitan hier mit Tequila. Die Erinnerung an Julios Stimme jagte Rose einen Schauer über den Rücken. Sie wünschte sich so sehr, ihn noch einmal spüren zu können, dass es wehtat.

»Da ist sie ja!« Jemand gab ihr einen Klaps auf den Po und Rose wusste, ohne sich umzudrehen, dass es Carlos war. Belita sah sie mahnend an und Rose zwang sich zu einem Lächeln. Sie warf Carlos einen Blick über die Schulter zu.

»Ich wusste, dass der Tag kommt, an dem ich mich weiter deiner Erziehung widmen kann.« Seine Finger fuhren ihren Oberschenkel nach oben. »Heute Nacht gehörst du mir, *gata*.«

»*Oy*, Carlos, willst du mich eifersüchtig machen?« Tiana drängte heran und reichte Rose einen Cosmopolitan. Carlos legte den Arm um Tiana und Belita zog Rose mit sich.

»Ich sagte ja, sie ist nicht so übel«, flüsterte sie, während sie sich unter die anderen Mädchen mischten. »Wenn die Gäste kommen, wird Carlos dich nicht mehr finden. Du solltest allerdings schnell genug sein und dir jemanden suchen, der dich gegen dieses Arschloch verteidigt.«

Rose blieb stehen. »Ich kann das nicht«, wisperte sie. »Ich bin keine …«

»Hure?« Belita lachte. »Dann gib dir einen anderen Namen, denn eins steht fest: Du wirst heute gefickt werden! Am besten, du entspannst dich und genießt es.«

Rose schloss kurz die Augen, dann leerte sie ihren Cosmopolitan in einem Zug. Der Alkohol wärmte ihren überreizten Magen.

Belita hob eine Augenbraue. »So ist das«, stellte sie grinsend fest und winkte Dolores. »Wir brauchen Nachschub!«

Als die Gäste eine halbe Stunde später eintrafen, fühlte sich Rose' Kopf ganz leicht an. Die Bässe vibrierten durch ihren Körper, der geschmeidig dem Takt der Musik folgte. Sie heftete sich an Belitas Fersen, redete mit jedem, der sie in ein Gespräch verwickelte. Der angenehme Zustand, den der Alkohol in ihr hervorrief, löste ihre Befangenheit. Das Gefühl von fremden Händen auf ihrem Po, ihren Brüsten und ihren Oberschenkeln war ihr nicht länger unangenehm. Es war ihr gleichgültig. Ohne Julio war ihr Körper ohnehin nur eine Hülle, in der sie gefangen war. Sie hörte sich selbst hysterisch kichern und ließ sich zum Rhythmus der Musik herumwirbeln.

»*Hola!*« Das fremde Gesicht, in das sie gerade noch geschaut hatte, wurde von Gael abgelöst. »Du tanzt wie Jennifer Lopez.« Er drückte sich an sie. »Aber du siehst heißer aus.«

Rose lachte und lachte. Sie konnte gar nicht anders. Sie tanzte mit dem Mann, der Diego gefoltert hatte. Es war so absurd!

»Willst du später auf mein Zimmer kommen, wenn der Rest hier in den Pool hüpft?«, flüsterte er in ihr Ohr. Sein Finger schlüpfte unter ihr Kleid, fuhr die Spalte zwischen ihren Pobacken hinab und erforschte ihre Schamlippen.

Rose warf den Kopf in den Nacken. »Keine Ahnung«, lallte sie. Die bunten Lichter über ihr machten sie ganz benommen. Sie tanzte Gael davon und landete in den Armen eines anderen Mannes. So ging es weiter. Immer weiter. Stunde um Stunde. Cosmopolitan um Cosmopolitan.

»Wir ziehen uns jetzt aus und springen in den Pool«, zischte ihr Belita irgendwann zu. »Komm schon!«

»Ich kann gar nicht schwimmen!« Rose prustete los.

»Du kannst nicht …« Belita sah sich um. »Das ist egal, man kann fast überall stehen. Los jetzt!«

»Aber ich mag kein Wasser.« Rose hüpfte von einem Bein aufs andere. »Das ist so nass.«

»Bitte!« Belita wirkte besorgt. »Du hast versprochen, uns nicht in Schwierigkeiten zu bringen.«

»Wir sind doch schon alle in Schwierigkeiten.« Rose hielt ihr einen Finger gegen die Schläfe. »Bumm!«, sagte sie und giggelte. »Wir sind tot.«

»Lass sie bei mir.« Carlos trat zu ihnen und schob einen Finger in den Gummizug, der Belitas trägerloses Kleid hielt. Langsam zog er es nach unten, fuhr mit der Hand über Belitas Brüste. Sie beobachtete ihn dabei und ließ ihre Zungenspitze zwischen den Lippen hervorblitzen.

»Komm mit mir, Carlos«, lockte sie und streifte ihr Kleid komplett über die Hüften. Sie begann, sich selbst zu streicheln. »Du wirst es nicht bereuen.«

»Doch das werde ich.« Er scheuchte sie mit einer Handbewegung davon und sah Rose an. »Ich will etwas Unverbrauchtes.«

Rose blieb das Lachen im Hals stecken. Sie mochte betrunken sein, aber sie war noch nicht völlig gefühllos. Carlos lächelte wissend.

»Ich ficke anders als Julio«, knurrte er, schob seine Hand zwischen ihre Pobacken und dirigierte sie in Richtung Bar. »Und du schuldest mir noch was.«

Rose stolperte voran, die High Heels wirkten auf einmal wie Klumpen an ihren Füßen. Carlos schleuderte sie gegen den Tresen, zog ihr Kleid hoch und spreizte mit den Daumen ihre Pobacken. »Dieses Mal wird dich niemand retten«, grunzte er und Rose sah in Richtung Pool, wo die ersten Mädchen bereits von den männlichen Gästen rangenommen wurden. Ihre Hände krallten sich in das polierte Holz. Schlimmer als mit Diego würde es nicht werden, versuchte sie sich zu beruhigen.

»Ich denke, das solltest du nicht tun«, hörte sie eine Stimme in ihrem Rücken.

»Wovon redest du, Raúl?« Carlos' Finger arbeiteten sich zu ihrer Klitoris vor und Rose verzog angewidert den Mund.

»Der *Patrón* will sie.«

»*Mierda*!« Die Finger verschwanden und Rose spürte, wie ihr Kleid nach unten gezogen wurde. Jemand drehte sie um.

»Gehen wir!« Der Kerl namens Raúl packte sie am Oberarm und führte sie ab wie eine Gefangene.

Rose strauchelte die Treppen nach oben. Sie gingen den Flur hinunter und dann in den ersten Stock.

»Bitte … ich will nicht …« Rose spürte die Taubheit in ihrem Gesicht. Der Alkohol vernebelte ihr alle Sinne.

Raúl öffnete eine Tür und stieß sie ins Innere. Er folgte ihr und Rose sah sich benommen um.

»Wo ist er?« Sie drehte den Kopf. Allmählich realisierte ihr träges Gehirn, dass der *Patrón* gar nicht da war. Was war hier los? Sie hob abwehrend die Hände.

»Ich schütze dich bis zum Ende der Party«, murrte Raúl. »Dann kann ich nichts mehr für dich tun.«

»Wie bitte?« Rose ging rückwärts.

Raúl schüttelte den Kopf, als könnte er selbst kaum fassen, was er gerade tat. »Das ist der verdammt nochmal einzige Gefallen, den ich dir tue.«

Rose wich weiter zurück. Sie verstand nicht, wovon Raúl sprach.

»Ich danke dir, Mann!« Die Stimme in ihrem Rücken ließ sie zusammenzucken. Rose wirbelte herum.

»Julio!« Sein Anblick brachte die Mauer zum Einsturz, die sie zu ihrem eigenen Schutz errichtet hatte. »Du lebst!«

Julio riss sie in seine Arme und Rose schluchzte auf.

»Zwei Stunden«, schärfte Raúl ihnen ein und verschwand.

Julio eilte zur Tür und verschloss sie hinter seinem Kollegen, dann kam er zurück zu Rose. Sie umarmten sich erneut und er hielt sie so fest umschlungen, dass ihr die Luft wegblieb.

»*Mi amor*«, hörte sie seine Stimme an ihrem Ohr und ihr Schluchzen nahm zu. Die Nerven lagen blank.

»Scht!« Er wiegte sie in den Armen. »Erzähl mir, warum du hier bist. Was ist passiert?«

Das Erlebte der letzten Tage brach aus Rose heraus. Sie erzählte von Diegos Besuch, Cruzitos Versuch, ihr zu helfen, und Gaels Auftauchen in ihrer Wohnung. Unter Tränen berichtete sie von Diegos Folter, seinem Tod und Pedros Drohung.

»Ich bin der Köder«, stammelte sie. »Du musst verschwinden.« Sie hob den Kopf und sah ihn an. Er lebte! Das Gefühl seiner Nähe berauschte sie mehr als der Alkohol. Doch sein Gesicht war verzerrt vor Wut. Mit dem Daumen trocknete er die Tränen und wischte ihren Lippenstift fort.

»Hat dich heute Abend jemand …?« Er brach ab.

»Nein.« Rose lehnte sich gegen ihn. Ihr war schwindlig. »Ich meine, Carlos hätte beinahe …«

Julio fluchte, presste sie noch fester an sich. »Ich werde nicht gehen, Rose. Ich habe einen Auftrag zu erledigen.« Er setzte sich aufs Bett und zog sie auf seinen Schoss. »Pedros Vater lebt. Ich habe ihn nicht umgebracht.« Mit leiser Stimme erzählte er ihr, was vorgefallen war, während sich Rose an jene Worte klammerte, die ihr wieder Hoffnung gaben.

»Er hat gesagt, er lässt uns gehen?«, hakte sie ungläubig nach. »Glaubst du ihm?«

»Ich glaube an unsere Chance, Rose. Wenn er mich hätte töten wollen, hätte er es sofort getan. Er hätte Carlos beauftragen können, Pedro zu ihm zurückzubringen. Aber er hat mich beauftragt. Er will herausfinden, ob ich seine Erwartung erfülle.«

Sie schlang die Arme um seinen Hals. Es war zu schön, um wahr zu sein. Die Möglichkeit zu überleben und dann auch noch gemeinsam mit Julio, dem Mann, den sie kaum kannte und dem sie sich doch so verbunden fühlte, wie mit keinem Menschen jemals zuvor.

»Wir lassen alles hinter uns«, flüsterte sie. »Wir fangen neu an.« Die Idee entflammte sie.

»Ist es wirklich das, was du willst?« Seine Lippen schwebten vor den ihren. »Du wirst deine Familie niemals wiedersehen.«

»Ich könnte ohnehin nicht zurück. Nicht nachdem, was mit Diego geschehen ist. Ich könnte ihnen nie wieder in die Augen sehen. Alles, was auf Lügen gebaut wird, stürzt irgendwann ein.«

»Deshalb folgst du einem *Sicario*?«

»Ich folge dem Mann, den ich liebe.« Ihre Stimme wurde immer leiser. Nach alldem, was sie erlebt hatte, wollte sie nicht über Moral nachdenken, denn sie hatte gelernt, dass es Parallelwelten gab, die jenseits der Gesetze und Wertvorstellungen der Menschen existierten.

Er küsste sie zärtlich. Rose ahnte, dass er noch nicht bereit war, über Gefühle zu reden. Es war ihr gleichgültig, denn seine Berührungen waren ihr Antwort genug.

»Du hast eine Alkoholfahne.«

Rose musste lachen. Ihr plötzliches Glück fühlte sich unwirklich an. »Ich hatte zu viele Cosmopolitans«, entschuldigte sie sich.

»Das kann man dir nicht verdenken.« Sein Kuss wurde intensiver. »Dieses Kleid ist schrecklich.«

»Es gefällt dir nicht?«

»Es gefällt mir nicht an dir.«

»Oh, vielen Dank«, murmelte sie mit ironischem Unterton. »An deinen Komplimenten müssen wir noch arbeiten.«

»Hm.« Er löste ihre Haare und strich die Strähnen mit den Fingern glatt. »Ich hatte solche Angst um dich, Rose. Ich war in deiner Straße, aber dort war alles mit Polizeiband abgesperrt. Es gab ein Feuer in deiner Wohnung.«

»Der Ofen!« Sie hatte das Brot hineingetan und dann war Gael gekommen. Jetzt waren die Leichen gefunden worden. »Denkst du, man sucht mich?«

»Wissen deine Nachbarn, wie du heißt?«

Sie zuckte die Schultern. »Ich hatte zu niemandem Kontakt. Aber mein Name stand am Briefkasten. Und mein Vermieter kannte ihn.« Sie schluckte.

»Ich denke, die Polizei wird in alle Richtungen ermitteln.« Er nahm ihr Gesicht in seine Hände. »Aber wenn alles glatt läuft, sind wir heute Nacht fort.«

Ihr Herz klopfte wild. »Wie willst du Pedro dazu bewegen, dir zu folgen?«

»Ich werde ihn zwingen. Und das Schlimme ist, dass es mir gelingen muss, ihn dabei am Leben zu lassen.«

»Wird Raúl dir helfen?«

Julio verneinte. »Er ist einer von Pedros Leibwächtern. Wenn er mich erschießen muss, tut er's.«

»Aber er hat mich zu dir gebracht!«

»Das ist etwas anderes. Er hasst Carlos und als ich Raúl vorhin abgepasst habe, hat er mir verraten, dass du hier bist. Den Gefallen, von dem er gesprochen hat, hat er dir getan, nicht mir.«

Rose beugte sich vor und küsste ihn. Der Alkohol vermischt mit dem Hochgefühl, dass Julio bei ihr war, machte sie mutig. Ihre Hände schoben ihm die Jacke von den Schultern und hielten erstaunt inne, als sie erfühlten, dass Julio bewaffnet war, als würde er in den Krieg ziehen.

»Was ist das alles?«

»Zwei Berettas, ein Kampfmesser und drei Handgranaten.«

»Ach du Scheiße!« Sie löste die Verschlüsse der Kampfweste.

»Rose«, ermahnte Julio sie und hielt ihre Hände fest. »Du bist betrunken.«

»Und deshalb muss ich mich vergewissern, dass ich nicht träume.«

Er lächelte. »Du weißt, dass wir hier nicht in Sicherheit sind.«

»Raúl hat gesagt, wir haben zwei Stunden.«

»Dann ist die Party aus und ...«

Rose unterbrach ihn, indem sie die Träger des Kleides löste und es nach unten rollte. »Besser.« Sie atmete tief durch. »Das Ding bringt mich um.«

Julio küsste ihren Hals und ihre Brüste. »Du bringst mich um«, murmelte er.

Rose überließ sich seinen Berührungen. Ihre Lippen fanden sich, ruhten aufeinander. Sie atmete seinen Atem, fühlte die Sicherheit, die Julio ausstrahlte. Sachte öffnete sie ihre Lippen und durchdrang mit ihrer Zunge die seinen. Er nahm sie auf, seine Zungenspitze umkreiste die ihre. Unendlich langsam sanken sie aufs Bett, berührten sich, schlossen ihre Finger umeinander, lösten sie wieder. Julio entkleidete sich und legte seine Kampfweste neben sich. Sie hatten keine Zeit und doch stahlen sie sich diesen winzigen Augenblick. Es war, als hätte ihre Trennung sie noch näher zusammengeführt. Immer wieder fanden sich ihre Lippen, sie verharrten, nackte Haut auf nackter Haut, während sie sich mit den Augen festhielten und sich versicherten, dass sie noch lebten. Dass sie sich fühlten. Die Intensität ließ Rose erschauern. Alles, was sie erlebt hatte, seit sie Julio begegnet war, war extrem gewesen und hatte sie an den Rand dessen gebracht, was sie ertragen konnte. Ihre Angst und ihre Leidenschaft hatten das geformt, was ihre Bindung ausmachte.

»Du bist verletzt.« Ihre Finger fuhren über den Verband an seinem Oberarm.

»Ich wurde angeschossen.«

Die Sorge um ihn überlagerte ihre Erregung, vermischte sich mit ihr.

»Es ist okay«, beruhigte er sie und sie spürte seinen Penis, der gegen ihre Schamlippen stieß. Sofort spreizte sie die Beine weiter, damit er sie ganz ausfüllen konnte. Als er es tat, glaubte sie, vor Erregung zu vergehen. Seine Tattoos auf den harten Muskeln sahen so brutal aus und doch waren seine Berührungen in diesem Moment das genaue Gegenteil. Es schien, als wollte er ihr beweisen, dass er anders sein konnte. Ganz sachte bewegte er sich in ihr. Zärtlich und hingebungs-voll. Sie fanden ihren Rhythmus. Rose umschlang ihn mit ihren Beinen und er stützte sich auf den Ellbogen ab, um sie anzusehen. In diesem Moment war es nicht wichtig, dass sie sich sexuelle Erfüllung holten, denn alles, was sie wollten, war, sich gegenseitig Halt zu geben. Für das, was kommen würde. Die nächsten Stunden waren ungewiss, ihre gemein-same Zukunft von so vielen Faktoren anhängig, die sie nicht beeinflussen konnten. Doch die Gegenwart gehörte ihnen. Jeder Atemzug schenkte ihnen Kraft. Rose spürte Julio in sich. Seine Stöße waren kaum spürbar und doch war sie so erregt, dass sie ihn mit ihrer Nässe förmlich aufsaugte. Seine Nähe heilte ihre Wunden, auch wenn sie wusste, dass die tatsächliche Heilung erst sehr viel später einsetzen würde. Sie schloss die Augen und verdrängte, was Diego ihr in ihrer Wohnung angetan hatte. Sein Tod hatte alles verändert und sie wollte fühlen, dass ihre Welt noch aus anderen Dingen bestand als nur aus Gewalt und Grausamkeit. Julio war hier.

Er lebte. Er hielt sie. Nichts weiter zählte. Rose zog seinen Kopf zu sich heran. Sie wollte in ihm ertrinken.

Julios Becken schob sich vor und zurück. Langsam, als wäre es seine persönliche Folter. Ihr gemeinsamer Rhythmus war tiefgehend, ein unendliches Spiel, das sie miteinander spielten. Rose spürte ein Kribbeln. Es war nicht so intensiv, wie das, was sie schon einmal empfunden hatte. Der Alkohol setzte ihr zu. Aber am Ende war es nicht wichtig. Sie klammerte sich an Julio, wollte verhindern, dass es endete. Er bewegte sich nicht weiter, küsste ihre Nasenspitze.

»Wir können es nicht aufhalten«, flüsterte er und sie fragte sich, ob er ihre Gefühle meinte oder die gesamte Situation.

Sie spürte seinen Schwanz vor- und zurückgleiten und spannte ihren Beckenboden an. Ein weiterer zarter Stoß, dann krümmte er seinen Rücken und Rose hielt ihn fest. Ihre Zuckungen vermischten sich mit den seinen und trieben ihr die Tränen in die Augen.

In all den Jahren hatte sie nie daran geglaubt, aber jetzt wusste Rose, dass es möglich war, Liebe in den dunkelsten Stunden zu finden.

JULIO

Ihren Geruch zu atmen, war für einige Minuten sein größtes Glück. Niemals zuvor hatte er auf diese Weise mit einer Frau geschlafen. Wer hätte gedacht, wie intensiv man fühlte, wenn man das Verlangen in ihren Augen sah und sofort bemerkte, wie sie auf jede Berührung reagierte? Sie hatten sich wie Rentner geliebt und doch war es so verdammt geil gewesen. Julio fuhr mit dem Finger über Rose' Augenbrauen, ihre Wangen, ignorierte die blauen Flecke unter dem Make-up und prägte sich jede Linie ihres Gesichts ein. Er verstand, warum Diegos Tod sie erschüttert hatte, aber seiner Meinung nach hatte es der Scheißkerl verdient gehabt. Außerdem hatte es Pedro schnell erledigt. Viel zu schnell. Das war natürlich nichts, was er Rose sagen würde.

Er bewegte sich in ihr, genoss die abflauende Erregung und die Intimität, die sie miteinander teilten. Ihr Vertrauen hatte ihn wieder einmal aus der Fassung gebracht. Als Arturo Zarpata angeboten hatte, ihn und Rose gehen zu lassen, hatte er zuerst darum gebetet, sie lebend zu finden. Anschließend darum, dass sie mit ihm kam, obwohl er wusste, welche Bürde das für sie war. Sie hatte eine große Familie. Und einen Ehemann. Die eine Sache mochte sich erledigt haben, aber die andere blieb bestehen. Blut war dicker als Wasser, sagte man gemeinhin, doch Rose hielt zu ihm. Das rührte ihn mehr, als er zugeben wollte, zumal er sich bewusst war, dass er ihr niemals alles über sich erzählen konnte. Es gab Dinge in seiner Vergangenheit, die so düster, bestialisch und abstoßend waren, dass es besser war, sie nicht zu erwähnen. Diese Dämonen musste er selbst bekämpfen, doch genügte bereits Rose' Anwesenheit, um sie kleiner werden zu lassen.

Julio atmete aus, zog sich aus ihr zurück und spürte den Verlust, sie nicht mehr so nah bei sich zu haben.

»Ich warne dich«, murmelte er in ihren Mund. »Wenn du mit mir kommst, werden wir viel Sex haben. Du bist meine Droge.«

Sie lächelte, ihre Augen waren glasig vom Alkohol. »Können wir Cruz mitnehmen?«, fragte sie.

Er katapultierte sich auf den Ellbogen nach oben und setzte sich auf. »Ist das dein Ernst?«, entfuhr es ihm härter als beabsichtigt.

»Er hat versucht, mich zu retten.«

»Du sagst es. Er hat es versucht. Und das hat dazu geführt, dass du nun hier bist. Am Ende hast du dich selbst gerettet, indem du Pedro die Wahrheit gesagt hast. Sonst hätte er dich ebenfalls gefoltert. Dein kleiner Freund Cruz hat verflucht nochmal Scheiße gebaut!«

Rose berührte versöhnlich seinen Arm. »Du wirst dich daran gewöhnen müssen, dass ich mir um andere Sorgen mache.« Sie lag vor ihm, wunderschön und wehrlos. Die Knie immer noch leicht gespreizt. Ihm schossen tausend Ideen durch den Kopf, was er jetzt gerne mit ihr tun wollte.

»Cruz kommt zurecht«, knurrte er und begann, sich trotz

seiner erregenden Gedanken anzuziehen. »Jungs von der Straße sind wie Ratten. Sie überleben überall.«

»Aber er …«

Ein Blick von ihm genügte, um sie zum Schweigen zu bringen. Er hatte jetzt anderes im Kopf als diesen Jungen. Seine Hand wanderte Rose' Oberschenkel hinauf und er musste die Nässe zwischen ihren Beinen berühren. Das Symbol ihrer Vereinigung. Sein Daumen zerteilte ihre Schamlippen und fand ihre Klitoris. Rose sah ihn an. Ihre Augen waren so dunkel wie seine gesamte Vergangenheit. Sie bewegte sich nicht und wartete ab, was er tun würde. Julio spürte seine Erregung schmerzhaft zurückkehren und küsste ihr Knie, während sein Daumen ihre empfindliche Stelle rieb. Rose stöhnte so voller Hingabe, dass sein Schwanz sofort zu zucken begann.

Tak-tak-tak-tak-tak-tak. Das Rattern von Maschinengewehren ließ ihn aufhorchen. *Tak-tak-tak-tak-tak-tak.*

»*Mierda*!« Julio hechtete zum Nachttisch und löschte das Licht. »Zieh dir was an«, rief er Rose zu, zückte eine Waffe und stellte sich neben das Fenster. Er erblickte drei Jeeps, die die Einfahrt und Pedros Autos vor der Garage blockierten. Kein Blaulicht, keine Männer eines SWAT-Teams, die das Grundstück umstellten, kein Hubschrauber. Also war es nicht die verdammte DEA! Ihm schwante nichts Gutes. Im unteren Teil des Hauses fielen weitere Schüsse, Frauen schrien in Panik, man hörte die Schritte von flüchtenden Menschen und erneute Maschinengewehrsalven. *Tak-tak-tak-tak-tak-tak.*

Julio drehte sich um und riss die erstarrte Rose in die Höhe. »Zieh dir was an!«, wiederholte er und öffnete den Kleiderschrank.

»Das sind Männerklamotten!«

»Rose!« Er konnte sich nicht weiter um sie kümmern und pirschte zur Tür. Die Geräusche konzentrierten sich auf den unteren Bereich. Immer wieder fielen Schüsse, das Geschrei nahm zu. Julio entriegelte die Tür und öffnete sie einen Spalt breit. Er sah Belita, die panisch die Treppe hinaufstürzte. Sie war splitternackt und voller Blut. Als sie an seiner Tür vorbeirannte, ließ Julio seinen Arm hinausschnellen, packte sie und zog sie zu sich ins Zimmer. Er presste sie gegen die Wand und legte ihr die Hand vor den Mund. »Wer ist da unten?«, zischte er.

Belita wimmerte und schüttelte den Kopf. Julio lockerte seinen Griff.

»Männer.« Belita schien erst jetzt zu registrieren, wer er war. »Männer mit Masken. Sie erschießen alle. Dolores ist tot. Tiana …« Ein Weinkrampf erschütterte sie.

»Okay.« Julio ließ sie los und schob sie zu Rose. »Zieh dir was an und dann versteckt euch unter dem Bett. Kein Mucks, verstanden? Ich gehe runter und lasse die Tür offen, damit niemand denkt, dass sich hier jemand aufhält. Ihr bleibt, wo ihr seid!«

»Nein!« Rose wollte zu ihm laufen, doch er schüttelte energisch den Kopf.

»Tu, was ich dir sage, Rose! Und pass auf Belita auf, okay? Ich komme zurück. Versprochen!«

Ihr Gesichtsausdruck sprach Bände, doch sie gehorchte. Julio wartete ab, bis sich die beiden etwas angezogen hatten und unters Bett gekrabbelt waren, dann stieß er auf den Flur vor. Am Treppenabsatz angekommen, lugte er hinunter. Er sah zwei Männer, die den Eingang absicherten. Sie waren komplett in Schwarz gekleidet und trugen Gesichtsmasken in Form eines Totenschädels. Ihre automatischen AK-47 zielten in den Raum. Das waren Männer des Los Zetas Kartells! Es schien sich schnell herumgesprochen zu haben, dass Julio Arturo Zarpata nicht getötet hatte. Nun waren sie hier, um Pedro zu holen. Verdammte Scheiße!

Julio ging hinter dem Geländer in Deckung und atmete tief durch. *Konzentrier dich!* Er zählte bis drei, dann katapultierte er sich auf die Beine und nahm einen der beiden Männer ins Visier. Ein Schuss in die Brust, einer in den Kopf. Ausgeschaltet. Es folgte der zweite, der das Maschinengewehr bereits auf ihn richtete. Julio zögerte nicht und drückte ab. Ein weiterer Schuss und auch dieser Mann lag am Boden. Julio sprang drei Stufen auf einmal nehmend die Treppe hinunter. Überall lagen Leichen. Viele Gästen waren bei dem Versuch zu flüchten erschossen worden. Doch die meisten Toten waren Angehörige des Sinaloa-Kartells. Julio sprang über die Ermordeten, die Waffe im Anschlag. Er warf einen Blick in die Küche, wo sich ein paar Mädchen versteckt hielten, und legte den Finger an die Lippen, damit sie ihn nicht verrieten. Dann folgte er dem kontinuierlichen Maschinengewehrfeuer und suchte Schutz hinter einer Wand.

Tak-tak-tak-tak-tak-tak. Offenbar gab es Widerstand, denn fehlgeleitete Patronen durchlöcherten den Putz. Julio wich zurück. Er hörte Schreie und das Aufklatschen eines Körpers auf dem Wasser des Pools. Vorsichtig lugte er um die Ecke. Leichen trieben im Becken. Von wem sie waren, konnte Julio nicht erkennen. Er erhaschte einen Blick auf die Los Zetas, die sich hinter den Säulen verschanzt hatten, die das Schwimmbad umrahmten, Pedro und seine Männer kauerten hinter der Bar. Das war die eindeutig schlechtere Position. Julio hörte ein Geräusch, fuhr herum und drückte ab. Ein weiterer Angreifer, der sich vom Eingang genähert hatte, fiel zu Boden. Julio schoss erneut auf ihn, um sicherzugehen, dass er auch wirklich tot war, und hörte sofort den Tumult, der am Swimmingpool entstand. Er hob den Kopf und holte eine der Handgranaten hervor. Arturo Zarpata schien einen siebten Sinn gehabt zu haben, als er sie ihm mitgegeben hatte. Er zog den Sicherungsstift aus der Granate und wartete ab, um die Stimmen der Feinde zu lokalisieren. Schritte näherten sich. Julio hob den Arm und warf die Granate, bevor er sich zurückzog.

Die darauffolgende Detonation war so heftig, dass es ihn auf den Rücken schleuderte. Er hustete, seine Ohren pfiffen, doch er bemerkte aus den Augenwinkeln, dass zwei weitere Angreifer mit Totenkopfmasken ins Haus rannten. Blitzschnell drehte er sich auf den Bauch und schoss ihnen in die Füße. Ihre Maschinengewehre ballerten unkontrolliert los und Julio setzte nach. Oberschenkel, Lunge. Seine Schüsse saßen präzise. Die Männer gingen zu Boden und er sprang auf die Beine, um ihnen den Rest zu geben. Dann wirbelte er herum. Eine Staubwolke drängte aus dem angrenzenden Raum in den Flur. Es schien, als hätte die Explosion die verglaste Decke zum Einsturz gebracht. Es fielen weitere Schüsse und Julio nutzte den Nebel als Schutz. Er erledigte einen am Boden liegenden Angreifer, der noch am Leben war, nahm seine zweite Waffe und ballerte in alle Richtungen los. Auf diese Weise hielt er beide Seiten davon ab, aus ihrer Deckung zu kommen. Der Plan ging auf. Er erreichte die Bar und warf sich mit einem Hechtsprung dahinter. Keine Sekunde später blickte er in vier Waffenläufe. Er hob die Hände.

»*Mi amigo*.« Pedro zog den Kopf ein, um der Gewehrsalve zu entkommen, die von den überlebenden Los Zetas abgegeben wurde. »Du bist nicht tot?«

Julio schüttelte den Kopf. »Und dein Vater ebenso wenig.«

Er erkannte die Verwirrung in Pedros Gesicht und verstand, dass der *Patrón* gehofft hatte, es wäre anders.

»Was ist hier los, verflucht?« Gael presste die Mündung seiner Waffe gegen Julios Kinn.

»Die Zetas sind sauer, dass ich ihren Auftrag nicht erledigt habe.« Julio zog seine Jacke zur Seite und deutete auf die zwei Handgranaten, die ihm noch geblieben waren. »Es wird Zeit, dass wir ihnen in den Arsch treten!«

»*Puta madre*!« Raúl grinste. »Ich geb dir Deckung.«

Sie blieben in der Hocke und Julio entsicherte die Granate. Als Raúl zu schießen begann, hob Julio den Kopf über den Tresen, sondierte die Lage und warf den Sprengkörper. Die Detonation war ebenso heftig wie die erste, doch dieses Mal war er näher dran. Die verbliebenen Gläser hinter der Bar zerbarsten. Tausende Glassplitter regneten auf sie herab.

»Scheiße, Mann.« Gael schüttelte betäubt den Kopf. »Wenn die Schweinehunde jetzt noch leben, dann grenzt das an ein Wunder.« Er linste um die Ecke. Nichts rührte sich.

»Das waren nicht alle.« Julio ließ das leere Magazin seiner Beretta herausfallen. »Vor dem Haus stehen drei Jeeps.«

»Das könnten an die zwanzig Leute sein.« Raúl sah ihn an. »Wie viele hast du erledigt?«

»Fünf weiter vorne beim Hauseingang. Einen hier unten.«

»Hier drin waren acht oder neun.« Carlos wischte sich den Staub aus dem Gesicht. »Dann ist da draußen noch ein halbes Dutzend von denen.«

»Und die Polizei wird bald da sein.« Gael sah auf die Uhr. »Wir haben zehn Minuten, schätze ich.«

»*Mierda*!« Pedro starrte Julio an. »Was hast du vor, *mi amigo*? Ist das eine Falle? Verkaufst du mich an Osiel Moralez?«

»Ich hole dich hier raus.« Julio ließ das neue Magazin mit dem Handballen einrasten. »Dein Vater will, dass du nach Hause kommst.«

Pedro schnaubte. »Zurück nach Culiacán? Auf keinen Fall!«

»Du hast zwei Möglichkeiten. Entweder du steigst mit mir in den Privatjet deines Vaters oder du bist auf dich alleine gestellt und fliehst. Vor der Polizei und den Los Zetas.«

»Du bist in seinem Privatjet hier? Was soll die Scheiße?« Pedro richtete seine goldene Waffe gegen Julio. »Osiel erzählt mir, du seist tot. Deine kleine Schlampe erzählt mir, du seist jetzt ein *Sicario* der Los Zetas und du erzählst mir, du seist im Auftrag meines Vaters hier. *A la verga!* Daran ist irgendetwas faul!«

»Frag deinen Freund Carlos, was er hier zu suchen hat«, bemerkte Julio und fixierte die Beretta.

Pedro drehte den Kopf. »Wer bist du, Carlos? Bist du tatsächlich ein *Logística*?«

»Gewissermaßen«, erwiderte Carlos und grinste.

»Er erledigt die Drecksarbeit für deinen Vater.« Es war Julio eine Genugtuung Carlos' wahre Identität preiszugeben. »Die Informationen, die er dir gegeben hat, wurden absichtlich gestreut.«

»Von meinem Vater?« Pedro spuckte aus. Seine Hand schnellte herum und er richtete seine goldene Waffe auf Carlos. »Du verlogener Scheißkerl.« Ehe sich Julio versah, drückte Pedro ab. Carlos' Grinsen verschwand unter seiner Masse aus Blut und Knochenstücken, sein schwerer Körper sackte nach hinten.

Pedro fletschte die Zähne. »Du bist der Nächste, du Verräter!« Unendlich langsam richtete er seine Aufmerksamkeit und die Beretta wieder auf Julio. »Du warst die längste Zeit mein Freund. Hast mich an meinen Vater verkauft, habe ich recht? Was hat er dir angeboten?«

»Dein Vater verhandelt nicht. Er befiehlt.«

»Und warum befiehlt er ausgerechnet dir? Du bist mein Mann!« Pedros Auge zuckte und Julio spürte kalten Schweiß. So durfte es nicht enden!

In diesem Moment zerrissen weitere Maschinengewehr-salven die Stille und Pedro zog den Kopf ein. Er senkte die Waffe und funkelte Julio wütend an.

»Nehmt ihn in die Mitte, wir müssen hier raus!« Julio stand auf und sah Gael und Raúl auffordernd an.

»Wieso sollte ich dir gehorchen?« Gaels Blick flog zwischen dem *Patrón* und Julio hin und her.

»Weil du deinen Boss in Sicherheit bringen wirst. Und hier ist er nicht länger sicher!«

Raúl stellte sich Julio zur Seite. »Er hat recht«, sagte er. »Dieses Haus ist verbrannt. Wenn die Bullen erst hier sind, sind wir am Arsch!«

»Ich will nicht zurück nach Mexiko!« Gael erhob sich nur widerwillig.

»Und ich will nicht ins Gefängnis«, murrte Raúl und sicherte den Raum. »Wo ist der Rest unserer Leute?«

»Tot.« Julio schützte Pedro, indem er sich vor ihn stellte. Das war das verflucht letzte Mal, dass er das tat! »Die Los Zetas sind gründlich.«

»Ich reiße diese Schweine in Stücke!« Raúl schob sich mit ausgestreckter Waffe nach vorne, Julio, Pedro und Gael folgten.

»Vorsicht!« Julio bemerkte eine Bewegung zu seiner Rechten und Raúl eröffnete das Feuer. Er tat es ihm gleich und spürte, wie Pedro sich hinter seinem Rücken verschanzte. Der feige Hund! Es würde ihm eine Genugtuung sein, den *Patrón* bei Arturo Zarpata abzuliefern. Sie schalteten einen weiteren Mann aus und arbeiteten sich an der Wand entlang in Richtung Hausflur vor.

»Wir gehen ins Arbeitszimmer«, flüsterte Julio. »Von dort flüchten wir aus dem Fenster.«

»Jetzt flüchten wir also schon wie Feiglinge«, murrte Pedro. »Die Los Zetas werden über uns lachen!«

»Das tun sie schon die ganze Zeit! Los, los!« Julio trieb sie voran.

»Die Autoschlüssel«, bemerkte Gael.

»Die Ausfahrt ist blockiert. Wir nehmen einen der Jeeps.« Raúl stieß die Tür zum Arbeitszimmer auf und sicherte den Raum. Gael ging zum Fenster und öffnete es. Seine Waffe zielte in die Dunkelheit. In der Ferne war das Heulen der ersten Polizeisirenen zu hören. »Wir müssen uns beeilen!«, rief er ihnen zu. Im nächsten Moment spritzte Blut und er fiel er tödlich getroffen hintenüber.

»Auf den Boden!« Raúl riss Pedro mit sich und Julio warf sich über ihn. Maschinengewehrsalven durchlöcherten das Fenster und den dahinterliegenden Raum.

»Fuck!« Raúl robbte zur Tür, um sie zu schließen. »Wir sitzen in der Falle.«

Weitere Schüsse fielen, dieses Mal von einer halbautomatischen Waffe. Dann kehrte plötzliche Stille ein. Julio lauschte auf seine Atemzüge und die sich nähernden Polizeisirenen. Er musste zu Rose! Er musste sie holen!

»Hallo?« Eine Stimme ertönte und sie klang vertraut. Raúl warf sich auf den Rücken und zielte aufs Fenster.

»Nicht!« Julio schlug auf die Waffe. Der Schuss löste sich, doch er verfehlte sein Ziel.

Ein Schatten huschte am Fenster vorbei. »Ich bin's, Cruzito!«

»*Mierda*!« Dieser Junge hatte mehr Mut als Verstand. Julio sprang auf. »Wie viele Typen hast du dort draußen gesehen?«, wollte er wissen.

»Nur den einen. Er ist tot.« Stolz schwang in dieser Aussage mit.

»Verpiss dich, Cruzito!«

»Erst, wenn Rose in Sicherheit ist.«

Julio fluchte. In seinem Rücken hörte er Pedro

ungläubig lachen. »Das ist dein Deal, habe ich recht?« Der *Patrón* setzte sich auf. »Diese Muschi! Du hast vor meinem Vater das Knie gebeugt, um sie zu retten. Ich hätte es wissen müssen!«

»Du hättest vor allem wissen müssen, was passiert, wenn du mit den Los Zetas verhandelst. Das hier geht auf dein Konto!«

»Irrtum, mein Freund! Du hast Scheiße gebaut und deinen Job nicht erledigt.«

Julio schnaubte. Er hatte keine Lust, sich mit Pedro zu streiten. »Pass auf ihn auf«, flüsterte er Raúl zu. »Ich bin gleich wieder da.«

»Beeil dich, Mann! Ich warte nicht, bis die Bullen hier sind.«

»Keine Sorge.« Mit einem letzten Blick auf Pedro rannte Julio davon. Draußen hörte man einen Motor aufheulen. Offenbar zogen sich die Überlebenden des Killerkommandos zurück. Julio eilte mit erhobener Waffe in den Eingangsbereich und die Treppen nach oben. Die Polizeisirenen kamen immer näher.

»Rose!« Aufmerksam durchschritt er den Flur. »Rose!«

»Wir sind hier.« Sie lugte in den Flur hinaus. »Geht es dir gut?«

»Alles in Ordnung. Wir müssen verschwinden. Sofort!«

»Okay.« Rose ergriff seine Hand und warf Belita einen auffordernden Blick zu.

»Ich gehe nicht mit euch!« Sie schüttelte den Kopf, ihre Augen waren verquollen.

»Aber …«

»Lass sie!« Julio zerrte Rose mit sich.

»Die Polizei wird sie finden.«

»Na und? Das ist nicht mein Problem!«

Rose blieb stehen und sah ihn an.

»Fuck!« Die Zeit rannte ihm davon. Er richtete seine Waffe auf Belita. »Komm jetzt!«, forderte er sie auf.

»Nein.« Belita stand auf und nickte Rose zu. »Es ist okay. Das ist nicht meine erste Verhaftung. Ich erzähle den Bullen alles, was ich gesehen habe. Die sperren mich nicht ein.«

»In Pedros Schreibtisch ist Geld«, raunte Julio ihr zu. »Zweite Schublade von oben.«

»Danke.« Sie wischte sich die Tränen fort. »Ich hätte euch auch so nicht verraten.«

»Und ich habe nicht versucht, dich zu bestechen.« Er senkte die Waffe. »Viel Glück!«

»Euch auch!«

Julio wartete nicht weiter ab. Seine Finger umschlossen die von Rose. Er würde sie nicht wieder loslassen, bis sie in Sicherheit waren! Sie hasteten die Treppe nach unten und rannten zum Arbeitszimmer. Julio riss die Tür auf. Es war leer!

»*Mierda*!« Sie stürzten zum Fenster, stiegen über Gaels Leiche und Julio packte Rose an den Hüften, um sie hinauszuheben. »Pass auf die Glassplitter auf!«

Er hörte, wie sie aufkam, sprang hinterher und sah sich um. Rose schrie auf. Sein Blick folgte dem ihren. Raúl lag tot vor ihnen im Gras.

»Dieses Arschloch!« Julio fluchte. »Er hat seinen eigenen Mann erschossen!«

»Pedro?« Rose keuchte und ließ sich von Julio mitziehen. Geduckt liefen sie in Richtung Garage. Die Polizei war nun ganz nah. Die Nachbarhäuser waren hell erleuchtet, Menschen strömten auf die Straße.

Julio erkannte Pedros Schatten und richtete die Waffe auf ihn. »Bleib stehen! Ich schwöre, ich bringe dich um!«

Der *Patrón* drehte sich langsam um. Er hielt Cruzito vor sich wie ein Schutzschild und drückte ihm die goldene Beretta gegen die Schläfe. »Dann stirbt euer kleiner Freund mit mir«, sagte er in eisigem Tonfall. »Ich setze keinen Fuß in den Privatjet meines Vaters!«

»Verflucht!« Julio sondierte die Lage. Es blieben ihnen nur noch Sekunden! Er musste schnell handeln. Einatmen, ausatmen, befahl er sich selbst. Seine Finger lösten sich von Rose. Mit beiden Händen umfasste er die Waffe. Sein Blick richtete sich konzentriert auf Cruzito. Beweg dich nicht, flehte er innerlich. Dann drückte er den Abzug. Der Junge sackte zu Boden. Julio feuerte erneut. Dieses Mal traf er Pedro. Sein Boss wankte und Julio hechtete auf ihn zu. Er hielt ihm die Waffe vors Gesicht, bis Pedro die Hände hob. Julio nahm die goldene Beretta an sich und steckte sie ein. In seinem Rücken hörte er Rose schluchzen.

»Du hast Cruz umgebracht«, wimmerte sie.

»Hab ich nicht!« Er stieß den Jungen mit dem Fuß an und war froh, dass er ein Stöhnen von sich gab. »Ich habe auf sein Bein gezielt. Ich brauchte ein freies Schussfeld.« Er forderte Pedro auf, sich umzudrehen. »Du wirst in dieses Flugzeug steigen«, grollte er. »Und wenn es das Letzte ist, was ich tue.« Sein Boss hielt sich die Schulter und wankte fluchend voran.

Aus den Augenwinkeln bemerkte Julio, wie Rose Cruzito auf die Beine half. »In den Jeep«, rief er. »Schnell!« Er öffnete die Tür und stieß Pedro auf den Rücksitz. Aus Erfahrung wusste er, dass er den *Patrón* keine Sekunde mehr aus den Augen lassen durfte.

»Du fährst«, befahl er Rose und vergewisserte sich, dass der Schlüssel steckte. »Mach schon!« Er spürte, dass die Ungeduld ihn beinahe zerriss. Grob packte er Cruzito mit seiner freien Hand und zerrte ihn ins Innere. Noch immer zielte er auf Pedros Kopf.

Rose rutschte auf den Fahrersitz und drehte den Zündschlüssel. Dann schob sie den Rückwärtsgang rein und fuhr aus der Einfahrt.

»Gib Gas!« Julio schlug ungeduldig gegen die Kopfstütze.

Pedro lachte. »Die Muschi reitet uns ins Verderben, *mi amigo*. Du hättest sie einfach nur ficken sollen.«

»Halt dein Maul«, fuhr Julio ihn an und bemerkte mit Erleichterung, dass Rose beschleunigte, kaum dass sie auf der Straße war.

»Bieg ab!« Er warf einen Blick über seine Schulter. Die blauen Polizeilichter spiegelten sich in den Fenstern der Häuser um ihn herum. Die Sirenen übertönten das Motorgeräusch. »Bieg so oft ab, wie du kannst, aber fahr bloß nicht im Kreis!«

Pedros Lachen wurde lauter. »Ja, kleine Rose, verfahr dich bitte nicht.«

Julio hieb ihm gegen die verletzte Schulter und sein Boss heulte auf. »Das wirst du mir büßen, Camarena! Ich werde dich jagen bis zum jüngsten Tag. Erst wenn ich einen meiner Sessel mit deiner Haut bezogen habe und die Köpfe deiner Familie an meiner Wand hängen, werde ich Ruhe geben.« Er spuckte zornig aus. »Und deine Muschi hier wird von jedem einzelnen meiner Männer zerfleddert werden, bevor ich sie in klitzekleine Stücke hacke.«

Julio bemühte sich um Ruhe. Am liebsten hätte er Pedro umgelegt, aber er war an sein Versprechen gebunden.

»Fahr hier rechts und die nächste links. Wir müssen auf die Interstate in Richtung Flughafen«, sagte er zu Rose. Sie waren inzwischen außer Sichtweite der Polizei.

»Du hättest meinen Vater umlegen sollen.« Pedro hielt sich die blutende Schulter. »Denkst du tatsächlich, dass er sein Versprechen hält? Gegenüber einem Verräter?«

Julio biss die Zähne aufeinander. Pedros Worte schürten

die Zweifel, die an ihm nagten. Lief er womöglich in eine Falle?

»Mein Vater ist nicht umsonst ein großer *Capo*. Er wird mich zu Hausarrest verdonnern und alle aus dem Weg räumen, die ihm gefährlich werden könnten. Alle aus meinem Umfeld, die reden werden oder mich unterstützt haben. Es wird viel Blut fließen, Camarena. Vielleicht nicht deins, aber das sollte dich nicht in Sicherheit wiegen. Meine Rache wird kommen und ich bin geduldig. Eines Tages wird mein Vater schwach werden und ich werde dann immer noch stark sein. Und ich vergesse niemals. Du und deine Muschi werdet sterben!«

»Halt endlich dein verfluchtes Maul!« Julio schob ihm den Lauf der Beretta in den Mund. »Oder ich verteile dein Gehirn im Auto und erzähle deinem Vater, dass es die Los Zetas waren!«

Pedro grunzte. Er schwieg, doch sein eisiger Blick verfolgte Julio bis in die Tiefen seiner Seele.

ROSE

Der Mond schien und ließ die Wolken unter ihnen wie ein Gebirge aus Silber erstrahlen. Rose klammerte sich in den beigefarbenen Ledersitz. Sie war noch niemals geflogen und schwankte seit dreieinhalb Stunden zwischen Furcht und Faszination.

Immer wieder glitt ihr Blick über die Aussicht draußen und die Szenerie im Inneren des Privatjets. Neben ihr saß Cruzito. Sein Kopf war zur Seite gesunken, er schlief. Die Stewardess hatte sein Schienbein notdürftig verarztet und ihm Schmerzmittel verabreicht, nachdem sie sich um den *Patrón* gekümmert hatte. Es schien nicht das erste Mal zu sein, dass Verletzte an Bord der Gulfstream gebracht wurden. Auch die beiden Piloten hatten nicht mit der Wimper gezuckt, als Julio vor dem Terminal für die Privatpassagiere vorgefahren war und das Bordpersonal sie in Empfang genommen hatte. Da es sich um einen Inlandsflug handelte, mussten sie nicht einmal durch eine Passkontrolle. Sie bestiegen das Flugzeug und warteten, bis ihnen die Starterlaubnis erteilt wurde. Währenddessen hatte Pedro Julio verflucht und mit Details gequält, wie er ihn und Rose foltern wollte, wenn er sie in die Finger bekam. Ihr war ganz schlecht in Erinnerung daran.

Inzwischen schlief aber auch der *Patrón*. Die Schmerzmittel schienen stark zu sein. Rose' Blick verhakte sich mit dem von Julio, der auf der anderen Seite des Gangs saß. Er war angespannt und machte sie damit nervös. War es ein Fehler gewesen, in dieses Flugzeug zu steigen? In etwa einer Stunde würden sie in Tucson, Arizona landen. Anschließend ging es weiter nach Mexiko. Nach Culiacán, mitten hinein ins Herz des Sinaloa-Kartells. Dort gab es keine Polizei. Niemanden interessierte dann mehr, was mit ihnen geschah.

»Geht es dir gut?«

Rose nickte, auch wenn sie dem eigenartigen Gefühl nicht entkommen konnte, das sich in ihr ausbreitete. Sie hatte sich auf Gedeih und Verderb diesem Mann ausgeliefert. Was war, wenn sie das geradewegs in die Hölle führte?

Julio stand auf und gab ihr zu verstehen, dass sie ihm folgen sollte. Sie quetschte sich an Cruzito vorbei und ging zu ihm. Er hatte sich in Richtung Cockpit zurückgezogen und lehnte dort an der Wand neben der Kabinentür, so dass er alles überblicken konnte. Als Rose zu ihm trat, zog er sie zu sich heran.

»Du hast Angst«, stellte er fest.

Das stimmte. Seine harten Worte und die rohe Gewalt, die sich sogar gegen den armen Cruzito gerichtet hatte, hatten sie verunsichert.

»Du hast mal zu mir gesagt, du willst sehen, wie ich wirklich bin. Nun hast du es getan.« Er klang bitter.

»Ich dachte, ich wüsste es bereits.« Sie hob den Kopf, um sich zu versichern, dass er sie nicht falsch verstand. Sein Gesichtsausdruck war hart und unnahbar. »Das ist alles schwer zu ertragen, aber ich weiß, dass du keine andere Wahl hattest.«

»Pedro hätte Cruzito erschossen. Er hat gehofft, dass er fliehen kann, wenn die Polizei eintrifft. Aber vorher hätte er ihn umgelegt. Er braucht keine Leute, die bei der DEA plaudern. Und der Kleine hätte geplaudert.«

»Ist okay.« Sie schmiegte sich an ihn und versuchte, das eigenartige Gefühl auszublenden.

»Ist es nicht.« Er küsste ihre Stirn. »Ich hätte dich niemals in mein Leben hineinziehen dürfen.«

»Ich bin daran ebenso schuld wie du. Wir können nichts rückgängig machen.«

»Wenn du die Möglichkeit hättest, würdest du es tun?«

Die Frage traf sie, weil es bedeutete, dass sie ihre Liebe zu ihm bereute. Sie versuchte, sich vorzustellen, wie ihr Leben in diesem Moment aussehen würde, hätte sie Julio niemals getroffen. Würde sie bereits bei Sabel's an der Stange tanzen, um sich über Wasser zu halten? Oder wäre sie wieder bei Diego in Williamsburg? All die Alternativen, die ihr durch den Kopf schossen, waren weder erfreulich noch erstrebenswert, aber Rose wusste, dass sie zumindest eines nicht beinhalteten: ihren Tod.

Julio ließ sie los. »Ich kann dafür sorgen, dass du in Tucson abhauen kannst. Gemeinsam mit Cruzito.«

»Und dann?«

»Fängst du neu an. Irgendwo.«

»Ohne Geld?« Rose lachte auf. »Und immer mit der Bedrohung im Nacken, dass Pedro mich eines Tages findet? Oder die Polizei? Das kann ich nicht ertragen!«

»Es ist eine bessere Alternative, als mit mir nach Mexiko zu kommen.« Er sah sie an. »Ich werde alles in Bewegung setzen, um dich aus Pedros Rache herauszuhalten. Alles.«

»Du willst, dass ich gehe?«

»Rose,« die Art, wie er ihren Namen aussprach, klang so verzweifelt, dass es ihr das Herz brach, »es geht nicht darum,

271

was ich will, sondern darum, etwas wiedergutzumachen. Selbst wenn mir bewusst ist, dass ich das niemals kann.«

»Aber ich …« Ihr fiel nichts mehr ein, was sie sagen konnte. Sie hatte Angst vor dem, was sie in Mexiko erwartete. Allerdings fürchtete sie sich auch vor der anderen Alternative. Ein Dasein im Verborgenen, ständig auf der Hut und misstrauisch gegenüber allen Menschen. Es würde ein ewiger Kampf sein, voll von Gelegenheitsjob und Umzügen. Ein einsames Leben, aber ein Leben.

»Okay.« Julio nickte, als würde er ihre Gedanken erraten. »Wenn wir landen, dann überlass alles mir. Ich bringe Pedro aus dem Flieger, du und Cruzito bleibt hier drinnen. Wenn wir fort sind, könnt ihr abhauen.«

»Pedro weiß, dass wir hier sind.«

»Er hat nicht mehr viel zu melden. Im Zweifel hören Arturos Leute auf mich.«

»Aber Cruzitos Bein …«, murmelte Rose. »Er muss in ein Krankenhaus. Wie erkläre ich die Schusswunde?«

»Euch wird etwas einfallen. Ihr habt einander.« Er berührte sie nicht länger und sah aus dem Fenster.

Die Stewardess zog den Vorhang zur Seite, der den Gang zum Cockpit vom Innenraum abtrennte. »Wir landen in einer halben Stunde. Sie sollten sich wieder hinsetzen und sich anschnallen.«

Rose verharrte, doch Julio hatte sich von ihr abgewandt. Sie ging zurück zu ihrem Platz und starrte nach draußen. Die Wolken waren verschwunden und die beleuchteten Städte unter ihnen sahen wie ein lebendiges Geflecht aus, das sich bis zum Horizont erstreckte. Das Geräusch der Triebwerke veränderte sich und Rose spürte, dass die Maschine in den Sinkflug überging.

»Was ist?« Cruzito hob den Kopf und zuckte zusammen, als er sich bewegte.

»Du musst stillhalten.« Rose bemerkte die Schweißperlen auf der Stirn des Jungen und begann, sich Sorgen zu machen. »Wie fühlst du dich?«

»Mein Bein …« Er stöhnte. »Es tut so weh.«

»Alles wird gut.« Sie nahm seine Hand und wusste, dass sie log. Nichts wurde gut.

»Weinst du?« Cruzito wirkte besorgt.

»Nein.« Rose blinzelte. »Ich bin nur verwirrt.«

»Wegen Julio?«

Ihr Freund kapierte schnell. Rose nickte und senkte die Stimme. »Bis vor einem Jahr war ich eine Frau, die von ihrem Ehemann verprügelt wurde. Jetzt bin ich eine Witwe, die mit einem *Sicario* flieht. Manchmal denke ich, ich habe einen permanenten Albtraum. Oder bin im Drogenrausch.«

»Liebst du ihn?«

Rose senkte die Lider. »Das tue ich«, flüsterte sie. »Ist das unrecht? Liebe ich ein Monster?«

Cruzito schwieg und sie wagte es, ihn anzusehen. »Hältst du mich für ein Monster?«, fragte er. »Ich habe auch jemanden umgelegt.«

Rose berührte seine Wange. »Du bist kein Monster.«

»Weil ich einen von den Los Zetas umgelegt habe, nicht wahr?« Er grinste und Rose lehnte ihren Kopf gegen seine Schulter.

»Wenn wir gemeinsam abhauen könnten, wohin würdest du gehen?«, fragte sie ihn.

»Du willst mit mir abhauen?« Es klang ungläubig. Als sie nichts erwiderte, fügte er hinzu: »Kalifornien. Ich wollte schon immer nach Kalifornien.«

»Warum?«

»Na, die Mädchen …« Er versuchte, sie zu necken, doch Rose reagierte nicht.

»Ich meine es ernst, Cruz. Wo wären wir sicher?« Sie hob

den Kopf, um ihn anzusehen, und erkannte die Hilflosigkeit in seinen Augen. Er mochte ein Junge von der Straße sein, der immer so tat, als wäre er ein harter Kerl, aber am Ende des Tages setzte es ihm zu, dass er einen Menschen erschossen hatte. Er wusste ebenso wenig darüber Bescheid, wie es war, ein Leben auf der Flucht zu führen wie sie. Sie waren verloren.

Rose barg ihr Gesicht in den Händen und spürte, wie Cruzito ihr über den Rücken strich. »Du wirst nicht abhauen, stimmt's?«

Sie schüttelte den Kopf. »Ich kann nicht. Es tut mir leid.« Sie steckte schon zu tief drin. Julio gehörten ihr Herz und ihre Seele. Er hatte so viel in Kauf genommen, um sie zu retten, und führte nun seinen letzten Befehl aus. Niemand konnte sagen, was dann geschah, doch Rose realisierte mit plötzlicher Gewissheit, dass er alles war, was ihr geblieben war. In einer Welt, die ihr fremd war, war er der einzige Vertraute, den sie hatte. Sie würde ihn nicht verlassen. Niemals.

Obwohl die Anschnallzeichen bereits über ihren Köpfen angegangen waren, löste sie den Gurt, schlüpfte an Cruzito vorbei auf den Gang und warf sich in Julios Arme.

»Ich gehe nicht«, wisperte sie in sein Ohr. »Ich vertraue dir. Weil ich dich liebe.«

Er fing sie auf und hielt sie fest. »Du bist verrückt.« Seine Stimme war heiser, der Druck seiner Umarmung so stark, dass sie wohlig die Augen schloss, um sich für einige Sekunden die Sicherheit zu holen, nach der sie sich gesehnt hatte.

»Genießt euch, solange ihr es noch könnt.« Pedros schneidende Stimme zerstörte die Nähe, die sie miteinander teilten. »Hast du schon einmal dabei zugesehen, wie man einen Mann kastriert, Rose?«

Sie löste sich von Julio und sah ihm in die Augen, anstatt Pedro Beachtung zu schenken. Er nahm ihr Gesicht in seine Hände und küsste sie. Heftig und inständig, als wenn er ihr versichern wollte, dass nichts sie trennen konnte. Es war ein bittersüßes Versprechen.

»Setzen Sie sich bitte und schnallen Sie sich an!« Die Stewardess berührte Rose an der Schulter. Ein letztes Mal streiften Rose' Lippen die von Julio, dann erhob sie sich und setzte sich wieder auf ihren Platz.

Die Gulfstream sank immer tiefer und Rose spürte, wie Cruzito sich zu ihr hinüberbeugte. »Dann bleibe ich ebenfalls«, sagte er. »Ich komme mit euch nach Mexiko.«

Sie wusste, dass sie es ihm verbieten sollte, aber wer war sie denn, um über die Entscheidungen von anderen zu urteilen? »Wo ist deine Familie, Cruz?« Das hatte sie ihn schon immer fragen wollen.

»In Cartagena.« Sie hörte die Sehnsucht nach seiner Heimat heraus. »Ich habe sechs Geschwister. Meine Familie ist arm. Deshalb bin ich mit meinem Cousin in die USA gegangen. Er wurde letztes Jahr ausgewiesen. Ich hatte Glück und wurde nie erwischt. Vielleicht gehe ich zurück nach Kolumbien. Ich vermisse meine bunte Heimat. Du solltest dir Cartagena eines Tages mal ansehen.«

»Eines Tages …« Rose lächelte und beobachtete, wie der Jet seine Landeklappen ausfuhr. Mit einem rumpelnden Geräusch kam das Fahrwerk in Position. »Vielleicht mache ich das.«

Sie gingen immer tiefer, schwebten über einem quadratisch angelegten Straßennetz ein, das sich in der Wüste verlief. Rose rieb die Handflächen aneinander, ihr Knie wippte auf und ab. Ihre Nervosität zu verleugnen wäre lächerlich gewesen, deshalb tat sie es erst gar nicht.

»Ich drehe durch«, gestand sie Cruzito, dessen Gesicht ebenfalls immer bleicher wurde.

»Ein bisschen Kokain wäre jetzt nicht schlecht«, sagte er und stöhnte auf, als er sein Bein bewegte. »Julio hat mir verboten, den Stoff selbst zu konsumieren, aber ich schwöre dir, das Zeug haut rein!«

Rose dachte an die Villa in Chestnut Hill und an Philadelphia und New York. Alles erschien ihr mit einem Mal so weit weg zu sein. Die Gulfstream setzte mit quietschenden Reifen auf, die Motoren heulten und das Flugzeug wurde allmählich langsamer. Es rollte über die Landebahn, bog ab und fuhr an den Hauptgebäuden des Flughafens vorbei. Vor einem Flachbau mit der Aufschrift *Tucson Executive Terminal* kam die Gulfstream zum Stehen und die Motoren wurden ausgeschaltet. Rose bemerkte zwei Fahrzeuge, die sich dem Flugzeug näherten. Ihr Herz klopfte bis zum Hals.

»Steh auf!« Julio zerrte Pedro vom Sitz. »Du fährst jetzt zu Papa.«

Der Blick des *Patrón* war so hasserfüllt, dass Rose wegsehen musste. Die Stewardess öffnete die Kabinentür und betätigte den Mechanismus, der die Treppe ausfahren ließ. Sie lächelte höflich, so als wären ihre Fluggäste ganz normale Passagiere und nicht Mitglieder eines Kartells.

»Ich hoffe, Sie hatten einen angenehmen Flug«, sagte sie und stellte sich in Position, um alle zu verabschieden.

Rose half Cruzito beim Aufstehen und hörte, wie er zischend die Luft zwischen den Zähnen einzog. Er stützte sich auf sie und gemeinsam folgten sie Julio, der Pedro vor sich herschob.

Draußen empfing sie ein warmer Wind, der sich mit dem Geruch von Kerosin vermischte. Die zwei schwarzen Mercedes parkten längsseits zum Flugzeug. Die hinteren Türen waren geöffnet, vor ihnen stand jeweils ein Mann in dunklem Anzug. Es wirkte wie die Szene aus einem Mafia-film. Rose bemühte sich um Halt auf der steilen Treppe und schaffte es, Cruzito sicher nach unten zu befördern. Einer der Männer gab ihnen zu verstehen, mit ihm zu kommen.

Rose sah zu Julio. »Es ist okay.« Er nickte ihr zu und bugsierte Pedro in den vorderen Wagen. »Sie fahren uns zur Grenze.«

Und dann? Sie hatte tausend Fragen, aber der fremde Mann war resolut und drängte sie ins Auto. Offenbar hatten sie es eilig. Die Tür schloss sich hinter ihr und Cruzito, der Mann nahm auf dem Fahrersitz Platz und die Autos fuhren an. Es war inzwischen kurz vor fünf in der Früh. Allerdings zur Ostküstenzeit. Rose stellte ihre Armbanduhr zwei Stunden zurück, so wie es die große Uhr am Terminal ange-zeigt hatte. Hier in Tucson war es erst kurz vor drei.

Die Autos hielten sich dicht hintereinander, passierten die Schranke des Terminals und fuhren westwärts in Richtung Valencia. Bereits nach kurzer Zeit ließen sie die Stadt und die Straßenbeleuchtung hinter sich. Der einspurige Highway führte nun schnurgerade in die Wüste hinein. Die Schein-werfer streiften Kakteen und trockene Büsche. Kein einziges Auto war unterwegs. Sie waren vollkommen allein in dieser unwirtlichen, stockfinsteren Gegend. Rose spürte, wie Cruzito ihre Hand ergriff. Die Furcht vor dem Unbekannten ließ sie ihre Finger ineinanderklammern. Durch die Windschutz-scheibe sah Rose den Schatten von Julio im vorausfahrenden Fahrzeug. Die Tatsache, dass er nicht bei ihr war, verunsi-cherte sie noch mehr. Sie malte sich tausend Szenarien aus, eine schrecklicher als die andere, bis sie glaubte, verrückt zu werden.

Je länger sie fuhren, desto holpriger wurde die Straße. Rose spürte bleierne Müdigkeit, ertappte sich dabei, dass sie kurz wegnickte und jedes Mal wieder hochschreckte, weil sie aufmerksam bleiben wollte. Am Ende siegte der Schlaf.

»Rose!« Sie zuckte zusammen, realisierte, dass ihre Stirn gegen die Fensterscheibe gesunken war. »Wir sind da!«

Rose blinzelte in die Nacht. »*Vamos*!« Der Fahrer stieg aus und öffnete ihnen die Tür. Cruzito stand ächzend auf und Rose folgte ihm, bemüht, ihn zu stützen. Sie befanden sich mitten in der Wüste, jenseits einer Schotterpiste.

»*Por allá*!« Der Fahrer deutete auf eine Gesteinsformation, die sich dunkel vom Nachthimmel abhob. Er schlug die Tür des Mercedes zu, setzte sich ans Steuer und brauste davon. Das zweite Auto folgte ihm.

Rose und Cruzito gingen zu Julio, der mit Pedro ein Stück entfernt wartete.

»Was jetzt?«, fragte Rose leise und brachte Pedro damit zum Lachen.

»Durch den Tunnel, kleine Muschi. So wie es die Schleuser machen. Aber Vorsicht, wenn man einer Bande in die Quere kommt, endet das schnell in einer Schießerei.«

»Halt dein Maul!« Julio hielt ihn am Kragen seines Hemdes fest und stieß ihn voran. Dann reichte er Cruzito seine zweite Waffe.

»Nimm die Beretta. Sie ist entsichert. Im Zweifel schießt du einfach, hast du verstanden?«

Cruzito nickte. Sein Gewicht lastete schwer auf Rose.

»Die Gänge sind schmal, die Luft abgestanden und dünn. Ihr folgt mir ohne zu reden ist das klar?«

»Möchtest du ihnen nicht sagen, wie es ist, wenn man sich in den Maulwurfshügel wagt? Nicht jeder, der hineingeht, kommt auch wieder heraus. Wir werden sicher ein paar Leichen sehen.« Pedros Lachen hallte in die Nacht hinaus.

Rose schwieg. In wenigen Minuten würde sie die USA verlassen. Das Land, das sie kannte und das ihr Sicherheit bot, auch wenn sie das vielleicht nur glauben wollte. Sie sah, wie Julio seine Waffe hob und sich in Bewegung setzte. Er hielt zielstrebig auf die Felsformation zu und Rose hatte Mühe, ihm mit dem verletzten Cruzito zu folgen. Zwischen den mächtigen Steinen verschwand er plötzlich und Rose trieb ihren Freund zur Eile an. Die Felsen verschluckten sie, schlossen sich um sie, während sie in einem schmalen Gang untertauchten. Rose folgte dem Lichtkegel von Julios Taschenlampe. Er zuckte die behauenen Wände entlang, entblößte Kreuzungen und weitere Gänge, die sich tief unter den Fels fraßen. Sie hörte ihren eigenen Atem, das Japsen von Cruzito und unterdrückte den aufwallenden Hustenreiz. Aufgewirbelter Staub legte sich auf ihre Lungen und vermischte sich mit modrigem Geruch, der immer intensiver wurde, je weiter sie ins Innere dieses unendlich anmutenden Wegelabyrinths vordrangen. Julio führte sie so bestimmt an, als wäre er nicht zum ersten Mal in dieser unwirklichen Welt unterwegs. Mit einem Mal hob er die Hand und blieb stehen. Er leuchtete sich selbst ins Gesicht, um ihnen zu verdeutlichen, dass sie still sein mussten.

In der Ferne waren gedämpfte Stimmen zu hören. Eine große Anzahl Menschen schien durch den Tunnel zu laufen. Ihre Schritte hallten von den Wänden wieder und es war Rose unmöglich zu sagen, aus welcher Richtung sie kamen. Julio machte die Taschenlampe aus.

»*Eh*!«, brüllte Pedro, bevor ihn ein Schlag von Julio zum Schweigen brachte.

»Was soll das?«, hörte Rose ihn zischen. »Willst du hier drinnen sterben?«

»Ich will, dass du stirbst, *cabrón*! All die Jahre warst du mein Bruder und jetzt verrätst du mich!«

»Sei still!«

Die Stimmen verstummten abrupt. Es war totenstill. Die

Dunkelheit umarmte sie und Rose wagte kaum zu atmen. Dann brach die Hölle los. Maschinengewehre ratterten. Sie waren nicht in unmittelbarer Nähe, doch das Echo, das die Wände zurückwarfen, vervielfachte den Schall. Rose zuckte heftig zusammen. Sie war so angespannt, dass jedes Geräusch sie aus der Fassung brachte. Am liebsten hätte sie sich umgedreht, um zu fliehen, aber Cruzito hielt sie davon ab.

Julio bewegte sich nicht. Er wartete ab, bis wieder Ruhe eingekehrt war. Rose kam es wie eine Ewigkeit vor, dass sie einfach nur dastanden. In ihren Ohren erklangen immer noch Schüsse, obwohl sie längst verstummt waren. Dann schaltete Julio endlich die Taschenlampe wieder an und setzte seinen Weg fort. Rose und Cruzito folgten, ihre knirschenden Schritte waren für Minuten alles, was sie hörten.

»*Mierda*!« Erneut hielt Julio an und Pedros Kichern erfüllte den Tunnel.

»Wie ich gesagt habe«, amüsierte er sich. »Ein paar schöne frische Leichen.«

Julio warf Rose einen Blick über die Schulter zu. »Geht einfach weiter. Steigt über sie drüber!«

Rose nahm den metallischen Geruch von Blut wahr. Und von anderen Dingen, über die sie nicht nachdenken wollte. Sie keuchte und krallte sich in Cruzitos Hand. Der Lichtkegel der Taschenlampe enthüllte das Elend, das sich vor ihnen ausbreitete. Tote Menschen. Überall. Sie lagen übereinander, pflasterten den Gang des Tunnels. Hände, Gesichter, Schuhe. Wie Blitze zuckten die Bilder, welche die Taschenlampe enthüllte, durch ihren Kopf. Es waren Männer und Frauen, alt und jung. Sie hatten Rucksäcke und Plastiktüten bei sich. Alles lag durcheinander. Blut bedeckte das Massaker. Rose schüttelte den Kopf.

»Ich kann nicht«, wisperte sie. »Ich kann das nicht!«

Julio drehte sich zu ihr um. »Wir müssen hier raus«, sagte er scharf. »Die sind schon tot. Also beweg dich!«

»Er hat recht.« Cruzito zog sie humpelnd mit sich. »Das waren Schleuser.« Seine Stimme war beinahe tonlos. »Du bezahlst sie, damit sie dich durch die Tunnel bringen. Wenn sie glauben, dass die amerikanischen Behörden ihnen auflauern, erschießen sie alle. So kann keiner etwas erzählen.«

Rose musste sich überwinden, einen Schritt vor den anderen zu setzen. Sie spürte weiche Körper unter sich und kämpfte gegen den Würgereiz an, der sie überfiel.

»Bist du mit deinem Cousin auch durch so einen Tunnel gegangen?«, fragte sie, um sich von dem abzulenken, was sie gerade tat.

»Hm.« Cruzito strauchelte auf dem unebenen Untergrund. »Jeder kennt das Risiko. Sie lassen die Gruppe vorauslaufen und folgen mit Maschinengewehren. Wenn ihnen etwas verdächtig vorkommt, ballern sie los. Das Geld haben sie ja schon.«

»Aber wer geht ein solches Risiko ein?«

»Verzweifelte Menschen, die nichts mehr zu verlieren haben und sich in den USA ein besseres Leben erhoffen.«

»Scht!« Julio brachte ihn zum Schweigen und Rose setzte ihren Weg fort. Sie war verstört über das, was sie hörte und das, was sie sah. Das Leben von Menschen wurde weggeworfen, ihre Körper einfach liegengelassen. Sie schlug sich die Hand vor den Mund, stolperte weiter und bemühte sich zu ignorieren, dass sie gerade über Leichen lief. Als sie das Massaker endlich überwunden hatten, wischte sich Rose Tränen aus dem Gesicht. Sie fühlte sich erleichtert und schämte sich dafür.

»Halt!« Julio brachte die Gruppe zum Stehen. »Dort hinten ist der Ausgang.«

Sie lauschten, aber es rührte sich nichts. Rose fragte sich, ob die Schleuser ihnen auflauerten oder ob sie bereits das Weite gesucht hatten.

»Ein Hubschrauber!«

Tatsächlich! Das Dröhnen von Rotorblättern brach sich an den Wänden.

»Ist das die Polizei?«, flüsterte Rose und Pedro lachte auf.

»Die mexikanische Polizei ist ein korruptes Sumpfloch, kleine Muschi. Dieser Hubschrauber gehört meinem Vater. Es geht nach Hause, meine Freunde. Und das werdet ihr noch bereuen.«

»*Du* wirst es bereuen!« Julio schubste ihn voran, Rose und Cruzito folgten. Sie verharrten am Ausgang, späten in die Dunkelheit und fixierten die Positionslichter des Hubschraubers, der sich ihnen näherte.

Julio zielte mit der Beretta in die Nacht, aber sie schienen alleine zu sein. Die Schleuser hatten sich verzogen.

»Was passiert mit den Leichen?« Rose konnte nicht aufhören, an die Menschen zu denken, die sie hinter sich zurückließen.

»Wenn die Luft rein ist, kommen die Männer zurück. Sie nehmen sich alles, was sie brauchen können und verscharren die Leichen in der Wüste.« Cruzitos Blick streifte den ihren. Die Lichter des herannahenden Hubschraubers erhellten sein Gesicht und der Wind zerzauste ihm die Haare. »So ist das hier, Rose. Mexiko ist das Land der Wölfe.«

Sie wischte sich den Sand aus den Augen, den die Rotorblätter aufwirbelten. Das Geräusch wurde ohrenbetäubend. Der Hubschrauber setzte nur wenige Meter vor ihnen auf und Julio hielt Pedro die Waffe an die Stirn. Die Tür des Helikopters öffnete sich und Rose erkannte zwei Männer mit Schnellfeuerwaffen, die sie ins Visier nahmen. Sie hob instinktiv die Hände.

Julio ließ die Beretta sinken und gab Pedro einen Stoß.

Sie gingen auf den Hubschrauber zu. Die beiden Männer ergriffen Pedro, bevor sie Julio entwaffneten, ihn seine Kampfweste ausziehen ließen und ihn in den Helikopter beförderten. Dann gaben sie Rose und Cruzito zu verstehen, ebenfalls einzusteigen. Geduckt liefen sie zum Hubschrauber und Cruzito übergab ihnen die Beretta. Kaum schloss sich die Tür hinter ihnen, ging es in die Luft.

Rose sah sich um. Sie saßen eng aneinandergepfercht auf schmalen Sitzen. Vor den Türen hockten die beiden Wachen, ihre MGs sorgsam vor dem Körper verstaut, in ihrer Mitte thronte Pedro, ein fieses Lächeln im Gesicht. Er starrte abwechselnd Julio, Rose und Cruzito an, die ihm gegenübersaßen.

Rose bemühte sich, ihn zu ignorieren. Sie spürte Julios Wärme und war froh, wieder in seiner Nähe zu sein. Als sie höherstiegen, erkannte sie den Goldstreif am Horizont. Ein neuer Tag brach an und sie fürchtete sich vor ihm. Erschöpft lehnte sie ihren Kopf nach hinten und schloss die Augen. Immer wieder dämmerte sie weg, doch wirre Träume holten sie jedes Mal zurück in die Wirklichkeit.

Drei unendlich anmutende Stunden später setzte der Helikopter endlich zur Landung an. Draußen war es taghell und die gleißende Sonne durchflutete die Kabine. Rose erkannte verfallene Häuser um sich herum. Es sah aus, als wären sie inmitten eines Industriegebiets gelandet. Der Motor wurde ausgeschaltet und die Rotorblätter drehten sich immer langsamer, bis sie schließlich ganz aufhörten. Rose' Ohren rauschten von dem Lärm der vergangenen Stunden. Einer der bewaffneten Männer öffnete die Tür und ließ Pedro den Vortritt beim Aussteigen. Julio, Rose und Cruzito folgten ihm. Hitze umfing sie und Rose blinzelte gegen das Sonnenlicht an.

»*Bienvenidos a Culiacán, muchachos*«, hörte sie eine Stimme und drehte den Kopf. Ein Mann kam auf sie zu. Er sah wie eine ältere Ausgabe von Pedro aus, nur dass er im Gegensatz zu ihm keinen Bart trug. Doch der dunkelblaue Anzug wirkte, als habe ihn derselbe Schneider gefertigt.

»Mein Sohn.« Der Mann blieb vor Pedro stehen. Er registrierte das Blut auf dessen Hemd und die lädierte Schulter. »Es ist lange her.«

»Vater.« Pedro senkte den Blick. »Du wolltest, dass ich nach Hause komme.«

»Wir sollten reden.«

»Zuerst brauche ich eine Dusche. Und jemanden, der mich verarztet. Wo ist Mutter?«

»Im Haus.« Der Mann nickte seinen Leibwächtern zu, die Pedro in ihre Mitte nahmen und abführten. Dann schlenderte er zu Julio.

»Camarena!« Er schüttelte ihm die Hand. »Es freut mich, dass du meinen Sohn zurückgebracht hast. Wie ich hörte, gab es Schwierigkeiten.«

»Die Los Zetas haben ihm einen Besuch abgestattet.«

»Das habe ich gelesen. Die Online-Meldung von CNN lautet: Behörden durchsuchen Haus in Chestnut Hill, Philadelphia, und ermitteln wegen nächtlicher Schießerei. Verbindungen zum Sinaloa-Kartell werden überprüft.« Er räusperte sich. »Ich hoffe, sie werden dort nichts finden.«

»Es blieb keine Zeit, um aufzuräumen.«

»Das heißt, es gab Überlebende? Wer sind sie?«

»Ich habe niemanden gesehen. Pedro war nicht besonders erfreut, nach Hause zu fahren. Ich habe mich auf ihn konzentriert.«

»Und trotzdem wurde er angeschossen.«

»Das war ich.«

Der Mann lachte, doch seine Augen blieben ernst. »Du musst mir alles in Ruhe erzählen.« Er blickte Rose ins

Gesicht. »Willkommen auf meinem Anwesen. Sie sind sicher Rose.« Sein Blick schweifte weiter. »Und wer ist das?«

»Cruzito«, erklärte Julio. »Er arbeitet für mich und hat ein paar Leute der Los Zetas erledigt. Er ist verletzt, deshalb habe ich ihn mitgenommen.«

»Damit er nicht plaudert?« Der Mann grinste. »Gute Idee.«

Julio verzog den Mund. Sein Gesichtsausdruck war derart undurchschaubar, dass er auf Rose völlig fremd wirkte.

»Kommt mit!« Der Mann machte eine einladende Handbewegung. »Ihr könnt euch ausruhen und euch frisch machen. Dann essen wir gemeinsam.«

Mechanisch setzte Rose einen Fuß vor den anderen, immer darauf bedacht, Cruzito zu stützen. Sie passierten einen doppelten Sicherheitszaun und ein Dutzend Männer, die dort Wache hielten. Das Anwesen der Zarpatas mutete wie ein Hochsicherheitsgefängnis an. Kaum hatten sie die Absperrung passiert, erstreckte sich ein weitläufiges Grundstück vor ihnen. Ein Brunnen plätscherte im Vorhof, Kieswege wanden sich durch kurz gemähtes Gras. Kakteen umrahmten Dahlien, Hibiskussträucher und Jacarandabäume. Mittendrin erhob sich eine weiße Villa und erstrahlte in der Sonne. Eine Frau trat ins Freie. Sie war mittleren Alters, doch ihr Gesicht wirkte so straff und faltenfrei wie das einer Zwanzigjährigen. Ein elegantes Kleid betonte ihre dralle Figur. Der Blick ihrer dunklen Augen war stechend.

»Pedro ist verletzt«, sagte sie anstatt einer Begrüßung.

»Nicht lebensbedrohlich, *cariña*«, beruhigte Arturo sie. Die Frau ignorierte ihn und starrte Julio an.

»Du bist ein toter Mann«, zischte sie.

»Genug, Lorena!« Arturo Zarpata funkelte sie an. »Geh zu deinem Sohn und mach deine Arbeit!« Er deutete auf

Cruzito. »Und nimm den Jungen mit. Er wurde ebenfalls angeschossen.«

Die Frau wandte sich zum Gehen, nicht ohne den Anwesenden mit einem weiteren Blick zu verstehen zu geben, dass sie hier unerwünscht waren.

Rose klammerte sich an Cruzito fest, bis einer von Arturos Männern ihn mit sich nahm. Sie sah ihm hinterher und fühlte sich hilflos und ausgeliefert.

»Verzeiht ihr«, sagte Arturo, als sie allein waren. »Sie ist eine Löwenmutter und hat nur ein Kind. Sie hat Pedro zu sehr verhätschelt.« Er gab den Wachen ein Zeichen. »Meine Männer zeigen euch euer Zimmer.«

Julio nickte ihm zu und folgte den Leibwächtern, die ihnen unmissverständlich den Weg vorgaben. Rose betrat das Innere des Hauses und registrierte den saalartigen Eingangsbereich, an dessen Ende sich eine Doppeltreppe in den ersten Stock wand. Weißer Marmor, antike Säulen, goldene Türgriffe. Alles in diesem Haus funkelte. Sie stiegen die linke Treppe nach oben, gingen den angrenzenden Flur hinunter und warteten, bis die Männer eine der Türen für sie öffneten.

»*El Señor* erwartet euch in zwei Stunden«, sagte der eine von ihnen. Sein Blick ruhte auf Julio und die Art, wie er ihn anstarrte, jagte Rose einen Schauer über den Rücken. Sie betraten das Zimmer und die Tür schloss sich hinter ihnen. Rose war sich sicher, dass einer der Männer vor ihrer Tür zurückblieb. Sie waren keine Gäste, sie waren Gefangene.

Erschöpft sank sie aufs Bett, auf dem ein Anzug und ein Kleid bereitlagen. Ihre Finger fuhren über die feinen Stoffe. Erst jetzt bemerkte sie, wie schmutzig sie war. Unter ihren Nägeln waren dunkle Ränder, das einstmals weiße Männerhemd, das sie trug, war übersät mit Staubflecken. Die Männerhose, die sie notdürftig mit einem Gürtel davon abgehalten hatte, ihr über die Hüften zu rutschen, war ebenfalls schmutzig. Sie fuhr sich durch die Haare und blickte zu Julio, der am Fenster stand und nach draußen sah. Er wirkte abwesend.

»Ich gehe duschen«, murmelte sie. Es gab nicht viel, was sie sonst hätte tun können.

Als Julio nichts erwiderte, stand sie auf und ging ins angrenzende Bad. Sie war todmüde und gleichzeitig so voller Anspannung, dass ihr Körper nicht zur Ruhe kam. Erschöpft drehte sie den goldenen Wasserhahn auf, entkleidete sich und stieg unter die Dusche. Das Wasser war so heiß, dass es dampfte, doch Rose war es egal. Sie lehnte ihre Stirn gegen die Fliesen, schloss die Augen und ließ das Wasser auf sich hinunterprasseln. Geistesblitze zuckten in ihrem Inneren. Sie sah die blutverschmierte Belita, die weinend neben ihr lag, während sie sich unter dem Bett verschanzten. Julio, der auf Cruzito schoss. Pedro, der die Zähne fletschte und ihnen drohte. All die toten Menschen im Tunnel. Adriana, Diego. Es waren zu viele. Rose würde all diese Gesichter niemals vergessen. Sie waren wie Narben in ihrem Gedächtnis, die jemand dort mit einem Brandeisen hinterlassen hatte. Heiße Tränen loderten hinter ihren Lidern, wurden vom Wasser fortgespült.

Die Tür der Dusche öffnete sich und Julio schlüpfte hinein. Rose drehte sich um und wich vor ihm zurück. Er verengte die Augen, als er es bemerkte.

»Ich will hier weg«, flüsterte sie.

»Das will ich auch.«

»Du bist so anders. Ich kenne dich nicht, wenn du so bist.«

»Ich weiß.« Er trat unter den Duschstrahl, hielt sein Gesicht ins Wasser. »Vor dem Kartell zeigt man keine Gefühle.« Er strich sich die nassen Haare nach hinten, sein muskulöser, tätowierter Körper glänzte. Das Wasser sammelte sich in der ausgeprägten Kerbe seines Schlüsselbeins, bevor es über seine Brust hinabfloss. Rose legte ihre Finger auf das grinsende Totenkopftattoo, verdeckte die Fratze, die ihr Angst machte.

»Es gibt eine Lösung für alles in diesem Leben, außer für den Tod«, las sie den Spruch vor, der darunter stand. »Werden wir sterben?«

Sein Brustkorb hob und senkte sich in jener Regelmäßigkeit, die sie beruhigte. Doch seine Worte taten es nicht. »Ich wünschte, ich könnte dir sagen, was passiert.«

Rose atmete zittrig aus. »Arturo Zarpata hat dir sein Wort gegeben!«

Julio hob vorsichtig die Hand, als wollte er testen, ob sie erneut vor ihm zurückzuckte. Sie tat es nicht und er strich ihr über die Wange. »Der Zarpata-Clan hält immer zusammen. Ich weiß nicht, was Arturo mit Pedro vor hat.«

»Aber du vertraust ihm?«

Er lachte bitter und senkte den Kopf. Das Wasser aus seinen Haaren tropfte auf sie hinunter. »Wenn du gesehen hast, was ich gesehen habe, und wenn du getan hast, was ich getan habe, dann vertraust du nicht mehr. Du forderst. Selbst wenn du weißt, dass das Kartell nur einen Verbündeten kennt. Sich selbst.«

»Dann denkst du, dass Arturo Zarpata sein Wort brechen könnte?«

»Rose.« Ihre Blicke verhakten sich und sie erkannte die Verzweiflung in seinen Augen. »Ich habe dir angeboten, zu gehen, doch du wolltest bleiben. Und das bedeutet, dass ich bis zum letzten Atemzug darum kämpfen werde, dass du überlebst. Aber ich bin kein *Patrón* und ich bin nicht Jesús Malverde.«

Er stand vor ihr, die Hände rechts und links neben ihrem Kopf gegen die Fliesen gestützt. Die genähte Wunde an seinem Oberarm machte ihr bewusst, dass er ebenso verletzlich war wie sie selbst. Das und die Nacktheit, mit der er vor ihr stand, rührten sie. Er war der Mann, der all diese Extreme in sich vereinte, und den sie liebte. Rose legte ihre Lippen auf die seinen. Dort, wo Worte versagten, waren Berührungen das einzige, was ihnen blieb.

Julios Zungenspitze berührte die ihre, sein Atem beschleunigte sich. Rose wusste, dass es ihm ebenso erging wie ihr. Er suchte ihre Nähe, um die Welt auszuschließen. Bestimmt hob er ihr Bein an, fuhr die Unterseite ihres Oberschenkels nach oben, bis er auf ihre feuchten Schamlippen stieß. Er spreizte sie und Rose stöhnte auf. Alles sammelte sich an der Stelle, an der er sie berührte. Gekonnt glitt er über ihre Klitoris, seine Finger stimulierten sie, wurden schneller. Sein Atem vermischte sich mit dem ihren. Das stete Reiben erzeugte Wellen, die in Rose' Unterleib strahlten. Bald schon glaubte sie, es nicht mehr auszuhalten. Dieses Mal wollte sie es nicht langsam tun. Sie wollte, dass er sie fickte. Sie wollte ihn mit all seiner Kraft spüren und dabei von ihm gehalten werden.

Rose schlang die Arme um Julios Hals, rieb ihre Schamlippen an seinem Schwanz. Er war hart. Und wild. Ungestüm hob er sie hoch, drang heftig in sie ein und begann, sie mit kurzen, gnadenlosen Bewegungen zu stoßen. Rose schrie auf. Es tat weh und war zugleich der Schmerz, den sie gesucht hatte. Sie spürte seine Wut über die ganze Situation, auch darüber, dass sie ihm gefolgt war. Er kapitulierte vor ihrer Liebe und hasste sie gleichzeitig dafür, dass sie ihn all das fühlen ließ. Jeder seiner Stöße trieb es ihr ins Bewusstsein. Er war brutal und doch nicht so brutal, wie er es hätte sein können. Seine Zunge füllte ihren Mund aus, seine Hände umfassten ihren Po so fest, dass sie ihm nicht entkommen konnte, während sein schneller Rhythmus ihr den Rücken an den Fliesen wundscheuerte. Es hatte etwas Tierisches an sich und doch war es für Rose unendlich erfüllend. Sie stöhnte, weinte und seufzte, kratzte und biss, um ihren Gefühlen Ausdruck zu verleihen. Julio war ihr Himmel und ihre Hölle, ihr Schmerz und ihre Lust. Sie schraubten sich bis zur Ekstase empor, in der er sie anstarrte, als wollte er sie umbringen. Er knurrte, rammte seinen Schwanz in sie, bis er genug hatte. Dann drehte er sie von sich weg und drängte sie gegen die Glasscheibe. Seine Knie spreizten ihre Beine weit und er legte zwei Finger auf ihre Klitoris. Die andere Hand wanderte zu ihrem Hals. Sein Schwanz fand ihre Öffnung und nahm sich erneut, was er brauchte. Rose' Nägel glitten über die glatte Oberfläche, ihre Brustwarzen rutschten über das Glas, sie war ihm völlig ausgeliefert. Sein Rhythmus wurde immer heftiger und Rose spürte den Orgasmus heranrollen. Sie lutschte an seinen Fingern, saugte sich fest und ergab sich schließlich jenem Zucken, das ihren gesamten Körper erschauern ließ. Wieder und wieder. Es prickelte bis unter ihre Kopfhaut. Rose wand sich, aber sie entkam Julio nicht. Seine Finger rieben sie und es war schmerzhaft und zuckersüß zugleich. Als er kam, wurde sein Griff um ihren Hals fester. Sie spürte, wie er sich anspannte, und hörte seinen heftigen Atem an ihrem Ohr. Rose' Kopf sank nach hinten. Ein wohliger Schauer nach dem anderen durchfuhr sie, während sich zwischen ihren Beinen ein erschöpftes Ziehen ausbreitete. Keuchend hielten sie inne. Julio küsste ihren Nacken. Seine Finger, die sie gerade eben noch gequält hatten, fuhren sanft über ihre Schamhaare. Der Griff um ihren Hals lockerte sich und er umfasste eine ihrer Brüste. So verharrten sie, während das Wasser auf sie niederprasselte.

JULIO

»Woher kennt er meine Größe?« Rose zog den Reißverschluss des Kleides nach oben und runzelte die Stirn. Julio band sich seine Krawatte und warf ihr einen Blick zu. Sie war wunderschön und verletzlich und das schwarze Kleid betonte es umso mehr. Es legte ihre Schultern frei und entblößte damit einige blaue Flecke, die Diego ihr zugefügt hatte. Die in ihrem Gesicht waren ebenfalls noch nicht verheilt. Ohne Make-up stachen sie Julio besonders ins Auge. Er zwang sich, seine Aufmerksamkeit auf den doppelten Krawattenknoten zu lenken. Es gelang ihm nicht und Julio begann fluchend von vorne.

»Ich helfe dir.« Rose trat zu ihm und legte ihre Hände auf die seinen. Er ließ sie gewähren und war erstaunt, wie geschickt sie sich anstellte. Als sie fertig war, saß der Windsorknoten perfekt.

»Mein Vater hat es mir beigebracht. Er war der Meinung, dass eine gute Ehefrau so etwas können muss.«

»Hm.« Er zog sie zu sich heran und legte sein Kinn auf

ihren feuchten Haaren ab. Es tat ihm leid, dass sie ihn nun so kennenlernen musste, wie er sein ganzes Leben gewesen war.

»Sie wissen alles über uns«, beantwortete er ihre Frage. »Das Kartell ist einem immer einen Schritt voraus. Das ist der Grund, warum ich nicht weiß, was Arturo Zarpata vorhat.«

Ihm war bewusst, dass er ihre Angst damit nicht verringerte, aber er wollte sie nicht anlügen. Rosarote Lügenmärchen passten nicht in seine Welt.

Rose umschlang ihn mit den Armen. »Wenigstens sind wir zusammen.«

Es war ein schöner Satz, auch wenn es in Wahrheit nichts änderte. Ganz im Gegenteil. Ihre Anwesenheit setzte ihn unter Druck. Er befürchtete, nicht mehr rational agieren zu können, weil er sie um jeden Preis beschützen wollte. Andererseits war er auch nicht stark genug gewesen, um sie zurückzulassen. Er hätte es ihr befehlen müssen, aber als sie sich im Flugzeug wie ein kleines Kind in seine Arme geworfen hatte, war sein Widerstand geschmolzen wie Stahl im Hochofen. Pedro hatte das längst bemerkt. Und Julio spürte zum ersten Mal ein Gefühl, das ihm fremd war: Angst. Nicht um sein eigenes Leben, sondern um das von Rose. Sie war ihm so wichtig geworden, dass er bereit war, alles zu ertragen, solange es ihr gutging. Doch in Arturo Zarpatas Villa waren schon Dinge geschehen, die weit über das hinausgingen, was Rose in den letzten Wochen erlebt hatte. Und Julio hoffte inständig, dass seine Befürchtungen sich nicht bewahrheiteten.

Er sah auf seine Uhr. »Wir sollten jetzt gehen.«

Rose löste sich von ihm. »Ich trage ein Kleid und hohe Schuhe und bin völlig ungeschminkt.«

Er musste über ihre unsinnige Sorge lachen. »Das ist ein katholischer Haushalt«, erwiderte er mit ironischem Unterton. »Hier zeigt man sein Gesicht so, wie Gott es erschaffen hat.«

Rose warf ihm einen ungläubigen Blick zu, unter den sich sofort ihre allgegenwärtige Furcht mischte. Er nahm ihre Hand.

»Wir sehen aus, als gehen wir zu unserer eigenen Beerdigung«, kommentierte sie ihre komplett schwarze Kleidung.

»Versuch dich zu entspannen. Arturo spielt gerne mit den Menschen. Biete ihm keine Angriffsfläche.«

Rose nickte und hob tapfer das Kinn, doch ihre Augen sprachen eine andere Sprache. Er wollte sie umarmen und nicht mehr loslassen, aber das war unmöglich. Sie mussten sich den Wölfen stellen. Julio straffte die Schultern und klopfte an die Tür. Sie wurde geöffnet und für Sekunden starrte er in die hasserfüllten Augen des Bodyguards. Julio hatte ihn bereits bei ihrer Ankunft wiedererkannt. Es war einer von denen, die an jenem Abend dabei gewesen waren, als er Arturo hatte umlegen wollen. Er sann nach Rache und Julio wusste, dass es ihm ein Genuss sein würde, ihn zu foltern, sollte *El Señor* es befehlen. Doch noch war es nicht soweit. Der Bodyguard ging voraus und brachte Julio und Rose in den rückwärtigen Teil des Gartens. Hier gab es eine weitläufige überdachte Terrasse mit Blick auf den Pool. In der Mitte stand ein Tisch, der bereits gedeckt war. Das weiße Tischtuch wehte in der warmen Brise. Julio sah sich um. Außer ihnen war niemand zu sehen.

»Wo sind denn alle?« Rose stand dicht neben ihm, obwohl er nicht länger ihre Hand hielt. Es brachte ihn beinahe um, aber er musste jetzt seine Rolle spielen. Wenn Arturo auch nur den Hauch von Schwäche witterte, zerfleischte er seine Opfer.

»Sie kommen gleich.« Er war aufmerksam. Ohne seine Beretta fühlte er sich nackt. Der Bodyguard wartete neben der Terrasse, die Hände vor der Brust verschränkt. Sein Starren machte Julio aggressiv.

»Na, wartet ihr auf eure Henkersmahlzeit?« Pedro schlenderte vom Haus auf sie zu. Sein Arm steckte in einer Schlinge, er war umgezogen und sah in seinem hellen Anzug wie aus dem Ei gepellt aus. Ihm folgte seine Ehefrau Chara. Sie wirkte nicht besonders glücklich darüber, dass Pedro wieder zuhause war. Sofort fand ihr Blick den von Julio. Sie schien zu ahnen, was er gesehen hatte, als er in Arturos Villa eingebrochen war. Doch Julio hatte nicht vor, sie hinzuhängen. Ihre Strafe war es, mit Pedro verheiratet zu sein.

»Das ist die Muschi.« Pedro deutete auf Rose. »Muschi, das ist Chara, meine Ehefrau.« Er zog sie grob an seine Seite. »Mein Vater möchte ein Familienessen und ich frage mich, was du hier zu suchen hast, Camarena.«

»Das überlässt du besser mir.« Arturo Zarpata war seinem Sohn gefolgt. Ihn flankierten zwei Bodyguards, die sich unauffällig im Hintergrund hielten und in einigem Abstand stehenblieben, als Arturo auf Julio zuging.

»Wie geht es dir, Camarena? Hat der Anzug die richtige Größe?« Er musterte Julio.

»Der Anzug passt hervorragend, *El Señor*.«

Arturos Blick schweifte weiter zu Rose. »Hübsch«, kommentierte er ihr Aussehen, bevor er in die Hände klatschte. »Wo bleibt der Champagner?«

Julio hörte hohe Absätze auf dem Marmor und sah Lorena, die mit einem Tablett in der Hand auf die Terrasse schwebte. Hinter ihr humpelte Cruzito heran, dessen Gesicht sich sofort aufhellte, als er Rose erblickte.

»Trinken wir!« Arturo forderte alle auf, sich ein Glas zu nehmen. »Auf die Familie! Auf meinen heimgekehrten Sohn und meine Schwiegertochter, die nun endlich wieder ein geordnetes Leben führen kann.« Die Art, wie er es sagte, ließ

Chara die Wimpern senken. Julio spürte die Spannung, die in der Luft lag.

Die Gläser klirrten, als sie miteinander anstießen.

»Setzen wir uns!« Arturo wies jedem einen Platz zu. Rose musste neben Pedro sitzen, Lorena neben Julio, Chara neben Cruzito. Das Kopfende beanspruchte *El Señor* für sich und nahm alle nacheinander ins Visier.

»Da sind wir also«, kommentierte er ihr Beisammensein. »Das ist schön. Denn jetzt will ich endlich hören, was in Philadelphia passiert ist.«

Schweigen breitete sich aus. Man hörte nur noch das Zirpen der Grillen und das Zwitschern der Vögel. Es klang zu harmonisch für das, was nun folgen würde. Eine Hausangestellte servierte die Vorspeise. Ceviche. Mit rohem Fisch, Tomaten, Avocados und einer Menge Jalapeños.

»Esst!« Arturo hob seine Gabel und nahm einige Bissen. Dann fixierte er seinen Sohn. »Pedro«, forderte er ihn auf. Mehr sagte er nicht.

»Das Geschäft lief gut.« Pedro zuckte die Achseln. »Ich weiß nicht, was du gehört hast, Vater, aber ich hatte alles unter Kontrolle.«

»Warum haben die Los Zetas dann dein Haus durchlöchert? Die Schlagzeilen überschlagen sich, doch niemand redet von ihnen. Alles geht auf unser Konto. Das ist schlecht fürs Geschäft und das weißt du.«

»Warum sollen es die Los Zetas gewesen sein?«

Arturos Faust sauste auf den Tisch nieder und die Frauen zuckten zusammen. »Schluss damit!«, fuhr Arturo seinen Sohn an. »Du kleiner Pisser hast vorgehabt, mich zu hintergehen!«

»Vater …«

»Nein!«, brüllte Arturo. »Ich bin nicht dein Vater, sondern

dein Boss. Und du wirst deinem Boss jetzt erzählen, was passiert ist!«

Pedro sackte in sich zusammen. »Ich wollte das nicht«, beteuerte er. »Aber da war dieser Carlos …«

»Was ist mit ihm?«

»Er hat erzählt, dass du mir nur einen Teil des Stoffes lieferst, den wir aus Mexiko in die USA schaffen.«

»Und du hast ihm geglaubt?«

»Nun ja …«

»Du hast ihm tatsächlich geglaubt?«, dröhnte Arturos Stimme über den Tisch.

Julio sah, dass Rose sich verspannte. Alle waren angespannt, außer Lorena. Sie warf ihrem Mann einen kühlen Blick zu.

»Was hätte ich für eine Wahl gehabt?«, jammerte Pedro.

Arturo schüttelte ungläubig den Kopf. »Wie wäre es, wenn du mit mir geredet hättest?«

»Aber du hast mir immer vorgehalten, dass ich das Geschäft an der Ostküste niemals zum Laufen bringen würde.«

»Hast du ja auch nicht.«

Pedro wurde wütend. »Das ist nicht wahr! Es lief fantastisch. Doch dann hast du Carlos geschickt, habe ich recht? Er sollte dafür sorgen, dass ich Mist baue.«

»Er sollte dich testen. Mir war klar, dass du Mist baust. Weil du das immer tust.«

Pedro verzog den Mund. »Ich habe ihn erschossen.«

»War nicht schade um das Arschloch.« Arturo stellte seinen Teller beiseite. »Du hast mich schwer enttäuscht, Pedro. Du wolltest dich mit unseren Feinden verbünden.«

»Ich will mein eigenes Imperium, Vater! Du stellst mich in deinen Schatten. Das habe ich nicht verdient. Frag Mutter! Sie ist ganz meiner Meinung.«

»Deine Mutter hat kein Mitspracherecht in diesem Geschäft.« Arturo stand wutentbrannt auf. »Und du stellst Forderungen, die dir nicht zustehen.« Er schnaubte. »Ausgerechnet die Los Zetas! Weißt du, was dein Vorgehen bedeutet? Es bedeutet Krieg, Pedro! Osiel Moralez wird deinen Namen ganz oben auf seine Abschussliste setzen. Direkt neben meinen.«

»Hm.« Pedros Blick wanderte zu Julio. »Über uns sollte der Mann stehen, der den Los Zetas die Hand geschüttelt hat.«

»Du meinst den Mann, der mir erst vor Augen geführt hat, was du planst?«

»Der Mann, der dich erschießen wollte, Vater.«

»Und der es nicht getan hat.«

»Weil er wie ein Fähnchen im Wind ist. Er arbeitet für jeden, der ihm die Hand reicht.«

Julio knirschte mit den Zähnen, doch er sagte nichts. Arturo Zarpata sah ihn durchdringend an, dann wandte er sich wieder an seinen Sohn: »Wir reden jetzt über dich, Pedro! Was hast du Osiel Moralez versprochen?«

Zum ersten Mal wirkte Pedro demütig. »Einen Handel«, murmelte er. »Ich wollte von ihm regelmäßige Heroinlieferungen, um das zu kompensieren, was du mir vorenthalten hast.«

»Und dir kam nie in den Sinn, dass die Los Zetas schon längst an der Ostküste aktiv sind? Dass sie deine *Tenientes* auf ihre Seite gezogen haben und nur darauf warten, bis du einknickst, um dich am Ende zu vernichten und dem Sinaloa-Kartell den bisher größten Schlag zuzufügen?«

»Warum hätte ich das denken sollen?«

»Weil es Anzeichen gab.« Arturo deutete auf Julio und setzte sich wieder. »Anzeichen, die Camarena längst bemerkt hatte.«

Pedro spuckte aus. »Glaubst du einem dahergelaufenen Gassenjungen inzwischen mehr als mir?«

»Ich glaube das, was ich höre.« Arturo winkte der Hausangestellten zu, die herbeieilte, um die Vorspeisen abzuräumen. »Du bist ein Narr, Pedro! Du siehst nicht die kleinsten Anzeichen, selbst wenn sie direkt vor deinen Augen passieren.«

»Du unterschätzt mich, Vater! Das hast du immer getan.«

»Und wenn ich dir sage, dass die Los Zetas seit Monaten ihre Drogen in den Hafen von Philadelphia schiffen und kontinuierlich dein Geschäft unterwandert haben, was würdest du erwidern?«

Pedro wirkte verunsichert. »Das kann nicht sein«, murmelte er. »Meine *Tenientes* waren mir treu ergeben!« Er überlegte. »Bei dem Überfall auf mein Haus haben die Killer jeden Gast meiner Party umgelegt. Warum sollten sie ihre Geschäftspartner erschießen?«

»Um ein Zeichen zu setzen. So wie wir es auch tun. Wer uns die Hand schüttelt und dann immer noch Gast im Haus unseres Feindes ist, der lebt nicht lange. Auf diese Weise können die Zetas jetzt neu anfangen.« Arturo lächelte verschlagen. »Selbst dein Suppenkoch hat Leichen für sie entsorgt.«

»Niemals!« Pedros Nasenflügel blähten sich. »Was immer dir Camarena erzählt hat, ist eine Lüge! Er traf zur gleichen Zeit in meinem Haus ein wie dieses Killerkommando. Wer sagt dir denn, dass er nicht weiterhin der *Sicario* der Zetas ist? Vielleicht lauert er nur darauf, um uns von ihrer Liste zu streichen.«

Das Hauptgericht wurde serviert. *Picaña de res a las brasas*, Rindersteak in Salzkruste. Julio liebte dieses Gericht, aber ihm war der Appetit vergangen.

Arturo schnitt ein großes Stück aus seinem Steak und

schob es sich in den Mund. Das Fleisch wurde medium-rare serviert und war noch blutig. Julio starrte auf seinen Teller, wo sich der rote Fleischsaft mit den Beilagen vermischte.

»Was sagst du zu den Anschuldigungen, Camarena?«, hörte er die Stimme von *El Señor*. Er hob den Blick und sah zuerst Pedro an, bevor er seinem Vater Aufmerksamkeit schenkte.

»Ich bin vielleicht nicht Mitglied dieser Familie«, sagte er mit fester Stimme. »Aber ich habe die letzten zehn Jahre für dieses Kartell getötet und geblutet. Es gab nicht einen Tag, an dem ich meinem *Patrón* nicht gedient hätte. Mein Herz und meine Seele gehören allein Sinaloa und nur deshalb bin ich bereit gewesen, nach Brownsville zu fahren, um Osiel Moralez zu treffen.«

»Hast du meinen Sohn vorher gewarnt?«

»Das habe ich, *El Señor*.«

»Hat er auf dich gehört?«

Julio atmete tief durch. »Das hat er nicht.«

»Was waren seine Worte?«

»Er sagte, er würde sich das Geld holen, das er verdient.«

Arturo lachte auf. »Das Geld, das er verdient …« Genüsslich aß er sein Steak auf, während sich eine unangenehme Stille am Tisch ausbreitete. Pedro warf Julio hasserfüllte Blicke zu und der bemühte sich, das Fleisch auf seinem Teller hinunterzuwürgen.

Nach einer gefühlten Ewigkeit ließ Arturo sein Besteck fallen. »Du wirst kein Geld mehr kriegen, Pedro«, sagte er in ruhigem Tonfall. »Alle meine Zweifel, die ich dir gegenüber je hatte, wurden bestätigt.«

Der Zorn über diese Aussage stand Pedro ins Gesicht geschrieben. »Das kannst du nicht tun, Vater!«

»Ich kann und ich werde.« Arturo hob die Hand, um den Einwand seiner Frau im Keim zu ersticken. »Du wirst dieses

Haus nicht mehr verlassen und der Tunnel, über den du Nutten in dein Zimmer geschleust hast, wird zugeschüttet.«

Pedro knurrte vor Wut. »Ich bin erwachsen und du behandelst mich wie ein kleines Kind!«

»Weil du es nicht anders verdient hast!« Arturo schlug mit der flachen Hand auf den Tisch. »Kümmer dich um deine Ehefrau, setz ein paar Enkel für deine Mutter in die Welt und überlass das Geschäft mir!«

»Was ist, wenn ich dir nicht gehorche?«

»Dann bist du nicht länger Mitglied dieser Familie. Ich gebe dich zum Abschuss frei.«

»Arturo!« Lorena sprang empört auf.

»*Silencio*«, fuhr *El Señor* seine Frau an. »Setz dich!« Sie gehorchte und er nahm wieder seinen Sohn ins Visier. »Du wirst lernen, was es heißt, für dieses Kartell verantwortlich zu sein. Die nächsten Jahre werde ich den Erben aus dir machen, den ich mir immer erhofft habe. Du wirst an meiner Seite sein, aber du wirst keine Freiheiten mehr genießen. Kein Geld, keine Huren, keine eigenen Geschäfte und keine eigenen Leute mehr. Hast du mich verstanden?«

Pedro verschränkte trotzig die Arme vor der Brust. »Du bestrafst mich und lässt Camarena davonkommen? Ist das die Lektion, die du mich lehren willst? Züchtige dein eigenes Blut und verschone die Verräter? Dieser Mann hat die Waffe gegen dich gerichtet, weil er eine dämliche Muschi retten wollte!«

Arturo wartete, bis der Hauptgang abgeräumt war und der Nachtisch serviert wurde. *Pan de muerto.* Brot des Todes. Es wurde traditionell am *Día de Muertos*, dem Tag der Toten am 2. November gebacken. Oder an Tagen, an denen der Tod ins Haus stand. Julio drehte sich der Magen um. Er hob den Kopf und fing Arturos Blick auf.

»Du hast recht, mein Sohn«, hörte er die Worte. Sie

bohrten sich direkt in sein Herz. »Verräter sollten an unserem Tisch keinen Platz haben.«

Pedros Finger fuhr quer über seinen Hals und er lachte Julio ins Gesicht. »*Vete al diablo*«, zischte er, bevor er den Kuchen in die Hand nahm und ihn in einem Stück in seinen Mund stopfte.

»*El Señor*«, Julio bemühte sich, gefasst zu klingen, »Ihr habt mir Euer Wort gegeben!«

»Das habe ich.« Er nickte. »Ich sagte, ich lasse euch gehen. Das tue ich. Ihr geht zu Gott.« Er blickte kurz zum Himmel. »Gemeinsam.«

Rose keuchte und Julio sah sie an. »Nicht sie!«, bat er heiser. »Überlasst mich meinem *Patrón*! Er darf mit mir tun, was immer er will, aber lasst sie gehen!«

»Sie weiß zu viel. Sollten die Los Zetas sie erwischen, werden sie sie gesprächig machen. Das weißt du genauso gut wie ich, Camarena.«

Rose war leichenblass geworden. Sie saß leicht vornübergebeugt da und stierte auf die Tischplatte. Julio konnte ihren Anblick kaum ertragen.

»Es wird gleich vorüber sein. Du kennst das. Ein Schuss in den Hinterkopf. Ich mache es sauber und schnell.« Arturo lächelte Julio zu und dieser ballte unter dem Tisch die Hände zu Fäusten. Man hatte ihn verraten. Wieder und wieder und wieder. Er war nur ein Spielball in einem perfiden Spiel, dessen Regeln er geglaubt hatte zu kennen. Nun offenbarten sich ihm die wahren Regeln. Ein Ehrenwort galt nichts, wenn man nicht zum Zarpata-Clan gehörte. Am Ende war er wieder einmal nur der Straßenjunge, den man mit Füßen trat.

»Was ist mit meiner Familie?«, fragte er.

»Sie wissen von nichts. Wir lassen sie am Leben.«

»Vater!« Pedro verengte die Augen. »Sie gehören ebenfalls ausgerottet. Und er sollte dabei zusehen.«

»Lass es gut sein, mein Sohn. Es ist nicht mehr deine Entscheidung.«

»Aber Camarena ist mein Mann! Ich sollte ihn hinrichten.«

»Du hast deine Befugnisse verspielt. Vielleicht lasse ich dich später mitfahren.« Arturo leckte sich über die Lippen. »Der Kuchen ist hervorragend. Was sagst du, *cariña*?«

Lorena faltete die Serviette zusammen, die auf ihrem Schoß lag, und lächelte. »Ich habe das Essen sehr genossen. Und deine Entscheidungen.«

»Dann bin ich zufrieden.« Arturo gab seinen Männern ein Zeichen. Sie traten vor und forderten Julio, Rose und Cruzito auf, mit ihnen zu kommen.

»Wir sehen uns später.« Arturo hob die Hand zum Abschied und Julio hätte ihm am liebsten ins Gesicht gespuckt. Er hatte noch nie etwas bereut, doch in diesem Moment quälte ihn die Tatsache, den Befehl der Los Zetas nicht ausgeführt zu haben. Was für ein erbärmlicher Feigling war er gewesen! Und was für ein Narr zu glauben, dass *El Señor* ihm helfen würde.

Die Wachen brachten sie in eine Kammer im Flur. Es war ein fensterloser, komplett gefliester Raum. Julio kannte ihn. Hier warteten Arturos Opfer auf ihre Folter oder ihre Hinrichtung. Der Raum war schalldicht und ausbruchssicher. Mit einem Knall fiel die Eisentür hinter ihnen ins Schloss und Julio erkannte die Kratzer, die gepeinigte Fingernägel auf der Türinnenseite in all den Jahren hinterlassen hatten. Rose rutschte schluchzend zu Boden, verbarg ihr Gesicht in den Händen. Cruzito setzte sich neben sie, sein Blick ruhte anklagend auf Julio. Er hasste sich dafür, dass dieser kleine Kerl es war, der seine Rose tröstete und nicht er. Doch er konnte noch nicht aufgeben. Er studierte die Türeinfassung, die Verankerung, sah sich die Decke des Raumes an. Seine

Finger suchten nach lockeren Fliesen, nur um festzustellen, dass schon viele vor ihm den Kitt herausgekratzt hatten. Es hatte sie alle nicht weitergebracht. Dieser Raum war ein Betonbunker. Hier kam man nicht einmal heraus, wenn man eine Handgranate zündete. Resigniert ging er in die Knie, fuhr sich durch die Haare und sah Rose an. Sie weinte still, die Schluchzer ließen ihre Schultern erzittern.

»Toller Plan«, bemerkte Cruzito. »Da hätten wir uns gleich vor die MGs der Los Zetas werfen können.«

»Das weiß ich selbst«, fuhr Julio ihn an. Seine Niederlage machte ihn wütend, die Angst um Rose verschlimmerte es nur. Er wusste, dass das Warten mit der Gewissheit auf den bevorstehenden Tod eine ganz bewusste Art war, um Menschen zu foltern. Dass er einmal selbst ein Opfer davon sein würde, war Ironie des Schicksals. Er streckte die Beine aus und schlug den Hinterkopf gegen die Fliesen. Einmal. Zweimal. Er wollte Schmerz spüren.

»Ich habe Dutzende von Menschen hier eingesperrt. Teilweise über Tage«, sagte er. »Die Leute schreien und verletzen sich selbst. Ein Mann lag sogar tot hier drin, als ich ihn holen wollte. Vermutlich hatte er einen Herzinfarkt. Das war ein gnädiger Tod.«

»Hör auf!« Rose hob den Kopf und sah ihn aus rotgeweinten Augen an.

Er schwieg und weigerte sich, die Endgültigkeit ihrer Situation hinzunehmen. In den nächsten Stunden, vermutlich noch in dieser Nacht, würde man mit ihnen ins Hinterland fahren. Dorthin, wo der Sanalona Damm den Rio Tamazula aufstaute. Es war ein einsames Gebiet, eine Art Steinwüste, um die sich endloser Dschungel ausbreitete. Er hatte dort so viele Leichen entsorgt, dass er sie nicht einmal mehr zählen konnte. Der Boden war locker und man konnte tief graben. Vermutlich schickte Arturo in diesem Moment ein paar

Männer los, um die Gräber schaufeln zu lassen. Nachts, wenn niemand es bemerkte, fuhr man sie dann dorthin. Sie wurden exekutiert und verscharrt. Das war's. Ende der Geschichte.

»Immerhin foltern sie uns nicht«, murmelte er.

»Ist das dein Ernst?« Cruzito starrte ihn an. »Du verdienst es nicht, dass Rose dich liebt! Von Anfang an hast du sie nur ausgenutzt.«

»Ach ja?« Julio erwiderte ungerührt seinen Blick. »Wenn ich mich recht erinnere, hast du mir überhaupt erst von ihr erzählt. Du hast an meine Tür geklopft, um mit unserem Stoff Kohle zu verdienen. Ebenso wie du mich zu deiner Freundin geführt hast. Wenn du Eier in der Hose gehabt hättest, hättest du sie beschützen können. Aber du hattest Schiss!«

»Blödes Arschloch!« Cruzito trat nach ihm und stöhnte dabei auf. Seine Verletzung machte ihm offenbar zu schaffen. »Ich hatte doch keine Wahl!«

»Das sagen sie alle. Und wenn man zurückblickt, hätte man tausend Momente gehabt, die einem die Wahl ließen. Ist es nicht so?«

Cruzito blinzelte. Eine Träne löste sich aus seinem Augenwinkel und lief ihm über die Wange, auf der sich Bartflaum gebildet hatte. Er war zu jung zum Sterben und Julio fluchte innerlich. Es gab keine Entschuldigung, keine Worte, die er hätte sagen können, um ihnen die Angst zu nehmen.

»Rose.« Es tat weh, ihren Namen auszusprechen. Er war für all das Leid verantwortlich, das ihr zugestoßen war. Auch er hatte die Wahl gehabt. An jenem Abend, als er zu ihrer Wohnung gefahren war, hatte er darüber nachgedacht, was er tun sollte. Am Ende war sein Verlangen nach ihr größer gewesen als seine Vernunft. Damit hatte er sie dazu verdammt, sämtliche Konsequenzen seines Lebens zu ertragen. Dies war die endgültig letzte.

Rose schniefte, konnte ihn nicht ansehen. Er verstand sie. An ihrer Stelle hätte er sich ebenfalls gehasst.

»*Mi amor.*« Die Worte rollten über seine Zunge. »Für kurze Zeit hast du mir gezeigt, was es heißt, Gefühle zu haben. Du hast den Vorhang gehoben und mir offenbart, was hätte sein können.«

Cruzito streichelte Rose' Schulter und sie hob den Kopf, um Julio anzusehen.

»Du hast mich im Flugzeug gefragt, ob ich alles rückgängig machen würde, wenn ich die Möglichkeit dazu hätte«, flüsterte sie. »Ja, das würde ich! Weil ich nicht sterben will. Weil ich Angst habe und weil mir ein Leben an Diegos Seite inzwischen wie das Paradies vorkommt im Vergleich zu dem hier!« Sie schlug mit voller Wucht gegen eine der Fliesen. Ihre Tränen begannen erneut zu fließen. »Aber wir können nichts rückgängig machen. Und weißt du, was das Schlimmste ist? Dass ich erst jetzt alles verstehe. Als du mit Cruz in meiner Wohnung warst, um mir den Job als Muli anzubieten, hast du zu mir gesagt, dass es für jeden Menschen Wendepunkte im Leben gibt, die man nicht sieht, bis sie plötzlich auftauchen. Ich bin einer dieser Wendepunkte in deinem Leben, hast du gesagt. Und das warst du. Du hast mich endlich wieder fühlen lassen und mir in deinen Armen ein Zuhause gegeben. Vielleicht sind große Gefühle nicht dafür gemacht, ewig zu dauern …« Ihre Worte gingen in heftigen Schluchzern unter und Julio erhob sich, um sich neben sie zu setzen. Er legte seinen Arm um sie und Cruzito. Es zerriss ihm das Herz, dass Rose versuchte, Antworten auf das Unausweichliche zu finden. Aber so waren die Menschen, das hatte er in all den Jahren beim Kartell gelernt. Erst ganz am Ende flehten und bettelten sie um das Leben, das sie vorher so rücksichtslos vergeudet hatten oder suchten Antworten, um dem Tod einen Sinn zu geben.

»Wir haben etwas Gutes bewirkt«, murmelte er und küsste sie. »Wir beide haben geliebt und waren alles für einander. Das ist mehr als manch andere in ihrem ganzen Leben finden.«

Ihre Lippen waren rau und schmeckten salzig von den Tränen. »Halt mich fest!«

Das tat er, denn es war das letzte, was er ihr geben konnte.

ALS DIE SCHWERE EISENTÜR GEÖFFNET WURDE, blinzelte sich Julio in die Gegenwart zurück, die in den letzten Stunden nur aus dem tranceartigen Zustand des Wartens bestanden hatte. Rose und Cruzito kauerten in seiner Armbeuge und hatten seine Gliedmaßen gefühllos werden lassen.

»Los!« Der Bodyguard forderte sie auf, mit ihm zu kommen. Rose wimmerte und Julio zog sie auf die Beine. Sie klammerte sich so fest an ihn, dass es ihm vor Mitleid die Kehle zuschnürte. Auf der anderen Seite krallte sich Cruzito in seinen Arm, um mit seinem verletzten Bein Halt zu finden.

»Da entlang!« Julio kannte den Weg. Es war wie ein Déjà-vu. Nur dass er dieses Mal nicht derjenige war, der die Waffe in der Hand hielt. Sie gingen aus dem Haus und über den hellerleuchteten Vorplatz und stiegen in einen Jeep, an dessen Steuer Pedro saß. Arturo hatte auf dem Beifahrersitz Platz genommen und drehte sich zu ihnen um.

»Willkommen«, sagte er. »Wir machen einen Familienausflug. Deshalb habe ich euch auch nicht fesseln lassen.« Er zeigte Julio seine Waffe. »Du wirst doch keine Dummheiten machen, Camarena?«

Julio schüttelte den Kopf und checkte sofort die Lage ab. In den Jeeps vor und hinter ihnen saßen jeweils zwei Bodyguards und schützten den kleinen Konvoi. Selbst wenn es Julio gelang, Arturo außer Gefecht zu setzen, gab es noch Pedro, von dem er nicht wusste, ob er bewaffnet war. Gegen die vier Bodyguards mit Maschinengewehren blieben ihm allerdings nicht viele Möglichkeiten. Vielleicht konnte er sich selbst retten, aber mit Rose und Cruzito im Schlepptau hatte er keine Chance. Er nahm die beiden wieder in den Arm und zwang sich, ruhig zu bleiben. Er spürte ihr Zittern und bemühte sich, nicht daran zu denken, dass er vieles jetzt zum letzten Mal erlebte. Die letzte Autofahrt, der letzte Blick in den Sternenhimmel. Alles wurde kostbar, wenn man es zum letzten Mal tat. Julio biss die Zähne aufeinander.

Die Kolonne der Jeeps setzte sich in Bewegung. Sie passierten den doppelten Sicherheitszaun und gaben Gas. Mit hoher Geschwindigkeit jagten sie durch das Industriegebiet und erreichten die Hauptstraße, auf der sie in östlicher Richtung aus der Stadt fuhren. Julio kannte den Weg. Es dauerte eine Dreiviertelstunde, bis sie zum Staudamm kamen. Die letzten fünfundvierzig Minuten seines Lebens waren angebrochen. Er hörte Rose' heftige Atemzüge neben sich. Sie wirkte, als würde sie gleich hyperventilieren und er wusste, es gab nichts, was er tun konnte, um ihr zu helfen. Seine Hand umklammerte ihre Schulter. So hilflos hatte er sich noch nie gefühlt.

Kaum hatten sie Culiacán hinter sich gelassen, tauchten sie in die Dunkelheit ein. Die Straße lag verlassen vor ihnen und die Jeeps beschleunigten weiter. Julio schloss die Lider und dachte an seine Kindheit zurück. Obwohl er nicht sah, wie die Landschaft draußen aussah, erblickte er sie vor seinem inneren Auge. Zuerst war das Hinterland trocken und karg, doch je weiter man fuhr, desto mehr bewaldete Hügel sah man. Und plötzlich umarmte einen der Dschungel. Als Kind hatten ihn diese Extreme fasziniert. Er war nicht oft aus seiner Heimatstadt herausgekommen, doch als seine Großeltern noch lebten, waren sie manchmal zu ihnen nach Imala gefahren. Es war ein kleiner Ort mit einer in die Jahre gekommen Kirche und einem hübschen Park davor. Seine Großmutter hatte ihm und seinen Brüdern dort immer ein Eis gekauft. Julio hatte nicht geahnt, wie wertvoll diese Erinnerung eines Tages für ihn sein würde. Er hatte es nicht einmal geschafft, seine Familie nochmal wiederzusehen, und zu seiner eigenen Überraschung sprach er ein tonloses Gebet für sie.

Immer weiter ging es über unebene Straßen ins tiefdunkle Landesinnere hinein. Niemand sprach ein Wort und Rose' Hand krallte sich so fest in die seine, dass es wehtat. Ihr Körper war dem seinen so nah, dass er das heftige Schlagen ihres Herzens spüren konnte. Das war das Gefühl, das er für immer festhalten wollte. Ihr Herz neben dem seinen, so lebendig und stark wie sie es war. Er liebte sie mit all den Gefühlen, die er durch sie erst kennengelernt hatte. Sie war der Mensch, der ihm am nächsten war und mit dem er hätte alt werden und Kinder haben wollen. Nach all dem sehnte er sich jetzt, wo seine Zeit ablief wie Sand, der durch eine Sanduhr rieselte. Er sah eine Zukunft vor sich, in der er und Rose Hand in Hand an einem Strand entlang liefen, ihre Kinder dicht neben ihnen. Doch anstatt über den Verlust zu trauern, dass ihm diese Zukunft nie vergönnt sein würde, spürte er Freude darüber. Freude, weil er nun endlich etwas gefunden hatte, das ihn menschlich machte. All die Jahre war er wie eine Maschine gewesen. Ein Killer. Ein Henker. In diesem Moment spürte er Frieden, weil er es nicht mehr war, der tötete. Er war das Opfer. Das war auf merkwürdige Art befreiend.

Die Fahrzeuge verlangsamten ihre Fahrt. Sie näherten

sich ihrem Ziel. Rose begann zu jammern und Julio zog sie in seine Arme.

»Es wird gut, *mi amor*. Ich lasse dich nicht los. Nie mehr wieder.«

Sie weinte stumm an seiner Schulter, während sie die Straße verließen und über unebenes Terrain rumpelten. Die Bremslichter des vorderen Jeeps leuchteten auf und Julio bemühte sich, seinen Atem zu beruhigen. Er hatte es Dutzende Male getan. Seine Opfer knieten sich vor ihn hin, er richtete die Beretta auf ihren Hinterkopf und drückte ab. Es ging schnell, sie fielen um wie ein Stein. Ewige Dunkelheit und Ruhe.

Die Jeeps kamen zum Stehen.

»Lass mich die Sache erledigen, Vater.« Pedro stellte den Motor ab.

»Nein.« Arturo öffnete die Beifahrertür. »Ich will, dass es richtig erledigt wird. Du wirst deine Chance erhalten, mein Sohn. Eines Tages. Wenn ich dir wieder vertraue.«

Julio beobachtete, wie die Bodyguards aus dem vorderen Jeep ausstiegen und ihnen die Türen öffneten.

»Nicht!« Rose wehrte sich, als er sie zum Aussteigen bewegen wollte. »Ich will nicht sterben!« Ihr Weinen sprengte sein Innerstes. Es war, als würde sich alles nach außen kehren. Er verblutete.

»Komm.« Seine Stimme war nur noch ein Flüstern. »Ich halte dich.«

Sie stieg aus dem Auto, doch sie zitterte so stark, dass sie kaum laufen konnte. Julio stützte sie und half auch Cruzito. Gemeinsam gingen sie im Lichtkegel der Scheinwerfer in die Wüste hinein. Ihre Schatten verschmolzen miteinander und der von Arturo flankierte sie. Rose' hemmungsloses Schluchzen untermalte ihren Marsch, der Julio seine letzte Kraft kostete. Sie schleppten sich zum Rand der Gräber und darüber hinaus, bis die Scheinwerfer sie nicht länger erfassten.

»Hinknien!« Arturo entsicherte seine Waffe.

»Bitte nicht!«, wimmerte Rose und Julio nahm ihr Gesicht in seine Hände.

»Ich bin bei dir. Für immer.«

Gemeinsam sanken sie auf die Knie. Julio griff nach Cruzitos Hand und drückte sie.

»Keine Angst«, sagte er, selbst wenn er wusste, dass der Tod immer mit Angst verbunden war.

Rose' Schluchzen ließ nach. Es war, als würde sie das Unausweichliche nun akzeptieren. Julio küsste sie zum letzten Mal, presste seine Lippen auf die ihren und hoffte, dass Arturo sie nun erlöste. Sauber und schnell, so wie er es versprochen hatte. Dieses eine Versprechen musste er halten!

Ein Schuss fiel. Cruzito. Julio umklammerte seine Hand, atmete Rose und löste seine Lippen von ihr. Ein weiterer Schuss zerriss die Stille. Er hörte ihn, also war er noch am Leben. Rose!

Julios Kopf sackte nach vorne. Zum ersten Mal kamen ihm die Tränen. Die letzte Patrone war für ihn. Er hörte den Schuss. Das war das Ende.

Stille.

Herzschlag.

Rauschen in den Ohren.

Rose' Hand in der seinen. Sie bewegte sich. Julio drehte den Kopf. Er lebte. Sie lebte. Jetzt spürte er auch den Druck von Cruzitos Hand und sah zur anderen Seite. Der Junge keuchte ungläubig.

Arturo trat vor sie und steckte seine Waffe ein. »Ich breche mein Ehrenwort niemals, Camarena«, sagte er mit gedämpfter Stimme. »Mein hoffnungsloser Sohn mag dich gelehrt haben, dass das Kartell seine Leute mit Füßen tritt, doch das ist nicht so.« Er warf einen Blick über seine Schulter. »In den Gräbern liegen drei andere Leichen, die meine Männer gleich verbuddeln werden. Du solltest also verschwinden und nie mehr nach Mexiko zurückkehren. Die Rache meines Sohnes habe ich beendet und dein Tod wird sich bis zu den Los Zetas rumsprechen. Du bist frei, Camarena. Hau ab!«

Julio schüttelte benommen den Kopf. War er tot? Träumte er das alles?

»Beeil dich«, knurrte Arturo. »Meine Männer kommen gleich.«

Julio rappelte sich auf und zog Rose und Cruzito mit sich. Sie verschwanden leise in der Dunkelheit, entfernten sich von den Scheinwerfern und liefen in die Wüste hinein. Irgendwann waren sie völlig allein, über ihnen wölbte sich das Firmament mit seinen unzähligen Sternen. Es war wie ein Wunder. Julio blieb stehen und fiel auf die Knie, Rose und Cruzito sanken neben ihn. Noch immer hielten sie sich an den Händen.

»Wir sind frei.« Julio presste Rose und Cruzito an sich und sie erwiderten seine Umarmung. Es war, als hätte man ihnen ein neues Leben geschenkt. Sie starrten argwöhnisch in die Nacht, bis sie in der Ferne die Lichter der drei Jeeps erkannten, die sich von ihnen entfernten.

»Wir sind frei«, wiederholte Rose. »Ich wollte der Dunkelheit immer entfliehen, aber jetzt genieße ich sie.«

»Du wirst nie wieder Angst haben müssen, *mi amor*, das verspreche ich dir.« Er küsste sie. »Nie wieder Dunkelheit.«

Er versank in ihrer Nähe und wusste, dass er diese zweite Chance nutzen würde. Nie wieder Tod, nie wieder Blut.

Rose wischte sich die Tränen aus dem Gesicht. »Ich liebe euch«, flüsterte sie mit zittriger Stimme, bevor sie auflachte.

»Ich lebe!« Sie ließ sich auf den Rücken fallen und starrte in den Himmel.

»Ich hatte eigentlich nicht vor, dich zu teilen«, murrte Julio.

»Keine Sorge, Mann, du kannst sie haben.« Cruzito rollte sich neben Rose. »Aber ich werde dein Schatten sein. Wenn du ihr auch nur ein Haar krümmst, dann bringe ich dich um.«

»Große Worte, Kleiner.« Julio ließ sich ebenfalls hintenüberfallen und sah zu den Sternen hinauf. Seine Finger fanden die von Rose. Er spürte, wie die Anspannung von ihm abfiel. Zum ersten Mal in seinem Leben konnte er selbst bestimmen, wie es für ihn weiterging.

»Hast du darüber nachgedacht, wieder zu heiraten?«, fragte er sie.

»Nein.« Rose kicherte hysterisch. »Bis gerade eben war ich noch tot.« Sie stützte sich auf dem Ellbogen ab und sah auf ihn hinunter. »Meine erste Ehe war ein Desaster, wie du weißt. Ich denke, ich würde eine ganz normale Beziehung bevorzugen.«

»Eine mit viel Sex?«

»Mit enorm viel Sex.« Sie küsste ihn und in ihrem Rücken hörte Julio, wie Cruzito Würgelaute ausstieß.

»Wir müssen ihn loswerden«, sagte Julio und Rose' Lachen wurde befreiter.

»Er bleibt bei uns! Er ist wie ein zugelaufener Hund. Wir können ihn nicht wieder aussetzen.«

Julio seufzte. »Wir sind jetzt eine Familie.« Es klang merkwürdig und fühlte sich doch so unendlich gut an.

»Das sind wir.« Rose schmiegte sich an ihn und Julio spürte Zufriedenheit. Gefühle waren für ihn nicht länger eine Erinnerung. Sie waren real und gingen so tief, dass sie ihm Schmerzen zufügten.

»Wir müssen weiter«, sagte er in die Stille hinein. Er richtete sich auf und zog Rose und Cruzito wieder auf die Beine. »Wir haben noch einen weiten Weg vor uns.«

»Aber wir gehen ihn gemeinsam.« Cruzito deutete in Richtung Süden. »Wenn wir es bis Kolumbien schaffen, sind wir in Sicherheit. Ich bin mit der Hälfte der Leute in Cartagena verwandt.«

Julio lachte auf. »Kolumbien, eh? Keine schlechte Idee. Die Mexikaner setzen ungern einen Fuß in das Revier der Pachencas.«

»Die Pachencas?«, fragte Rose.

»Eine Splittergruppe des ehemaligen Medellín-Kartells. Sie machen gemeinsame Sache mit den Venezolanern. Noch sind sie klein, aber Arturo und die Los Zetas fürchten sie.«

»Nicht schon wieder ein Kartell!«

»Keine Sorge!« Julio fühlte sich gleich besser. »Als Wolf unter Wölfen lebt man am sichersten.«

»Dann los!« Cruzito humpelte voraus und Julio legte seinen Arm um Rose. »Dort ist unsere Zukunft«, sagte er und deutete auf den Horizont.

»Ich vertraue dir«, erwiderte sie und er blieb stehen, um sie zu küssen.

»Du wirst es nie wieder bereuen, *mi amor*!«

EPILOG

D as Wasser vor dem Playa Blanca leuchtete in
verschiedenen Türkistönen, der Himmel war tiefblau
und der Sand so hell, dass er einen blendete. Rose hob die
Hand vor die Augen, um besser gegen die grelle Sonne sehen
zu können. Sie hatte gerade Mittagspause und setzte sich an
einen der Tische vor dem kleinen Friseursalon am Strand.
Hier arbeitete sie seit einem Dreivierteljahr bei einer von
Cruzitos Großtanten. Wie sich herausstellte, hatte der Junge
nicht gelogen, als er gesagt hatte, er sei mit halb Cartagena
verwandt. Als sie vor knapp einem Jahr nach einer Odyssee
durch Guatemala und Honduras in Nicaragua angekommen
waren, hatte Julio einen Fischer ausfindig gemacht, der sie bis
an die kolumbianische Küste gebracht hatte. Von dort waren
sie per Anhalter innerhalb von vier Tagen nach Cartagena
weitergereist, wo sie die ersten Wochen Unterschlupf bei
Cruzitos Verwandtschaft gefunden hatten. Rose wusste nicht,
was der Junge ihnen alles erzählt hatte, aber feststand, dass
sie sehr herzlich empfangen wurden. Cruzitos Familie war

arm, doch sie bemühten sich, ihnen die Ruhe und Geborgenheit zu geben, die sie gesucht hatten. Rose hatte die ersten Wochen in ihrer neuen Heimat viel geschlafen. Sie war traumatisiert, musste das Erlebte verarbeiten, welches sie durch Albträume und Angstattacken quälte. Julio war in dieser Zeit immer an ihrer Seite und sie wusste nicht, wie sie es ohne ihn durchgestanden hätte. Gemeinsam erkundeten sie die Stadt und Julio suchte sich einen Job. Er fing als Kellner in einer Strandbar an und arbeitete sich schnell zum Einkäufer für die Getränke und Lebensmittel hoch. Das war das, was ihm im Blut lag. Der Stoff, mit dem er nun jeden Tag handelte, waren Rum, Zuckerrohrschnaps und exotische Früchte. Rose fand, das stand ihm gut.

»*Hola gata*, wie ist das Leben?« Cruzito ließ sich neben sie plumpsen und strich sich die Haare aus dem Gesicht. Seit er wieder zuhause war, hatte er sie wachsen lassen. Ebenso wie seinen Bart. Das machte die Mädchen am Strand ganz nervös. Noch mehr, wenn er, wie jetzt, oberkörperfrei herumlief. Er arbeitete für dieselbe Strandbar wie Julio, war dessen rechte Hand. Rose scherzte immer, dass sie ein Kartell im Kleinen waren und irgendwie waren sie das tatsächlich. Der Inhaber der Bar hatte erst vor kurzem einige krumme Dinger gedreht, woraufhin ihn Julio und Cruzito in die Mangel genommen hatten. Seitdem hatten sie bei ihm Narrenfreiheit. Wenn alles weiterhin so gut lief, würde Julio die Bar zum Ende des Jahres übernehmen. Er hatte viele Pläne, zum Beispiel eines Tages eine weitere Bar zu eröffnen.

»Du hast heute Abend ein Date«, bemerkte Cruzito geheimnisvoll.

Rose lachte auf. »Ein Date?«, fragte sie erstaunt. »Mit wem?«

»Na, mit diesem Mexikaner.« Cruzito rollte die Augen.

»Du sollst dir was Hübsches anziehen und ihn um fünf am Bootssteg treffen.«

»Muss er denn heute Abend gar nicht arbeiten?« Es war Freitag und da war die Bar besonders gut besucht.

»Ich mache das schon.« Cruzito winkte so lässig ab, dass Rose noch mehr lachen musste.

»Sag ihm, ich werde da sein.«

»Ich denke, er erwartet nichts anderes.« Cruzito streckte ihr die Zunge raus und begrüßte seine Großtante Dania, die sich zu ihnen gesellte. Sie hatte graue Locken, die sie kunstvoll hochgesteckt trug, und setzte sich neben Rose.

»Zieh dir was an«, schimpfte sie ihn. »Ganz Cartagena redet von nichts anderem mehr als von deinem Flirt mit der Tochter des Bürgermeisters.«

Cruzito grinste breit und ihm war anzusehen, dass es mehr als nur ein Flirt gewesen war. »Ich strebe nach Größerem, Tantchen«, bemerkte er. »Eines Tages wird unsere Familie Ansehen in dieser Stadt genießen.«

»Du dummer Junge!« Sie tat so, als wollte sie ihm eine runterhauen, aber in ihren Augen blitzte Stolz auf. »Wir sind diese Stadt. Das weiß nur keiner.«

Rose beobachtete die Neckereien der beiden und dachte an ihre eigene Familie. Aus dem Internet hatte sie erfahren, dass Diego inzwischen als vermisst galt, ebenso wie sie selbst. Die Behörden ermittelten weiter, was in ihrer Wohnung geschehen war, und schlossen ein Beziehungsdrama nicht aus. Allerdings war es ihnen ein Rätsel, wohin sie und ihr Ehemann verschwunden waren, und warum ihr Vermieter erschossen worden war. Es tat Rose leid, dass sie ihre Eltern mit all dieser Ungewissheit zurücklassen musste, doch sie konnte es sich nicht erlauben, ihr sicheres Versteck zu riskieren. Vielleicht würde sie ihnen eines Tages, wenn Gras über die Sache gewachsen war, eine Nachricht zukommen lassen, auch wenn sie nicht wusste, was sie schreiben sollte.

Rose blinzelte sich in die Gegenwart zurück und Dania sah sie an, als wüsste sie, was in Rose vorging. In all der Zeit, die Rose nun schon für sie arbeitete, hatte sie sie nie nach ihrer Vergangenheit gefragt. Sie war eine geduldige Lehrerin und eine wunderbare Freundin, die es Rose ermöglichte, endlich in ihrem Lieblingsberuf zu arbeiten. Sie genoss es, Einheimischen und Touristen die Haare zu machen, und sie wurde mit jedem Tag besser.

»Ich muss wieder los.« Cruzito stand auf und hob die Hand zum Abschied. »Die Mädels an der Bar haben bestimmt schon Sehnsucht nach mir.« Er zog ab und Dania schüttelte amüsiert den Kopf.

»Er ist ein anderer geworden«, sagte sie und biss in ein Stück der Caimito, die sie vorhin im Laden aufgeschnitten hatte. »Magst du?«

Rose schüttelte den Kopf. »Wie war er früher?«

»Schüchtern. Wir hatten Angst, als sein Cousin ihn mit in die USA nahm. Wir wollten nicht, dass er ging, aber er kann sehr stur sein.«

»Ich weiß.«

»Du und Julio habt ihn verändert. Er ist selbstbewusst geworden und nimmt sein Leben in die Hand.«

»Das waren nicht wir, sondern das, was er erlebt hat.«

»Er sagte zu uns, er wurde wiedergeboren.«

»So ist es wohl gewesen.«

Dania langte über den Tisch und ergriff Rose' Hand. »Danke«, flüsterte sie.

»Wofür?«

»Dass er wieder hier ist.«

»Es war Glück.«

»Und dieses Glück habt ihr euch verdient.« Der Druck ihrer Hand wurde fester. »Weiß Julio es schon?«

Rose erstarrte und entlockte Dania damit ein Lächeln. »Ich habe fünf Kindern das Leben geschenkt. Denkst du, ich erkenne nicht, wenn eine Frau schwanger ist?«

»Ich habe es noch nicht wirklich realisiert«, gestand Rose und berührte unwillkürlich ihren Bauch.

»Seit wann weißt du es?«

»Seit zwei Wochen.«

»Und du hast es ihm noch nicht gesagt?«

Rose schüttelte den Kopf. »Ich bin mir nicht sicher ...« Sie stockte, weil sie selbst nicht wusste, warum sie schwieg. Doch tief in ihrem Inneren hatte sie Angst, dass Julio keine Kinder wollte. Sie hatten nie über das Thema gesprochen. Seit sie hier waren, waren sie damit beschäftigt gewesen, alles zu verarbeiten und sich endlich richtig kennenzulernen. Sie wagten einen Neuanfang, doch die Vergangenheit schwebte zwischen ihnen. Julio war ein Killer gewesen, konnte er da überhaupt ein guter Vater sein? Und was war, wenn sie irgendwann doch entdeckt wurden?

Dania tätschelte Rose' Hand. »Angst bringt einen nicht weiter. Sie hindert einen nur daran, glücklich zu sein.«

Rose stimmte zu, obwohl Dania keine Ahnung von der Wahrheit hatte, die sie bedrückte.

»Ich mache dir die Haare.« Die Freundin zog Rose mit sich. »Komm schon! Du hast heute Abend ein Date, da solltest du hübsch aussehen. Einer hübschen Frau kann kein Mann widerstehen. Und wenn du es ihm dann sagst, wird er ausflippen vor Glück. Kolumbianische Männer sind ganz verrückt nach Kindern.«

»Julio ist Mexikaner.«

Dania winkte ab. »Ich weiß, dass er sich freuen wird!«

Rose folgte ihr zurück in den Laden, an dessen Tür Dania

sogleich das ›Geschlossen‹-Schild hängte, und überließ sich ihren erfahrenen Händen.

UM KURZ VOR FÜNF SCHLENDERTE ROSE IN RICHTUNG Bootssteg. Die Hitze des Tages ließ allmählich nach und es wehte ein leichter Wind vom Meer herüber. Überall am Strand wimmelte es von Besuchern. Einheimische und Touristen hingen in den Restaurants und Bars ab, vor denen Liegen und Sonnenschirme aufgebaut waren. Zwischen ihnen liefen die zahllosen Strandverkäufer umher, die Softdrinks, Armbänder und Ketten verkauften. Draußen auf dem Meer brausten Jetskis über das Wasser und Badende ließen sich von den Wellen an Land treiben. Rose hob die Hand und grüßte Cruzito, der hinter der Theke einer der Bars seine Cocktails mischte. Dabei wirkte er so cool, dass Rose nur staunen konnte, wie schnell sich der Junge wieder gefangen hatte. Es schien, als fiele all das Erlebte von ihm ab, kaum dass er in seiner Heimatstadt war. Manchmal beneidete sie ihn darum. Bei ihr dauerte dieser Prozess länger. Sie streichelte ihren Bauch und ging weiter, bevor sie erneut stehenblieb.

Auf dem Bootssteg wartete Julio. Er trug einen neuen Anzug aus hellem Leinen und sah so gut aus, dass ihr Herz sofort schneller schlug. Sie zupfte an ihrem geblümten Spagettiträgerkleid herum, dass etwas weiter geschnitten war, weil sie befürchtete, man könnte schon ihre Schwangerschaft erkennen, obwohl es noch gar keine Anzeichen dafür gab. Dania hatte ihre Haare in sanfte Wellen gelegt. Seit sie in Cartagena war, trug sie wieder ihre dunkle Naturhaarfarbe, um nicht aufzufallen, auch wenn Cruzito und Julio nicht müde wurden, ihr zu versichern, dass sie hier in Sicherheit war. Trotzdem gab es Momente, in denen sie zusammen-zuckte, weil sie einen umfallenden Stuhl für einen Schuss hielt oder Pedros Gesicht in einer Menschenmenge zu sehen glaubte. Rose atmete tief durch und ging auf Julio zu. Als er sie erblickte, wurde sein Gesichtsausdruck sofort weich und Rose' Herz quoll über vor Liebe zu ihm. Er nahm sie in die Arme und ihre Stimmung besserte sich augenblicklich, wie immer, wenn er bei ihr war. Er war ihre Festung, ihr sicherer Hafen.

»*Mi amor*«, hörte sie seine heisere Stimme an ihrem Ohr und erwiderte seinen zärtlichen Kuss. »Bist du bereit für einen Ausflug?«

»Ich sterbe vor Neugierde.« Sie sah ihm in die Augen. »Wohin geht es?«

Er nahm sie an die Hand und führte sie über den Steg. »Das ist eine Überraschung«, sagte er geheimnisvoll. Am Ende des Stegs war ein Motorboot vertäut. Es war rot lackiert, hatte zwei Außenbootmotoren und einen über-dachten Stand für den Kapitän, hinter dem sich eine beigefar-bene Liegelounge erstreckte. Rose runzelte die Stirn.

»Was ist das?«

»Hast du noch nie ein Motorboot gesehen?« Julio sprang hinein und bot ihr die Hand, um ihr beim Einsteigen zu helfen. Rose kletterte zu ihm auf das schwankende Gefährt.

»Natürlich weiß ich, was das ist! Aber wem gehört es?«

»Einem Freund.«

»Einem Freund?« Sie hob die Augenbraue. »Hat das irgendwas mit krummen Geschäften zu tun?«

»Wir sind in Kolumbien«, verteidigte er sich. »Hier hat alles mit krummen Geschäften zu tun! Aber keine Sorge, ich habe niemanden gefoltert oder umgebracht. Das Boot gehört Felipe Suarez. Er leiht es mir.«

»Weshalb?«

»Das wirst du gleich sehen.« Er bot ihr einen Platz in der Lounge an. »Setz dich und mach es dir gemütlich.«

Rose nahm Platz und beobachtete, wie Julio die Taue entfernte, das Boot vom Steg abstieß und den Motor startete.

»Wo hast du gelernt, so ein Ding zu fahren?«

Er warf ihr einen Blick zu und sie verstand. Es war eine dieser Sachen aus seiner Vergangenheit, über die er nicht mehr reden wollte. Gemächlich tuckerten sie aus dem Hafen, bevor Julio beschleunigte. Sie brausten aufs Meer hinaus, flogen über die Wellen und Rose hob begeistert die Arme.

»Komm her!« Er winkte sie zu sich.

Als Rose nähertrat, schob er sie vor sich und legte ihre Hände aufs Steuerrad. Sie jauchzte. In den letzten Monaten hatte sie so viel gesehen und erlebt wie in ihrem ganzen Leben in Williamsburg nicht. Sie mochte Cartagena. Die bunten Häuser in der Innenstadt, in der sich auch ihre winzige Wohnung befand, den Strand und die liebenswürdigen Menschen. Doch bisher war sie noch nie mit dem Boot aufs offene Meer hinausgefahren.

»Gefällt es dir?«, fragte Julio und Rose lehnte sich an ihn.

»Es ist wunderschön.«

»Dann warte ab, was noch kommt.«

Er machte sie langsam immer neugieriger. Gemeinsam steuerten sie das Boot in Richtung Südwesten. Die Sonne stand bereits schwer am Horizont. Rose genoss die Gischt in ihrem Gesicht und die Unendlichkeit des Ozeans. Immer weiter ging es in den Sonnenuntergang hinein.

»Dort!« Julio streckte den Arm aus und Rose sah in die Richtung, in die er deutete.

»Sind das Inseln?«, fragte sie.

»Das sind die *Islas del Rosario*«, erklärte Julio. »Ein Archipel aus 28 kleinen Atollen.« Er drosselte das Tempo und Rose erkannte, dass das Wasser von Dunkelblau in ein intensives Türkis wechselte. Überall flohen Fischschwärme vor dem sich nähernden Boot und sie wollte am liebsten die Hände ausstrecken, um sie zu berühren. Niemals zuvor hatte sie ein solch glasklares Wasser gesehen. Es wirkte, als schwebte das Boot über einer sich spiegelnde Fläche.

Julio schob den Hebel ganz zurück und die Motoren gluckerten im Standgas vor sich hin. Sie passierten das Außenatoll und steuerten auf eine palmengesäumte Insel zu.

»Das ist die *Isla Cagua*.«

Rose erkannte Lichter am Strand. »Ist das ein Hotel?«

»Das wird ein Hotel.« Julio zwinkerte ihr zu und steuerte den Bootssteg an, der sich weit ins Meer erstreckte. Außer ihrem war kein anderes Boot zu sehen. Sie legten an, Julio vertäute das Boot und half Rose beim Aussteigen. Arm in Arm schlenderten sie über den Steg in Richtung Strand.

Je näher sie kamen, desto mehr konnte man erkennen, was sich hinter den Lichtern verbarg. Zwischen den Palmen wurden reetgedeckte Holzvillen sichtbar, die sich an den feinen Sandstrand schmiegten. In der rosafarbenen Abenddämmerung wirkte die Szenerie beinahe kitschig.

»Wessen Hotel ist das?«, fragte Rose. Es war nirgends ein Mensch zu sehen.

»Komm!« Julio lächelte und zog sie mit sich. Sie passierten die Villen und folgten dem Strand, der als eine Art Landzunge im Meer verlief und sich mit dem Türkis des Wassers vermischte.

»Gefällt es dir?«, flüsterte Julio.

»Ich liebe es!« Sie hob den Kopf und er küsste sie. Lange und intensiv.

»Wie ich sehe, hast du deine Frau schon herumgeführt.« Rose sah sich um. Ein untersetzter Mann, barfuß und in Hawaiishorts, kam über die Landzunge auf sie zu.

Julio ließ Rose los und stellte ihn ihr vor: »Das ist Felipe

Suarez. Ihm gehört das Hotel. Und das Boot. Wir haben uns in der Großmarkthalle von Cartagena kennengelernt.«

Der Mann lachte und schüttelte Rose die Hand. »Julio feilscht wie kein anderer. Von ihm lernt man das Handeln.« Er nickte ihr zu. »Sie müssen Rose sein. Julio redet ständig von ihnen.«

Rose' Herz machte einen Sprung vor Glück. »Es freut mich, Sie kennenzulernen«, sagte sie und sah Julio fragend an. Sie wusste noch immer nicht, warum sie hier waren.

»Ah!« Felipe schien sofort zu begreifen. »Du hast es ihr nicht gesagt, was? Na dann ...« Er machte eine einladende Handbewegung. »Führ sie über die Insel! *Mi casa es su casa.*«

Er lief weiter die Landzunge entlang, während Julio mit Rose zurückschlenderte. Er führte sie durch die Villen, die rustikal und luxuriös zugleich waren, und blieb schließlich vor einer runden Strandbar stehen, die sich zentral über den Strand erhob. Um die Bar reihten sich Hocker aneinander und niedrige Tische aus Holz standen im Wasser und warteten auf Gäste.

»Felipe will mich zu seinem Geschäftspartner machen«, sagte Julio und blickte Rose erwartungsvoll an. »Er will, dass ich die Bar pachte.«

Rose bekam große Augen. »Aber was ist mit der Bar am Playa Blanca?«

»Die übernehme ich auch. Cruzito wird sie leiten.«

»Er ist viel zu jung dafür!«

»Unsinn! In seiner Familie gibt es genug Leute, die ihm helfen werden. Er kann sich ein Leben aufbauen. Und wir bauen uns hier eins auf.«

»Hier?« Sie sah sich um. Es war, als wenn er ihr gerade offenbart hatte, dass sie ins Paradies ziehen würden. Rose konnte es nicht glauben.

»Am anderen Ende der Insel steht eine weitere Villa. In der

können wir wohnen. Felipe gehört noch ein Hotel in Cartagena. Er wird pendeln. Wenn er nicht da ist, bin ich sein Vertreter hier. Ich bekomme ein kleines Gehalt plus all das, was die Bar abwirft.« Er deutete auf den Strand. »Das wird ein exklusives Resort für Leute, die Ruhe suchen. Für Leute, die Geld haben. Die Gäste hier werden im Hotel essen und trinken. Sie können nirgendwo sonst hin, dafür ist die Insel zu klein.« Seine Augen leuchteten. »Wir werden ein richtig gutes Geschäft machen!«

Rose biss sich auf die Unterlippe und das Lachen verschwand aus seinem Gesicht. »Was ist los?«, wollte er wissen. »Ist es dir zu einsam?«

»Nein.« Sie knetete ihre Finger. Es war perfekt. Es war perfekter als perfekt. Es war wie ein Traum nach all dem, was sie erlebt hatte. Sie schluckte und wagte es kaum, ihm in die Augen zu sehen.

»Es ist tatsächlich weit weg von Cartagena«, murmelte sie.

»Hm.« Er wirkte enttäuscht und das brach ihr das Herz.

»Ich meine, ich liebe es hier. Aber …«

»Aber?«

»In den nächsten Monaten muss ich vielleicht des Öfteren in die Stadt.«

»Warum? Weil du weiterhin bei Dania arbeiten möchtest? Ich habe Felipe bereits gefragt. Es wird hier einen Wellnessbereich geben, in dem du arbeiten kannst, wenn du das möchtest.«

»Das ist es nicht.« Rose wurde nervös. »Ich muss vielleicht ins Krankenhaus. Ab und zu. Und in neun Monaten auf jeden Fall.«

Er blinzelte und es dauerte, bis er verstand. Dann riss er sie in seine Arme. So heftig, dass Rose die Luft wegblieb.

»Du bist schwanger«, stellte er fest und wirbelte sie herum. »Wir bekommen ein Baby!«

Rose nickte verunsichert. »Ich wusste nicht, ob du …« Sie brach ab, weil ihr die Tränen kamen. Sie wollte dieses Kind so sehr, denn es gab ihr Hoffnung. Und sie wünschte sich nichts sehnlicher, als dass er es ebenfalls wollte.

Julio küsste sie. Zärtlich, liebevoll und dann so innig, dass Rose dahinschmolz.

»Ich habe Leben gezeugt«, hauchte er in ihren Mund und sie verstand, dass ihn das nach all den Jahren, in denen der Tod sein Begleiter gewesen war, besonders berührte.

»Das hast du.« Ihre Finger schlossen sich umeinander. Die Tränen begannen über ihre Wangen zu rollen. »Ich dachte nicht, dass ich das noch einmal fühlen werde.« Sie schluchzte auf. »Ich war von Diego schwanger und habe das Kind abtreiben lassen. Das war das Schlimmste, was ich je tun musste. Beinahe …« Sie lächelte zwischen all den Tränen, weil sie sich der Ironie bewusst wurde.

»Das tut mir leid.« Er küsste sie wieder und wieder. »Du wirst nie wieder leiden müssen, Rose. Und unser Baby auch nicht. Wir sind hier sicher.«

»Woher weißt du das?«

»Ich fühle es.« Er legte den Kopf in den Nacken und ein breites Lächeln zog sich über sein Gesicht. Seine Lachfalten begruben die drei tätowierten Tränen unter sich. »Als Arturo mit uns in die Wüste gefahren ist, habe ich an unsere Zukunft gedacht. Wir liefen Hand in Hand an einem Strand entlang, unsere Kinder dicht neben uns. Daran wollte ich glauben. Jetzt weiß ich, dass es genauso kommen wird.«

»Kinder?« Rose schmiegte sich eng an ihn.

»Oh ja, wir werden viele haben.«

»Tatsächlich?« Sie lachte glucksend.

»Irgendwann wird es auf dieser Insel keine Gäste mehr geben, sondern nur noch Camarenas.«

Rose wischte sich die Tränen aus dem Gesicht. Das Glück, das sich in ihrem Inneren ansammelte, war unendlich.

Julio senkte den Kopf wieder und schloss sie in seine Arme. »Die Dunkelheit ist vorbei, Rose. Ab jetzt gibt es nur noch Sonne.«

Rose nickte, denn sie spürte es selbst. Die Dunkelheit war vorüber.